KB030807

솔로 50년

술로 50년

生큐멘터리

술로 50년 솔로 50년

지상렬
×
김진태

The 작업실

방송인 **노사연**

우리 상렬이가 드디어 터트리는구나.
확!! 터져라 참!! 결혼할 때 주례는 누나가 예약해뒀다.
누나 칠순 전에는 꼭 해라~~

개띠친구 **강호동**

1970년 개띠 친구 지상렬!!
술보다 사람을 더 사랑하는 솔로 지상렬의 《술로 50년 솔로 50년》
동갑내기 호동이가 상렬이를 열렬히 응원합니다. 팍! 팍!!

개그맨 **남희석**

내가 번 돈의 2억은 지상렬 형의 간에 보관했다.
하나도 아깝지 않다. 얄팍하지 않은 남자!
최고의 남자!! 의리의 유통기한이 무한대인 남자의 책!!!

다정한 날들

1970년 봄,

영국의 록밴드 비틀즈가 해체되었고

그해 겨울 인천의 현대의원 분만실에서

박정희 시대의 제3공화국 국민으로 지상렬이 태어났다.

전설적인 록밴드의 해체와 박정희 대통령과 유신시대와

지상렬의 출생은 특별한 연관은 없지만

각별한 운명이거나 숙명일 수는 있을 것이다.

한 시대를 관통해 오면서 사회의 변혁과 문화와 정치가

한 소년의 유년기와 사춘기의 삶에 어떤 식으로든

투영되고 영향을 미쳤을 것이다.
세상은 그렇게 쇠락과 번영을 거듭했고
세월은 그렇게 흘러왔다.

어느 여름에는
장마전선을 따라 먹장구름이 올라오기도 했고
장대비가 지나고 나면
미루나무 사이로 양떼 구름이 몰려오기도 했다.
더웠고 추웠고 따뜻하고 축축하기도 했던
지난 50년이었다.
그렇게 살아온 우리들의 지난 50년을
언젠가는 한 번쯤 돌아보고 싶었고
한 번쯤 주절주절 얘기하고 싶었다.
다정한 지상렬과 함께

2022년 가을 김진태

차례

1부

유년과 유신의 시대 1970~1979

2부

제5공화국! 애마부인과 프로야구 1980~1989

3부

성수대교와 삼풍 그리고 IMF 1990~1999

4부

21세기의 시작 2000~2009

5부

지상렬은 지상렬답게 2010~2022

1부

유년과 유신의 시대

1970~1979

1970

김추자 그리고 지상렬 비틀즈,

김작가 반갑습니다. 방송은 같이 만들어 봤지만 인터뷰는 처음이네요.

지상렬 김 작가님이랑 방송할 때 끝까지 갈 것 같다고 제가 계속 말했는데, 방송은 아니지만 책으로 이렇게 같이 일을 하게 되네요.

김작가 방송이든 책이든 함께 가면 되죠. 그게 아니라도 인생은 계속 함께 갈 거니까요. (웃음)

지상렬 무엇이든 함께 한다는 게 중요한 거죠. (웃음)

김작가 우리가 이제 50대잖아요. 열심히는 살아온 것 같은데 정신은 없었죠?

지상렬 저는 20대 때 개그맨 데뷔하고 점프해서 50대가 된 것 같은 느낌이에요. 중간이 통 편집된 것처럼 너무 바쁘게 급히 세월이 지났습니다.

김작가 그런 의미에서 우리가 살아온 반평생을 부담 없이 하나씩 추억의 서랍에서 꺼내서 먼지를 털고 잘 닦아서 기억해보자는 생각으로 이번 작업을 함께하고 싶었어요.

지상렬 이번 기회에 저도 살아온 반평생을 한번 돌아보고 또 100세 시대니까 나머지 반평생 준비를 잘해야죠.

김작가 우리가 살아온 세월 속에 우리 이웃에겐 무슨 일들이 있었고 대한민국에선 어떤 일들이 있었는지 우리끼리 깊이 없고, 사심 없이 얘길 나누어 보도록 해요.

지상렬 깊이 들어갈 수가 없어요. 우리 이야기는 잠수형 토크가 아니고 물 위에 둥둥 떠서 하는 스노클링 토크가 맞아요. 깊이 들어가면 익사해요. 수박 겉핥기 토크가 맞아요. (웃음)

김작가 자! 그럼 지상렬이 태어난 1970년부터 얘기를 해볼 텐데 먼저 1970년대 하면 어떤 단어가 떠오르나요?

지상렬 1970년대 하면 생각나는 단어들을 막 말하자면 저는 인천 출신이니까 월미도, 바다낚시, 아버지, 중국집 공화춘, 양키 시장, 레슬링, 목장 우유, 그리고 잘사는 집, 못 사는 집.

김작가 잘사는 집과 못 사는 집의 구분은 어떻게 무엇으로 했었죠?

지상렬 그 구분은 1970년대는 전화기가 있고 없고, 피아노가 있고 없고, 그리고 이층집에 사는 것과 집에 대문이 있는 것이죠.

김작가 하하하, 대문은 집집마다 다 있는 거 아닌가?

지상렬 그냥 대문이 아니고요, 형님, 철 대문이요. 그리고 문고리가 사자 코에 피어싱해놓은 모양으로 되어 있어야 잘사는 집이죠.

김작가 사자 코에 피어싱 대문 생각나네요. 지상렬은 도시에서 자라서 그런지 단어들에서 윤기가 나네요. (웃음) 나는 시골에서 자라서 1970년대 하면 제일 먼저 떠오르는 게 새마을운동이에요. 새마을운동 알죠? 박정희 대통령, 유신시대, 수출입국, 가발, 냉차 장수, 야바위, 물방개 레이스, 아들딸 구별 말고 둘만 낳아 잘 기르자~ 뭐 이런 것들이네요. (웃음)

지상렬 야바위랑 냉차 장수는 전국적으로 참 부지런했네요. 인천에도 아저씨들이 많았거든요. (웃음) 그런데 가발은 뭔가요?

김작가 70년대 수출로 나라를 세운다고 할 때인데, 머리카락도 잘라서 수출을 많이 했어요. 장날에 나가보면 '머리카락 삽니다' 그러고 다니는 아저씨들이 많았어요. 그리고 넷플릭스에서 히트한 드라마 〈오징어 게임〉. 우리 때는 오징어 게임이라고 안 하고, '오징어 가이센'이라고 했어요. 가이센이 일본말인데 병력이 격돌해서 싸우는 걸 '가이센' 그렇게 불렀던 것 같아요. 우리말로 오징어 놀이가 맞겠네요. 70년대 서울에서는 강남 개발이 한창이고 아파트가 들어서고 도시개발이 이루어지고 있을 때, 아무것도 모르는 꼬마들은 학교만 끝나면 오징어 놀이를 했던 기억이 나네요.

지상렬 그래서 아무것도 모르던 꼬마 때가 행복한 거죠. 형님, 만화방 드나들 때가 복덕방 드나들 때보다 행복한 거거든요. (웃음)

김작가 고속버스 생각도 나요. 1970년대 몇 년 인지는 잘 모르겠는데 고속버스 운행을 시작했어요. '그레이하운드'라고 1.5층 버스인데 안에 화장실도 있다고, 서울 가면 그런 버스가 있다더라. 우리끼리 모여 그런 얘길 했던 기억이 납니다.

지상렬 인천에도 있었어요. 동인천역 앞에 삼화고속 버스 터미널이라고 있었고요. 시민회관에서 출발해서 신촌까지 가고 삼화고속 덕분에 커플들도 많이 생겼었어요. 그리고 옛날에는 손목시계도 귀하잖아요. 만남의 장소는 무조건 동인천역 시계탑 아래였죠. 동인천역 대한서림 앞이 만남의 광장이었어요. 새록새록 옛날 생각이 나네요.

김작가 아! 대학가요제, 마징가Z, 로보트 태권V, 이소룡, 청바지 이런 것도 생각이 나네요. 우리를 관통했던 그 시절의 얘기를 같이 해봅시다. 지상렬이 태어났던 해 1970년에 태어난 개띠 연예인들도 많지요?

지상렬 무척 많아요. 황정민, 이병헌, 류승룡, 이성재 씨도 개띠고요, 개그맨은 강호동이 개띠 친구예요. 그리고 박명수, 박수홍, 김구라, 염경환이 있지요. 개띠들이 특징이 있는데 순한 듯하면서도 개성이 무척 강해요.

김작가 이분들이 태어나던 1970년은 우리나라 1인당 국민소득이 약 250달러였던 시대인데, 지금은 3만 달러를 넘어서 4만 달러대의 시대를 살고 있거든요. 지상렬이 살던 1970년대와 2022년대, 삶의 질이 많이 달라진 것 같아요?

지상렬 물론 소득 수준도 높아지고 물질적인 풍요는 그때와 비교할 수 없을 정도로 높아진 건 사실인데, 풍요와 행복이 같이 가는 건 아닌 것 같아요. 가난한 시대였지만 1970년대에 훨씬 행복했던 추억들도 많거든요.

김작가 1960년대 가족 계획 표어는 '덮어놓고 낳다 보면 거지꼴을 못 면한다'였고 1970년대 표어는 '아들딸 구별 말고 둘만 낳아 잘 기르자'였는데 부모님께서는 정부 방침대로 계획은 잘 세우셨는지요?

지상렬 저희 아버님이 당시에 군인이셨기 때문에 국가 방침에는 무조건 따라야 한다는 원칙이 있어요. 그래서 형님 두 분을 낳으시고 정부 방침대로 잘 지키시다가 저희 어머니를 너무도 사랑하셔서, 조국보다 어머니를 더 사랑하셔서 제가 늦둥이, 막둥이로 태어나게 됐어요. 정부에는 죄송하지만 삼형제입니다. (웃음)

김작가 1970년 초반까지만 해도 자녀가 4~5명이 대부분이었는데, 삼형제면 정부 방침에 잘 따르신 거네요. 원래 1970년대 가족 계획 표어가 '세 자녀 갖기'로 세 살 터울로 세 자녀만 35세 이전에 낳자는 '3, 3, 35'가 표어였는데 1971년에는 전쟁 이후에 가장 많은 신생아가 태어났어요. 이 해에 102만 5천 명이 태어나는 바람에 대한가족계획협회에서 '아들딸 구별 말고 둘만 낳아 잘 기르자'로 서둘러 바꿨다고 해요. 늦둥이면 형님들하고 나이 차이는 어떻게 되나요?

지상렬 제가 인천의 현대의원에서 태어났는데요, 큰 형님과는 열네 살 차이가 나고 둘째 형님하고는 열 살 차이가 나요. 그 당시에 늦둥이가 흔하지 않았던 시절인데 어머니께서 형님 두 분을 출산하시고 늦게 저를 임신하신 상태라서 아버지께 셋째를 낳아야 하나 고민이 된다고 상의를 드렸대요. 당시에 부모님이 셰퍼드를 키우고 계셨거든요. 아버지께서 "여보, 고민 그만하십시다. 우리가 큰 개도 키우는데 아이 하나 더 낳아 기른다고 뭐 달라지겠어요? 그래서 제가 태어나게 된 겁니다. (웃음)

김작가 지상렬이 개를 좋아하는 건 부모님 때부터 집안 내력이었네요. 부모님은 연세가 어떻게 되세요?

지상렬 개를 좋아하는데 개띠라서 그런가 제가 개띠인데 어머니도 개띠, 저와 띠가 같으세요. 이제 90이 거의 다 되셨어요. 아버님은 1926년생이니까 살아계셨으면 100세가 거의 다 되셨겠네요.

김작가 지상렬이 태어나던 해, 박정희 대통령 시절이었고 우리나라 농촌 발전과 경제발전을 위한 새마을 운동이 처음 시작되었어요. TBC에서 일일연속극 〈아씨〉가 공전의 히트를 했어요. 얼마나 인기가 있었는지 방송 전에 문단속 잘해 도둑을 조심하고, 수도꼭지가 잠겨 있는지 점검 후 프로그램을 시청해달라는 안내문이 나갔었다고 해요. 가수 이미자가 부른 주제곡 '아씨'도 같이 히트를 했어요, 지금 세대는 모를 수도 있는데 당시에는 뜨거웠던 가수 김추자의 '커피 한 잔'이 히트하던 분위기 속에서 아기 지상렬이 태어났네요.

지상렬 상렬이가 태어날 때가 월남전이 한창일 때라서 김추자 누님의 '월남에서 돌아온 김 상사'도 유행을 했어요. 나이 차이가 나는 형님 두 분이 워낙 음악을 좋아하셔서 집안에 음반이 많이 있었어요. 상렬이가 옹알이 할 때도 음반을 뒤집으면서 놀았다고 해요. 제가 지금도 그 당시 1970년대 문화를 아는 것이 형님들 때문이거든요. 지금도 환갑 넘은 선배 형님들이나, 아이돌처럼 어린 후배들과 소통이 잘 되는 게 형님들 영향을 받아서 그런 것 같아요. 제가 주변 사람들을 만날 때마다 하는 말이 있어요. '활자매체도 중요하고 영상매체도 중요하지만 사람이 감이 안 떨어지고 시대와 속도를 맞추려면 음악이 첫째다' 그런 말을 자주 해요.

김작가 해외에선 영국의 전설적인 록밴드 '비틀스'가 해체해서 충격을 준 게 1970년이죠. 김추자의 '님은 먼 곳에', 배호의 '비 내리는 명동', 이장희의 '한잔의 추억' 이런 노래들이 히트를 하던 때, 1970년이 짜장면이 100원 하던 시절이에요. 세월이 흐르긴 많이 흘렀네요. 담뱃갑도 20개비

한 갑에 신탄진이 60원, 청자 한 갑이 100원인데 김추자와 청자가 인기가 많으니까 '노래는 추자 담배는 청자' 이런 말이 나왔다고 해요.

지상렬 짜장면이 100원 하던 시절에 태어나서 지금은 짜장면이 못해도 5천 원은 하잖아요. 상렬이도 마일리지 많이 쌓았네요. 그런데 상렬이가 태어났던 1970년대가 사건, 사고가 잦았던 해였었어요. 이상하게 김영삼 정부 때와 묘한 평행이론이 있더라고요.

김작가 김영삼 정부 때라면 세월이 흘러 1993년부터인데 어떤 평행이론이 있다는 건가요?

지상렬 1993년에 김영삼 정부가 들어서고 육, 해, 공에서 큰 사고가 있었잖아요. 하늘에서 비행기 추락사고, 바다에서 여객선 침몰 사고, 다리가 무너지고 백화점이 무너지고, 이게 다 김영삼 정부 때 있었던 사고들인데, 그때 일어났던 사고들이 상렬이가 태어난 1970년, 1년 동안 비슷한 사고가 일어났었어요.

김작가 아! 그러고 보니 삼풍백화점 무너졌듯이 1970년에 아파트가 무너졌어요. 마포구 창천동에 있던 와우아파트 붕괴 사고가 있었죠.

지상렬 삼풍백화점은 500명이 넘게 사망해서 6. 25전쟁 이후 최악의 인명사고였고, 와우아파트 붕괴사고 때는 34여명이 사망을 했는데요, 연도만 1970년이고 1995년일 뿐이고 붕괴의 원인이나 붕괴의 조짐이 똑같은 상황이에요. 와우아파트는 철근을 70개 넣어야 하는 기둥에 5개만 넣었고, 무면허 업체가 하청을 받아서 지은 아파트였어요. 삼풍백화점은 폭이 80cm여야 되는 기둥을 60cm로 줄여서 시공을 했고 철근이 16개가 들어가야 하는 기둥에 반토막으로 8개를 넣었어요. 그런 부실

공사와 공사 비리가 똑같아요. 건물에 쭉쭉 금이 가는데도 무슨 일이 있겠나 방치했던 점도 똑같더라고요. 시공간만 다를 뿐 패턴이 똑같은 사고거든요.

김작가 듣고 보니 빼먹은 게 똑같고 방심하고 방치했던 게 똑같고 전형적인 부정부패와 비리가 부른 사고였네요. 지상렬이 태어난 1970년에 큰 사고가 또 있었나요?

지상렬 1970년에 이상하게도 사건 사고가 많았어요. 묘한 일인데요, 서해훼리호 침몰 사건도 김영삼 정부 때 일어난 해상사고인데, 거의 292여 명이 사망한 사고잖아요. 상렬이가 태어난 1970년도에도 부산에서 제주를 오가는 남영호 침몰 사고가 있었어요. 제주에서 출항한 남영호가 적재량과 인원 초과로 인해서 침몰합니다. 당시에 300여 명이 넘게 사망해서 최악의 해상사고로 기록이 돼요.

김작가 이 사고도 시공간만 다를 뿐 사고유형이나 패턴이 똑같네요. 지상렬이 태어난 1970년에 사건, 사고가 이렇게 많았었다는 게 놀라워요. 1970년에 일어난 사고들이 20년 후에도 개선되지 않고 똑같은 패턴으로 사고가 또 일어났다는 것이 놀랍네요.

지상렬 사고들을 살펴보면 과부하 때문에 모든 사고가 일어나거든요. 자동차도 배도 기차도 사람도 과부하가 걸리면 사고가 나는데, 멈춰야 할 때 멈출 줄 알아야 해요. 들인 비용이나 수고가 아까워서 그만두지 못하는 게 '콩코드 효과'잖아요. 초음속으로 빨리 날면 뭐 하겠어요. 빨리 갈 게 아니라 제대로 가는 게 맞거든요. 무리하게 시간표 짜지 마라, 욕심 부리지 마라, 이게 다 어르신들 말씀인데 50년 넘게 마일리지 쌓고 살다 보니까 그 뜻이 뭔지 이제야 알겠더라고요.

김작가 지상렬이란 사람이 이 세상에 태어난 해라서 더 의미가 있는 1970년인데요. 지상렬이 태어난 해에 사건, 사고가 이렇게 많았네요. 다시 한번 돌아봐야 할 의미가 있는 것 같아요.

1971
수사반장
아침이슬과

지상렬 대한민국의 여배우가 24살에 영화 〈화녀〉로 데뷔를 해요. 그리고 그해에 청룡영화제 여우주연상을 받아요. 그로부터 50년 후에 이 여배우는 74세의 나이로 한국 배우 최초로 아카데미 시상식에서 영화 〈미나리〉로 여우조연상 오스카상을 받게 됩니다. 정말 영화보다 더 영화 같은 아름다운 인생입니다.

김작가 영화 얘기로 1971년을 시작했는데, 이분이 바로 윤여정 배우님이죠. 영화데뷔를 1971년 〈화녀〉로 했는데 연기 생활은 1966년 TBC 탤런트 공채에 합격하면서 시작했어요.

지상렬 정말 대단하신 것 같아요. 〈화녀〉 개봉했을 때가 상렬이 두 살 때인데 두 살배기가 오십이 넘을 때까지 윤여정 선생님은 톱의 자리를 지키고 계시잖아요. 톱의 위치에 계신다는 건 엄청난 노력이 있었다는 거거든요. 천재성만 가지고는 톱의 자리를 지킬 수가 없어요. 왕관을 쓰려는 자는 왕관의 무게를 견디라는 말이 있잖아요. 철저한 자기관리가 필요해요. 그리고 오스카상 시상식장에서 〈화녀〉의 감독님 김기영 감독님께 경의를 표한다는 건 인간 이상의 인간성과 천재 이상의 천재성을 가지고 있다는 걸 보여주는 것 같아요.

김작가 저도 그 장면이 뭉클했습니다. 수상소감 얘기할 때 돌아가신 김기영 감독님을 언급하시는 게 멋져 보였어요. 〈화녀〉의 원래 제목이 '하녀'예요. 김기영 감독이 1960년에 제작, 그 후에 〈화녀〉로 다시 개작해서 1971년에 개봉했죠. 2010년에 임상수 감독이 리메이크한 〈하녀〉에서는 전도연과 이정재가 주연이었고, 윤여정 선생님도 집안을 총괄하는 하녀로 참여했었죠. 20대 때부터 연기를 시작해서 70대까지 연기하시는 모습을 보면 배우를 떠나서 장인 같다는 생각이 들어요. 물론 지상렬도 20대부터 50대까지 웃음장인을 하고 있지만요.

지상렬 천만 관객을 동원한 영화 〈실미도〉 아시죠? 어릴 때 인천에서 배를 타고 가다가 뱃머리만 돌리면 그곳이 무의도였고, 무의도에서 조금만 가면 실미도가 보였어요. 그때는 실미도가 그런 역사가 있는 섬인 줄 몰랐죠. 영화 〈실미도〉의 실제 사건이 일어난 해도 1971년이에요.

김작가 실미도에서 북파 훈련을 받던 군인들이 섬을 탈출해서 서울로 진입했던 사건이었죠. 영화 〈실미도〉의 내용이 영화의 극적 구성을 위해서 실제와 달랐던 부분도 있었다고 해요. 북파 훈련을 받은 건 맞는데 선발된 부대원 31명을 모집할 때 영화에서는 범법자들로 구성을 하는 장면이 있어요. 그런데 실제로 전혀 그렇지 않았어요. 대부분이 가난하고 선량한 청년들이었다고 해요.

지상렬 실화를 바탕으로 하는 영화들이 재미를 위해서 픽션을 적절히 혼합하는 경우가 있긴 하죠. 그런데 왜 실미도 특수부대원은 31명으로 구성을 한 건가요? 특별한 사정이 있는 건가요?

김작가 1968년 겨울에 김신조 사건이 있었잖아요. 북한 최정예 부대인 124군 부대에서 청와대 습격했던 사건인데 그때 북에서 남으로 내려온 특수부대원 인원이 31명이었어요.

지상렬 김신조 목사님, 지금은 목사님이신데 옛날 뉴스를 보면 인터뷰가 있어요. '박정희 모가지 따러 왔수다' 그 사건이잖아요. 그래서 우리나라도 보복 차원에서 만든 게 실미도 특수부대고, 인원도 똑같이 31명으로 구성을 했군요. 상렬이 두 살 때도 무시무시한 일들이 많았네요. 북한 특수부대원이 서울 한복판 청와대 앞길까지 무장하고 내려왔으니 세상이 발칵 뒤집혔겠어요.

김작가 김신조 사건으로 인해서 실미도의 비극이 있었지요. 김신조 사건 이후로 민방위가 창설되고, 학생들도 교련 교육을 받고… 변화가 많았어요. 무엇보다도 주민등록증이 이때부터 전국적으로 쓰이게 되는 직접적인 계기가 되었어요.

지상렬 박정희 대통령은 상렬이가 태어나기 전부터 대통령이었는데, 태어나서 한참 동안 계속 대통령이었어요. 어렸을 때니까 저는 그렇게 생각했어요. 아! 임금님처럼 대통령은 죽을 때까지 하는 것이구나.

김작가 그 말도 맞네요. 박정희 대통령이 서거할 때까지 대통령 한 건 맞네요. 삼선개헌으로 연임이 가능해졌잖아요. 1971년 제7대 대통령 선거 때도 출마했었죠. 그때 삼선개헌을 안 했더라면 대한민국의 역사가 바뀌었겠죠.

지상렬 1987년에 직선제가 부활되기 전의 마지막 국민투표였으니까, 1971년부터 16년간은 대통령 직접선거가 없었던 셈이네요.

김작가 1971년 대선은 민주공화당 박정희와 신민당 김대중 후보의 싸움이었는데 요즘도 선거 때 되면 유세차 타고 다니면서 로고송을 부르잖아요. 이때 김대중 후보가 개사해서 불렀던 노래가 좀 의외예요. '산토끼'였어요. "대중아, 대중아, 어디로 가느냐, 대중 대중 김대중 찍고서 올 테야"

지상렬 (웃음) 아! 쉽고 귀에 쏙쏙 들어오네요. 이건 누구나 쓸 수 있겠어요. "상렬아, 상렬아, 어디로 가느냐, 상렬 상렬 지상렬 찍고서 올 테야" 로고송도 잘 만들었는데 1971년 제7대 대통령으로 박정희가 당선되었네요.

김작가 94만 표 차이로 아슬아슬하게 당선이 되었지요. 박정희 대통령이 연임을 하면서 반공교육이 더 철저해졌던 것 같아요. 반공 웅변대회도 자주 열렸지요. 여기저기 마을에 방공, 방첩, 멸공 이런 구호들이 농협 건물이나 동네 곳곳에 써있던 기억이 나요.

지상렬 때려잡자 김일성! 무찌르자 공산당!, 이런 표어가 아마 그 당시에 나온 표어일 거예요. 파출소에 '삐라' 가지고 가면 공책 주고 연필 주고 저도 그런 기억이 있거든요.

김작가 인천도 서해 쪽으로 북한이 가까우니까 그런 일들이 많았겠네요. 저도 어릴 때 산에 가면 북한에서 보낸 삐라, 요즘 삐라를 알지 모르겠네요. 전단지라고 해야 하나? 공산당 홍보지라고 해야 하나? 아무튼 그게 많았어요. 그리고 간첩이 많던 시절이잖아요. 간첩 식별법이 어디 가나 쓰여 있었어요.

지상렬 간첩을 식별할 수 있다고요? 이마에 뿔이 달린 것도 아닌데 간첩을 보면 알 수 있나?

김작가 식별법에 뭐라 써 있냐면 산에서 내려오는데 옷에 이슬이 묻어 있는 사람, 갑자기 나타난 친척, 밤에 북한방송을 듣는 사람, 이런 사람을 보면 무조건 신고하라고 교육을 받았어요.

지상렬 산에서 내려오면 누구나 옷에 이슬이 묻을 텐데 말이죠. 식별법이 효과가 있었는지는 모르겠네요. 이 시대는 남북이 서로 잘산다고 체제 홍보를 해야 하는 시대여서 그런 목적도 있지 않았을까 싶어요. 우리 아기들은 이렇게 잘 먹고 예쁘고 통통하다는 걸 보여주는 대회가 그 당시에 있었잖아요. '전국 우량아 선발대회' 분유 깡통에 9:1 가르마 탄 애기가 광고모델로 나왔지요. 그게 제가 태어나던 해 그쯤이에요. 시대적으로, 몸매로 봐서 저도 나갈 뻔한 대회였었죠. (웃음)

김작가 지상렬 몸매는 나와도 될 만한 몸매였을 것 같네요. (웃음) 분유회사 남양유업이 후원하고 MBC에서 방송했었죠. 그게 1971년에 시작했으니까 부모님께서 적극적으로 출전을 시켰으면 분유 깡통에 지상렬 누드가 실릴 뻔했어요. (웃음)

지상렬 연예계에도 전국 우량아 출신이 있어요. 작곡가 주영훈 형님도 우량아 선발대회 출신이고요. 바둑의 이창호 9단도 우량아 선발대회 출신이에요. 노사연 누님이 항상 얘기하시는데 누님은 태어나자마자

4.8kg였는데, 어머니가 태몽으로 하마 꿈을 꾸셨다고 들었어요. 누님이 태어난 병원이 생긴 이래 가장 큰 아기가 태어나서 기록을 세웠다고, 당시에 병원 원장님이 병원비를 무상으로 지원해 주셨대요. 사연 누님이 춘천 출신이시거든요. 그런데 누님 어머니가 임신하셨을 때 집에서 기르던 닭을 하루에 한 마리씩 잡아드셨대요. 그래서 누님이 태어날 때 4.8kg이었지만 어머니가 워낙 잘 드셔서 산모 건강 상태가 좋아서 닭기름으로 순풍 낳으셨다고 해요. (웃음)

김작가 양계장을 하셨던 건 아닌가요? (웃음)

지상렬 아니요, 그냥 키우셨대요. 가족들이 먹으려고 키우셨다고 해요. 누나가 과로로 쓰러져 본 적은 없는데 예전에 〈영웅호걸〉 하면서 두 번 쓰러졌는데 다 과식이었다고 하셨어요. (웃음)

김작가 예전에 MBC 라디오 〈2시 만세〉도 함께 했잖아요. 그때 오프닝 멘트를 꼭 숫사슴 지상렬, 꽃사슴 노사연 그렇게 했는데 라디오 DJ도 두 분이 참 잘 어울렸다는 생각이 들어요.

지상렬 상렬이가 큰형님, 작은형님 두 분 덕분에 음악이나 영화를 일찍 접했던 것이 라디오 DJ할 때 도움이 많이 되었어요. 1971년은 불후의 명곡 두 곡이 탄생해요. 아메리카에선 싱어송라이터 존 덴버가 한국인이 가장 좋아하는 팝송리스트에 꼭 들어가는 노래 'Take me home country Road'를 발표해서 빅히트를 하죠. 그리고 우리나라에선 양희은 누님이 영롱한 노래를 발표한 것도 1971년, '아침이슬'이 이때 나오게 되죠.

김작가 지금도 많이 불리고 많이 듣는 불후의 명곡이네요. 좋은 노래는 참 오래 기억되고 불린다는 공통 진리가 있는 것 같아요. 1971년이 존 덴

버와 양희은의 '불후의 명곡' 해이기도 하지만 〈수사반장〉과 이소룡의 〈불후의 명작〉의 해이기도 해요.

지상렬 〈수사반장〉이 이때 시작했나요? 저도 어렸을 때 참 많이 봤던 드라마고 전 국민의 사랑을 받았던 드라마죠.

김작가 대한민국 국민이라면 〈수사반장〉 모르는 사람이 없을 텐데, 1971년에 첫 방송 시작해서 18년 동안 사랑을 받았던 드라마죠.

지상렬 영화 〈살인의 추억〉에도 그 장면이 나와요. 〈수사반장〉은 시그널 음악이 유명하잖아요. 시그널 음악이 들리면 마음이 설레고 그 음악에 맞춰 TV 앞에 앉았던 추억이 있어요.

김작가 실제 사건, 실화를 바탕으로 해서 현실감이 있었던 수사드라마인데, 형사 4인방이 전 국민의 스타로 떠올랐죠.

지상렬 상렬이도 다 기억나네요. 수사반장 박반장 최불암, 조형사 조경환 형님, 김형사 김상순, 남형사 남성훈 이렇게 형사 4인방 조합도 참 좋았던 것 같아요. 조형사 조경환 형님은 워낙 덩치가 있으셔서 지금으로 치면 배우 마동석 같은 캐릭터였죠. 저랑 술 마시는 걸 좋아하셔서 생전에 술자리도 자주 가졌었어요. 술 드시면 〈수사반장〉이 인생드라마였다고 말씀하시더라고요.

김작가 술 얘기하니까 생각나는데 〈수사반장〉에서 형사 못지않게 자주 출연하고 캐릭터가 강했던 역할이 있어요. 늘 범인으로 출연했던 이계인도 〈수사반장〉에서 큰 역할을 했었죠.

지상렬 이계인 형님이 신인 때 범인으로 〈수사반장〉에 출연할 때는 가마니로 몸통이랑 다 가리고 발목만 출연하는 시체 역할도 하고 궂은 역할을 마다하지 않고 다 하셨었죠.

김작가 술 좋아하고 낚시 좋아하고 권투 좋아하고 닭 키우는 것 좋아하고, 두 사람이 공통점이 많은 것 같아요.

지상렬 이계인 형님과도 술을 자주 마셨는데 건강 때문에 요즘은 술, 담배 다 끊으셨어요. 술은 안 드셔도 늘 취한 것처럼 기분 좋게 사시는 형님이죠. (웃음) 그런데 이소룡 형님도 1971년과 연관이 있나요?

김작가 이소룡도 1970년대의 아이콘이었죠. 1970년 말에 성룡의 시대가 열리기 전까지 이소룡의 시대였는데, 할리우드에서 활동하던 이소룡이 홍콩으로 돌아와서 〈당산대형〉에 출연하고 흥행 성공을 한 것이 1971년이거든요. 그리고 안타깝게도 짧은 삶을 살고 1973년에 우리 곁을 떠나서 더욱 전설로 남게 되죠.

지상렬 저는 이소룡 형님은 스크린보다 TV로 본 세대예요. 명절이면 늘 이소룡 영화를 틀어준 기억이 나요. 성우 더빙은 늘 박기량 형님이 이소룡 역할을 했어요. 그래서 박기량 형님 목소리 들으면 이소룡 생각이 나더라고요.

김작가 1970년에도 큰 사고가 많았고, 1971년에도 실미도 사건으로 전국이 떠들썩했었는데, 1971년이 저물어가는 12월 25일, 성탄절에 크리스마스의 악몽 같은 사고가 일어나게 돼요.

지상렬 엄청난 화재사고였어요. 최악의 화재사고로 기록된 충무로 대연각 호텔 화재사건이 있었죠.

김작가 21층 건물의 최고급 호텔에서 불이 나서 200여 명이 사망을 했어요. 안타까웠던 게 그 당시에 소방본부에서 보유한 고가 사다리차가 7층

정도 높이만 올라가는 장비였어요. 불은 계속 활활 타 오르죠, 구조의 손길은 닿을 수가 없는 높이였어요. 참담한 상황이었죠.

지상렬 저는 애기 때니까 기억에 없지만 나중에 부모님께 듣기로는 화재 현장을 뉴스에서 생중계를 해줬다고 해요. 불길 속에서 추락하는 사람들도 많고, 매트리스를 안고 뛰어내리는 사람들도 있고, 충격적이고 안타까운 현장이었다고 해요.

김작가 오죽 답답했으면 그랬겠나 싶어요. 그 당시에 대연각 호텔에서 멀지 않은 곳에 활을 쏘는 국궁양성소가 있었대요. 그곳 궁사들을 불러다가 화살에 로프를 매달아서 호텔로 쏘아 올리기도 했다고 해요. 참 안타까운 사고로 1971년이 마무리되네요.

지상렬 시작과 끝이 같은 수미상관의 해였네요. 1971년 시작을 윤여정 선생님의 화녀火女로 했는데 대연각 화재火災로 끝을 맺게 되네요.

1972

10월 유신의 시대

남진, 나훈아,

지상렬 상렬이가 태어나던 1970년도 그렇고, 1971년도 큰 인명사고가 많았는데 1972년은 조용한 한 해였으면 좋겠네요.

김작가 사람이 죽거나 다치거나 하는 사건 사고는 상대적으로 없었지만, 시대의 아픔이 시작된 해이기도 합니다. 1972년 10월하면 떠오르는 박정희 대통령의 10월 유신이 시작된 해죠. 건물이 불에 타거나, 배가 뒤집히는 큰 사고는 없었지만, 민주주의라는 배가 서서히 가라앉기 시작한 유신독재가 시작된 해네요. 당시에 국회를 해산하고 정당 활동을 중지시키고, 비상계엄 하에 헌법개정안을 발표했어요. 대통령이 무소불위의 권력을 앞세워 헌법을 바꾸겠다고 나선 거죠.

지상렬 복싱으로 치면 헤비급 박정희 선수가 플라이급 국민을 상대로 국민 손발을 묶고 링에 올라선 거네요.

김작가 심판도 박정희 선수가 보고, 해설도 박정희 캐스터가 다 했다고 보면 됩니다. 이제 겨울공화국이 시작됩니다. 유신 이후로 1979년 10월 부마항쟁까지 7년 동안 반정부 투쟁이 한 번도 일어나지 않았을 정도로 국민들을 꼼짝 못 하게 통치를 했어요.

지상렬 안타까운 일입니다. 박정희 대통령이 경제발전도 이루고 잘한 것도 있는 대통령인데 과유불급이란 말이 있잖아요. 권력의 잔이 찼을 때 잔을 내려놨어야 해요. 술도 그렇잖아요. 마지막 한 잔을 안 마시고 일어났으면 되는데 꼭 마지막 한 잔 때문에 취해서 꽐라가 됩니다.

김작가 딱 맞는 표현이네요. 술에 취해 다음 날 해장을 하면 깨어날 수 있지만, 권력에 취하면 다음 날도 그 다음 날도 영원히 깨어나질 못해요. 이때 국민들 속을 달래주는 해장국 같은 드라마가 탄생을 해요.

지상렬 엄청 유명한 드라마가 탄생하죠. 1972년에 국민드라마 KBS 〈여로〉가 시작되었어요. 태현실, 장욱제 선생님 주연의 〈여로〉가 당시에 시청률 70퍼센트가 넘는 국민드라마였어요. 더구나 태현실 선생님은 인천과도 인연이 깊은 분이십니다.

김작가 〈여로〉 이후에 야쿠르트 CF 때문에 한동안 야쿠르트 아줌마의 친근한 이미지도 있었던 분인데, 고향이 인천이신가요?

지상렬 원래는 일제강점기에 도쿄에서 태어나셔서 이북에 계시다 월남하셔서 인천에서 사셨어요. 인천여고 출신이라 제가 잘 알아요. 원래 선생님 본명이 '태복실'이었거든요. 인천여고 다니실 때 태현실로 개명하셨어요. 인천에 '은하탕'이라고 큰 목욕탕이 있었는데 목욕탕 집 맏딸이셨죠. 한양대 연극영화과를 졸업하셨는데 용모가 워낙 수려해서 인천여고 다니실 때부터 유명했다고 들었어요.

김작가 〈여로〉의 태현실 선생님도 워낙 출중한 미모로 이미 인천에서 유명했었군요. 인천의 미인하면 또 빼놓을 수 없는 분이 있잖아요?

지상렬 황신혜 누님을 빼놓을 수 없죠. (웃음) 신혜 누님은 인천의 명문 인일여고 출신이세요. 예전부터 내려오던 유명한 일화가 있어요. '신포동의 노루표 페인트 대리점 딸이 있는데 꽃사슴처럼 생겼다더라' 이런 소문이 인천에 쫙- 퍼졌어요. 그래서 인일여고 담벼락부터 인천극장까지 몇 킬로미터를 신혜 누님 얼굴 보려고 줄을 서 있었죠. 이때는 저도 조금 자랐을 때라서 그 담벼락 밑에 저도 서 있었지요. (웃음)

김작가 옛날 얘기는 참 재밌고 유쾌하네요. 추억도 생각나고요. 〈여로〉에서 태현실 선생님의 바보 남편 역이었던 장욱제 선생님 근황은 어떻게 되시나요?

지상렬 장욱제 선생님 연기가 너무 강렬했어요. 그래서 다른 배역을 맡는데 어려움이 많았대요. 〈여로〉 이후에 사업을 하셔서 제주도에서 호텔업으로 성공도 하시고 이제는 악극도 준비하신다는 얘기를 들었어요.

김작가 당시에 〈여로〉가 TV 보급을 늘리는 데 일조를 할 정도로 인기가 대단했어요. 예전에는 TV가 나무 캐비닛 안에 들어 있어서 고급 가구 같은 느낌이었어요. 그때 6만 원이면 일반 봉급쟁이 월급 석 달 정도는 모아야 살 수 있을 금액이었어요. 〈여로〉 때문에 흑백 TV가 100만 대나 팔렸다고 해요.

지상렬 〈여로〉의 성공 요인으로 착한 며느리 태현실 선생님도 있고, 못된 시어머니 박주아 선생님도 있지만, 무엇보다 바보 남편 장욱제 선생님 역할도 컸던 것 같아요. 우리나라 방송에서 바보 연기의 원조가 바로 장욱제 선생님이시잖아요. 바보 연기 계보가 있어요. 장욱제로 시작해서 비실이 배삼룡, 영구 심형래, 1대 맹구 이창훈, 2대 맹구 심현섭 이렇게 내려오죠. 아! 그리고 번외가 있네요. 번외로 〈맨발의 기봉이〉 신현준이 있고요. (웃음) 요즘 형님들은 다 똑똑하셔서 가끔 바보 형들이 그리울 때가 있어요. (웃음)

김작가 바보 형들이 우직한 매력이 있지요. 시대가 빠르게 변하니까 시대에 맞춰서 사람관계도 빠르게 변하는 것 같아서 안타깝기도 합니다. 바보 형도 매력이 있지만 테스 형도 매력이 넘쳐요. 네스 형!

지상렬 아! 테스 형~ 세상이 왜 이래~ 세상이 왜 이래, 왜 이렇게 힘들어~ 테스 형, 나훈아 형님은 남자가 봐도 정말 매력 있죠. (웃음)

김작가 1972년은 테스 형의 수난기였습니다. 스타가 전성기만 있는 게 아니잖아요. 지상렬은 지금이 전성기죠?

지상렬 (웃음) 상렬이는 갱년기죠. 형님, 저는 전성기가 없어요. 오직 한 길, 이 길로 그냥 쭉 가는 거죠.

김작가 한 길을 걸을 수 있다는 것도 노력을 많이 해야 하지만 큰 행운인 것 같아요. 가수 나훈아도 한 길을 걸어온 인간문화재급 가수인데, 1972년 공연 중 무대에서 피습을 당하는 사건이 벌어져요.

지상렬 1972년이면 나훈아 형님과 남진 형님이 최고의 전성기를 누릴 때이고 최고의 라이벌 관계일 때네요. 남진 형님 '님과 함께' 나훈아 형님 '고향역' 이 두곡이 1972년의 쌍두마차였죠. 이때 음반이 상렬이네 집에 아직도 있거든요.

김작가 나훈아의 '찻집의 고독'도 히트를 하던 때인데요, 지금 세종문화회관인 시민회관에서 노래를 부르는 도중에 객석에서 올라온 범인이 가수 나훈아를 병으로 갑자기 가격을 해서 얼굴을 무려 72바늘이나 꿰매는 상처를 입게 되요.

지상렬 무대에서 공연을 하다 보면 가끔 과격한 애정 공세를 하는 팬들이 있긴 해요. 하지만 병으로 상처를 입히는 경우는 아마 이때가 처음이었던 것 같아요. 무슨 억하심정이 있어서 그런 건가요?

김작가 범행동기가 좀 당황스럽긴 한데 나훈아가 당시에 유명한 스타니까 스타에게 린치를 가하면 자신이 유명해질 것 같았다는 말도 안 되는 이유를 대서 허탈하게 했었죠. 심리적으로 문제가 있었던 것 같아요.

지상렬 유사 범죄가 예전에 미국에서도 있었던 게 기억나네요. 영화배우 '조디 포스터'는 아카데미 여우주연상을 두 번이나 수상했던 배우인데 〈택시드라이버〉, 〈양들의 침묵〉 등 유명한 작품을 많이 했어요. 그리고 조디 포스터를 과하게 사랑했던 팬이 있었는데, 바로 존 헝클리였죠.

김작가 생각나네요. 세상이 깜작 놀랐죠. 레이건 대통령을 암살하려 했는데 그게 1981년쯤이었어요.

지상렬 맞습니다. 워싱턴 힐튼호텔 앞에서 총격을 받아요. 그때 총을 쏜 저격범이 존 헝클리였어요. 범행 이유가 배우 조디 포스터의 관심을 끌기 위해서였다고 자백했죠. 그 사건이 있고 레이건 대통령 폐에 총탄이 박혀서 대수술을 했는데, 수술대에 누워서도 의사들에게 조크를 했다고 해서 국민들에게 친밀한 이미지가 더 생겼대요. 어디에서든 유머는 필요한 것 같아요.

김작가 두 사건에 공통점이 있긴 해요. 그들이 벌인 사건이 누군가의 관심을 받고 싶어서 벌인 범죄라는 공통점이죠.

지상렬 상렬이가 태어난 1970년부터 얘길 나누고 있는데 제가 태어날 때부터 참 많은 사건들이 있었구나, 그런 생각이 드네요.

김작가 워낙 바삐 살다보니까 잊고 지낸 것도 많은데 아! 이런 일들이 있었구나, 이런 일도 있었지, 다시 한 번 되새기게 되니 좋은 것 같아요.

지상렬 상렬이가 알기로 유명했던 기상캐스터 김동완 통보관이 기상예보를 TV로 한 것이 1972년부터예요. 이때부터 내일의 날씨를 국민들이 알 수 있었어요. 내일의 날씨는 알 수 있지만 내일 무슨 일이 벌어질지 알 수가 없어요. 하지만 어제 무슨 일이 있었는지는 알 수 있으니까 우리가 살아온 어제 무슨 일이 있었는지 되새겨볼 필요가 있는 것 같아요.

1973 미니스커트 장학퀴즈와

김작가 어떤 음악을 들으면 연상되는 풍경이 누구나 있을 거예요. 저는 하이든의 '트럼펫 협주곡 3악장'을 들으면 평화로운 일요일 오전 풍경이 떠올라요. MBC 〈장학퀴즈〉의 시그널 음악인데요, 지상렬 네 살 때 시작된 〈장학퀴즈〉가 50살이 넘은 지금까지 방영되고 있으니 대단한 장수 프로그램이네요.

지상렬 KBS 〈전국노래자랑〉보다 더 오래된 프로그램입니다. MBC에서 시작해서 1996년까지 하고 지금은 EBS에서 방송하고 있어요. 〈장학퀴즈〉 하면 생각나는 것이 지금은 교장 선생님이신 제 사촌 누님이, MBC 차인태 아나운서가 MC 하셨을 때 〈장학퀴즈〉에 몇 번 출연도 했고 우승도 하셨어요. 그리고 부상으로 TV를 받아서 집안에 경사가 났던 기억이 있어요.

김작가 대단한 누님이시네요. 공부 좀 한다는 수재들이 〈장학퀴즈〉에 출연했었죠. 우리가 잘 아는 난타 기획자 송승환, 가수 김광진, 김동률, 영화감독 이규형, MC 이택림, 강용석 전 국회의원, 전 SBS 앵커 한수진이 〈장학퀴즈〉 출신들이죠. 지상렬 학창시절에도 〈장학퀴즈〉가 있었는데, 나가봐야겠다는 생각은 안 했나요?

지상렬 세상에서 가장 쉬운 게 뭐냐면 남에게 충고하는 거예요. 가장 어려운 것은 자기 자신을 아는 것이라는데 상렬이는 거꾸로죠. 성격상 남에게 충고하는 게 제일 어려워요. 나 자신을 아는 게 가장 쉬웠어요. 제가 나이 먹고 〈장수퀴즈〉를 나가면 모를까 〈장학퀴즈〉는 제가 나갈 퀴즈가 아니라는 걸 이미 알았죠. (웃음)

김작가 〈장학퀴즈〉에 학생으로 나갈 기회는 지났지만 〈장학퀴즈〉 MC로 아직 기회가 있을 것 같아요. 초대 MC인 차인태 아나운서가 1973년부터 1990년까지 17년 동안 MC를 했고 MBC 손석희 아나운서가 뒤를 이었어요. 1997년 EBS로 넘어가서 원종배 아나운서부터 송은이, 염정아, 우희진 씨도 했지요. 임성민 아나운서, 신영일 아나운서도 진행했는데 지상렬은 MC로 어떨까요?

지상렬 퀴즈 진행자는 발음을 정확하게, 문제 전달을 잘해야 해요. 저는 제 말도 제가 못 알아들어요. (웃음) 그래도 문제는 성우 분이 출제를 하는 거니까 EBS에서 전화가 오면 냉큼 두 손으로 받도록 하겠습니다. (웃음)

김작가 〈장학퀴즈〉가 일요일 오전 10시 대에 방송이 되어서 저는 〈장학퀴즈〉와 목욕탕이 같이 연상이 돼요. 왜냐면 〈장학퀴즈〉를 보고 목욕탕에 가는 게 일요일의 일과였거든요.

지상렬 당시엔 일요일은 무조건 목욕탕이었죠. 상렬이는 목욕탕하면 목장우유가 떠올라요. 목욕을 하고 난 후 병으로 된 목장우유 한 병 마시는 게 큰 즐거움이었거든요. 그리고 초코 우유가 정말 맛있었어요. 여탕은 엄마 따라서 마지막으로 간 게 유치원 때인데 거기서 제가 좋아했던 이름도 안 잊어먹는 '우연히'를 우연히 만나게 되는 바람에 뜨거운 탕 속으로 숨었던 기억도 나네요. (웃음)

김작가 '우연히'를 우연히 만났던 뜨거운 추억이네요. 형님들이 있었는데 목욕탕은 같이 안 갔나 봐요?

지상렬 어렸을 때 목욕탕은 엄마나 아버지를 따라 갔던 기억이 나요. 형님들과의 추억은 일요일에 LP판 듣는 거 구경하던 기억이 나요. 뭣도 모르고 들었던 음악들 때문에 그때부터 상렬이 귀가 트였던 것 같아요.

김작가 형님들 덕분에 어렸을 때부터 음악을 들었겠네요. 1973년도는 청바지와 생맥주와 함께 통기타 문화가 한창일 때라서 윤형주, 송창식, 이장희, 양희은, 김민기 등의 가수들이 청년문화를 대표하던 시기인데, 이때부터 장발과 미니스커트 단속도 함께 시작되었죠.

지상렬 미니스커트는 가수 윤복희 누님이 미국에서 귀국할 때 입고 들어오면서 유행이 되었죠. 이게 우리 형님들 세대 얘기거든요. 형님들도 이 시대에 청바지 입고 장발에 통기타, 그런 문화에서 살다가 갑자기 길거리에서 잡혀서 바리캉으로 머리에 고속도로가 나고 그랬죠.

김작가 1973년도면 유신체제가 막 시작될 때잖아요. 이때 경범죄 처벌법이 개정 되면서 퇴폐풍조 단속을 이유로 처벌 항목수를 대폭 늘렸어요.

그중에 '신체를 과도하게 노출한 자' '성별을 알아볼 수 없을 정도로 장발을 한 자' '미풍양속을 해하는 저속한 옷차림' 이런 항목도 추가가 된 거죠.

지상렬 당시 '경범죄처벌법'에 미니스커트 단속 기준이 무릎 위 20센티미터였거든요. 그때부터 경찰관들이 길거리에서 쪼그려 앉아서 미니스커트 입은 여자들의 치마 길이를 재고 다녔어요. 지금 생각해보면 코미디 콩트의 소재 같은 얘기죠. 경찰관이 가위랑 바리캉 들고 머리를 자르러 다녔어요.

김작가 예전 영화 보면 기차에서 기타를 치면서 여행하는 장면도 많았는데, 기차에서 기타를 치는 것도 단속 대상이 됐어요. 그때는 서울에서 교외로 나가려면 주로 청량리역에서 기차를 탔는데, 기차를 타려면 기타를 청량리역에 맡기고 열차를 타게 했지요.

지상렬 요즘 젊은 세대들은 취업이다 뭐다 어려움이 많은데 70년대 형님들도 힘든 게 많았을 것 같아요. 1973년도에 사건 사고는 뭐가 있었죠? 그래도 기분 좋은 사건도 좀 있지 않을까요?

김작가 지상렬 어린이에게 즐거운 소식이 하나 있죠. 예전에는 가장 큰 유원지가 동물원과 놀이기구가 있던 창경원이었어요. 지금의 창경궁이죠. 그런데 1973년에 동양에서 가장 크다는 21만 평 규모의 어린이대공원이 개장합니다. 10만 명이 동시 입장을 할 정도로 당시로서는 대규모였어요. 동물원, 식물원, 수영장과 놀이시설도 갖춘 이곳에 가보는 게 어린이들 최고의 꿈이기도 했죠.

지상렬 인천에서는 월미도, 맥아더공원, 새인천 풀장이 최고였는데 저도 부모님 따라서 어린이 대공원에 가서 청룡열차 탔던 추억이 떠오르네요. 우리나라 최초의 롤러코스터가 어린이대공원 청룡열차였거든요. 청룡열차는 어린이대공원 밖에 없었으니까요.

김작가 지상렬은 수도권에서 유년기를 보내서 청룡열차도 타봤네요. 시골에서는 달구지 타고 다니던 때거든요. (웃음) 그리고 그해 유고슬라비아 사라예보에서 낭보가 전해져요.

지상렬 사라예보 하면 이에리사입니다. 세계탁구선수권 대회 우승이 1973년이었네요. 이게 왜 대단했냐면 한국 스포츠 사상 구기 종목으로 최초의 세계대회 우승이었어요. 세계 최강이었던 중국도 꺾고 단체전 우승을 했죠.

김작가 사라예보의 영웅이라고 했죠. 이에리사 선수가 태어날 때 영국 엘리자베스 여왕이 즉위를 했어요. 그래서 에리사라는 이름을 지었다고 해요. 사라예보에서 우승을 하고 귀국했을 때 환영 인파도 대단했지요. 그때는 국위선양을 하면 서울시내 카퍼레이드를 하던 시절이잖아요. 연도에 학생들이 태극기 흔들어주고 빌딩에서 꽃가루 뿌려주고 경찰차가 에스코트를 해주었지요.

지상렬 경사스럽죠. 잔치집 분위기가 되었어요. 온 국민이 기뻐하고요. 이런 일들이 많아야 사는 게 즐거운데 말이죠.

김작가 해마다 다양한 사건들이 많았다는 게 새삼 놀랍네요. 한 해도 순탄했던 해가 없었어요. 1973년 겨울에도 고비가 찾아옵니다. 중동 전쟁의 여파로 석유 값이 오르고, 우리나라에도 1차 오일쇼크가 오죠.

지상렬 이때 얘기는 집안 형님들한테도 많이 들었어요. IMF때처럼 도산

기업들도 많았죠. 요즘 코로나 시대처럼 분위기가 침침하고 어두웠다고 해요. 화려했던 명동이나 종로, 무교동, 충무로 밤거리에 네온사인도 다 꺼졌다고 하고요.

김작가 당시에는 석유곤로가 많았어요. 석유를 구하지 못해서 연탄난로를 들여놓는 집도 많았죠. 초등학교는 연료절감 때문에 조기 겨울방학에 들어가기도 했어요.

지상렬 이런 거 보면 우리나라 국민들 참 대단한 국민들입니다. 오일쇼크도 이겨내고 IMF도 이겨내고 힘든 고비 고비마다 슬기롭게 극복한 국민들이 아닌가 싶어요. 상렬이도 조상님들의 피를 물려받아서, 다른 건 몰라도 어딜 가나 적응력은 뛰어나거든요. 찰스 다윈 형님이 그런 말을 했다잖아요. 마지막까지 살아남은 종은 힘센 종들이 아니고 지능이 뛰어난 종들도 아니고 상렬이처럼 적응력이 뛰어난 종들이었다잖아요. (웃음)

1974

살벌했던 긴급조치 달콤했던 초코파이,

지상렬 1974년은 제 몸이 기억하고 있어요. 제가 다섯 살 때인데 상렬이의 뼈와 성장판의 절반은 초코파이와 바나나 맛 우유로 만들어졌다고 할 정도로 어릴 때 많이 먹었거든요. 이때가 초코파이와 바나나 맛 우유의 신세계가 열리던 해입니다.

김작가 오리온 초코파이와 빙그레 바나나 맛 우유가 그때 출시가 되었어요. 국민간식이라고 할 정도로 오랫동안 인기가 있었죠. 특히 초코파이는 군인들에게 인기가 많았던 간식이었죠.

지상렬 70년대는 바나나가 수입 제한 품목이라서 비쌌어요. 그래서 맛을 보는 게 쉽지 않았거든요. 바나나 맛이 나는 우유가 당시에는 참 획기적이었어요. 포장용기도 특이했어요. 장독대에서 볼 수 있는 단지 모양으로 만들어서 풍성하고 넉넉해 보였거든요. 초코파이도 우리의 정서인 '정(情)'을 붙여서 친근하고 정감 있는 마케팅에 성공했지요.

김작가 1974년에 출시된 초코파이와 바나나 맛 우유는 달콤했지만, 유신시대는 달콤하지 않은 시대였어요. 유신헌법 개정이나 폐지를 주장하면 민간인도 군법에 넘겨져 15년 이하의 징역을 받는다는 '긴급조치 1호'가 선포되면서 살벌한 긴급조치 시대가 시작되었어요.

지상렬 사는 게 역시 달콤하지만은 않네요. 유신헌법을 반대하면 다 잡아들이겠다는 실질적인 협박이니까요. 어렸을 때인데도 초코파이처럼 강렬했던 기억은 오래 남잖아요. 그런데 이때 전 국민이 깜짝 놀라는 사건이 일어나요. 육영수 여사가 피격을 당하는 충격적인 일이 있었죠.

김작가 맞습니다. 8. 15광복절 경축행사가 장충동 국립극장에서 전국에 생방송되고 있었어요. 이때 박정희 대통령을 노린 재일 한국인 문세광의 총탄이 육영수 여사 머리를 관통해 서울대 병원에서 수술을 받았죠. 하지만 깨어나지 못하시고 바로 그날 돌아가셨어요.

지상렬 역대 영부인 중에서 육영수 여사님을 기억하는 분들이 많을 거예요. 우아하게 한복을 입으셨던 모습이랑 머리는 항상 올림머리를 하셨잖아요. 육영수 여사님 머리를 담당하셨던 헤어디자이너가 엄앵란 선생님이랑 같은 분이셨다고 해요.

김작가 국민들에게 참 친근한 이미지였지요. 지폐 5만 원권 보면 모델이 신사임당인데 만약에 박대통령이 유신통치를 안 하고 장기집권을 안 했더라면, 5만 원권 지폐 모델 후보에 육영수 여사도 오르지 않았을까 그런 얘기도 있을 정도였죠. 국민에게 신뢰를 많이 받았던 영부인이었던 것 같아요.

지상렬 〈수사반장〉이 한창 인기 있었던 시절에 육영수 여사님이 최불암 형님한테 직접 전화를 하신 적이 있대요. 극중에서 최불암 형님이 바바리코트를 입고 담배를 자주 태우셨는데, 수사반장님이 TV에서 담배를 피울 때마다 박대통령도 같이 피우시더라, 다른 국민들도 담배를 피울 것 같은데 국민 건강에도 안 좋으니 수사하실 때 담배를 좀 덜 피우시면 좋겠다는 부탁을 드린 적이 있대요. 그 뒤로 수사반장님이 담배를 한 대도 안 태우셨다잖아요. (웃음)

김작가 국민 건강을 위해서 좋은 의도로 말씀을 하셨네요. 그 당시 유신 시대에는 방송사에 중앙정보부에서 파견 나온 직원이 방송국 사무실에 앉아서 라디오 DJ멘트를 심의하던 때가 있었대요. 그때는 제비가 박 씨를 물고 갔다는 표현만 해도 박 씨가 박대통령을 빗댄 거 아니냐는 지적을 하던 시절이었다고 해요. 이런 일도 있었죠. 개그맨 전유성 씨가 라디오에서 박정희 대통령과 육영수 여사의 부부싸움에 대해 '육박전'이란 멘트를 해서 석 달 동안 방송 출연 정지당하는 일도 있었어요. 요즘 이런 이야기를 하면 옛날 동화 같은 얘기라고 할 텐데, 불과 50여 년 전에 실제로 있었던 일들이에요. (웃음)

지상렬 저는 김순애 누님 얘기를 할게요. 가수 장미화 누님 본명이 순애 누님이에요. 1974년이 순애 누님의 해였거든요. 저 꼬마 때 많이 따라 불렀던 노래인데, 노랫말이 지금도 그대로 생각나요. "안녕하세요, 또 만났군요. 날마다 이 시간에 지나더니, 그저께부터 안 지나기에 내 마음이 약간 야릇했죠" 장미화 누님의 '안녕하세요'가 1974년에 빅 히트를 했어요.

김작가 벌써 칠순을 훌쩍 넘긴 연세인데 아직도 활발하게 활동을 하고 계시고 주부 대상 토크 프로그램에도 단골 게스트로 출연을 자주 하시고 있죠. '안녕하세요'는 가사와 멜로디가 쉽고 경쾌해서 어린이들도 많이 따라 불렀던 기억이 납니다.

지상렬 순애 누님이 솔로 이전에 5인조 걸그룹 출신이에요. '레이디버드'라는 걸그룹의 리더로 미국과 캐나다, 동남아에서 활동을 했는데, 미국에 있는 호텔에서 공연을 할 때 누님이 부르고 그 다음 가수가 라이처스 브라더스The Righteous Brothers였대요. 우리나라에서도 히트했지만 영화 〈사랑과 영혼〉 때문에 '언체인드 멜로디Unchained Melody'가 유명하잖아요. Oh, my love My darling 오, 나의 사랑, 당신의 손길이 너무도 그리워요. 그 유명한 라이처스 브라더스가 눈앞에서 노래하니까 어메이징했을 거예요. 근데 누님 만날 때마다 지금도 그런 말씀하세요. "상렬아, 라이처스 브라더스는 노래는 잘하는데 얼굴은 영 아니더라" (웃음)

김작가 장미화 선생님, 성격도 소탈하시고 올해엔 77세 희수연 잔치도 하셨는데 오래 오래 건강하셨으면 좋겠어요. 1974년에 히트한 노래가 또 있는데요, 가수 이장희의 '나 그대에게 모두 드리리' '휘파람을 부세요' '한잔의 추억' 그리고 당시에 서울예고를 졸업한 윤시내의 데뷔곡 '나는 열아홉살이에요'가 줄줄이 히트를 했어요. 이 곡들이 모두 영화 〈별들의 고향〉 OST였는데, 영화가 히트를 하면서 삽입곡들도 모두 히트를 하게 된 거죠.

지상렬 〈별들의 고향〉은 지금도 전설로 남아 있는 영화죠. 요즘도 가끔 패러디 하는 대사가 있잖아요. "경아~ 오랜만에 같이 누워보는군" (웃음)

김작가 〈별들의 고향〉이 1974년에 국도극장에서 개봉했을 때 관객 수 46만 5천명을 기록해서 관객 동원 1위를 했어요. 당시에 유명했던 스티브 맥퀸과 더스틴 호프만 주연의 〈빠삐용〉도 개봉했는데 〈빠삐용〉 관객은 32만 명이 들어서 〈별들의 고향〉에 미치지 못했죠. 그 정도로 별들의 고향이 빅히트를 했었요.

지상렬 이장호 감독의 데뷔작이죠. 당시에 베스트셀러였던, 이 영화가 최인호 작가의 소설이 원작인데 이장호 감독님이랑 돌아가신 최인호 작가님이 덕수 초등학교 시절부터 중·고등학교까지 친구셨다고 해요. 그래서 최인호 작가의 《별들의 고향》으로 신인이었던 이장호 감독이 감독 데뷔를 할 수 있었대요. 영화음악을 맡은 가수 이장희 형님도 이감독님과 최 작가님 고등학교 2년 후배라서 손발이 잘 맞았대요. 이미 끈끈한 관계여서 히트할 준비가 되어 있었던 작품이었던 거죠. 물론 관계만 좋다고 되는 건 아니죠. 저랑 구라랑 염경환이 〈별들의 고향〉을 만든다고 잘 되는 건 아니잖아요. (웃음)

김작가 당대에 최고 스타였던 신성일 씨와 신인이었던 안인숙 씨가 주연을 맡았고 애절한 스토리와 영화음악이 조화를 잘 이루었던 영화죠. 그래서 오랫동안 기억에 남는 영화인데 특히 엔딩이 기억에 남아요. 눈 내린 강가에서 경아의 유골을 뿌리는 장면인데, 영화가 끝날 때 그 당시에는 스크린에 '끝'이라고 자막이 떴어요. 그런데 〈별들의 고향〉은 '끝'이 아니라 스크린에 '경아 안녕'이라고 떴거든요. 그것도 참 신선했다는 평이었죠.

지상렬 문화의 힘이 정말 대단한 것 같아요. 1974년이 유신시대이고, 육영수 여사도 서거하고, 오일쇼크로 경제도 어렵고 어찌 보면 우울한 시대인데 가요로 위안을 받고 영화로 위로를 받으며 힘을 낼 수 있었던 거잖아요. 그런 게 대중문화의 힘이 아닌가 싶어요.

김작가 지상렬이란 예능인도 대단하죠. 매사에 긍정적이고 정직하게 오직 한 길로 직진해서 살아왔잖아요. 많은 사람들에게 선한 영향력이 있으리라고 생각해요. 자! 주제를 바꿔보겠습니다. 서울의 지하철 요금이 얼마인지 알고 있나요?

지상렬 그런 질문은 대선 후보들이 서민경제 문답 때 받는 질문이잖아요. 기본 요금이 버스는 1,200원, 지하철은 1,250원이죠. 상렬이도 자주 타니까요.

김작가 서울 지하철 요금이 30원이던 시절이 있었어요. 1974년 8월 15일 서울 지하철 1호선이 개통되던 당시 요금입니다. 서울역에서 청량리역 구간을 운행하는 지하철인데 개통 당시에는 1호선이 아니라 종로선이라고 불렀어요. 서울역에서 청량리역까지 18분 만에 주파를 했지요. 소요 시간은 지금과 크게 다르지 않은 것 같네요.

지상렬 수도권 전철도 1974년에 같이 개통되어서 구로에서 인천으로 가는 전철도 개통되었죠. 이 노선이 지하철 1호선의 노선인 셈이에요. 거의 50년째 쉬지 않고 달리고 있는 거죠.

김작가 지하철의 역사와 지상렬의 역사가 거의 비슷하네요. 그리고 1974년의 특이한 사회현상이 하나 있어요. 남성들의 정관수술이 대유행을 하게 됩니다.

지상렬 갑자기 무슨 일인가요? 정관수술이라면 피임수술이잖아요. 조금

만 늦었으면 상렬이가 태어나지 못 했을 수도 있었네요. (웃음)

김작가 경제적으로 힘든 시절이었어요. 1973년 말에 오일쇼크가 시작되고 중동에 건설 노동자를 파견하기 시작한 것도 1974년인데요, 경제는 어렵고 인구는 넘치니까 산아제한을 목적으로 대한가족계획협회에서 대대적인 홍보를 하고 예비군을 상대로 아이디어를 냅니다.

지상렬 아! 상렬이도 들어봤습니다. 정관수술을 받으면 예비군 훈련을 면제해주는 제도가 있었다고 들었는데 바로 이때네요.

김작가 맞습니다. 무료로 정관수술을 해주기 시작했어요. 정관수술팀이 예비군 교육장을 순회하면서 수술을 독려합니다. 그래서 1974년부터 1990년까지 무려 48만 명이나 정관수술을 하게 됩니다.

지상렬 요즘은 너무 안 낳아서 문제인데, 그때 수술하신 예비군 아저씨들 다시 복원해서 다복한 가정 이루면 좋겠네요. (웃음) 이 당시에 상렬이는 어린이 잡지 《새소년》을 보면서 한참 '숨은 그림 찾기' 하던 때예요. 숨은 그림 찾는 동안 많은 일들이 있었네요.

김작가 숨은 그림 찾기, 오랜만에 들어보네요. (웃음) 옛날에는 십자 낱말 풀이나 숨은 그림 찾기가 신문이나 잡지에 꼭 있었어요. 그런데 요즘은 잘 볼 수 없는 것 같아요.

지상렬 상렬이가 어릴 때는 프라모델 장난감이 유행이었어요. 탱크도 만들고, 보트도 만들고 그랬는데. 모터가 들어간 건 가격이 천 원대였어요. 그건 엄청 비쌌고 고무줄 동력으로 가는 보트 같은 건 100원대였어요. 그것도 귀한 장난감이라서 어린이날이나 크리스마스 때 하나씩 받곤 했죠.

김작가 예전 얘기를 하고 있으니까 그 시절 생각이 많이 나네요. (웃음) 살면서 좋았던 추억만 많았으면 좋겠지만요, 안 좋았던 기억들도 있잖아요. 1974년에도 그런 사건들이 있었어요. 서울 명동에 있던 대연각 호텔 화재사건이 나고 3년이 지나지 않아서 대형 화재사건이 또 발생했어요. 서울 청량리에 있던 복합상가 '대왕코너'에 불이 났는데, 건물 안에 있던 나이트클럽에서 젊은 손님들이 많이 사망했어요.

지상렬 나이트클럽에 인화성 물질이 많아서 희생자가 더 많았나요?

김작가 그런 이유도 있겠지만 화재가 발생하면 대피로를 확보해서 손님을 빨리 대피시키는 게 상식인데, 종업원들이 오히려 출입문을 닫아버려서 88명이나 목숨을 잃는 더 큰 사고를 초래했죠. 손님들에게 술값 계산을 하고 나가라고 문을 걸어 잠궜다고 하니 이건 황당하다 못해 범죄를 저지른 거랑 같아요.

지상렬 돌이킬 수 없는 명백한 범죄네요. 사람의 목숨보다 술값이 더 중요했다니 말이에요. 대연각 호텔 화재에 이어서 대형 화재가 많았던 70년대네요.

김작가 70년대 3대 화재사건이 있는데요. 명동 대연각 호텔 화재사건, 청량리 대왕코너 화재 그리고 서울 시민회관 화재까지, 대형 화재가 많았어요.

지상렬 서울시민회관 화재는 1972년도에 MBC에서 10대 가수 청백전 공연 중에 불이 난 화재사건인데, 가수 문주란 선생님도 이때 탈출하면서 척추가 부러지는 사고를 당했다고 하시더라고요. 조명시설 합선으로 인한 화재였는데 그때 50여 명이나 사망한 대형화재였어요. 불이 나고 나서 서울시민회관 자리에 지금의 세종문화회관으로 건물을 다시 짓게 된 거죠. 상렬이 같은 70년대 생들은 집에서 연탄도 때보고, 기름보일러도 때본 세대거든요. 연탄구멍이 열아홉 개라서 십구공탄이라고 했는데 연탄을 갈 때 열아홉 구멍을 잘 맞추어야 화력이 좋고 연탄이 끝까지 잘 타요. 갑자기 연탄 얘기를 왜 하냐면, 상렬이 세대가 세종문화회관보다 더 나이가 많다고 생각하니까 정말 반백 년을 살긴 살았구나 갑자기 그런 생각이 드네요.

김작가 그러네요. 예전에는 겨울에 연탄가스를 맡는 일도 많았어요. 연탄가스에 중독되면 동치미 국물을 먹어야 한다고 했던 생각이 나네요. 반백년을 살아본 사람으로서 인생을 한마디로 말하면 무엇일까요?

지상렬 아직 반백 년을 더 살아봐야 정확하게 알 수 있을 것 같아요. 살아온 반백 년으로만 정리를 해본다면 인생은 한마디로 '접속부사다'라고 말하고 싶네요. 그리고, 그래서, 그러나, 그런데 이런 접속부사 중에서도 '그런데도 불구하고' 살 만한 가치가 있다는 거죠. 그래서 인생은 한마디로 '접속부사'라고 하고 싶네요. (웃음)

마징가 Z와 금지곡 1975

지상렬 종로5가에서 혜화동 로터리까지의 길을 대학로라고 하잖아요. 소극장도 많아서 가끔 공연을 보러가기도 해요. 동숭동 마로니에 공원에 가보면 데이트하는 젊은 커플들도 많아요. 그런데 그 거리가 서울대학교가 있던 자리라서 대학로라는 걸 젊은 세대가 모를 것 같아요.

김작가 지금은 연극공연이나 뮤지컬, 영화, 음악공연이 활발한 문화 예술의 거리지만, 예전에는 서울대학교 문리과대학, 법과대학, 미술대학이 있던 자리이지요. 1975년에 의대는 그대로 그 자리에 있고 신림동 관악캠퍼스로 이전을 하게 되면서 거리 이름이 대학로가 되었죠.

지상렬 대학로에 가면 서울에서 가장 오래된 다방이 있어요. '학림다방'이 1956년에 생긴 다방인데, 가수이면서 연극 연출가인 김민기 형님이

나 김광석 형님, 통일문제 연구소 백기완 선생님도 생전에 자주 들리시던 다방이죠. 세상이 너무 빠르게 바뀌니까 이렇게 오래된 노포를 보면 무조건 정겨운 느낌이 들어요.

김작가 무려 60년이 넘은 다방이네요. 천상병, 황지우나 김지하 같은 시인이나 이청준, 황석영 같은 소설가도 대학로 학림다방의 단골이었다고 하죠. 추억할 수 있는 공간이 남아 있다는 건 참 좋은 것 같아요. 대학로에 있던 서울대학교가 관악캠퍼스로 옮겨지고 여의도에 국회의사당이 준공된 것도 1975년입니다.

지상렬 국회의사당 지붕이 열리면 그 안에서 마징가 Z가 나온다는 농담이 있었는데, 이게 그냥 만든 건 아닌가 봐요. 1975년에 MBC에서 〈마징가 Z〉가 방영되면서 인기가 대단했었거든요. "기운 센 천하장사 무쇠로 만든 사람, 인조인간 로보트 마징가 Z" 〈마징가 Z〉의 주제가를 모르는 애가 없었으니까요. (웃음)

김작가 대단했었죠. 일본 후지 TV에서 72년도부터 방영되다가 우리나라에 1975년 수입되어서 방영되었는데 인기가 대단했잖아요. 당시만 해도 국민적으로 반일 감정이 클 때라서 이듬해에 우리나라도 애니메이션 영화 〈로보트 태권 V〉를 만들었었죠.

지상렬 어릴 때 〈마징가 Z〉가 우리나라 로보트인 줄 알았어요. 눈에서 광자력 빔을 쏘고, 로켓펀치라고 해서 마징가 Z의 팔뚝이 대포처럼 발사됐었어요. 그때, 장난감 가게에 가면 스프링을 이용해서 팔뚝이 발사되는 로보트가 엄청 인기 있었거든요. 어릴 때는 마징가 Z랑 로보트 태권 V랑 싸우면 누가 이기나 그런 얘기들도 많이 했어요. 나중에 알게 된 거지만 마징가 Z는 조종 방식이 달라요. 마징가 Z는 쇠돌이가 마징가 Z의 머리 부분에 들어가서 조종을 하는 로보트이고, 로보트 태권 V는 훈이가 태권도를 하면 그걸 그대로 따라하는 형식이잖아요.

김작가 그러네요. 둘이 싸우면 누가 이길지 궁금하긴 하네요. (웃음)

지상렬 마징가 Z와 로보트 태권 V가 싸우면 일본의 레슬러 이노키와 우리나라 박치기 왕 김일 선수의 대결처럼 빅매치 한일전이 될 텐데, 둘이 싸워본 적이 없으니 알 수가 없네요. (웃음) 〈마징가 Z〉 주제가를 부르니까 생각나는데요, 따라 부르던 시엠송이 또 있었어요. "아빠 오실 때 줄줄이, 엄마 오실 때 줄줄이, 우리들은 오리온 줄줄이 사탕" 마징가 Z가 나올 때 줄줄이 사탕도 같이 나왔거든요. 추울 땐 호빵, 더울 땐 아이차, 출출할 땐 농심 라면, 사탕은 줄줄이… 이런 시절이었죠.

김작가 농심 라면도 CF가 유명했어요. 돌아가신 구봉서 선생님과 후라이보이 곽규석 선생님이 하셨어요. 생각나요?

지상렬 당연히 생각납니다. "형님 먼저 드세요, 농심 라면, 아우 먼저 들게나, 농심 라면, 형님 먼저, 아우 먼저, 형님 먼저, 아우 먼저, 그럼 내가 먼저" (웃음)

김작가 농심 라면이 1975년도에 처음 나왔을 때 가격이 25원이었는데, 구봉서 선생님이 당시 광고료로 한 달에 라면 세 박스를 받으셨다고 해요. CF 때문인지 이때부터 라면의 인기가 높아져서 국민식품으로 자리매김을 하기 시작했다고 해요. 어릴 때 학교에서 주옥같은 동요도 많이 배웠을 것 같은데, 나이 먹고 생각나는 노래는 마징가 Z, 줄줄이 사탕, 농심 라면 CF 이런 거네요. (웃음) 1970년대에는 주옥같은 우리 가요도 많이 나오던 시절이었잖아요. 가난한 시절이었지만 음악은 무척 풍요로웠던 시절이기도 해요. 그런데 1975년에 문화공보부에서 '공연활동 정화대책'이란 걸 발표합니다. '가요대학살의 해'라고 표현하기도 하는데, 한마디로 정부가 금지곡을 정해버렸죠.

지상렬 저는 어렸을 때 동요보다 가요를 많이 듣고 많이 부르고 자랐어요. 전에도 말했지만 형님 두 분께서 음악을 너무 좋아하셔서 집에 있는 전축이나 음반의 규모가 음악감상실 같았거든요. 자라면서 형님들 때문에 자연스럽게 알게 된 건데, 1975년에 우리나라 가요계에 '금지곡'으로 묶인 가요가 200여곡이나 됐다고 해요.

김작가 대표적인 금지곡이 김민기 작사 작곡, 양희은이 노래한 '아침이슬'이었는데 1971년 발표 당시에는 노랫말이 아름답다고 '서울시 문화상'을 수상하고 건전한 가요라고 홍보됐어요. 그런데 갑자기 금지곡이 되어버린 거죠.

지상렬 금지곡이 많았지만 기준이 없었어요. 코에 걸면 코걸이고 귀에 걸면 귀걸이가 되는 시절이고 비상식적인 일들이 비일비재하게 일어나던 시절이니까요. '아침이슬'이 느닷없이 금지곡이 된 이유는 "태양은 묘지 위에 붉게 떠오르고"라는 가사가 문제가 되었대요. 묘지 위에 붉게 떠오르는 '태양'이 북한 김일성이나 공산주의를 상징한다는 황당한 이유였죠. 1975년에 히트한 영화 〈바보들의 행진〉에 두 남자 대학생이 길거리에서 경찰관에게 장발 단속을 당하는 장면이 있는데, 남자 대학생이 단속을 피해서 도망을 가요. 그때 배경음악으로 송창식의 '왜 불러'가 깔리거든요. 반말조로 신성한 공권력을 조롱했다는 이유로 '왜 불러'도 금지곡 명단에 끼게 되죠. 당시에는 주옥같은 노래들이 다 금지곡이었기 때문에, 금지곡은 명곡이라고 봐도 될 정도였어요. 양희은 누님의 '이루어질 수 없는 사랑' 김추자의 '거짓말이야' 패티 김의 '무정한 배' 신중현의 '미인' 이미자의 '동백 아가씨' 배호의 '0시의 이별' 이금희의 '키다리 미스터 김'. 한 시대를 풍미했던 노래들이 모두 금지가 됐으니까요. 김추자의 '거짓말이야'는 어느 라디오 방송 PD가 대통령 담화문이 끝나자마자 이 노래를 틀었대요. 그러니까 박정희 대통령 담화가 모두 거짓말이라는 거냐, 이런 이유로 잡혀가서 PD가 모진 고초를 겪었다고 하고요. 이장희 형님의 '한잔의 추억'은 국민들에게 음주를 조장해서 간 건강을 해친다는 이유로 금지가 되었다고 해요.

김작가 국가가 국민의 간을 관리하던 헛개나무 같은 시대였네요.

지상렬 정부가 전권을 쥐고 국민을 쥐락펴락하던 시대니까요. 술자리로 치면 정부가 병권을 쥐고 있는 거죠. 이 잔엔 반만 따르고, 이 잔은 꽉 채우고, 이 잔은 패스하고 술병 든 사람 마음이잖아요.

김작가 이금희의 '키다리 미스터 김'도 금지곡이 된 이유가 황당하잖아요. 당시에 박정희 대통령 키가 160cm 정도였다는데 '키다리 미스터 김'이 대통령의 심기를 불편하게 할 수 있다는 게 이유였다고 해요. 지금 들으면 말도 안 되는 이유지만 그때가 말도 안 되는 시대였기 때문에 그럴 수 있었던 거죠.

지상렬 미스터 김이 하필이면 키가 커서 대통령께 결례를 했네요. 이미자 선생님의 '기러기 아빠'는 아빠가 월남에 파병되어서 전사한 가정을 빗댄 것 같다고 금지곡이 되었어요. 중저음이 멋진 배호의 '0시의 이별'은 0시부터 4시까지가 통행금지인데 빨리 헤어지고 귀가해야지 0시에 이별을 하면 통행금지 위반이라는 이유 때문에 금지곡이었다니, 할 말이 없는 거죠. (웃음)

김작가 유신시대의 하이라이트라고 할 수 있는 권력의 끝판왕은 대통령의 권한으로 언제든 선포할 수 있는 특별조치인 '긴급조치'이죠. 긴급조치 중에서도 끝판왕이라고 할 수 있는 '긴급조치 9호'가 1975년에 발동이 됩니다. 그간 유신시대에 발동이 되었던 긴급조치 1호부터 8호까지는 유신헌법에 반대하거나 유신체제에 반대했던 야당인사나 운동권 대학생이 적용 대상이었는데, 긴급조치 9호는 우리 같은 일반인을 대상으로 감시를 하기 시작합니다.

지상렬 막걸리 긴급조치라고 했던 게 긴급조치 9호였잖아요. 형님처럼 막걸리 좋아하시는 분들이 술 한 잔 마시고 정부를 욕하면 어디선가 나타난 사람들이 쥐도 새도 모르게 모셔간다는 바로 그 막걸리 긴급조치가 발동이 되었네요.

김작가 이때 지상렬이나 김작가가 성인이었으면 술자리에서 술 한 잔 마시고 무슨 일이 생겼을지도 모르는데 불행한 시대에 미성년이어서 다행이다 싶네요. (웃음)

지상렬 형님이나 저는 술자리에서 말보다 술이니까 별 문제 없었을 것 같은데, 술 마시면 말 많아지는 장동민은 백 퍼센트 잡혀갔을 것 같네요. (웃음)

김작가 실제로 긴급조치 9호 위반으로 잡혀간 사람들의 절반 이상이 유언비어 유포죄로 잡혀갔어요. 그래서 막걸리 보안법이라고도 했죠. 그리고 이때 또 하나의 사건이 터집니다. 월남이 패망하고 공산화가 돼요. 월남도 21년이나 분단되어 있다가 남베트남이 패전을 하고 공산화가 되니까 정부가 북한을 더욱 경계하면서 '총력안보'를 최우선으로 내세우게 되죠. 지금은 다시 없어졌지만 이승만 정권 때 생겼다가 4. 19혁명으로 사라진 학도호국단이 전국의 고교, 대학교, 여자대학교 할 거 없이 다시 결성이 된 게 이때입니다.

지상렬 상렬이가 다닐 때만 해도 고등학교 때 교련 수업이라는 게 있었는데, 형님도 교련 교육을 제대로 받은 세대죠?

김작가 맞습니다. 유신의 영향을 알게 모르게 많이 받으면서 자란 세대니까요. 지금 들으면 상상이 잘 안 되는 얘기인데 제가 고등학교 다니고 대학교에 다닐 때는 교련 교육을 받았어요. 교복 말고 교련복이라고 군복 같은 얼룩무늬 교련복을 입고 종아리에 '각반'이라는 걸 차고 플라스틱으로 된 모형소총을 들고 '집총 16개 동작'이란 걸 운동장에서 배웠어요. 군인들이 하는 행군이나 제식훈련도 했고요. 교련 시간이면 학교가 군대로 변했다고 보면 되죠. 교련 시간에는 반장을 소대장, 학년회장은 대대장, 전교회장은 연대장이라고 불렀는데, 조회시간에 '교장선생님께 경례'하잖아요. 그것도 '받들어 총' 이렇게 군대식으로 바꿔했지요.

지상렬 형님, 지금 그런 거 시키면 학부모 항의 들어와요. 한 시간이라도 더 공부해서 수능준비 해야 하는데 '받들어 총'이라니요! 큰일납니다. 말이 안 되는 거죠.

김작가 지금 생각해보면 말이 안 되는 얘기들이 그 시대에는 비일비재했잖아요. 워낙 무서운 정치를 하니까, 국민들은 대들 생각을 못했었죠.

엄혹한 시절이었습니다.

지상렬 그때 군사교육을 고등학생, 대학생, 여대생도 받았지만 절에 계시던 스님들도 받았다면서요?

김작가 임진왜란 때도 승병들이 전투에 동참했던 역사가 있어요. 조계종 스님들이 '호국 승군단'을 조직해서 발대식을 했었죠. 스님들 5천여 명이 조계사에 모였고 실제로 군사훈련을 군부대에 가서 받기도 했어요. 비구니 스님들은 간호병 훈련을 받았고요. 전국 직장인들로 구성된 민방위대도 이때 생겼어요.

지상렬 고등학생부터 대학생, 직장인, 스님까지 전 국민이 군인이 된 거나 마찬가지네요. 그야말로 총력안보, 철통안보였네요. 그리고 같은 해 12월에 대중음악계를 뒤흔드는 큰 사건이 터지게 됩니다. 바로 '대마초 파동'인데, 1975년이 끝나갈 무렵에 금지곡으로 위축되었던 가요계에 또 한 번 칼바람이 불게 된 거죠. 당시에 유명한 가수들은 전부 잡혀갔다고 보면 돼요. 이장희, 신중현, 윤형주, 김추자 등 당시 새로운 음악을 주도했던 아티스트들이 갑자기 구속되면서 그해 겨울에 음악의 혹한기가 시작되었어요.

김작가 그때만 해도 대학가에서, 노상에서 대마초를 팔던 그런 시절이고 당시에는 대마관리법이 없을 때거든요. 대마관련법이 약간 허술할 때인데 그 당시 잡혀 들어간 아티스트들은 대마관리법에 적용되어서 잡혀간 게 아니고, 1970년에 제정된 '습관성 의약품 관리법'에 의해서 구속이 된 거예요. 일단 잡아가고 나서 이듬해 1976년에 대마관리법을 제정하게 됩니다. 앞뒤가 안 맞는 느낌이 들기도 해요. 앞뒤를 따질 수 있는 시대도 아니잖아요. 유신시대이고 긴급조치 9호가 발동된 상황이었으니까요.

지상렬 물론 대마초를 피운 행위가 잘했다고는 볼 수 없죠. 당시에 대마초 사범이 1700명 정도 구속 되었고, 연예인은 10%가 안 되는 인원인데 대마초 사범의 전부가 연예인인 것처럼 부풀려서 보도를 해서 연예인들의 이미지가 많이 안 좋았어요. 연예인 중에서도 유독 가요계에 엄격한 잣대를 들이대지 않았나 싶어요. 1975년에 베트남전이 끝났지만 전쟁 중에도 남진 형님이나 장미화 누님, 현미 누님 등 가수 분들이 목숨 걸고 공연을 하고 파월장병 분들 사기도 높여주고 그런 부분들이 많았거든요. 이건 좀 다른 얘기인데요, 얼마 전에 현미 누님을 만나서 이런저런 얘기를 나누다가 "누님은 연하 킬러라고 소문이 나셨던데요" 하고 여쭤봤더니 "야! 연하 킬러가 아니고 내 또래 애들이나 연상 오빠들은 다 죽었어. 그래서 내가 어린 애들 만나는 거야-" 그러시더라고요. (웃음)

김작가 (웃음) 현미 선생님다운 말씀이네요. 총각 지상렬도 그런 소문도 나고 그랬음 좋겠어요.

1976
아시나요? 소머즈를

지상렬 '나비처럼 날아서 벌처럼 쏜다' 너무나 유명한 말이죠. 세계 프로 권투 헤비급 챔피언, 20세기 가장 위대한 복서 무하마드 알리가 우리나라에 왔던 게 기억이 납니다. 이때 세기의 대결이 있었어요. 형님도 기억나시죠?

김작가 우리 세대들은 기억하고 있을 거예요. 복싱 세계챔피언 무하마드 알리와 프로 레슬러 안토니오 이노키의 대결이 일본에서 있었죠. 최초의 이종격투기로 기록이 된 경기일 텐데, 무하마드 알리가 대전료로 600만 달러를 받기로 하고 성사가 됐었어요. 그 당시 흑백 TV 시절인데 다방이나 전파사 앞에 모여서 TV 중계를 봤던 생각도 나요. 당시 무하마드 알리가 워낙 세계적인 슈퍼스타였기 때문에 TV 중계도 34개국에 중계를 했어요, 세계인의 14억 인구가 시청을 했다고 할 정도로 빅 이벤트였었죠.

지상렬 상렬이가 일곱 살 때인데 알리는 워낙 유명해서 모르는 꼬마가 없었어요. 레슬링도 유행하던 시절이라 안토니오 이노키도 우리는 익히 알고 있었는데, 이노키가 계속 링 바닥에 누워서 경기를 했던 것도 기억이 납니다.

김작가 당시 게임의 룰 중에서 스탠딩 상태에선 킥을 쓰지 못한다는 조항이 있었어요. 그래서 이노키가 계속 바닥에 누운 상태로 알리의 다리를 킥으로 공격했던 건데 15라운드 내내 계속 이런 상태로 경기가 계속 되어서 소문만큼 화려한 경기는 보여주지 못했었죠.

지상렬 12세 때부터 복싱을 시작해서 전성기 때는 정말 위대한 복서였어요. 파킨슨병으로 별세를 했는데, 2016년도 장례식 장면을 보면 마이크 타이슨이 제일 앞에 서 있잖아요. 타이슨의 우상이 알리였고 그만큼 애정도 깊었어요. 알리가 파킨슨병이 발병한 해에 본인의 스파링 파트너였던 래리홈즈에게 무지 맞고 알리가 TKO 패를 하잖아요. 그때 엄청 맞아서 펀치 드렁크에 의해서 파킨슨병이 더 가속화되었다고도 해요. 본인의 우상이 맞는 장면을 타이슨이 보고 복수를 결심했다고 해요.

김작가 그 뒤로 타이슨이 WBA와 IBF 통합챔피언이 되었을 때 래리홈즈를 상대로 방어전을 치루기도 했지요?

지상렬 알리와의 약속을 지킨 거죠. 그 자리에 알리를 초대했어요. 알리도 대단한 복서지만 타이슨도 전무후무한 복서인데, 약속을 그렇게 지킨 것도 멋지더라고요. 결국 알리를 쓰러트렸던 래리홈즈에게 펀치를 그대로 되돌려주고 KO승을 하게 됩니다.

김작가 1976년에 알리가 이노키 선수와 싸우고 우리나라를 방문했던 얘기를 하고 있었는데, 1976년에 알리의 경기를 보고 자란 어느 청년이 영향을 받아서 시나리오를 단 3일 만에 쓰게 되죠. 그 한편의 시나리오가 신인 배우 실베스터 스탤론Sylvester Stallone이 쓴 영화 〈록키〉의 시나리오입니다.

지상렬 무하마드 알리가 여러 사람에게 영향을 줬네요. 무명배우 실베스터 스탤론을 대스타로 만든 영화가 〈록키〉예요. 상렬이가 어릴 때는 태권도장을 많이 다녔는데 〈록키〉 영화가 히트를 하면서 동네 권투도장에도 수강생들이 몰렸었어요. 그만큼 〈록키〉의 파급력이 컸었죠.

김작가 원래 영화사에서는 시나리오만 사고 〈록키〉 역에는 유명배우를 쓸 계획이었는데 실베스터 스탤론이 본인이 주연을 해야 하고, 감독까지 하겠다고 주장을 하다가 결국 주연만 하는 걸로 합의가 되었대요. 제작비도 저렴하게 책정이 되었죠.

지상렬 〈록키〉 본 사람이라면 누구나 기억하는 장면이 있죠. 필라델피아가 배경인 도시를 달려가고 그때 〈록키〉의 주제곡이 나와요. 빌 콘티의 'Gonna Fly now'입니다. 그리고 록키가 계단을 뛰어 올라가는 그 장소가 필라델피아 미술관인데, 요즘도 '록키의 계단'이라고 관광객들이 많이 찾는 곳이고 록키 음악을 들으며 76계의 계단을 뛰어 올라가는 걸 지금도 사람들이 따라한다고 해요. 아카데미 시상식에서 감독상과 작품상, 편집상을 수상했고 엄청난 흥행을 해서 〈록키〉 시리즈가 여섯 편이나 만들어집니다. 당시 〈록키〉 열풍이 대단했어요.

김작가 1976년은 알리부터 시작해 계속 인물 이야기를 하게 되는데,

1976년 하면 생각나는 특수공작원이 있어요. 아마도 기억이 날 텐데 소머즈를 아시나요?

지상렬 아! 린제이 와그너 누님, 특수공작원 소머즈 누님 잘 알고 있습니다. 아마도 60, 70년대 태어난 형님들은 소머즈와 원더우먼이 양대 산맥 같은 누님들 아니었을까 싶은데요, 소머즈 누님은 MBC, 흑백 TV 시절에 봤던 기억이 납니다.

김작가 작은 소리를 잘 듣는 귀가 밝은 사람 있으면 '소머즈 귀'라고 했잖아요. 특수 장치를 해서 어떤 소리도 다 듣는 청력을 가졌었죠.

지상렬 소머즈 누님이 중요한 소리를 들으려고 하면 꼭 하는 행동이 있었어요. 소머즈 누님이 금발머리였는데 금발머리를 귀 뒤로 넘깁니다. 그럼 '두두두두' 효과음이 나요. 뭔가 중요한 정보를 들을 때 늘 그 장면이 나왔던 게 생각이 납니다. 얘기 하다 보니 보고 싶네요. 린제이 와그너 누님, 그땐 20대 누님이었는데 지금은 칠순이 넘으셨겠어요.

김작가 그 세월이 지나는 동안 네 번의 결혼과 네 번의 이혼을 했더라고요. 칠순이 넘은 나이에도 여전히 아름답고 여전히 활발히 활동을 하고 계세요. 저랑은 페이스북 친구입니다. (웃음)

지상렬 저도 팔로우 한 번 해야겠네요. 그때 당시 소머즈 누님이 시속 60마일로 달린다고 했어요. 거의 자동차 수준인 초인적인 두 다리로 어디든 뛰어 올라가고, 어디든 뛰어내리고 그랬거든요. 그때 우리 동네에서 애들이 흉내 낸다고 높은 데에서 뛰어내리면서 따라하다가 다리도 까지고 그런 생각도 나네요. 그리고 그때는 소머즈 누님이 육백만 불의 사나이 스티브 오스틴 형님하고 진짜 부부인줄 알았잖아요.

김작가 추억이란 참 소중한 것 같아요. 이런 얘기들을 시작 안 했더라면 우리 기억의 깊은 서랍 속에서 잠을 자고 있을 추억인데 말이에요. 이렇게 다시 한 번 꺼내서 보니까, 그 시절이 참 소중한 시절이었구나 하는 생각이 또 들어요. 〈로보트 태권 V〉도 그런 추억의 저장고에 밀봉되어 있던 로보트인데, 1975년에 애니메이션 〈마징가 Z〉가 어린이들에게 대히트를 하고 나서 1976년에 우리나라도 로보트 애니메이션 영화를 만들었죠.

지상렬 생각나죠, 형님. 〈마징가 Z〉가 인기가 많았는데 일본 애니메이션이었잖아요. 우리나라도 우리 애니메이션으로 로보트 영화를 만들어보자 해서 나온 게 〈로보트 태권 V〉고요. 상렬이가 유치원 때인데 기억이 생생하게 나요. 인천에서는 미림극장, 오성극장, 애관극장에서 상영했는데 인천에 사는 어린이들은 다 봤다고 보면 됩니다.

김작가 김청기 감독이 만들고 여름방학에 개봉했었어요. 서울에서는 충무로 대한극장과 세기극장에서 동시개봉을 했지요. 그 당시 18만 명의 어린이가 봤다니까 대성공을 했던 거죠. 근데 유치원생 꼬마 상렬이가 인천극장까지 기억을 하네요?

지상렬 강렬했던 기억이니까요. 애관극장은 동인천에서 신포동 로터리 내려가는 큰 길쪽에 아직도 그대로 개봉관으로 유지를 하고 있어요. 오성극장은 저랑 나이가 비슷해요. 1971년에 개관해서 지금은 폐관했는데 사장님이 '오' 씨라서 오성극장이었어요. 별이 다섯 개라서가 아니고요. (웃음) 미림극장도 오래된 극장인데 1950년대에 천막극장으로 시작해서 2000년대에 잠깐 폐관했다가 지금은 고전 영화관으로 재개관을 했지요.

김작가 역시 인천의 아들답네요. (웃음) 그런데 〈로보트 태권 V〉도 이제 나이가 50이 다 되어가겠네요. 세월 참 빠르네요.

지상렬 주제가도 생생해요. "달려라 달려, 로보트야, 날아라 날아, 태권 V, 정의로 뭉친 주먹 로보트 태권, 용감하고 씩씩한 우리의 친구- 두 팔을 곧게 앞으로 뻗어 적진을 향해 하늘을 날으면, 멋지다, 신난다, 태권 V 만만세, 무적의 우리 친구 태권V-" 이 당시에 영화 관람 요금이 〈로보트 태권 V〉는 500원쯤 했던 것 같아요.

김작가 〈로보트 태권 V〉 같은 추억이 있다는 게 고맙다는 생각이 들어요. 〈로보트 태권 V〉를 만든 김청기 감독이 애니메이션 1세대인데, 그 뒤로도 〈똘이장군〉, 〈우뢰매〉 같은 작품을 만들었죠.

지상렬 다 생각나죠. (웃음) 〈똘이장군〉은 반공을 주제로 한 애니메이션이었고, 〈우뢰매〉는 심형래 형님이랑 개그맨들이 나와 애니메이션과 결합된 형태였는데, 친구들과 어린 시절 얘기하다 보면 〈로보트 태권 V〉, 〈똘이장군〉, 〈우뢰매〉 얘기는 빠지지 않고 나오는 필수 아이템이죠.

김작가 〈똘이장군〉은 〈로보트 태권 V〉가 개봉되고 2년 후인 1978년에 제작된 반공애니메이션이었는데, 〈똘이장군〉도 어린이들에게 인기가 많았어요.

지상렬 요즘 어린이들에게 펭수가 유명하잖아요. 그 당시 어린이들에게 펭수가 〈똘이장군〉이었죠. 그런데 그때는 반공 이데올로기가 너무 강할 때라서 북한 사람들을 붉은 악마, 붉은 괴수로 그렸었어요. 가면을 쓰고 있던 붉은 수령 동지를 새끼 돼지로 표현하기도 했구요. 요즘 세대가 보면 좀 과하다 싶을 수도 있을 겁니다.

김작가 어린이용 애니메이션에서 반공 교육을 시키는 게 어쩌면 요즘 세대에는 맞지 않을 수 있지만, 당시의 시대적 배경을 알면 이해가 될 것 같아요. 1976년 여름에 미루나무에 얽힌 끔찍한 사건이 발생하잖아요.

지상렬 '8. 18 도끼 만행 사건'이죠. 미군 장교 두 명이 북한군이 휘두른 도끼에 맞아서 잔인하게 살해되는 끔찍한 여름이었습니다. 미루나무 한 그루 때문에 한반도에 핵전쟁이 일어날 수도 있었던 일촉즉발의 상황이었는데, 더 이상 확전되지 않고 사건은 그대로 마무리가 되었어요. 이때 박정희 대통령의 유명한 말이 있잖아요. "미친 개는 몽둥이가 약이다" 박정희 대통령은 이때 당시 전쟁도 불사하겠다는 의지가 있었던 것 같아요. 알리와 록키, 소머즈와 태권 V, 참 아름다운 추억의 1976년이었는데 말이죠. 아름다운 추억만 가지고 살 수는 없나 봐요. 머나먼 이국땅에서 무참하게 숨진 미군 장교 분도 아름다운 시절이 있었을 텐데, 추억은 아름답기도 하고 안타깝기도 하네요.

1977

나 챔피언 먹었어!! 엄마!

지상렬 1977년에도 잊을 수 없는 몇 개의 추억과 사건들이 있어요. 그중에서 개인적으로 제일 기억에 남는 추억은 꼬마 지상렬의 초등학교 입학입니다.

김작가 축하합니다. 드디어 초등학교에 입학을 했네요. (웃음)

지상렬 그날 입었던 옷도 기억이 납니다. 일단 왼쪽 가슴에 손수건을 달았어요. 그리고 코르덴 바지에 모직 남방셔츠를 입고 모피 외투를 입었었죠. 부모님이 신경을 써서 입혀 주신 건데 상렬이가 당시에 용정 초등학교 최고의 우량아였거든요. 그때는 살이 좀 쪄야 부티가 난다고 할 때니까요. 차림새로 보나 체격으로 보나 딱 봐도 있는 집 자식 같았죠.

김작가 늦둥이 막내아들이라서 부모님이 먹는 것도 그렇고 입는 것도 그렇고 신경을 많이 쓰셨을 텐데, 어릴 때부터 체격이 큰 편이었나요?

지상렬 배인성이라고 1학년 때 짝꿍이 있었는데, 저하고 둘이 체격이 제일 컸어요. 거짓말 조금 보태서 말하자면 그 친구하고 둘이 학교 앞 문방구 앞에 서 있으면 동네 아저씨들이 담뱃불 빌려달라고 했죠. (웃음)

김작가 (웃음) 혹시 인천에도 학교 앞에 물방개 풀어놓고 물방개 뽑기 하는 아저씨들도 있고 그랬나요?

지상렬 물방개 아저씨들은 전국 어디에나 있었나 보네요. 용정 초등학교 앞에도 있었어요. 문방구 앞에서 설탕과자 뽑기 해서 잉어도 뽑고, 거북선도 뽑고 하던 생각이 나요. 또 생각나는 것이 아버님께서 학교 정원에 이순신 장군 동상 세워주셨던 게 기억납니다.

김작가 대단한 열정이셨네요. 그 당시엔 전국 어디나 초등학교 화단에 '책 읽는 소녀' 조형물이 있었던 것 같아요. 그 소녀가 화단에 왜 있었는지는 잘 모르겠는데, 인천 용정초등학교에는 이순신 장군도 있었네요.

지상렬 그리고 이때부터 지상렬이 이순신 장군 만큼 존경하는 형님이 있었어요. 상렬이가 초등학교 1학년 때인데 WBA 주니어 페더급 홍수환 형님이 파나마에서 타이틀매치 경기를 하는데, 집에서 형님들하고 흑백 TV로 중계방송을 봤죠. 그런데 홍수환 형님이 2회전에서 네 번 다운을 당해요. 그때 권투 중계하던 해설자도 역부족이란 말을 해요. 누가 봐도 이길 수 없는 경기였거든요.

김작가 그때 그 경기는 아직도 기억하는 국민들이 많을 걸요. 홍수환 선수의 4전 5기의 신화 탄생했던 경기였죠.

지상렬 홍수환 형님과 싸운 선수가 '카라스키아'잖아요. 카라스키아 선수 별명이 '지옥에서 온 악마'였어요. 홍수환 형님이 2회에 네 번 다운을 당했는데도, 3회에 악마를 때려잡아서 KO를 시키더라고요. 어릴 때라서 뭐가 뭔지는 잘 모르고 봤지만 뭔가 저 형님이 대단한 걸 해냈구나, 그런 생각이 들어서 가슴이 뭉클했던 느낌이 지금도 남아 있어요.

김작가 카라스키아 전적이 11전, 11승, 11 KO 였어요. 그런 선수를 상대로 KO로 이겼다는 것도 대단하지만, 네 번이나 다운을 당했는데 포기하지 않는 그 근성은 정말 대단한 것 같아요.

지상렬 나중에 홍수환 형님한테 들은 얘긴데요, 1974년 7월에 아널드 테일러Arnold Taylor 선수하고 싸워서 이겼을 때, 이기고 돌아와서 어머니와 함께 청와대 초청을 받았는데 육영수 여사님이 특별하사금으로 200만 원을 주셨다고 해요. 그때 200만 원이면 서울 시내에서 집을 한 채 살 수 있는 거금이었대요. 그리고 한 달 후 광복절 기념식장에서 육영수 여사님이 돌아가셨다고 말씀하셨어요.

김작가 1974년도 WBA 밴텀급 타이틀 매치 때는 TV 중계도 안하고 라디오 중계만 했을 정도로 큰 기대가 없었어요. 그런데 아널드 테일러 선수를 상대로 세계 챔피언을 따서 그때도 온 국민이 흥분했었죠. 더군다나 김기수 선수 이후에 7년 동안 우리나라에 세계 챔피언이 없었는데, 당시 일등병 계급장을 단 군인 신분으로 출전해서 세계 챔피언이 되었잖아요.

지상렬 홍수환 형님은 경기도 화끈하지만 경기 후 인터뷰도 재미있었어요. 1974년에 아널드 테일러를 이겼을 때 전화통화로 "엄마, 나 챔피언 먹었어" 이 말이 유명해졌고, 1977년 카라스키아와 싸워서 이겼을 때 인터뷰는 "이 자식이 건방져서 꼭 이기려 했습니다" 이런 말을 해요. 일반적인 인터뷰 멘트는 아닌데 귀에 쏙쏙 들어오잖아요. 카라스키아가 건방지니까 몇 대 때려주고 싶었다는 거죠. (웃음) 홍수환 형님 경기를 보면 '노빠꾸'예요. 후진이라는 게 없어요. 체력도 좋으시고 머리가 좋으셔서 전략을 잘 짜요, 무엇보다도 권투를 참 멋있게 해요. 맞으면 맞는 만큼 상대선수에게 되돌려줘요. 수환 형님 경기를 보면 지루할 틈이 없었어요.

김작가 형님들 영향 때문에 복싱을 더 좋아하게 된 것도 있을 것 같네요.

지상렬 맞아요. 상렬이가 어릴 때는 축구, 야구보다 권투가 국민 스포츠였어요. 어릴 때부터 형님들이 권투중계를 많이 봐서 자연스럽게 자주 보게 된 거죠. 그때는 또 멋진 선수가 많았어요. 홍수환 형님도 그렇고 김태식 선수, 미남복서 이상호, 백인철 그리고 황준석 형님, 박종팔 형님, 장정구, 박찬희 형님, 전설 같은 선수들이 많았던 시절이었어요.

김작가 우리나라가 복싱 왕국이던 때가 있었어요. 동양 챔피언, 세계 챔피언도 후에 많이 나왔죠. 이기고 돌아오면 빌딩 옥상에서 꽃가루 뿌려주고, 수경사 헌병들이 에스코트해주고… 국민영웅이었어요. 1977년 홍수환 선수 때도 환영인파가 대단했고요.

지상렬 홍수환 형님 이야기하니까 또 생각나는 게 있어요. 평상시에도 말씀을 잘하시지만 예식장에서 주례사 하시는 걸 본 적이 있어요. 예식장에서 주례사 시작하면 슬슬 중간에 식당으로 밥먹으러가고 그러는데 아이들이나 어른들이나 다들 그 자리에서 듣고 있는 거예요. 주례사가 재미도 있고 감동도 있고 다르긴 다르더라고요. 사각의 링에서 4전 5기로 싸워본 사람의 주례사는 뭔가 다르구나 상렬이가 그런 생각을 했어요. 챔피언 벨트를 감은 사람들은 다 이유가 있는 거구나, 그런 생각도 들더라고요.

김작가 그때 그 시절 음반들을 가지고 있을 것 같기도 한데, 제1회 MBC 대학가요제가 1977년에 개최가 되었어요.

지상렬 당연히 그때 LP판을 가지고 있어요. 형님 두 분이 사 모은 LP판이 3천여 장은 되거든요. 지상렬이 매일 음악으로 샤워를 하고 영혼의 비타민을 마시고, 영혼의 소고기를 먹은 게 모두 형님들의 LP 덕분이었어요. MBC 대학가요제가 반응이 좋고 성공하니까 곧바로 1978년에 TBC 해변가요제가 생겼는데, 그 LP도 제가 가지고 있어요. 제1회 TBC 해변가요제 대상은 '징검다리'가 탔는데, 거기에 뽀미언니 왕영은 누님이 징검다리 1기였거든요. 그리고 2회 때 금상이 '옥슨 80'의 '불놀이야'였어요. 홍서범 형님이 성대로 드리블하던 시절이죠. 주병진 형님은 친누님이랑 함께 듀엣으로 출전하기도 했어요.

김작가 해변가요제는 1978년 첫 회만 해변가요제로 불리고 2회와 3회는 '젊은이의 가요제'로 타이틀이 바뀌었는데 3회를 마지막으로 동양방송 TBC가 1980년 전두환 신군부의 언론 통폐합으로 KBS에 통합되면서 사라져 자연스럽게 없어졌죠.

지상렬 형님, 우리가 무슨 말만 하려고 하면 박정희, 전두환 이 두 분이 계속 거론이 되네요. 말을 안 할 수가 없을 정도로 사회, 문화 전반에 걸쳐서 막대한 영향력을 행사했던 건 사실인 것 같아요.

김작가 그러게요. 연예계나 문화계 이쪽으로 얘길 하고 싶은데, 이 두 분이 자꾸 끼어드는 건 어쩔 수가 없네요. 제1회 대학가요제 얘길하고 있었는데, 사실 대학가요제가 생긴 배경도 박정희 정권의 유신 체제 때 금지곡과 대마초 파동으로 가요계가 얼어 죽을 정도로 혹한기가 왔어요. 무대에서 노래를 부를 가수도, 노래도, 긴급조치 9호에 묶이거나 모두 사라져버렸잖아요. 그래서 가요계에 새로운 돌파구가 필요했던 거였죠. 그래서 기성가수에서 대학생들로 자연스럽게 세대교체가 이루어졌어요.

지상렬 어찌 보면 유신 시대의 보너스가 대학가요제라고도 볼 수 있겠네요. 제1회 MBC 대학가요제 MC는 현재 SM 엔터테인먼트 이수만 회장님이었어요. 그리고 당시에 한양대 2학년이었던 탤런트 명현숙 씨와 2MC로 진행을 했었죠. 그 뒤로도 MC들이 화려했어요. 초대 MC는 뽀미언니 왕영은 누님이 MC 했었고, 이덕화 형님, 이문세 형님 그리고 이효리 씨도 대학가요제 MC를 오랫동안 했었죠.

김작가 대학가요제 수상곡 중에서 특히 좋아하는 노래는 뭔가요?

지상렬 대학가요제 1회 때 '샌드 페블즈'의 '나 어떡해'가 대상을 받았잖아요. 산울림의 김창환 형님의 동생 김창훈 형님 작곡 노래죠. 지금 들어봐도 전혀 옛날 노래 같지 않고 좋아요. 김학래, 임철우의 '내가'도 많이 불렀죠. 서강대학교 '에밀레'의 '그대 떠난 빈들에 서서'도 많이 들었고, 유열 형님 젊었을 때 모습도 보기 좋아요. '지금 그대로의 모습으로' 그리고 '높은 음자리'의 '바다에 누워' 등 좋은 노래는 언제 들어도 좋은 게 좋은 노래 같아요.

김작가 대상곡은 아니지만 심수봉 씨, 당시엔 본명 심민경으로 출전했었죠. '그때 그 사람'도 인기가 매우 많았고요. 1978년도에 은상을 받았던 배철수 씨의 '활주로'가 부른 '탈춤'도 많이 불렀었죠.

지상렬 음악들도 신선했어요. 대학가요제에 나가려고 대학교에 간다는 학생들이 있었을 정도로 대학가요제가 인기가 많았었어요. 한동안 대학가요제나 강변가요제 출신들의 가수들이 가요계 주류가 되기도 했었는데, 생각보다 일찍 폐지가 된 것 같아요.

김작가 대학가요제 이후로 아이돌 문화가 생기면서 우리가 흔히 말하는 '연습생' 시대가 시작되었잖아요. 대학가요제에 나가려고 대학에 가는 학생들이 있었던 시대에서 가수가 되려면 기획사 연습생으로 들어가야 하는 시대로 문화가 바뀐 거죠.

지상렬 가요제 말고도 각 케이블 방송마다 오디션 프로들이 생기기 시작하면서 가요제가 명분이 없어지기도 했어요.

김작가 대학가요제의 시대가 열렸던 1977년인네요, 1970년대는 TV가 보급되기 시작하면서 영화관을 찾는 관객 수가 줄어들기 시작한 시기예요. 1974년 〈별들의 고향〉이 47만 명을 동원했고 1975년에 〈영자의 전성시대〉도 36만 명을 동원해서 대흥행을 했어요. 그리고 1977년에 해방 이후 최다관객을 동원한 영화가 개봉하게 되죠. 영화배우 장미희의 스타 탄생을 알린 영화, 〈겨울여자〉가 58만 명의 관객을 동원하게 됩니다.

지상렬 정윤희, 유지인 누님과 함께 1970년대 트로이카인 장미희 누님이죠. 상렬이랑 개띠 띠동갑 누님입니다. 장미희 누님을 생각하면 연상되는 대사가 있어요. MBC 드라마 〈육남매〉에서 육남매의 어머니 역을 할 때 "똑(떡) 사세요"라는 대사가 유명했어요. 청룡영화제 수상소감 "아름다운 밤입니다"는 여기저기 예능 프로그램에서 많이 패러디가 된 대사였었죠. 지금도 장미희 누님이랑 이경실 누님이 같은 아파트 위, 아래층에 사셔요. 장미희 누님 패러디는 이경실 누님이 코미디에서 많이 했었는데, 장미희 누님이 썩 좋아하진 않았어요. (웃음) 그런데 장미희 누님이 그만큼 유명했으니까 패러디를 한 거죠. 유명하지 않음 흉내 낼 수 없잖아요. 〈겨울여자〉는 상영할 때 '전회 매진'이라는 기록이 있을 정도였어요. 그만큼 〈겨울여자〉와 장미희 누님의 인기가 대단했었다는 거죠.

김작가 한 해 한 해 이런저런 얘길 하다 보면, 평범하고 무탈했던 해는 한 번도 없었던 것 같아요. 오르막이 있으면 내리막도 있고, 어릴 때 생각도 많이 나는데요. 어릴 때 멀리에서 뭔가 폭발하는 소리가 들렸었어요. 큰 소리까지는 아닌데 지진처럼 진동을 감지했던 기억이 납니다. 그때가 제가 살던 곳과 이리역이 40km가 채 안 된 거리였거든요. 그때 1977년 11월에 이리역에서 열차사고가 났었는데 해방 이후에 가장 큰 열차사고라고 하더라고요.

지상렬 이리역 폭발사고는 상렬이도 이주일 형님한테도 들었어요. 사고 이후에 역 이름을 바꿔서 지금의 익산역이 되었는데, 당시 이리역 앞에 창인동 상남극장에서 하춘화 누님 리사이틀이 열리고 있었죠. 그때 MC를 이주일 형님이 보셨어요. 당시 무명일 때 MC를 하게 해줘서 하춘화 누님한테 고마웠다고 하시더라고요. 바로 거기서 공연 중에 폭발사고가 났잖아요. 워낙 유명한 일화인데 당시에 이주일 형님이 두개골이 함몰되는 큰 부상을 입었는데도 하춘화 누님을 업고 뛰었다고 해요. 형님이 머리숱이 없는 게 하춘화 누님이 담장을 넘을 때 형님 머리를 밟고 넘었는데 그때 빠진 머리가 안 난거라고 우스갯소리를 하곤 하셨죠. (웃음) 하춘화 누님이 이주일 형님 때문에 목숨을 구했다고 어느 자리를 가던지 말씀을 하셨어요. 이주일 형님이 유명해지는데 도움도 많이 주시고 평생 고맙게 여기셨다고 해요. 그리고 하춘화 누님이 공연을 열아홉 살에 시작해서 지금까지 50여 년째 꾸준히 기부를 해오고 계셔요. 공식적으로 거의 200억 원에 가까운 돈을 기부하셨다고 하더라고요.

김작가 그날의 공연도 수익의 일부를 기부할 목적으로 공연을 하고 있었어요. 당시에 리사이틀을 하고 있던 상남극장에도 관객이 700여 명이 있었는데, 그곳에서도 5명이 숨지고 100여 명이 중경상을 입었지요. 이리역 주변의 집이나 건물이 무너져 내려서 전쟁 같은 상황이 벌어진 큰 사고였는데 화물 열차 안에 다이너마이트용 화약과 고성능 폭발물이 가득 실려 있었으니까 폭발력이 얼마나 대단했겠어요. 열차 호송직원이 술을 마시고 촛불을 켜고 잠이 들었다는데 자나 깨나 불조심, 자나 깨나 술조심 해야 하는 것 같아요.

지상렬 1977년 이때만 해도 상렬이 간이 애기 간 이었었는데 말이죠. (웃음) 50년 반백 년 지나는 동안 간 수치는 올라가고, 시력은 떨어지고 세월이 흐르긴 흘렀네요. (웃음) 이리역 폭발 당시에 쓰러져 있던 하춘화 누님을 발견하고 둘러업고 병원 응급실로 뛰어갔던 이주일 형님에게 누님은 평생 고마워하시고, 이주일 형님은 거리에 나앉을 형편이었는데 하춘화 누님 덕분에 집도 사고 잘 살게 되었다는 말을 자주하셨어요. 이리역 얘기를 하다보니까 이주일 형님 생각이 많이 나네요.

1978 롤러스케이트 디스코와

김작가 1978년, 박정희 대통령이 제9대 대통령으로 선출이 되었죠. 그리고 지금은 잘 모르는 젊은이들도 있을 텐데, 제4공화국에서 제5공화국까지 국기 하강식이란 게 있었어요. 동절기는 오후 5시, 하절기는 오후 6시에 애국가가 나오면 태극기가 있는 쪽을 향해서 '국기에 대한 경례'를 하던 시절이 있었죠.

지상렬 상렬이도 '국기에 대한 경례' 세대죠. 영화관에서 요즘은 영화 보기 전에 '비상시 탈출 요령' 이런 거 보여주잖아요. 예전에는 본 영화 전에 '대한뉴스'를 꼭 보여줬어요. 그리고 애국가가 나오면 자리에서 일어나서 '국기에 대한 경례'를 하고 영화를 봐야 했었죠.

김작가 물론 국민으로서 태극기나 애국가를 존중해야 하는 게 맞지만 이렇게까지 강요할 필요가 있었나 하는 생각이 들어요. 예전처럼 영화관에 가지 않아도 요즘은 볼거리들이 많은데 넷플릭스 드라마 〈오징어 게임〉이 세계적으로 유행을 했잖아요. 드라마 속의 놀이가 우리가 골목에서 하던 놀이였어요. 딱지치기도 그렇고 구슬치기도 그렇고 그때는 참 신났었는데 그런 생각이 들더라고요. 지상렬 어린이는 동네 골목에서 어떤 놀이를 했었나요?

지상렬 우리 동네에서도 오징어 게임 많이 했어요. 다방구도하고 말뚝박기도 하고, 무궁화 꽃이 피었습니다, 오재미 던지기 그리고 두꺼비 집이라고 모래에다 손 넣고 둥그렇게 쌓아서 "두껍아 두껍아 헌 집 줄게 새 집 다오" 하고 손을 쏙 빼다가 집이 무너지면 지는 거죠. 그리고 모래성 쌓아서 깃발 꽂고 가위바위보해서 모래를 조금씩 가져 가다가 깃발이 넘어지면 지는 게임도 있었어요. 땅따먹기도 있었고 그 당시에는 전자오락이 없어도 놀거리가 무척 많았던 것 같아요.

김작가 요즘은 어느 동네를 가던지 골목에서 뛰어노는 아이들이 없더라고요. 골목을 주름잡던 골목의 제왕들이 어디로 갔는지 모르겠어요. 지상렬에게 인생의 가장 행복했던 시절로 데려다주겠다고 한다면 몇 살 때의 어디로 데려다달라고 할 것 같나요?

지상렬 사실 과거로 돌아가고 싶은 생각은 없어요. 그런데 왠지 유치원 때로 한 번 가보고 싶은 생각이 들어요. 할머니도 계시고 온가족이 다 모여서 살았고, 그때가 가장 행복했었던 것 같아요.

김작가 온가족이라 하면 한 집에 몇 명 정도가 살았었나요?

지상렬 제 기억으로는 아버지는 월남하셔서 아버지 쪽 가족은 많지 않았어요. 엄마 쪽, 이모들이 함께 살았었는데 밥상을 하루에 대여섯 번 이상 차렸으니까요. 그때가 제일 좋았어요. 그때 어머니가 늘 그러셨는데 사람 사는 집에는 사람들이 많이 들락거릴 때가 좋은 거라고 말씀을 하셨었거든요. 예전 어른들 말씀이 하나도 틀린 게 없는데 나이를 먹다 보니까 딱 하나 다르다고 생각되는 건 있어요. 사람이 수명을 다하면 이름을 남긴다고 했는데 그건 아닌 것 같아요. 뭘 남겨요, 그냥 사라지는 거죠. 지금 매니저로 일하고 있는 조카 지승현이한테도 이런 얘길 했어요. 삼촌이 노 베이비니까, 혹시라도 삼촌이 먼저 가면 3일 동안 냉동칸에 넣지 말고 바로 화장해야 한다. 뭐 하러 3일식이나 차디찬 냉동칸에 들어가 있냐, 나는 그거 싫다, 너만 알고 있어라 그런 말 한 적 있어요.

김작가 항상 느끼는 건데 인간 지상렬은 여한이 없는 사람처럼 보여요. 이룰 걸 다 이룬 사람 같고, 뭘 이루고자 하는 것도 없는 것 같고. 어떨 땐 스님 같을 때가 있어요. 해탈한 노 스님. (웃음)

지상렬 상렬이는 지금도 자신이 있는 게, 누가 나하고 지난 세월에 대해서 얘기를 해보자면 떳떳하고 두려움이 없어요. 저도 살면서 누군가를 힘들게 하고 상처도 주고 그런 적이 반드시 있었을 거예요. 그래도 어느 선이 있어요. 적어도 '아휴, 저 인간 말종' 이런 말을 듣진 않을 거예요.

김작가 〈말죽거리 잔혹사〉라는 영화가 있었죠. 유하 감독이 만들고, 권상우 배우가 주연을 했던 영화인데 이 영화 배경이 바로 1978년이예요. 극중에 김현수 역을 맡은 권상우가 이소룡 매니아로 나와요. 이 시절의 남자들은 쌍절곤 한 번쯤 잡아보지 않았을까 싶어요.

지상렬 저는 이소룡 세대 다음 세대인 성룡 세대이긴 한데, 형님들이 계셔서 이소룡의 명성은 익히 알고 있었죠.

김작가 〈말죽거리 잔혹사〉에 배경음악으로 깔리기도 했었죠. 이소룡과 함께 이 시절은 '원 웨이 티켓One Way Ticket', '펑키 타운Funky Town'의 해 이기도 했어요. 이때는 어디를 가든 이 음악이 나왔거든요.

지상렬 '원 웨이 티켓'은 가수 방미 누님이 리바이벌 했었잖아요. '날 보러 와요'로 번안곡을 냈었는데 이때는 초등학생부터 성인까지 국민 팝송이 '원 웨이 티켓'이었어요. 상렬이도 초등학교 때 따라 부를 정도였으니까요. '원 웨이 티켓' 정말 대단했었는데 이때가 1978년이네요. 이럽션Erruption의 편도 승차권, 원래는 닐 세다카Neil Sedaka가 1959년에 불렀던 노래인데 우리나라에선 영국 혼성 5인조 이럽션이 히트를 시켰죠.

김작가 우리나라에 디스코 열풍이 불어 닥친 것도 이때쯤인데요, 존 트라볼타John Joseph Travolta의 영화 〈토요일 밤의 열기Saturday Night Fever〉가 개봉했죠. 비지스Bee Gees의 디스코 음악이 영화의 배경으로 깔리면서, 디스코의 시대가 열리던 때였어요. 박진영, 선미의 복고풍 노래 'When We Disco'의 배경이 이때쯤일 것 같아요.

지상렬 가사에도 있잖아요. '찌른 건 하늘이 아니라 서로의 마음이었지, 흔든 건 골반이 아니라 서로의 인생이었지, 너무 그리워 When We Disco' 이은하 누님의 '밤차'도 1978년에 나왔는데 이때는 무조건 하늘을 찔러야 춤이 되던 시절이었거든요.

김작가 '밤차' 생각이 나네요. '멀리 기적이 우네~'(웃음) 롤러스케이트장이 유행하던 시절이기도 한데 롤러스케이트장에서도 디스코 음악이 나왔었어요.

지상렬 인천 용현동에 백조 롤러스케이트장이 있었는데, 거기가 음악이 잘나왔어요. 그때는 롤러스케이트장에 DJ 형님들이 있었거든요. 당시에 유행하던 노래들을 그때그때 틀어줬었는데, 상렬이가 롤러 좀 타고 다닐 때는 조이Joy의 '터치 바이 터치Touch By Touch' 이런 노래들을 틀어주고 그랬죠. 그때는 음악이 상렬이의 영혼의 비타민이었던 것 같아요.

김작가 당시 히트했던 음악들이 명곡이 많은 것 같아요.

지상렬 4인조 댄스그룹 보니 엠Boney M의 대디 쿨Daddy Cool도 좋았고요, 그룹 아바ABBA의 댄싱 퀸Dancing Queen이나 비지스Bee Gees의 새터데이 나이트 피버Saturday Night Fever도 히트를 했었죠. 빌리지 피플Village People의 YMCA는 가수 조경수 씨가 번안곡으로 부르기도 했었죠. 흑백 TV 시절인데 본 기억이 나네요.

김작가 조경수 씨가 조승우 씨의 부친 되시는데, 1978년 TBC 최고 인기 가수상을 받을 정도로 당시 인기가 굉장했었죠.

지상렬 1978년 얘기를 하니 옛날 얘기 같은데, 형님은 1970년대 딱 떠오르는 이미지가 뭔가요?

김작가 딱 떠오르는 이미지는 '검사' 같아요. 그때는 검사가 왜 그리 많았었는지 모르겠어요. 일단 학교에서 매일 도시락 검사를 했었는데, 그때는 쌀이 많지 않은 시절이어서 쌀, 보리 혼식을 장려했잖아요. 쌀과 보리를 적당히 섞은 혼식 도시락을 싸왔는지 매일 점심시간에 검사를 하던 기억이 있어요. 그리고 용의 검사라고 해서 손톱은 잘 깎았는지, 목 밑에 때는 없는지 검사를 수시로 했어요. 청소검사, 숙제검사는 그렇다 치고 영화 〈말죽거리 잔혹사〉에도 나오지만 가방검사를 수시로 했어요. 가방

검사는 70~80년대가 학생운동이 한창일 때라서 대학 때까지 이어져서 길거리에서도 경찰들이 가방 검사를 수시로 했어요. 그래서 1970년대 하면 '검사' '검열' 그런 이미지가 제일 많이 떠올라요.

지상렬 상렬이 중학교 다닐 때도 그랬어요. 초등학교 때는 채변검사 생각이 나고요. 모르고 안 가져 온 애들은 학교 앞에 가서 개똥을 몰래 넣어서 내고 그랬던 기억도 나요. (웃음) 그리고 불주사 맞았던 기억이 나요. 집안 형편이 좋으면 병원에서 흉터 좀 덜 나오는 거 맞고, 아니면 흉터가 불룩 튀어나오게 맞았어요. 그래서 또래 친구들 사이에서는 불주사 자국이 부의 상징이었다니까요. (웃음)

김작가 채변검사 말인데요. 1963년도에 전북 전주에서 아홉 살짜리 소녀의 몸무게가 20kg이었는데 회충이 5kg이었다고 해요. 수술을 받다가 소녀가 결국 죽는 바람에 '기생충 박멸 협회'가 1964년도에 생겼어요. 그때부터 전국의 학생들은 의무적으로 채변봉투에 대변을 받아서 기생충 검사를 받게 된 거죠.

지상렬 아! 그때부터 채변 검사를 했던 거군요. 그때 기생충이 없는 친구가 별로 없었어요.

김작가 회충이 알을 굉장히 많이 낳는 기생충이라고 해요. 회충이 하루에 10만 개의 알을 낳는대요. 그래서 우리나라가 1950년대 초반까지만 해도 평균 1인당 70마리 정도의 회충을 갖고 있었대요.

지상렬 1인당 70마리면 양식장 수준인데요. 그 많던 회충이 다 어떻게 사라졌을까요?

김작가 우리나라 기생충 박멸의 일등공신이 화학비료와 상하수도 시설이죠. 밭에다 인분을 뿌리니까 인분에서 나온 알이 채소에 묻어서 다시 체내로 들어가는 악순환이 있었는데, 화학비료가 생기고 상하수도가 생기니 많이 줄었죠. '기생충 박멸 협회'에서 30여 년 동안 채변검사를 한 것도 중요한 원인이고요.

지상렬 기생충의 역사도 파란만장하네요. 기생충 박멸 협회 분들이 노력을 그렇게 하셨는데 그 당시에 채변봉투에 개똥 넣어가고 한 친구들, 지금이라도 반성해야 합니다. (웃음) 그리고 그때는 '사랑의 매'라는 구실로 선생님들이 체벌도 참 많이 했어요. 그 시절 학교에서 학생들을 자주 때리던 선생님들 별명에는 공통점이 있었어요. 왜 개를 거기다 붙이나 모르겠네요. 개밥그릇, 미친개, 불독 이런 별명들이 많았는데 개가 무슨 죄예요. (웃음)

김작가 1978년은 이소룡 시대의 마지막, 성룡 시대의 시작을 알리는 시대인 것 같아요. 1978년에 홍콩에서 성룡의 〈취권〉이 개봉하면서, 성룡의 인기가 급물살을 탔었죠.

지상렬 그때가 논바닥이었던 강남이 한창 개발되던 시절인데, 상렬이도 큰 형님 따라서 인천 애관극장에서 〈취권〉을 봤던 추억이 있어요. 그 당시 꼬맹이가 극장에 가는 게 쉽지 않았어요. 하지만 전 형님들이 계셔서 특혜를 받으면서 자랐어요. 음악도 형님들 덕분에 많이 들었고 그게 평생 자양분이 된 것 같아요.

김작가 감사한 형님들이시네요. 꼬맹이가 귀찮을 수도 있었을 텐데 잘 데리고 다니시고 음악도 들려주시고, 자상한 형님들이셨네요. 한두 살 나이 차이가 나면 형제끼리 싸우면서 자라기도 하는데 나이 차이가 많이 나는 게 오히려 더 좋았던 것 같아요.

지상렬 둘째 형님이 1960년생이시고 큰 형님은 1956년생이시니까 막내인 저랑은 차이가 무척 많이 나는 거죠. 그래서 상렬이가 친구들보다 좀 조숙했던 것 같아요. 커서 생각을 해보니까 세상을 빨리 경험을 했고, 다양한 경험을 해봐서 나이를 먹고 나니까 궁금한 게 없더라구요. 어떻게 보면 브레이크가 잘 잡히죠. 굳이 과속을 안 하게 되요. 궁금한 것이 없으니 빨리 가고 싶은 것도 없고, 이미 경험을 다 해봤고 알고 있으니까 천천히 가게 되는 것 같아요.

김작가 브레이크가 잘 잡힌다는 건 참 중요한 것 같네요. 살다보면 과속을 하게 되고 과속을 하게 되면 브레이크를 잡을 시점도 놓치게 되고, 브레이크를 잡아도 제동거리가 길죠. 바로 브레이크가 잡히지 않거든요. 다른 건 경험을 미리 다 했는데 결혼만 경험을 못 해봤네요. 인천 친구 구라 씨나 염경환 씨는 두 번씩이나 결혼을 했고, 구라 씨는 예쁜 늦둥이까지 봤는데 말입니다. (웃음)

지상렬 확실히 장가를 가고 안 가고는 차이가 있더라고요. 상투를 튼 사람은 어른값을 해요. 더구나 두 번이나 상투를 틀었으니 얼마나 어른이겠어요. (웃음) 축하할 일이죠. 특히 구라는 손녀 볼 나이에 공주님을 낳았잖아요. 큰 축복입니다. 상렬이도 구라 아들 동현이보다는 먼저 아이를 봐야 할 텐데 말이죠. (웃음)

김작가 확실히 젊었을 때보다 나이를 먹어서 좋은 점은 인생을 보는 혜안이 생기는 것 같아요. 젊어서 몰랐던 것을 형님, 누님들 선생님들도 알려주시지만 '세월'이 알려주는 게 많은 것 같아요.

지상렬 형님도 노안이 왔고 눈이 침침해지잖아요. 50이 넘으면 시력은 흐려지지만 이마에 눈이 하나 더 생겨요. 그만큼 인생을 보는 눈이 넓어진단 거죠. 그래서 나이 드는 걸 쓸쓸하게 생각하면 안돼요. '우물쭈물하다가 내 이렇게 될 줄 알았다'고 버나드 쇼 형님이 말했잖아요. 이런 말도 했더라고요. '젊음은 젊은이에게 주기에는 너무 아깝다' 딱!! 오지 않아요?

김작가 무슨 말인지 알겠어요. 우리도 그랬지만 젊었을 때는 젊음의 가치를 잘 모르죠. 젊음이 지나간 뒤에야 젊음이 위대했다는 걸 느끼지만, 나이 드는 것도 나쁘진 않은 것 같아요.

지상렬 셰익스피어 형님도 그러셨어요. "너무 이르면 알 수 없고, 알고 나면 너무 늦는다" 우리 인생이 딱 그런 것 같아요.

김작가 오늘 지상렬 명언 대방출이네요. (웃음) 형님들이 좋은 말들을 하셨어요. 의미를 알 것 같아요.

지상렬 청춘은 참 짧았어요. 이태원 '문나이트'를 몇 번 다녔더니 청춘이 가버리더라고요. (웃음) 지나간 반백 년도 빨리 지나갔고 다가올 반백 년도 빨리 지날 테니까 다가오는 반백 년을 또 잘살아봐야지요. (웃음)

1979 대통령의 장례식

김작가 1979년 하면 떠오르는 이미지가 조간신문입니다. 아침에 마당에 떨어져 있는 조간신문에 크게 흑백으로 '박정희 대통령 유고'라고 쓰여 있던 기억이 강렬해요. 유고였는지 서거였는지 기억이 정확하진 않은데, 그 뜻을 정확하게는 몰랐지만 활자가 주는 위압감 같은 게 있었어요. '뭔가 큰일이 일어났구나, 나라에 큰일이 생겼구나' 그런 생각이 들었죠.

지상렬 하루 종일 TV에서 장송곡이 나왔던 기억이 나요. TV를 틀면 정규 방송을 중단하고 일주일 동안 아무런 멘트도 없이 장송곡이 나왔어요. 그때 많이 들어서 머리에 각인된 음악이 있는데, 나중에 알고 보니까 쇼팽의 피아노 소나타 제2번 3악장 장송행진곡이더라고요. 그때는 집안 어른 돌아가셨을 때처럼 식구들도 동네사람들도 모두 숙연했던 기억이

나요.

김작가 그 정도로 10. 26은 전 국민에게 충격적인 사건이었죠. 유신시대가 최절정이었던 해이기도 했어요. 부산과 마산에서 유신반대 시위 '부마항쟁'이 일어나기도 했고, 미국 대선에 나온 지미 카터가 주한 미군 철수를 대선 공약으로 내놔서 박정희 대통령이 사면초가였던 시대였지요.

지상렬 당시만 해도 주한미군이 철수하면 다음날 바로 북에서 남침을 한다는 말이 있을 정도로 시대가 뒤숭숭했어요. 영화 〈남산의 부장들〉이 그 당시 배경으로 만든 영화잖아요. 영화에서도 김재규 정보부장이 박정희 대통령에게 부산, 마산 상황이 심상치 않다고 보고 하는 장면이 있는데 박정희 대통령이 그걸 귀담아 듣지 않죠. 궁정동 안가 연회장에서 박정희 대통령에게 "각하, 정치를 좀 대국적으로 하십시오" 이러잖아요. 김재규 역할을 개띠 동갑 이병헌 배우가 했는데 잘생긴 배우는 어떤 역할을 해도 잘 어울리더라고요.

김작가 대통령이 중앙정보부장의 총탄에 맞아 쓰러지고 국장이 치러졌잖아요. 우리나라 건국 이후 최초의 국장이었는데 이 시대를 겪은 사람은 이 날의 기억이 생생할 거예요.

지상렬 상렬이도 기억이 나는 게 그날 전국의 학교가 휴교를 했어요. 어릴 때 학교 나오지 말라니까 마냥 좋았던 기억이 나요. 흑백 TV로 대통령 장례식을 중계해줬는데 운구차량에 흰 국화로 장식을 했던 기억도 나요. 광화문 네거리에서 시민들이 대성통곡하던 장면도 생각이 나네요. 상렬이는 그 와중에 운구차량 앞뒤로 도열한 육군사관학교 생도들이 참 멋있다는 생각을 하면서, '천천히 하루 종일 걸으면 다리가 무지하게 아프겠다' 그런 생각을 했네요.

김작가 참 현실적인 소년이었네요. (웃음)

지상렬 그 와중에 심수봉 누님은 그 자리에 있었다는 이유만으로 방송 금지처분을 받게 돼요. 이때 부른 '그때 그 사람'은 그 이후 금지가 되어서 1984년 '남자는 배 여자는 항구'라는 노래로 복귀하실 때까지 심수봉 누님의 마음고생과 충격은 어마어마했죠.

김작가 역사 속에 주연도 있지만 조연과 엑스트라들은 아무런 댓가 없는 불이익과 고통과 희생을 치러야 했지요. 김재규 부장은 유신의 심장인 박정희 대통령만 사라지면 새로운 세상이 나타날 거란 생각을 하기도 했을 거예요. 그런데 느닷없이 전두환이 주인공으로 등장을 하네요.

지상렬 1979년은 정말 혼란의 도가니입니다. 10. 26도 혼란스러운데 12. 12 쿠데타까지 연이어서 벌어졌으니, 나라가 얼마나 혼란스러웠겠어요. 그때 상렬이가 열 살 때인데 정치를 알겠어요, 세상을 알겠어요, 그런데 분위기를 보면 알 수 있잖아요. '우리나라가 이러다 전쟁이 나겠구나' 그런 생각이 들 정도로 불안했던 기억이 있어요.

김작가 국민 모두가 불안했죠. 이때가 4공화국 때잖아요. 유신헌법으로 입법부와 사법부가 무력화된 유신 때, 대한민국 정보를 관리하던 3대 권력 기관이 대통령 경호실, 중앙정보부, 국군보안사령부인데 대통령 경호실은 경호실장 차지철이 김재규 총에 사망했고, 중앙정보부는 김재규 정보부장이 구속되고, 국군보안사령부에서 전두환이 유일하게 건재했기 때문에 3대 기관 중 수장을 가진 보안사령부가 대한민국의 모든 정보를 독점하게 되죠. 그리고 '10. 26 사건 합동수사본부장'이라는 지

위를 이용해서 정국을 주도하게 됩니다.

지상렬 이런 표현이 맞나 모르겠어요. 전두환 입장에서는 호박이 넝쿨째 들어오듯이 권력이 넝쿨째 들어왔네요. 물들어 왔을 때 노를 저어야겠다는 생각을 했을 텐데, 그래서 당시 계엄사령관인 정승화 육군참모총장을 잡아들이고 하나회를 주축으로 12. 12쿠데타를 일으킨 거죠.

김작가 정승화 총장은 정통파 군인이었고 전두환은 정치 군인이라서 성향이 안 맞았어요. 처음에는 전두환이 정승화 총장을 포섭하려고 회유도 해보고 그랬었죠.

지상렬 이 모든 것의 뒤에는 전두환이 만든 사조직 하나회가 있었잖아요. 전두환, 노태우 등 육사 11기들이 자부심이 많았던 게 육사 1기부터 9기는 6개월 교육받고 소위 임관이 되는 코스였고, 10기는 2년 교육, 11기부터 정규 4년제로 미국으로 군사유학도 보내고 그래서 엘리트 의식이 강했어요. 그래서 똘똘 뭉쳐서 하나회를 결성했고 12. 12의 주역이 되었던 거죠.

김작가 돌아가신 아버님이 화랑무공훈장을 두 번이나 받은 군인 출신이라서 역시 군대 조직에 대해서도 해박하네요. 아버님이 특수한 보직의 요직에 계셨던 걸로 아는데, 국가기밀이 누설될 수 있으니 여기까지만 하겠습니다. (웃음)

지상렬 그런데 지금도 얘기할 수 있는 건 저희 형님이 대기업에 들어갈 때도 그렇고, 저도 살면서 '국가유공자 혜택' 이런 걸 한 번도 받아본 적이 없었고, 받으려고 하지도 않았어요. 상렬이네 집 가풍이 그래요. 스스로 알아서 잘해라, 남한테 피해주지 말고 알아서 잘해라, 그렇게 지금까지 살아왔던 것 같아요.

김작가 곁에서 보기에도 그랬을 것 같아요. (웃음) 1961년 5. 16으로 정권을 잡아서 천년만년 권력을 누릴 것 같았던 박정희도 서거하고, 1979년 12.12 군사반란으로 정권을 찬탈했던 전두환도 2021년 11월에 끝내 사과 한마디 없이 사망을 합니다. 권력의 끝이 참 허망하다는 생각이 듭니다.

지상렬 예전에 TV를 보니까 전두환이 카메라에 잡힌 적이 있었어요. 그때도 몸이 몹시 아프다고 광주 관련 재판에도 안 나오고 그럴 때인데, 골프는 잘 치더라고요. 그때 골프장 비용이 1인당 28만 5천원이었다고 해요. 전 재산이 29만 원밖에 없다고 했는데, 골프비를 냈으면 유산으로 5천 원 남겼다고 보면 되겠네요. (웃음)

2부

제5공화국! 애마부인과 프로야구

1980~1989

1980 서울의 봄과 칼라 TV

지상렬 1979년 10. 26일부터 1980년까지 너무나 많은 일들이 있었잖아요. 대통령이 서거하고 신군부가 정권을 잡고, 계엄령이 발령되고 삼청교육대에 끌려가고 언론이 통·폐합되고 그 와중에 컬러 TV 방송이 시작되고 또 그 와중에 대학가요제가 열리고 1년 동안 이렇게 긴박하게 많은 사건이 있었던 적이 없었던 것 같아요. 드라마로 해도 대하드라마인데 그 안에 서스펜스, 호러 액션, 스릴러, 쇼, 코미디 각종 장르가 총망라되어 있었던 1년인 것 같아요.

김작가 현대사에서 가장 비극적인 1년이었죠. 10. 26 사건 이후 유신이 끝나고 우리나라에 '서울의 봄'이 찾아왔어요. 하지만 너무도 짧게 봄이 지나가버렸어요. 서울의 봄이 10. 26 이후 1980년 5. 18 이전까지인데,

봄이 오긴 했지만 봄바람만 살짝 불었을 뿐이고, 꽃 한 송이 피어날 수 없이 짧은 봄이었죠.

지상렬 그때는 요즘처럼 SNS 시대도 아니고 방송과 신문을 장악하고 전화통신을 끊으면 그대로 고립이 되는 거잖아요. 영화 〈택시 운전사〉에서도 나왔던 장면이지만, 영화 때문에 젊은 세대들도 새롭게 알게 된 사실이 많았을 거예요.

김작가 송강호 배우가 택시 운전사로 나오잖아요. 그때 택시에 타고 광주로 향했던 기자가 독일인 기자 '위르겐 힌츠 페터' 기자인데 베트남 전쟁 때도 종군기자로 활약을 했어요. 광주에 잠입해서 광주의 실상을 촬영할 때 보니까 베트남 때보다 더 참담했다는 말을 하더라고요. 그렇게 찍은 필름이 일본을 통해서 당시 서독으로 보내져 서독의 뉴스 프로그램에서 최초로 세상에 알려지게 된 거죠.

지상렬 저는 어렸었지만 광주 항쟁 때 실질적으로 우리나라 TV 뉴스에서는 광주 시민들을 폭도라고 하고 빨갱이라고 그랬던 게 생각이 나요. 국민들이 실상을 전혀 알 수 없었어요.

김작가 5. 18 민주화 운동을 무력으로 진압한 전두환이 최규하 대통령을 사임시키고, 제 11대 대통령에 취임하게 되어요. 이때부터 5공화국의 섹스, 스크린, 스포츠 3S 정책이 시작되는데, 컬러 TV도 이때 나왔고 TV쇼도 무척 화려해졌어요. 1980년에 TBC 동양방송이 강제 폐국되고 KBS로 통·폐합되었는데 〈쇼쇼쇼〉가 TBC 시절부터 KBS로 통·폐합될 때까지 쇼의 대명사였어요.

지상렬 〈쇼쇼쇼〉 저도 알죠. 17년 동안 쇼의 정상에 있던 프로그램이에요. 돌아가신 후라이 보이 곽규석 선생님이 1대 MC였고, 2대는 위키리 이한필 선생님과 영화배우 정윤희 누님이 MC를 했던 유일한 프로그램이였어요. 그 당시 70년대에 최고 영화배우였잖아요. 근데 멘트가 좀 딸렸다고 하더라고요. (웃음) 그래서 마지막엔 허참 형님이랑 정소녀 누님이 MC를 했었죠. 〈쇼쇼쇼〉는 워낙 유명했어요. 그때 화면을 찾아서 보기도 하는데 돌아가신 허참 형님도 무척 꽃미남이시더라고요.

김작가 1980년 12월 1일 흑백 TV 방송 시대를 마치고, 화려한 컬러 TV의 시대가 열렸잖아요. 컬러 TV 방송 나오던 것 기억나죠?

지상렬 기억나죠. 일단 〈쇼쇼쇼〉도 조명이나 무대가 무척 화려해졌고요. 뉴스도 컬러 방송이었는데, 광고는 찍어둔 게 흑백이라서 흑백 방송을 했었어요. 옛날에는 뉴스 시작할 때 여성 앵커가 협찬 제공 자막을 읽어 줬었어요. 낭랑하고 정확한 발음으로 "MBC 뉴스데스크는 크라운맥주, 주식회사 종근당, 백양 메리야스, 삼양식품, 보령제약 공동제공입니다" 이런 식으로 읽어주던 기억이나요.

김작가 (웃음) 기억나네요. 대단한 기억력입니다. '크라운맥주' 오랜만에 들어보네요. 그때는 뉴스에 삼청교육대 소식이 자주 나왔어요.

지상렬 몸에 문신 그려져 있는 형님들이 통나무 들고, 목봉 체조하는 화면이 자주 나왔었죠. 지금 생각하면 겁을 주려고 자주 보여준 것 같아요. '까불면 삼청교육대 잡아간다' 그런 의도도 좀 있지 않았나 싶더라고요. 신기한 게요, 전쟁 중에도 아기는 태어나잖아요. 폭격이 있던 밤에도 사랑은 피어나는 거거든요. 이런 혼란한 와중에도 옥슨 80 홍서범 형님의 '불놀이야'가 히트하고, 조용필 형님이 1집 앨범 '창밖의 여자'를 발표한

뒤 국민가수가 되죠. 그때가 1980년이에요.

김작가 아마 1980년에 나온 조용필 1집 LP 음반은 나도 그렇고 형님들도 분명히 가지고 계셨을 겁니다. 이때 대단했었죠. 그리고 이 해에 대학가요제도 열렸었는데 아마 사회, 정치, 경제적으로 국민들이 너무 지쳐있었기 때문에 음악이 더 많은 위안을 주지 않았을까 싶어요.

지상렬 용필 형님 음반도 서범이 형님 음반도 다 있어요. 1980년 대학가요제 대상곡이 이범용, 한명훈의 '꿈의 대화'인데 멜로디도 좋고 가사도 좋고 지금 들어도 좋잖아요. 그때 LP도 가지고 있어요. 대상도 좋았지만 은상을 받은 그룹 샤프의 '연극이 끝난 후'도 무척 좋았어요. '연극이 끝난 후'는 곽경택 감독의 영화 〈친구〉에 소개가 되면서 다시 한 번 인기를 얻었잖아요. 친구에서 레인보우 밴드 진숙이 누님이 불렀는데, 베레모 쓰고 머리로 한쪽 눈을 가리고 불렀죠. 안타까운 건 극중 진숙이 누님 김보경 씨가 2021년에 암으로 돌아가셨어요.

김작가 〈친구〉로 강렬한 인상을 남겼는데 안타깝네요. 어느 시대나 그 시대의 누님들이 있었잖아요. 지상렬의 누님은 누구였나요?

지상렬 시대별로 누님들이 있었죠. (웃음) 해외판으로 말해 볼게요. 3대 책 받침 누님들이 있었어요. 브룩 실즈, 피비 케이츠, 소피 마르소. 브룩 실즈 누님은 1965년 뱀띠구요, 명문대 프린스턴을 다녔어요. 소피 마르소 누님은 1966년 백말띠 인데 우리나라 화장품 '드봉' 모델도 했지요. 나이는 피비 케이츠 누님이 제일 많았었는데, 1963년 토끼띠고 어머니가 중국계라서 동양적인 매력이 있었죠.

김작가 세 분 중에 어느 누나가 제일 애정이 가는 누님인가요?

지상렬 색의 3원색 빨강, 노랑, 파랑도 각각의 컬러와 개성이 있잖아요. 그런 것처럼 누님 세 분이 각각 다른 컬러이긴 한데, 상렬이는 개인적으로 피비 케이츠 누님을 제일 좋아했어요. (웃음)

김작가 브룩 실즈는 청바지 모델로도 유명했죠. 그게 1980년 광고인데 당시에 브룩 실즈가 15세 미성년이었는데 광고 카피가 무척 야해서 논란이 되기도 했어요. 하지만 이 광고 한 편으로 한 달에 200만 벌의 청바지를 팔았다고 해요. 캘빈클라인 광고인데 '나와 캘빈 사이엔 아무것도 없어요'라는 카피로 묘한 상상력을 유도했던 광고였죠.

지상렬 이 카피를 들으니까 이보희 누님이 생각나네요. 이보희 누님이 1984년에 당시로는 에로틱한 영화를 찍었었는데, 이장호 감독의 〈무릎과 무릎 사이〉였어요. 무릎과 무릎 사이에는 뭐가 있을까요? '과'가 있지요. 그런 농담을 했었는데 브룩 실즈 누님의 나와 캘빈 사이엔 '와'가 있네요. (웃음)

김작가 (웃음) 웃으면서 끝나니까 좋네요. 1980년은 유난히 이야기가 힘들었어요. 숨 가쁜 한 해였던 것 같네요. 1980년 10월에 이성복 시인이 첫 시집 《뒹구는 돌은 언제 잠 깨는가》를 발표했어요. '그날'이라는 시의 마지막 구절에 '모두가 병들었는데 아무도 아프지 않았다' 이런 구절이 있어요. 역설적으로 1980년을 한 줄로 보여주는 그런 구절이 아닌가 하는 생각을 해보네요.

1981

제5공화국

화려한 쇼의 시작!!

지상렬 "여러분의 덕화 인사드려요" 이덕화 형님의 오프닝 멘트 기억하시는 분들 많을 겁니다. 상렬이도 덕화 형님의 쇼 프로그램을 보면서 자란 세대예요. 1981년 MBC에서 주말에 대형 쇼 프로그램 〈쇼2000〉이 시작되었어요.

김작가 생각나는 분들 많을 걸요. 쇼 프로그램의 시초 〈쇼쇼쇼〉가 16년 정도 대표적인 프로그램이었는데, MBC에 〈쇼2000〉이 생기자 인기가 떨어졌을 정도로 〈쇼2000〉의 인기가 대단했었죠.

지상렬 이때가 TV쇼 프로그램의 태동기이면서 전성기라고 할 수 있을 정도로 대형 쇼 프로그램들이 줄줄이 생겼어요. KBS 〈100분 쇼〉도 유명한 대형 쇼 프로그램이었고 1981년 KBS에서 〈가요 톱 10〉이 처음 생기기도 했어요. 컬러 TV가 생기면서 쇼 프로그램들이 하루아침에 화려해졌던 생각이 나요. 〈가요 톱 10〉은 임성훈 형님이 MC를 제일 오래하셨죠. 그리고 생각나는 형님이 손범수 형님이시죠. 〈가요 톱 10〉은 대표적으로 두 분이 생각나요.

김작가 손범수 형님이 예전에 송도 사실 때 집도 가까워서 술도 자주하곤 했죠?

지상렬 옛날 우리 아버지 세대에는 밖에서 1차를 하고 나면, 술 취한 친구들 우르르 몰고 집으로 가서 부인에게 술상 차리라고 하던 시절이 있었잖아요. 옛날 아버지들이 하던 걸 범수 형님이 그대로 하시더라고요. 술에 취해서 얼떨결에 집까지 간 적이 있는데 진양혜 아나운서 형수님께서 술상을 차려주시는데, 아나운서 부부는 역시 술이 취해도 바른말 고운말만 정확하게 쓰시더라고요. 너무 감사하고 부러웠죠. (웃음)

김작가 두 분이 너무 잘 사시고 부러운 부부입니다. 미래의 지상렬도 당연히 아름다운 가정을 꾸릴 거고, 아기도 많이 낳고요. (웃음) 아이들이 많이 봤던 프로그램 〈뽀뽀뽀〉도 유명했잖아요. MBC 〈뽀뽀뽀〉도 1981년도에 처음 생겼었죠.

지상렬 설렁탕 집도 40년 넘으면 무조건 믿고 먹는 맛집 되잖아요. 〈뽀뽀뽀〉도 거의 40년 됐을 거예요. 〈뽀뽀뽀〉는 MBC의 진국 설렁탕이라고 해도 되죠. 그리고 또 생각나는 게 MBC 〈호랑이 선생님〉이에요. 5학년 5반 호랑이 선생님이 허봉수 선생님이었어요. 인기가 대단했었죠. 아역배우 이상아 씨 생각도 나요. 이연수 씨는 상렬이랑 같은 개띠예요. 5학년 5반 부반장했잖아요. 아! 기억이 새록새록 나네요. (웃음) 그 당시에 아역배우 황치훈 씨도 있었는데 나중에 가수로도 활동을 했어요. 안타깝게 뇌출혈로 쓰러져서 식물인간 상태로 있다가 결국 돌아가셨어요. 재능이 참 많았었는데 안타까운 기억이에요.

김작가 호랑이 선생님 허봉수 역을 하셨던 조경환 선생님도 세상을 떠나셨는데, 약주도 많이 하셨고 추억도 많죠?

지상렬 조경환 형님이 결국 간이 안 좋아서 돌아가셨어요, 형님 보면서도 느꼈지만 절대 '간' 자랑은 하면 안 됩니다. 왜냐면 좋다가도 갑자기 나빠질 수 있는 게 간이거든요. "내 간에서 스님이 목탁을 두드리고 계셔" "내 간에는 아기가 옹알이를 해" 저도 그런 말 가끔 했었는데요, 절대 그런 생각하면 안 됩니다. 조경환 형님하고는 MBC 드라마 〈대장금〉으로 인연이 되서 회식자리에서 자주 뵙고 사석에서도 뵈었지요. 언젠가는 여의도에서 마셨는데 휘청하시더라고요. 그날은 제가 댁까지 모셔다 드렸어요.

김작가 조경환 선생님도 대단한 주량이셨다고 하던데 휘청하실 정도면 어느 정도 드신 건가요?

지상렬 사실 술을 많이 마시는 사람들은 오늘 몇 병 마셨나 그런 게 없어요. 조경환 형님도 주량의 끝이 어디인지 모르고 간으로 돌려막기가 가능하신 분이셨고요. 간이 소의 위처럼 세 개는 있는 것 같았어요. 그날 모셔다 드리고 며칠 후에 횟집으로 다시 부르셨는데, 횟집 벽에 잉어가 그려진 큰 접시가 있었는데 그 접시를 떼어서 거기에 소주를 부어 주시는 거죠. 소주가 두 병 반 들어가더라고요. "상렬아 마셔" 그러셔서 "네 형님" 하고 쭉-- 마셨죠. (웃음)

김작가 소주 두 병 반을 원 샷 한다는 게 쉽지 않은 건데 괜찮았나요?

지상렬 괜찮지 않았죠. (웃음) 그날 집에 가는 길에 저승사자하고 많은 얘기를 나누었습니다. '아직 연로하신 어머니도 계신데 어머니보다 먼저 요단강을 건널 수 없다고 부탁드리고 저승사자를 돌려보냈죠. (웃음)

김작가 MBC 〈수사반장〉에서 조형사 역도 하셨고 〈허준〉, 〈대장금〉, 〈종합병원〉 등에서 선 굵은 연기를 하셨는데, 본인에게 제일 잘 맞는 캐릭터가 호랑이 선생님이었다고 좋아하셨다고 해요. 요즘도 가끔 생각이 나지요?

지상렬 형님이 원래 많은 사람들하고 술자리를 자주 가지는 편은 아닌데, 저를 예뻐해주셔서 자주 불러주셨어요. 형님이 형수님과 오래전에 사별하셔서 항상 형수님을 그리워하셨던 것 같아요. 그래서 술도 많이 드셨고요. 한번은 MBC 〈세바퀴〉 녹화하는데 형님이 호랑이 선생님 당시의 양복을 입고 오셨더라고요. 그때 "형님 양복이 왜 이렇게 커요?" 했더니 "건강문제 때문에 딸이랑 산을 탔더니 좀 빠졌어" 그러시더라고요. 그때 이미 형님은 얼마 안 남았다는 걸 알고 계신 것 아닌가, 그래서 그때 그 양복을 입고 나오신 건 아닌가 그런 생각이 들었어요.

김작가 조경환 선생님도 MBC에 애착이 많았을 것 같아요. 67세 때 세상을 떠나셨는데 너무 일찍 세상을 떠나셨지요. 아직도 건강하시면 지상렬이 따라주는 잔도 맛있게 드실 텐데 말이죠.

지상렬 상렬이 곁에 이런 큰 형님들이 많이 계셔줘야 저도 힘이 나는데 말이죠. 옛날 TV 얘기하다 보니까 우리 집에 컬러 TV 들어오던 날 생각도 나네요. TV가 '대한전선'에서 만든 TV였던 게 생각나요. 냉장고도

'원투제로' 냉장고가 있었어요. 지금도 그 CF가 생각나는데요, 살아 있는 붕어를 냉동 칸에 얼렸는데 다시 녹였더니 붕어가 "원투제로 냉장고" 라고 입을 뻐끔거리면서 멘트를 하고 다시 살아나는 CF였어요. 말도 안 되는 설정이었는데 그게 그렇게 신기하더라고요. (웃음)

김작가 (웃음) 생각나요. 그때는 대한전선에서 출시된 냉장고가 냉각력이 좋다는 걸 어필하려고 만든 광고죠. 첫 국산 냉장고가 금성 '눈표' 냉장고였고, 삼성에서 '하이콜드' 냉장고가 나왔었는데 대한전선에서 냉장실과 냉동실이 분리된 원투제로 냉장고가 나오면서 인기가 많았던 기억이 나요. 별 걸 다 기억하고 있네요. (웃음)

지상렬 '원투제로' 냉장고로 얼음 얼려 먹고, 대한전선 TV로 컬러 방송 보던 때가 기억이 생생한데 세월 참 잠깐이네요 형님. (웃음)

김작가 그때 당시에 KBS와 MBC가 비슷한 포맷으로 경쟁했던 프로그램이 있었어요. 1980년에 KBS에서 젊은이 대상의 쇼 프로그램 〈젊음의 행진〉을 시작했는데, 반응이 좋으니까 MBC에서도 1980년에 〈영11〉이란 프로그램을 만들었죠.

지상렬 이 프로그램들도 인기 최고였어요. 〈젊음의 행진〉은 이택림 형님, 진미령 누님이 처음에 MC를 봤고, 송승환 형님도 봤고 최수종 형님이랑 하희라 형수님이 함께 본 적도 있어요. 〈영11〉은 11이 MBC 문화방송 채널 번호라서 11이었어요. 그 당시에 〈별이 빛나는 밤에〉 라디오 DJ 별밤지기로 인기 최고였던 이문세 형님 그리고 지금은 돌아가신 길은정 누님이 당시에 〈뽀뽀뽀〉 뽀미언니로 인기가 많았거든요. 두 분이 MC를 봤던 기억이나요.

김작가 〈젊음의 행진〉과 〈영11〉하면 먼저 떠오르는 게 남·녀 백댄서들인데 인기도 많고 경쟁률도 세고 그랬었죠?

지상렬 〈젊음의 행진〉 백댄서는 '짝궁들'이란 팀이 있었고, 〈영11〉 백댄서는 '영스타즈'란 팀인데, 당시에 폭발적인 인기를 누렸죠. 〈젊음의 행진〉의 짝궁들 선발할 때는 25명 뽑는데, 1만 명의 지원자가 몰릴 정도로 인기가 많았어요. 인천의 자랑, 인천의 노루표 페인트집 꽃사슴, 컴퓨터 미인 황신혜 누님도 인하공전 항공운항과 시절에 '짝궁들'에 선발되어서 활동을 했었어요. 탤런트 전인화 누님도 짝궁 출신 이시고, 소방차 형님들 정원관, 김태형, 이상원 형님도 짝궁 출신이셨죠.

김작가 1981년 '제5공화국' 시절인데 확실히 컬러 TV와 더불어서 쇼가 화려해졌던 시절입니다. 그리고 이때 전두환 대통령은 호가 '오늘'이고 이순자 여사는 호가 '한편'이다, 그런 우스갯소리가 있었어요. 일명 '땡전뉴스'라고 했었죠. 9시가 땡! 울리면 뉴스 첫 소식이 나오는데 이때는 반드시 대통령 동정을 첫 소식으로 내게 되어 있었어요. 9시 뉴스는 무조건 "오늘 전두환 대통령은"으로 시작해서 "한편 이순자 여사는"으로 뉴스 오프닝이 시작되던 시절이죠.

지상렬 전에도 얘기했지만 영화관에서도 영화 상영 전에 애국가 나오고 그러던 시절이잖아요. 당시에 영화관에 이보희 누님이나 안소영 누님 보러갔는데 스크린에 삼천리 화려강산 나오고 을숙도 갈대도 나오고, 대한사람 대한으로 길이 보존하자고 하고 그러면 들떴던 마음이 상당히 진정되고 그랬었던 생각이나요. (웃음)

김작가 하하하, 소년 지상렬이 무엇을 기대했는데 그렇게 진정이 되었는지 상당히 궁금하네요. (웃음) 이렇게 3S시대의 제5공화국이 시작되었네요.

1982 애마부인과 프로야구

지상렬 요즘도 라디오를 즐겨 듣는 애청자 분들이 많습니다만 예전에는 〈별이 빛나는 밤에〉 등… 라디오 애청자가 요즘보다 더 많았던 것 같아요. 그리고 라디오를 듣다 보면 밤 10시에 아름다운 목소리의 누님이 집에 들어가라고 멘트를 했던 게 생각나요. "청소년 여러분 밤이 깊었습니다. 집으로 돌아갈 시간입니다" 왜냐면 밤 10시가 좀 지나면 버스가 끊기니까요. 막차 놓치지 말고 어서 집에 가라고 그랬던 게 생각이 나네요.

김작가 예전에는 '야간통행금지'라는 게 있었죠. 밤 12시부터 새벽 4시까지는 밤에 나갈 수 없었어요. 밤 12시에 사이렌이 울리면 도로에 바리케이드를 쳐서 차량통행도 금지시켰고요.

지상렬 밤 12시 이후에 돌아다니다가 단속하는 경찰에게 잡히면 경찰서에서 새벽 4시까지 있다가 벌금을 내고 4시에 집에 갈 수 있었던 시절이죠. 약주 좀 하시는 아버님들은 12시 이전에 술자리를 접거나 아니면 친구들 다 데리고 애들 자는데 집으로 쳐들어오시고 그러셨죠.

김작가 여관이나 여인숙이 호황을 누리던 시절이기도 해요. 아무래도 국민의 기본권인 신체의 자유를 억압한다는 비판을 받아오다가, 1982년 1월 5일에 야간통행금지가 37년 만에 폐지가 되었어요. 여러 가지 이유가 있었겠지만 '86아시안게임'과 '88서울올림픽'이 통행금지 폐지에 결정적인 역할을 했죠. 국제적인 행사를 치러야 되는데 통행금지가 있다는 건 이상하잖아요.

지상렬 통행금지가 사라지면서 소위 말하는 밤 문화가 시작 되었어요. 디스코텍이나 룸살롱 같은 향락문화가 활기를 띠기 시작했었죠. 이때 유명한 국민가요 윤수일 형님의 '아파트'가 탄생했잖아요. 그 당시에 디스코텍에 가면 검정 선글라스를 끼고 '아파트'를 부르는 윤수일 형님이 최고였다고 해요. '띵동 띵동'으로 시작하는 '아파트' 인기가 정말 대단했어요. 윤수일 형님에게 직접 들은 얘긴데요. 부산을 갔었는데 길을 가다가 아파트 한 동이 서 있는 걸 봤는데 그게 그렇게 외로워 보이더라는 거죠. 그래서 나온 가사가 '쓸쓸한 너의 아파트'였다고 하더라고요. 그때 단독주택이나 빌라를 봤더라면 노래 제목이 아파트가 아니었을 수도 있지요. (웃음)

김작가 단독주택이나 빌라보다는 '아파트'가 제목으로 더 어울릴 것 같네요. 가사는 쓸쓸한데 의외로 신나는 응원가로 많이 불려지기도 해요.

지상렬 '아파트'는 윤수일 형님이 부르면 쓸쓸한 아파트고요, 야구장에서 으쌰라 으쌰!! 추임새만 넣으면 바로 응원가가 됩니다. (웃음) 야간통행금지가 사라지고 문화도 많이 바뀌면서 심야볼링장이나 심야극장이 생기기도 했었죠. 심야볼링장, 심야극장은 전유성 형님 아이디어로 처음에 시작된 거거든요. 유성이 형님이 영화사에서 카피라이터로 근무할 때가 1982년 이었는데, 통행금지가 해제되면서 영화시사회를 밤 12시에 한 것이 심야영화의 시초였어요. 그때 영화가 공포영화였는데 커플들만 초대해서 '심야공포 쌍쌍파티'라는 타이틀로 허리우드 극장에서 시사회를 했대요. 이때 〈로미오와 줄리엣〉 이후로 허리우드 극장이 전석 매진이 되었었다고 해요.

김작가 평소에도 아이디어가 남다른 분이시지만 심야영화는 통행금지 해제와 맞물려서 시기적으로도 잘 맞아 떨어진 것 같아요. 그리고 시대와 맞물려서 나온 유명한 영화가 있어요, 심야극장과 제5공화국의 3S정책과 잘 맞아떨어진 영화 〈애마부인〉이 1982년도에 개봉했었죠.

지상렬 애마부인 안소영 누님, 이때 굉장히 파격적이었어요. 애마부인이 워낙 인기가 있어서 1대 애마 안소영 누님, 2대 애마 오수비, 3대 애마 김부선 누님 이런 식으로 13편까지 나왔었는데요, 애마 누님들 중에 안소영 누님처럼 강렬했던 누님은 없었던 것 같아요. 안소영 누님이 서구적인 몸매잖아요. 해외버전으로 말하자면 〈개인교수〉의 실비아 크리스텔이죠. 상렬이는 사춘기 때 그 영화 보면서 '나도 저런 누님이 개인 교수하면 서울대 갈 텐데' 그런 생각을 했었죠. (웃음)

김작가 당시 사춘기 소년 지상렬도 〈애마부인〉을 봤었나요?

지상렬 공소시효가 지나서 말씀드리는 건데요, 미성년자는 성인영화를 못 보잖아요. 인천에 자유극장이라고 있는데 친구들이랑 정문 출입을 못하고 강아지들 드나들던 구멍으로 들어가서 본 기억이나요. 그때 소년 지상렬이 호기심이 얼마나 왕성했겠어요. (웃음)

김작가 〈애마부인〉을 시작으로 에로영화나 에로비디오가 노골적으로 나오던 시절이었던 5공화국 때니까 정부에서 권장까지는 아니지만, 심의를 느슨하게 해서 유도를 했던 부분도 있었던 것 같아요.

지상렬 이때처럼 무분별하게 성인비디오물이 쏟아졌던 적이 없었던 것 같아요. 〈꽈배기부인 몸 풀렸네〉 〈자라부인 뒤집혔네〉 〈젖소부인 바람났네〉 같은 부인 시리즈도 한동안 많이 나왔었죠.

김작가 5공화국의 섹스, 스크린, 스포츠 3S정책이 정치적 관심에서 국민들을 멀어지게 하려는 정책인데, 그 일환으로 〈애마부인〉도 탄생을 했지만 스포츠도 1982년에 프로야구가 출범하면서 관심이 뜨거웠어요.

지상렬 아! 프로야구가 출범했죠. 지금 10개 구단이지만 출범 당시는 6개 구단이었잖아요. OB 베어스, MBC 청룡, 해태 타이거즈, 롯데 자이언츠, 삼성 라이온스, 삼미 슈퍼스타즈였거든요. 상렬이는 삼미 슈퍼스타즈 팬이었어요. 그때 어린이 회원 가입비가 9,900원이었거든요. 회원증도 받고 삼미 슈퍼스타즈 마크가 새겨져 있는 연필 세트도 받고 수건도 받고 모자도 받고 그랬는데, 그때 받은 선물 중에 수건은 아직도 가지고 있어요. 삼미는 지금도 생각나는 게 에이스가 인호봉 투수였어요. 제가 알기로는 국제대회에서 노히트 노런을 두 번 했을 거예요. 그게 어마어마한 거거든요. 그런데 그분이 프로에 와서는 빛을 보지 못하셨죠.

김작가 삼미 슈퍼스타즈는 주로 무명선수들로 구성된 팀이라서 1할 대

승률이라는 전무후무한 기록을 남겼었죠. 그래도 인천이 연고지니까 애정이 많이 갔을 것 같아요.

지상렬 그렇죠. 삼미 슈퍼스타즈 팀명도 '악으로부터 지구를 지키는 슈퍼맨'이란 의미인데 지구보다 승률을 지켰어야 하는데 삼미가 너무 못해서 다른 구단 어린이 회원들에게 우리가 놀림감이 되었거든요. 삼성 라이온즈 대 MBC청룡 개막전에서 이만수 선수가 MBC 청룡 이길환 투수를 상대로 1호 안타와 1호 홈런을 기록했던 것도 소년 지상렬은 다 기억하고 있고요. 삼성 시절의 등번호였던 22는 현재 영구결번이라 다른 선수들은 사용하지 못하게 되어 있잖아요.

김작가 지금도 그렇습니다만 프로 입단할 때 스타 선수들의 대우가 엄청났었죠?

지상렬 프로야구 출범 당시에 최고 대우로 입단한 선수가 OB베어스 박철순 투수였는데, 1982년도에 연봉을 2천 400만 원 받아서 화제가 됐었어요. 당시에 짜장면이 400원이고, 라면이 100원이고, 포니 승용차 출고가가 300만 원에 서울의 아파트가 1,500만 원 정도 했다니까 파격적인 대우였었죠. 프로야구 열기를 더 높이는 그런 영향도 있었죠.

김작가 통금 해제되고 프로야구 출범하고, 사회적으로 많은 변화가 있었던 1982년인데요, 개인적으로 중·고등학생 두발 자율화했던 게 가장 기억에 남아요. 일제강점기 때부터 교복을 입었는데, 70여 년만에 두발자율화가 되었어요. 제 또래들은 고 2때 두발 자율화가 되고, 고3 때 교복자율화가 되어서 자율화 맛을 보고 졸업을 한 세대거든요.

지상렬 상렬이 같은 70년대 생들은 중학교 입학하자마자 교복이 사라져서, 고등학교 마칠 때까지 교복을 한 번도 못 입어 봤어요. 오히려 교복을 한번 입어봤음 좋겠다고 좀 아쉬워하기도 했었어요. 중학교에 입학하면 교복도 입어보고 모자도 써보고, 중학생 가방도 들어보고 그런 로망이 있잖아요. 그리고 1982년에 이 얘길 빼 놓을 수 없을 것 같아요. 58년 개띠, 팝의 황제 마이클 잭슨 형님이 앨범 스릴러Thriller를 발표해서 가장 많이 팔린 음반으로 기네스북에 오르게 되죠. 이 앨범에 같이 수록된 빌리 진Billie Jean으로 전 세계에 문워크가 유행하게 되어요. 이때 상렬이도 문워크 연습 참 많이 했던 게 생각이 나네요. (웃음)

김작가 그 당시 '빌리 진' 열풍이 대단했죠. 문워크는 마이클 잭슨의 시그니처로 자리를 잡았는데 이게 마이클 잭슨이 개발한 안무인가요?

지상렬 동작이 '달에서 걷는 것 같다'고해서 '문워크'라고 하잖아요. 이런 백 슬라이드Back slide 동작은 1950년대부터 있었다고 해요. 잭슨 형님이 여러 가지 동작들을 보고 만들었는데 그중에서 안무가이면서 댄서였던 제프리 다니엘Jeffrey Daniel이 마이클 잭슨의 댄스에 영향을 많이 주었죠. 문워크의 원조라면 원조인 형님인데, 소울 트레인Soul Train이라고 미국에서 35년 동안이나 방영된 전설적인 뮤직댄스 프로그램에서 문워크를 처음 선보였었거든요. 마이클 잭슨 형님이 실제로 다니엘 형님을 집으로 초대해서 백 슬라이드를 배웠다고 해요. 그렇게 해서 완성된 게 문워크였죠.

김작가 스릴러Thriller 앨범과 함께 스릴러 뮤직비디오도 80년대 최고의 뮤직비디오 1위로 선정되기도 했어요. 14분이나 되는 영화 같은 뮤직비디오가 굉장한 화제였는데, 이때부터 음악은 듣기만 하는 게 아니라 보는 음악이 시작된 것 같아요.

지상렬 우리나라 BTS도 대단하잖아요. 다이너마이트Dynamite부터 시작해서 라이프 고즈 온Life Goes On, 버터Butter, 퍼미션 투 댄스Permission to Dance까지 총 4곡을 빌보드 차트 핫 100 1위에 올렸잖아요. 이거 정말 대단한 거거든요. 아시아 최초이기도 하구요. 저희 어릴 때는 AFKN에서 아메리칸 탑포티(American Top 40)라고 미국의 팝 순위 프로그램을 봤었거든요. 그걸 보면서 "야, 우리나라 가수도 차트에 올라갈 수 있을까" 우리 때는 빌보드 순위 100위 차트가 있어서 그걸 매번 확인하고 그랬는데, 지금 대한민국 BTS가 해냈잖아요. 그런데 마이클 잭슨도 형제들하고 함께했던 잭슨 파이브 시절에 그때 나이 12살 때, 네 곡을 (I Want you Back, ABC, The Love You Save, I'll Be There) 연달아서 빌보드 핫 100 1위에 올렸어요. 이때가 1969년에서 1970년 때거든요. 상렬이가 태어나서 옹알이하던 해에 잭슨 형님은 핫 100에서 1위를 달리고 있었던 거죠. 이 기록도 최연소 빌보드 차트 1위로 기네스북에 올라가 있어요.

김작가 특별한 천재들 같아요. 마이클 잭슨이 다섯 살 때부터 형들과 밴드 생활을 했잖아요. 음악적으로, 세계적으로 큰 획을 그은 천재였지만 어릴 때부터 죽을 때까지 음악만 하고 떠났는데 행복했을까요?

지상렬 음악적으로는 성공했지만 행복했을지는 모르겠어요. 어릴 때는 맘껏 놀아야 하는데 다섯 살 때부터 나이트클럽에서 공연하고, 축제에서 공연하고, 어린 시절에 놀이공원도 못가고 무대에서 보낸 게 한이 되어서 저택을 놀이동산처럼 꾸미고 '네버랜드'를 만들어서 어린이들 초대해서 놀고 그랬잖아요. 형제도 9형제였고 가난했기 때문에 마이클 잭슨의 아버지가 엄하게 공연장을 데리고 다녔대요. 아버지가 리모콘을 쥐고 있었어요. 어떻게 보면 여동생 자넷 잭슨Janet Jackson이나 형 저메인 잭슨Jermaine Jackson도 모두 성공한 음악가지만 어린 시절이 행복했을지는 모르겠어요. 그리고 참, 저메인 잭슨 형님은 우리에게 익숙한 노래가 있어요. 왠 더 레인 비긴스 투 폴When The Rain Begins To Fall을 여가수 피아 자도라Pia Zadora와 듀엣으로 불렀는데, 서울패밀리 위일청 형님이 김승미 누님이랑 '이제는'이라는 번안곡으로 내놓아서 히트를 했었어요. 저메인 형님도 우리랑 인연이 깊네요. (웃음)

김작가 아! 생각나네요. 위일청 씨는 허스키하고 김승미 씨는 속이 시원한 복소리죠. 80년대 히트곡이었어요. 마이클 잭슨의 '스릴러'로 시작해서 서울패밀리의 '이제는'까지 왔어요. 얘기를 하다 보니 어디로 갈지 모르겠네요. (웃음) 자! 그리고 1982년에 매우 불행한 사건이 있었어요. 1982년이 다 지나갈 무렵에 안타까운 소식 하나가 태평양을 건너 전해집니다. 김득구 선수 아시죠?

지상렬 아! 김득구 선수 WBA 라이트 타이틀전이 라스베이거스에서 있었죠. 당시 챔피언 레이 맨시니Ray Mancini와의 경기에서 의식을 잃고 쓰러져서 세상을 떠난 비운의 복서입니다. 그날의 경기를 저도 봤습니다만, 13라운드까지 사투를 벌였는데 14라운드에 맨시니의 펀치를 맞고 KO을 당했어요. 4일 동안 뇌사상태로 있다가 숨을 거뒀어요. 더 가슴이 아픈 건 김득구 선수가 떠나고 김득구 선수의 어머니도 극단적인 선택을 했어요. 김득구 선수가 박종팔 형님하고 동아체육관 동기였대요. 맨시니와 경기를 하러 갈 때 둘 중에 한사람은 죽을 거라는 말을 했고, 성냥갑으로 조그만 모형관을 만들어서 가방에 넣어가지고 갔다고 해요. 그 정도로 각오가 비장했던 헝그리 복서였죠.

김작가 김득구 선수의 죽음으로 인해서 세계타이틀 매치가 3분 15회전에서 12회전으로 줄었고, '스탠딩 다운제'도 도입을 해요. 선수를 보호해야 한다는 목소리가 높았죠. 그리고 또 하나의 비극이 있어요. 그때 경기에서 심판을 맡았던 '리처드 그린'이 경기 중단을 적절히 하지 못해서 김득구 선수가 사망했다는 죄책감에 시달리다가 결국 극단적인 선택을 하게 됩니다.

지상렬 김득구 선수의 죽음도 비극인데 어머니도 돌아가시고 심판도 극단적인 선택을 하고, 비극적인 일들이 연쇄적으로 일어났어요. 그리고 주변에서 이런 일들이 계속 일어나니까 맨시니 선수도 우울증에 빠지고 슬럼프에 빠져서, 결국 얼마 못 가서 은퇴를 하게 되죠.

김작가 김득구 선수가 14라운드에서 KO가 되었잖아요. 불행인지 다행인지, 김득구 선수 어머니가 TV로 중계를 볼 때 마침 그 동네가 정전이 되었다고 해요. 13라운드 때부터 정전이 되어서 14라운드에 KO가 되는 장면을 어머니는 보지 못했다고 하네요.

지상렬 다행이죠. 아들이 맞아서 쓰러지는 거 보는 어머니 마음이 어떻겠어요. 그나마 다행이라고 생각해요. 근데 저는 왜 또 마음이 아프냐면요, 어머니가 극단적 선택을 하셨는데 유서가 없는 거예요. 왜? 가난 때문에 못 배우셔서 글을 몰라서 유서를 못 남기셨잖아요. 가슴에 얼마나 많은 유서를 쓰셨겠어요. 상렬이는 그런 거 생각하면 마음이 더 아프더라고요.

김작가 그러네요. 종이에 쓰는 유서보다 가슴에 새긴 유서가 더 절절하셨겠지요. 김득구 선수가 세상을 뜨고 나서 TV에서 어머니 인터뷰 하는 걸 본 기억이 또렷해요. 기자가 마이크를 가져다 대니까 어머니가 아들이 죽은 게 참담하긴 하고 뭐라 말은 해야 되겠고, 결국 한마디 하시는데 "우리 아들이 잘 싸우다 죽었으니 그런들 줄 아슈" 무표정으로 한마디를 하시더라고요. 왜 이런 경우에 인터뷰를 하면 울고, 기가 막혀서 말도 잘 안 나오고 혼절하고 어머니들이 그러실 텐데…. 공허한 표정으로 한마디를 하시는데 '아, 슬픔이 깊으면 저렇게 표현을 할 수 있겠구나' 그런 생각이 들었어요.

지상렬 이해가 됩니다. 할 말이 너무 많으면 오히려 말을 나 할 수가 없어요. 짧은 한마디가 천 마디 웅변보다 더 가슴을 울릴 수 있거든요.

1983 시계 아버지의

지상렬 인생을 살아오면서 기억에 남는 몇 가지 장면 중 빠지지 않는 게 입학과 졸업인데 특히 입학식은 생생하게 기억에 남는 것 같아요. 1983년은 상렬이가 인천 인하대학교 부속중학교에 입학을 한 해라서 기억이 선명해요. 교복을 입고 입학을 하고 싶었는데, 우리 때부터 교복자율화가 되는 바람에 고등학교 졸업할 때까지 교복을 한 번도 못 입어 보고 학창시절을 보냈어요. 그리고 무엇보다도 잊을 수 없는 건 아버님이 그해에 갑자기 세상을 떠나셨어요.

김작가 아! 아버님이 세상을 떠나신 게 중1 때였군요. 중1 때면 사춘기 때고 아무래도 예민할 때인데 충격이 컸겠어요?

지상렬 마음의 준비가 안 되어 있을 때 갑자기 돌아가셔서 충격이 컸어요. 아버지가 군인 생활을 오래 하셨는데 신체가 건장하시고 더구나 특수부대 요원으로 6.25 참전도 하셨거든요. 존경스러운 아버지셨는데, 갑자기 돌아가셔서 충격이 컸었죠. 심혈관 계통에 문제가 있으신 것 같다고 부검을 하자고 했는데 가족들이 안 했어요. 위로 형님 두 분이 나이 차이가 많이 나서 저에게 아버지 역할까지 해주셨죠. 그게 늘 감사하고요.

김작가 너무 일찍 돌아가셔서 아버지 생각도 많이 나겠어요. 평소에 차고 다니는 손목시계도 아버님 유품으로 알고 있는데 맞죠?

지상렬 인천 신포동에 오래된 평양냉면집이 있어요. 아버지하고 냉면 먹고 경양식 집에 가서 돈가스 먹고 했던 기억이 아직도 있죠. 상렬이가 지금도 평양냉면을 좋아하는 게 아버님 영향이기도 해요. 냉면 먹으면서 아버님이 늘 하시던 말씀이 "나눌 줄 아는 사람이 되어라, 불쌍한 사람 그냥 보내지 말아라" 그런 말씀을 항상 하셨어요. 아버님 말씀을 한 번이라도 더 기억하려고 시계를 차고 다니게 됐고요. 그때 아버님이 공부도 좀 하라고 하셨으면 공부도 좀 했을 텐데, 공부하라는 말씀은 통 안 하셨어요. (웃음) 형님 두 분이 공부를 잘하셨거든요. 제가 늦둥이로 태어나니까 그냥 건강하고 씩씩하게만 자랐으면 하셨던 것 같아요.

김작가 너무 일찍 돌아가셨는데 살아계셨으면 연세가 어떻게 되시나요?

지상렬 1929년생이시니까 올해로 94세 되셨겠네요. 지금 상렬이 나이가 53세인데 딱 제 나이 때 돌아가신 거죠.

김작가 1929년생이시면 뱀띠, 저희 어머니와 같은 해 태어나셨는데 그 연세 때의 분들이 일제강점기 설움도 겪고, 전쟁도 겪고, 가난도 겪고 그야말로 격동기를 사신 분들이죠. 지금도 아버님 생각이 자주 나겠어요.

지상렬 아버님 고향이 이북이신데 애창곡이 '꿈에 본 내 고향'이었어요. "고향이 그리워도 못 가는 신세-" 이 노래가 들려오면 갑자기 울컥해져서 못 견딜 정도로 그리울 때가 있어요.

김작가 저도 아버지가 돌아가셨지만 '아버지'라는 존재는 우리가 나이를 먹을수록 더 그리워지는 그런 분인 것 같아요. 아버지 얘기 하다보니까 소프라노 조수미 씨 얘기가 생각나네요. 조수미 씨가 데뷔 20주년 공연을 파리에서 하고 있었는데 한국에서 아버지가 돌아가셨다는 소식을 들었다는 거예요. 그런데 조수미 씨는 노래를 불러야 하는 상황이잖아요. 아버님이 돌아가셨는데 노래를 해야 하는 그 마음이 어땠을까 그런 생각이 들더라고요.

지상렬 공인이라는 게, 그런 상황이 참 힘든 것 같아요. 제 친구 김구라도 그런 상황이었어요. 구라 아버님 존함이 김 동자, 현자 쓰시는데 구라 아들이랑 이름이 같아요. 구라가 라디오 DJ할 때 루게릭으로 8년 고생하시다가 2005년에 돌아가셨는데, 그때 아버지가 내가 죽어도 금요일이나 토요일에 죽었으면 좋겠다는 말씀을 자주 하셨대요. 그 이유가 월요일에 당신이 돌아가시면 주중에 구라가 방송을 못할까 봐 그걸 염려해서 그런 말씀을 하셨다는 거예요. 그런데 실제로 아버님이 금요일 오전 7시에 돌아가셨는데 구라 라디오가 낮 12시부터 2시까지 했었거든요. 생방송 다 마치고 오라는 말씀을 유언으로 남기셨어요.

김작가 아! 눈물 나는 말씀이네요. 김구라 씨도 마음이 너무너무 아팠겠어요. 아버님의 사랑 때문에 김구라 씨도 더 잘된 것 같아요.

지상렬 아버님 돌아가시고 구라가 마음고생을 더 한 게, 아버지 유언대로 방송을 마치고 장례를 치르러 갔더니 한편에서는 아버지가 돌아가셨는데 방송을 하고 있었다고 천하에 불효자라고 악플이 달리더라는 거예요. 공인이라는 자리가 참 힘든 자리 같아요.

김작가 가슴 아픈 시절이 있었지만, 구라 씨는 장가도 두 번이나 갔고 공주님도 낳았으니까 앞으로 행복할 일만 남았네요.

지상렬 요즘 참 행복해 보이고 좋습니다. 결혼도 그렇고 자녀도 그렇고 상렬이는 한 번도 못 해본 경험을 여러 번 했잖아요. (웃음)

김작가 1983년 지상렬 학생의 중학교 입학이 있던 해 얘길 하고 있는데요, 교복 자율화가 되고 첫 해잖아요. 그 당시에 두발, 교복 자율화 되면서 학생들이 패션에도 관심이 많아지고 그래서 외국 브랜드의 운동화나 청바지, 가방까지 유명 브랜드들이 유행을 하기 시작한 것도 이때부터죠. 지상렬 학생의 패션은 어땠나요?

지상렬 짝퉁 상표가 그렇게 유행이었어요. 가짜 상품 천국에 살던 시절인데요, '아놀드 파마' 있잖아요. 아놀드 파마는 아놀드 파마인데 파라솔이 유난히 진하거나 커요. 그럼 '아놀드 파라솔'인 거예요. (웃음) 청바지도 조다쉬 청바지가 있었는데 상표가 말 대가리였어요. 근데 조다쉬는 말이 한 마리인데 두 마리인 게 있어요. 그럼 '조다쉬'가 아니라 '쪼다쉬'가 되는 거예요. 그런 게 많았죠. (웃음) 운동화는 나이키가 최고였는데 중학생이 신기에는 워낙 고가여서 부모님께 사달라고 하기가 어린 마음에도 곤란해서 멀리에서 보면 나이키와 상표가 비슷한 '페가수스' 운동화를 시장가서 사 신어요. 까발로, 슈퍼카미트, 월드컵 이런 운동화 신었었죠. 그리고 미팅을 나간다거나 중요한 일이 있을 때는 친구 나이키를

꼭 빌려 신고 나갔었죠. 신발이 안 맞으면 발가락을 접어서 구겨 신고 라도 나갔죠. (웃음)

김작가 우리는 중학교 입학 때부터 쭈욱 교복을 입은 세대예요. 고3, 1년 사복을 입었는데 옷이라고는 교복하고 체육복만 그동안 입었는데 사복을 입고 학교에 가려니까 어색했던 기억이 나요.

지상렬 요즘은 다시 교복을 입는 세대인데 상렬이가 사복을 입고 졸업해 보니까 교복을 입으면 확실히 신경은 덜 쓸 것 같아요. 사복을 입으면 옷에 맞게 머리에도 물 좀 찍어 발라야 되고 손이 많이 가는 건 사실이거든요. (웃음)

김작가 인천에서 이 당시에 어떤 헤어 스타일이 유행이었나요?

지상렬 두가지였어요. 뒷머리를 길게 하고 앞머리를 짧게 하는 펑크 스타일이 유행을 했고, 살짝 웨이브를 넣는 핀컬 파마가 유행이었어요. 상렬이는 주로 펑크 스타일이었죠. 당시에 인기가 있었던 '송골매'의 배철수 형님의 헤어 스타일이 그랬어요. 배철수 형님 얘기하니까 생각나는데 중학교 때 KBS에서 〈젊음의 행진〉이라는 프로그램이 인기가 많았어요. 대학생 형, 누나들이 주로 나오고 상렬이도 즐겨보던 프로그램이었는데 배철수 형님이 생방송 도중에 전기 기타를 치다가 감전되어서 쓰러졌었어요. 그때가 상렬이 중1때거든요.

김작가 맞아요. 생각이 납니다. 배철수 씨가 마이크를 잡는 순간에 감전이 되었었죠. 당시 MC였던 송승환 씨가 수습하려고 멘트하고 그러던 생각이 나네요. 방송 사고 중에 특히 기억이 남는 사건이었죠.

지상렬 중1 때 기억나는 사건들이 많아요. 친구들하고 인천 학익동에 있는 수영장에 수영을 하러갔는데, 갑자기 스피커에서 방송이 나와요. '공습경보'라는 거예요. 태어나서 공습경보가 발령되는 건 처음 봤잖아요. 빨리 귀가하라고 방송이 나와서 모두 전쟁이 난다고 엄청 쫄았던 기억도 나요.

김작가 미그기가 귀순했던 사건이었죠. 1983년에 그런 일이 두 번이나 있었어요. 그해 여름에 공습경보가 발령된 건 지금은 중국이지만 그때는 중공이라고 했었는데, 중공 미그기가 8월에 귀순했었죠. 그날 고교야구 봉황대기 결승전 중계방송 중이었는데 자막으로 공습경보라고 떠서 모두들 깜작 놀랐어요. 한국 전쟁 이후로 첫 공습경보였으니 전 국민이 깜짝 놀랐는데 공습이 아니라 귀순이라고 해서 안심했던 기억이 나요. 그해 2월에도 같은 사건이 있었는데 그때는 북한의 이웅평 대위가 미그기를 몰고 귀순했던 사건이 있었죠.

지상렬 맞아요. 이웅평 대위, 정말 상렬이 중1때 사건 사고가 많았네요. 그때 미그기를 몰고 귀순해서 정부에서 보상금도 많이 받았다는 기억이 나요. 워낙 큰 사건들이 많이 일어났던 해인데 그해가 잊혀지지 않는 한글날이었어요. 그날이 한글날이기도 했고 일요일이기도 했는데 1983년 한글날 '버마 아웅산 폭발 사건'이 일어났어요.

김작가 지금의 미얀마죠. 국가 원수들은 미얀마를 방문하면 반드시 아웅산 묘소를 참배한다고 해요. 우리나라로 치면 현충원 같은 곳이죠. 당시 대통령이었던 전두환 대통령이 공식 순방 중이었는데, 아웅산 묘소에서 폭발 사건이 일어났었죠. 당시에 개그맨 심현섭의 아버님이셨던 심상우 민정당 비서실장도 그 자리에 계시다가 순직하셨어요. 장관, 차관

그리고 대통령 수행원과 기자 분들이 사망하고 중경상을 입은 참혹한 사건이었어요.

지상렬 뉴스에서 앵커가 현장 영상이 있는데 참혹해서 다 보여드릴 수가 없다고 했던 말도 생각이 나요. 그때 전두환 대통령은 무사했었죠. 전두환 대통령이 정시에 도착했더라면 위험할 수도 있었는데 4분 차이로 사고를 면했다고 해요. 이때 분위기가 살벌했었어요. 금방 전쟁이 일어날 것 같은 분위기라서 피난을 가면 어디로 가야 하나, 차를 타고 가야 하나, 배를 타고 가야 하나, 배를 타고 가면 이름 모를 서해의 어느 섬으로 숨어들어야 할까, 일본이나 중국으로 밀항을 해야 할까, 어린 마음에 겁도 나고 걱정을 했던 기억이 생생한데 그 소년이 50이 넘었어요. (웃음)

김작가 (웃음) 중1 때 밀항을 생각하는 건 쉽지 않은데 말이죠. 나는 가끔 유능한 해커가 지상렬의 뇌를 해킹하면 무엇이 보일까 그런 생각을 해요.

지상렬 형님, 제 머릿속에는 늘 물이 흐르고 있어요. 물 흐르는 대로 살아야 한다는 말을 흔히 하잖아요. 근데 그게 쉽지는 않거든요. 하지만 상렬이는 늘 물을 생각하며 살고 있어요. 흐르는 물은 앞뒤를 다투지 않고 흘러가요. 제 갈 길 가는 거거든요. 절대 무리를 하지 않고 그야말로 물이 흐르는 데로 흘러요. 그리고 절대 물은 높은 곳으로 흐르지 않고 반드시 낮은 곳으로 흐르거든요. 이게 바로 상렬이가 늘 꿈꾸는 '물 흐르는 대로 살자'잖아요. (웃음)

김작가 '지상렬의 머릿속에 늘 물이 흐른다' 좋네요. 왠지 미네랄이 풍부한 암반수일 것 같아요. (웃음) '안습'도 직접 만든 말인데 '안구에 습기 찬다'는 눈물이 난다는 신조어로 국어사전에도 올라가 있잖아요. 실제로 안구에 습기가 자주 차는 편인가요?

지상렬 50이 넘으면서부터요, 급격하게 테스토스테론이나 옥시토신 같은 호르몬 영향을 많이 받는 것 같아요. 요즘 제 가슴속에 소녀와 주부님이 한 분씩 들어오실 때가 자주 있거든요. 드라마 보면서도 저도 모르게 안습이 돼요.

김작가 드라마를 보면서 안습이 되는 건 중년의 남자들이 다 겪는 것 같아요. 그리고 눈물을 참 많이 흘렸던 극적인 리얼 드라마가 1983년 여름에 있었는데, 그때 국민들이 참 많이 울었어요. KBS 특별 생방송 〈이산가족을 찾습니다〉 때문이죠.

지상렬 대단했었죠. 여의도 KBS 별관 건물에 찾는 사람의 이름, 나이, 헤어질 때 사연을 적은 종이가 빽빽하게 붙어 있었잖아요. 그 장면은 언제 봐도 안습 정도가 아니라 눈물이 콸콸콸입니다.

김작가 정말 비극 중에 비극이잖아요. 생사도 모른 채 남북으로 갈린 이산가족들이죠. 그때 방송에 배경음악으로 나왔던 '누가 이 사람을 모르시나요?' 이 노래를 듣기만 해도 눈물이 콸콸콸이었어요.

지상렬 그때 KBS 〈이산가족을 찾습니다〉 때문에 무명가수에서 빅스타가 된 형님이 계시잖아요. 당시에 25세였던 가수 이영춘 형님이신데, 밤무대에서만 노래를 부르다가 '잃어버린 30년' 이 한 곡으로 1983년에 5주 연속 1위를 하며 스타 반열에 오른 형님이 바로 본명 이영춘, 예명 설운도 형님이세요. 이때 에피소드가 있는데 당시 운도 형님 매니저가 방송을 보다가 작사가 박건호 형님에게 전화해서 〈이산가족을 찾습니다〉에 잘 맞는 가사를 써달라고 부탁을 합니다. 밤새 가사를 써서 아침에 가사가 완성되었다고 해요. 그야말로 자고 일어났더니 운도 형님이 스타가 된 거죠.

김작가 이산가족 분들에게도 1983년은 역사적인 감동의 해이고, 무명 가수 이영춘 씨에게도 잊지 못할 해네요. '잃어버린 30년'은 언제 들어도 참 슬퍼요. 1983년 6월부터 11월까지 생방송을 해서 세계 최장기간 연속 생방송 기록도 가지고 있지요.

지상렬 지금도 그때 봤던 장면들이 떠올라요. 말 그대로 눈물 없이는 못 볼 드라마였어요. 왜 드라마 같았냐면 현실 같지가 않았어요. 흔한 말로 '피는 물보다 진하다'고 하잖아요. 어려서 헤어져서 얼굴도 모르고 수십 년을 살던 가족들인데, 카메라 앞에 딱 서는 순간에 서로를 알아보는 게 정말 신기하더라고요. 그래서 '피는 물보다 진하다'고 하는구나, 어린 마음에도 그런 생각이 들더라고요.

김작가 1988년부터 KBS 〈전국 노래자랑〉 MC를 맡으셨던 송해 선생님도 어머니가 이북에 계신 이산가족인데, 2003년에 평양 모란봉 공원에서 특집으로 〈전국 노래자랑〉을 했을 때 고향 소식을 들으셨다고 하더라고요. 송해 선생님 어머니가 살아계시면 연세가 120세가 넘으셨을 거라는데 살아생전에 못 뵙고 송해 선생님도 떠나셨네요. 참 가슴 아픈 일입니다.

지상렬 송해 선생님의 KBS 〈전국 노래자랑〉이 국내 단일프로 최장수 연속 진행 MC 기록을 가지고 있잖아요. 돌아가신 허참 형님이 가족오락관을 26년 동안 하셨는데 그 기록을 송해 선생님이 깨셨어요. MC계의 시조새이시고 MC계의 암모나이트이십니다. 이제는 〈전국 노래자랑〉보다 더 큰 무대에서 천국 노래자랑의 마이크를 잡고 계실 겁니다.

김작가 우리가 지금 고작 반백 년 얘길 나누고 있는데, 송해 선생님은 1세기를 말씀하실 수 있겠네요.

지상렬 저는 백 년까진 안 되지만 〈반백 년 토크쇼〉 같은 건 해보고 싶네요. 아무리 인기가 많아도 50세가 안 넘으면 출연할 수 없는, 50세 이상만 출연 가능한 토크쇼. 언젠가는 꼭 한 번 해보죠. (웃음)

1984 별들의 해 우리들

김작가 인천하면 저는 월미도가 떠올라요. 월미도는 역사적으로 프랑스 함대가 침입했던 병인양요나 미국 함대가 들어왔던 신미양요를 겪기도 하고 러일전쟁의 전쟁터가 되기도 했어요. 무엇보다도 인천상륙작전 때 집중포화로 초토화가 되었던 근현대사의 한복판에 있었던 현장이잖아요.

지상렬 서울로 가는 관문이었으니까 반드시 지나야 하는 곳이었죠. 전쟁의 역사가 있었지만 지금은 문화의 거리나 월미공원이 잘 되어 있어서 많은 사람들이 찾아오는 관광 명소예요.

김작가 제 기억으로는 1980년대부터 카페가 들어서고 개발이 되었던 것 같아요. 80년대 중반에 월미도에 '예전'이라는 월미도 최초의 카페가 있었는데 지금도 있어요. SM 이수만 사장님이 운영하던 '헤밍웨이'라는 카페도 있었는데 대학시절에 갔던 생각이 나네요. '쥬나단'이라는 카페도 있었어요.

지상렬 1984년이면 상렬이가 15세, 중학교 2학년 때인데요, 그때 월미도에서 어린 나이에 점을 보고 크게 좌절했던 기억이 있어요.

김작가 15세면 어린데 점을 봤다고요?

지상렬 친구들이랑 인천 월미도에 가끔 놀러 갔었는데 월미도에 가면 파라솔 펴놓고 갓 쓰고 점을 봐주시는 어르신들이 계셨어요. 내가 나중에 뭐가 될지 궁금해서 500원짜리 하나 들고 파라솔 밑으로 들어가서 "저도 좀 볼 수 있나요?" 했는데 저를 슥- 살펴보시더니 "좋아, 아주 좋아~ 대기만성형이야" 그러시는 거예요. 그때는 어릴 때라 '대기만성형'이 무슨 뜻이냐고 여쭤봤더니 나중에 잘된다는 뜻이라고 얘기를 해주셨어요. 그래서 제가 "나중에 언제쯤이요?" 했더니 40세가 넘어야 잘된다고 말씀하시는 거예요. (웃음)

김작가 하하하, 15세 어린 나이 학생에게 마흔 살이 넘어서 잘된다면 좌절할 만하네요.

지상렬 그러니까요. 열다섯 살밖에 안 된 저에게 25년을 기다리라는 얘기였는데, 당시에 저는 그 말이 아무것도 안 되니까 그냥 죽으라는 얘기로 들리더라고요. 25년이라니, 지금이야 휴대전화도 생기고 컴퓨터도 생겨서 편한 세상이 되었지만 그때는 이런 세상이 올 줄 누구도 몰랐었잖아요. 그때만 해도 50대, 60대 어르신들 보면 나이 많은 아저씨나 할아버지라고 생각할 때였으니, 40세 때 잘된다고 하는 말씀이 제게는 희망보다 절망이었죠. 그런데 제가 50이 넘어 반평생을 살다보니 25년이란 세월은 마치 버스 한 정거장 간 것처럼 금방 지나가더라고요.

김작가 아무튼, 그때 그 월미도 파라솔 아저씨의 대기만성 예언은 맞았네요. (웃음) 연예인 중에는 아역으로 데뷔해서 스타가 되었더라도 자라면서 잘 안 풀리는 사람들도 많은데 지상렬처럼 초반에 고생도 좀 하고 나이가 들면서 서서히 풀리는 대기만성형이 이제는 더 좋다는 생각이 들어요.

지상렬 상렬이는 사실 대기만성형이라고 하기엔 과분해요. '마이웨이형'이에요. 그냥 내 길을 가는 겁니다. 잘나도 못나도 가다 보면 비도 내리고 햇볕도 들고 그러는 거죠. 대기만성형이란 말은 '큰 그릇의 물은 늦게 차는 법'이란 말인데 저는 큰 그릇이 아니고, 그저 '그릇된 길을 안 가고 내 길을 간다' 그거예요. 대기만성형이다 하면 어려서 공부를 지지리도 못했다던 미국의 에디슨 형님이나 영국의 윈스턴 처칠 형님 정도가 위대한 대기만성형 형님들이죠. 우리나라로 치면 열여섯 살 때부터 인천 부두에서 막노동을 하시고 굴지의 기업을 이뤄내신 정주영 회장님 정도는 되어야죠. 저는 그냥 동네 바보 형이에요. (웃음) 저는 1984년 하면 월미도 점집 어르신이 먼저 떠오르고, 빼놓을 수 없는 불세출의 형님 한 분이 생각나네요. 1984년 프로야구 한국시리즈는 이 형님의 시리즈였죠.

김작가 한국프로야구가 40주년을 맞이했는데 1984년은 롯데자이언츠 최동원 선수를 빼놓을 수 없겠네요. 한국시리즈 7차전에 다섯 번 등판해서 4승 1패로 완봉승, 완투승, 구원승을 기록했죠.

지상렬 한 투수가 한국시리즈에서 4승을 한다는 건 프로야구 역사상 유례가 없는 전무후무한 기록이거든요. 이건 기록이 아니라 '기적이다'라는 말을 하잖아요. 롯데자이언츠와 삼성라이온즈와의 한국시리즈 7차전은 그야말로 영화였죠. 각본 없는 드라마-.

김작가 그때 당시에 7차전 게임이 막 끝나고 우승했을 때 기자가 지금 무엇을 하고 싶냐는 질문을 했던 게 기억나요. 최동원 선수 대답이 "자고 싶어요" 그래서 더 와 닿았던 인터뷰였어요. 정말 에너지를 다 쏟아 부은 사람의 목소리라는 걸 느낄 수 있었어요.

지상렬 저는 동원이 형님 하면 생각나는 게, 투구 전에 하는 특유의 루틴이에요. 송진 가루를 한 번 만지고 안경을 한 번 만지고 모자를 한 번 만지고 던지는 습관이 있었는데, 특이했던 건 꼭 신발끈을 한 번씩 만지시더라고요. 투구 폼도 엄청 크고 용트림하는 듯한 그런 모습이었어요.

김작가 무쇠팔이라는 별명이 있었는데 그 무쇠팔의 사나이가 너무 일찍 인생의 마운드를 내려왔죠.

지상렬 딱 지금의 상렬이 나이인데, 2011년 53세에 대장암으로 세상을 떠나셨어요. 무적의 무쇠팔 동원 형님도 '암'이라는 타자가 타석에 들어섰을 때 잡아내질 못하셨어요. 형님의 특기대로 낙차가 큰 커브로 투 스트라이크 잡고, 형님 좋아하는 정면 승부 직구로 대장암을 삼진 아웃시켰어야 하는데 말이죠.

김작가 돌아가신 지 벌써 10주기가 넘었네요. 병실에서도 야구공을 손에 쥐고 돌아가셨을 정도로 야구가 인생의 전부였던 최동원 선수였죠.

지상렬 얘기하다 보니, 잊고 살았던 상렬이 중학교 시절 생각이 새록새록 떠오르네요. 이게 다 지나가는 기차 밖 풍경 같은 얘기거든요. 그때 지나가고 나면 지나간 대로 잊는 건데, 얘길 하다 보니까 그때 열다섯 살 수인선 협궤열차를 타고 차창 밖 풍경을 보는 듯한 느낌이 들어서 참 좋네요.

김작가 지난 시절을 다시 한 번 추억해보는 게 나도 참 좋네요. (웃음) 1984년 하면 또 생각나는 사람이 있어요. 1984년 〈강변가요제〉의 'J에게' 이선희 그리고 '남자는 배 여자는 항구' 심수봉 씨 생각이 나요.

지상렬 형님하고 추억이 참 비슷하네요. 선희 누님, 심수봉 누님 생각을 저도 했어요. 심수봉 누님이 1979년 10월 26일 박정희 대통령이 서거하실 때 그 자리에 있었다는 것 때문에 방송 출연을 못했었어요. 그러다가 1984년에 방송 출연 정지가 풀리고 불후의 명곡 '남자는 배 여자는 항구'를 발표했는데 대박이 났어요.

김작가 1984년에 신디 로퍼가 부른 '시 봅She Bop'이란 곡이 인기가 대단했는데, 심수봉 씨의 '남자는 배 여자는 항구'가 신디 로퍼를 잠재우고 화려하게 컴백을 했었죠.

지상렬 심수봉 누님 노래가 가슴에 와사비를 바르잖아요. 그리고 가사를 들어보면 주로 말이 없어요. '그때 그 사람' 보면, "비가 오면 생각나는 그 사람, 언제나 말이 없던 그 사람, 사랑의 괴로움을 몰래 감추고, 떠난 사람 못 잊어서 울던 그 사람" 그리고 남자는 배 여자는 항구에서는, "보내주는 사람은 말이 없는데, 떠나가는 남자가 무슨 말을 해- 뱃고동 소리도 울리지 마세요" 그러잖아요. 심수봉 누님 노래에는 주로 말이 필요가 없어요, 필로 대화를 하거든요.

김작가 (웃음) 그러네요. 지금까지 노래를 그렇게 많이 들었는데 두 노래 가사에 말이 없다는 건 처음 알았어요. 음악에 대해 참 박식해요. (웃음)

지상렬 심수봉 누님 노래 '남자는 배 여자는 항구'를 스페인어 버전으로 리메이크한 가수가 있어요. 아리아니 셀레스티Arianny Celeste라는 가수인데, 들어보면 느낌이 또 달라요. 머나먼 이국땅의 낯설지만 설레는 항구에 와 있는 느낌이라고나 할까요.

김작가 스페인어 버전은 어떨지 궁금하네요. 찾아서 들어봐야겠어요.

지상렬 힌트를 드리자면 형님, '남자는 배 여자는 항구'는 술로 치면 소주와 맥주를 반반 타서 꽉꽉 눌러서 소맥을 마시는 느낌이거든요. 스페인어 버전은 일단 상그리아 한 잔을 마시고, 두 잔을 마시고, 세 잔을 마시다 보면 캐스터네츠를 치는 무희들이 플라멩코를 추면서 제 주변을 에워쌉니다. 그런 느낌이에요. (웃음)

김작가 뭔가 심오합니다. 상그리아도 마셔 본 적이 없고 플라멩코 무희도 본 적이 없으니 상상력의 한계가 느껴지네요. (웃음)

지상렬 쉽게 말하자면 '닭이 울기 전에 나를 세 번 배반하리라' 예수가 그런 말을 했는데 수봉 누님 노래가 그래요. 닭이 울기 전에 세 번 쓰러집니다. (웃음)

김작가 그 느낌은 알겠네요. 술에 취하든 노래에 취하든, 심수봉 씨 노래를 듣다 보면 기본 세 번은 쓰러진 것 같아요. (웃음) 이선희 씨도 만만치 않죠?

지상렬 선희 누님은 인천에서 대학을 다닐 때 〈강변가요제〉에 출전했잖아요. 인천의 딸 정도는 아니더라도 '인천의 이모' 정도는 되시죠. 1984년 당시 '4막 5장'이란 듀엣으로 참가해서 'J에게'로 대상을 받으면서 화려하게 등장했었죠. 워낙 가창력이 뛰어난 누님이고 '언니 부대'의 '시초'이기도 해요.

김작가 남자 팬도 많았지만 바지만 입는 보이시한 매력이 있어서 여성 팬들도 무척 많았어요. 특히, 당시에 유행했던 만화영화 '달려라 하니' 주제곡을 불러서 어린이 팬들도 많아 팬층이 무척 두터운 가수죠.

지상렬 세대를 뛰어넘었었죠. 〈피터 팬〉, 〈오즈의 마법사〉 같은 어린이 뮤지컬에도 출연해서 엄마, 아빠, 어린이, 군인 등 팬이 엄청났죠. 비교하긴 그렇지만 가창력으로는 조용필 형님이나 이미자, 패티 김 누님 못지않다고 평가를 받았어요. 이미 정상을 서너 번씩은 다 찍어보신 형님, 누님들이니까요.

김작가 얘길 하다 보니 1984년은 최동원 선수도 그렇고 이선희, 심수봉 씨도 그렇고 '별들의 해'네요. 별들도 밤하늘에 언제나 그 자리에 있는 항성과 떠돌이별 행성이 있는데 1984년의 별은 언제나 그 자리에서 자신의 빛을 내는 '항성' 같은 별이네요.

지상렬 제가 혹시 별이 될 수 있다면 저는 떠돌이 별 '행성'이 되고 싶어요. 행성 중에서도 저는 '금성'이 맘에 들어요. 금성은 이름이 두 개 있는데, 저녁에 개가 배가 고파서 하늘을 보고 짖을 때 보이는 금성을 '개밥바라기'라고 불러요. 새벽에 보이는 금성은 '샛별'이라고 부른다고 해요. 재밌잖아요. 별은 하나인데 저녁때 부르는 이름 새벽에 부르는 이름이 각각 달라요. 이를테면 상렬이를 저녁에 보면 '어이- 개밥바라기' 새벽에 보면 '어이- 지 샛별- 이렇게 부른다는 거죠.

김작가 (웃음) 샛별보다는 개밥바라기가 더 어울립니다. 혹시 '유리겔라'라고 기억나요?

지상렬 생각나다마다요. TV 앞에서 숟가락 들고 제가 얼마나 숟가락을 노려봤는지 지금도 눈이 몰리는 것 같아요. 그때 KBS에서 생방송으로 초능력자라고 유리겔라 쇼를 했었잖아요. 그야말로 '쇼'를 한 거죠.

김작가 지금 생각하면 전 국민을 상대로 사기를 친 최대의 사기꾼인데 그 당시에는 모두 믿었잖아요. (웃음) 나중에 '제임스 랜디'라는 캐나다 출신 마술사가 유리겔라의 초능력은 '트릭'일 뿐이라고 주장했고, 유리겔라도 그걸 인정했고요.

지상렬 동전 한 닢을 훔치면 사람들이 도둑이라고 하지만 나라를 훔치면 영웅이라고 한다는 말이 있어요. 유리겔라는 시청자의 마음을 훔치긴 한 것 같아요. 왜냐면 그때 전국의 시청자들이 숟가락 들고 있고, 고장 난 시계를 들고 있고 난리가 아니었거든요.

김작가 (웃음) 나도 그랬던 기억이 나긴 해요. 동전을 훔친 것도 아니고, 나라를 훔친 것도 아니고 시청자의 마음을 훔친 유리겔라는 뭐라고 해야 할까요?

지상렬 아무튼 기억이 강렬하잖아요. 시청자 퍽치기라고 해야죠. 뭐- (웃음) 일반 퍽치기는 머리를 냅다 때리는데, 겔라 형은 가슴에 퍽치기를 한 거죠. 좀 다른 점이 있다면 상처보다 우리에게 추억을 줬다는 건데, 그때를 생각해보면 겔라 형에게 퍽치기 당한 가슴이 아픈 게 아니라 왠지 따뜻해지거든요. 그런 추억을 준 퍽치기 형님이죠. (웃음)

김작가 좋게 포장했네요. (웃음) 추억의 퍽치기 형님! 근데 정말 그때 생각하면 왠지 아련한 향수 같은 게 느껴지기도 해요. 요즘처럼 바쁘고 빠르게 돌아가는 시대에 생방송으로 TV 앞으로 숟가락 들고 모이라고 하면 과연 전 국민들이 열광을 했을까 싶어요.

지상렬 이미 인터넷으로 프로필 검색 끝내 놓고, 유리겔라 고향부터 가족관계, 최초 퍽치기 사례까지 개인정보가 몽땅 털려서 입국도 못 했을 수도 있어요. 세상이 정확하게 변했고 정직하지 않으면 살 수 없는 세상이 되었어요. 하지만 옛날의 그 뻥쟁이 형님들은 지금 다 뭘 해먹고 사실지 궁금하기도 하네요. (웃음)

1985

'위 아 더 월드', 초대형 프로젝트

지상렬 1985년은 상렬이가 중3때인데요, 대중음악사에서 가장 유명하고 가장 위대한 음악가들이 한자리에 모였던 해죠. 마이클 잭슨과 라이오넬 리치가 공동으로 작곡하고 퀸시 존스가 프로듀싱을 했어요. '위 아 더 월드We are the world', 정말 대단한 기획이고 위대한 앨범의 탄생입니다. 당시에 노래를 한다는 형님, 누님들이 다 모였었잖아요. 스티비 원더, 레이찰스, 밥 딜런, 신디 로퍼, 티나 터너 등 45명의 초특급 가수들이 로스앤젤레스에 모여요.

김작가 아프리카를 돕자는 취지로 만들었죠. 앨범이 완성되자마자 1,400만 장의 앨범이 팔려나가고 수익금 전체를 기부했어요. 그런데 이 작업에 당대 최고 스타였던, 마돈나와 프린스는 동참을 안 했어요. 한마디로 '생색내기 싫다, 나는 내가 알아서 도울게' 이런 의미였다고 하더라고요.

지상렬 공통점이 있어요. 개띠들이 자존심이 강하고 개성이 강해요. 저도 70년 개띠입니다만, 마돈나도 58년 개띠, 프린스도 58년 개띠, 잭슨 형님도 58년 개띠예요. 이 당시 마, 프, 잭 개띠 3인방이 주로 무대나 뮤직비디오에서 화려한 퍼포먼스로 듣는 음악에서 듣고 보는 비주얼을 겸한 아티스트라는 공통점이 있었죠. 그리고 여기에서 잠깐 끼워넣기를 하자면, 비주얼로 빼놓을 수 없는 가수 김흥국 형님이 '호랑나비'로 보는 음악 세대를 열었다고 본인이 그런 말씀을 하고 다니시더라고요. (웃음) 나이도 흥국 형님이 59년생 돼지띠니까 같은 세대의 아티스트라는 건데요, 다만 1985년 세계적인 스타들이 '위 아 더 월드'를 열창하던 해에 흥국 형님은 '창백한 꽃잎'이라는 노래로 살며시 데뷔를 했는데 제목부터 창백하잖아요. 계속 창백해 있다가 1989년에 '호랑나비'로 빅 히트를 해요. 어떻게 보면 흥국 형님도 비주얼형 보는 음악의 아티스트 조상이죠. 오디오와 비디오를 겸비한 세계 4대 아티스트로 잭슨 형님, 마돈나, 프린스 그리고 흥국 형님 이렇게 끼워 넣죠. (웃음) 아무튼 마돈나 누님 이후로 아하A-Ha의 테이크 온 미Take on me, 듀란 듀란Duran Duran의 더 리플렉스The Reflex처럼 노래만 하는 게 아니라 비주얼도 중요한 시대가 되어요.

김작가 마이클 잭슨의 '위 아 더 월드'로 시작해서 김흥국으로 마무리가 되네요. (웃음)

지상렬 '호랑나비'가 대단하기도 했던 게 어린이 영화 중 〈영구와 땡칠이〉 〈우뢰매〉 〈반달가면〉이 3대 명작이거든요. 〈영구와 땡칠이〉와 〈우뢰매〉

는 심형래 형님이 했고 흥국 형님이 반달가면 주인공을 했었어요. 흥국 형님이 한 바퀴를 돌면 반달가면으로 변신을 하는데, 이건 흥국 형님의 흑역사이기도 해요. 그리고 '호랑나비'가 인기 있을 때 영화로도 만들었었는데 서울 관객이 130명 들었어요. 1만 3천 명도 아니고, 13만 명도 아니고 130명이 입장을 했어요. (웃음)

김작가 초대형 프로젝트 '위 아 더 월드'의 해이고 김흥국 형님이 데뷔한 해이기도 한 1985년입니다. 오디오에서 비주얼 음악 시대를 열었던 4대 아티스트는 마이클 잭슨, 마돈나, 프린스, 김흥국 그리고 어린이 영화 3대 명작으로는 〈영구와 땡칠이〉, 〈우뢰매〉, 〈반달가면〉 이렇게 정리하는 걸로 하죠. (웃음)

지상렬 얘기하다 보니 흥국 형님이 거의 월드 스타와 어깨를 나란히 하네요. (웃음) 제가 중3 때인데 이때 생각나는 게 TV 광고에서 CM송을 많이 불렀어요. 지금도 생각나는 게 써니텐인데 '포도 맛이 그대로 써니텐, 귤 맛이 그대로 써니텐, 천연과즙 써니텐, 정말 좋아요 해태 써니텐' 그리고 중요한 게 끝에 "흔들어 주세요-" 이게 들어갑니다. 써니텐이 과일 건더기가 들어 있어서 흔들어 마시라고 했던 광고가 생각나요. 그때가 제가 중3 때였어요.

김작가 써니텐보다 그전에 유명했던 광고가 음료 광고의 원조 격인 오란씨 광고였어요. 1970년대 광고로 지금 들어도 참 잘 만든 CM송인데 오란씨 최초 모델이 오스카상을 받은 영화배우 윤여정 씨였고 가수 윤형주, 김도향 씨가 CM송을 만들고 연극배우 윤석화 씨가 불러서 국민 CM송이 되었죠.

지상렬 아! 오란씨 모델이 윤여정 선생님이셨군요? 아마 오란씨 CM송은 7080세대라면 모르는 사람이 없을 거예요. '하늘에서 별을 따다 하늘에서 달을따다 두 손에 담아드려요, 오란씨~ 아름다운 날들이여 사랑스러운 눈동자여 오 오 오 오란씨, 오란씨 파인' 대단했었죠. 지금 들어도 오란씨 원 보틀 때리고 싶네요.

김작가 지상렬 중3 때는 어떤 가요가 히트를 했나요?

지상렬 제가 중3 때 여전히 용필 형님은 슈퍼스타였고요, 이문세 형님, 전영록 형님, 김범용 형님, 이선희 누님 그리고 나미 누님도 '빙글빙글'로 전국을 돌아다니실 때였어요. 최진희 누님의 '사랑의 미로'도 히트할 때였죠

김작가 그때는 노래방이 있던 시절이 아니잖아요. 그때가 대학생 때였는데 노래방이 아니라 술집에서 젓가락을 두드리면서 노래를 불렀던 시절이었죠.

지상렬 젓가락 장단은 소양강 처녀 이후로 사라진 우리의 소리인 걸로 아는데, 형님이 젓가락을 두드렸다니까 나이 차이가 확 나는 느낌이네요. (웃음)

김작가 나이 차이가 많이 나는 게 아니라 60년대생과 70년대생의 차이 같아요. 60년대생들이 대학 다닐 때는 길거리에서 경찰들이 수시로 가방 검사하고 그러던 시절이잖아요. 가방 뒤져서 김지하 시인의 《타는 목마름으로》 같은 판매금지 시집 같은 게 나오면 잡혀가고 그러던 말도 안 되던 시절이었으니까요. 군대만 해도 육군 30개월 복무였는데 지금은 18개월이니까요. 시대가 많이 바뀌었지요. 그 시대가 공포스럽다고 할까

요, 광주 민주화 운동의 후유증이 채 가시기 전이니까 1980년대가 전반적으로 어둡고 공포스러웠던 기억이에요.

지상렬 형님이 공포 얘기하니까 에이즈 생각이 납니다. 제가 중3 때 우리나라에서 에이즈 환자가 처음 나왔는데 그때는 에이즈 공포가 있었어요. 걸리면 무조건 죽는 걸로 알았고 스치기만 해도 전염되는 걸로 알았어요. 코로나보다 훨씬 무서운 공포로 기억이 나요.

김작가 그때는 심각했었죠. 에이즈 괴담이 전국적으로 퍼져서 근거 없는 유언비어도 많았어요. 후천성면역결핍증에 걸리게 되면 치사율도 치사율이지만 주변 시선이 무척 안 좋았었죠. 지금은 약만 꾸준히 먹으면 고혈압이나 당뇨병 같은 만성질환 정도인 병인데 에이즈에 걸렸다 하면 모두가 기피하고 손가락질하던 시절이었어요.

지상렬 1985년에 미국에서 영화배우 록 허드슨이 에이즈로 사망한 최초의 스타가 되었어요. 영국의 록밴드 '퀸'의 프레디 머큐리도 에이즈에 감염되어서 합병증으로 사망했고요. 올리버 스톤 감독의 전쟁영화 〈플래툰〉에서 주인공 역을 맡았던 찰리 쉰도 에이즈에 감염되었죠. 록 허드슨은 59세에 사망했어요. 프레디 머큐리는 45세였는데 세상을 떠나기엔 너무 빠르고 안타까운 나이였죠. 상렬이도 살아오면서 젊었을 때는 젊었을 때의 즐거움이 있지만, 40-50대가 인생의 절정기가 아닌가 그런 생각하거든요. 《레미제라블》을 빅토르 위고 형님이 썼잖아요. 이 형님이 이런 말을 했어요. '40세는 청년의 노년기고 50세는 노년의 청년기다' 맞지 않나요? 마흔 살은 청년은 아니지만 노년도 아니라서 좋고, 쉰 살은 청년은 아니지만 그렇다고 노년이 아니라서 좋고요. 위고 형님이 이런 말을 했는데 제가 '딱! 아- 맞다' 이런 생각이 들더라고요.

김작가 맞네요. 딱 맞는 말이네요. 우리 둘 다 지금이 딱! 노년의 청년이네요. (웃음) 1985년에 세상을 떠난 세계적인 배우가 있는데요, 러시아 태생의 미국 영화배우 '율 브린너Yul Brynner'입니다. 대머리로 워낙 강한 캐릭터라서 유명했죠. 〈왕과 나〉로 유명한 배우이기도 한데, 이분은 에이즈가 아니라 담배를 좋아해서 폐암으로 돌아가시죠. 폐암 진단을 받고 사망할 때까지 금연 홍보대사로 활약을 많이 했어요.

지상렬 이주일 형님 생각이 또 나네요. 이주일 형님도 돌아가시기 전에 금연 공익 광고 찍으셨잖아요. 지금도 잊혀지지 않는 이주일 형님 공익광고 멘트가 있는데 "담배 맛있습니까? 그거 독약입니다" 짧고 강한 메시지였어요. 저는 담배는 안 피웁니다만, 그 말이 가슴에 세게 와서 박히더라고요. 지금도 가끔 이주일 형님 생각이 납니다.

김작가 그때 금연 광고를 보고 담배를 끊은 사람들이 실제로 많았어요. 끊기가 어려운 게 담배인데, 아예 담배는 시작 안 하는 게 좋죠.

지상렬 저는 담배를 안 피워서 잘 모르지만, 담배 끊었다는 말하고 중국집에서 짜장면 배달 방금 출발했다는 말은 적당히 알아들어야지 백 프로 믿으면 안 된다고 하더라고요.

김작가 (웃음) 그만큼 지키기 힘들다는 거겠죠. 1985년에도 이런저런 일들이 참 많았네요. 개인적으로 중3 때 가장 기억에 남는 건 뭔가요?

지상렬 종로구 청계천에 가면 저랑 동갑인 빌딩이 있어요. 삼일빌딩이라고 31층짜리 건물이라서 삼일빌딩이에요. 저랑 생산년도가 같은 1970년인데 이 건물이 아무튼 우리나라에서 제일 높았거든요. 그런데 중3 때

삼일빌딩보다 높은 빌딩이 서울 여의도에 들어서게 됩니다.

김작가 아! 63빌딩이 중3 때 생겼군요? 아시아에서 제일 높은 빌딩이 일본 도쿄에 있는 60층짜리 선샤인 빌딩이었는데 우리나라 63빌딩이 10미터가 더 높다고 그랬었어요.

지상렬 근데 사실은 63빌딩이 63층이 아니라 지상 60층짜리 건물이고 지하 3층까지 포함해서 63빌딩이라고 했어요. 저도 나중에 알았는데 건축법상 지하는 포함을 안 시키는 건데 그럼 63빌딩이 아니라 60빌딩이잖아요, 일본보다는 앞서야 되겠고 그래서 63빌딩이 되지 않았나 그런 생각이 들어요. (웃음) 아무튼 그때 친구들하고 전망대도 가보고 그랬죠. 날씨가 맑으면 우리 인천 앞바다까지 보이고 그랬어요. (웃음)

김작가 시골 학교에서 수학여행 코스로 63빌딩을 가기도 하고, 지방에 있는 분들이 서울에 오게 되면 들러서 수족관도 보고 전망대도, 고속엘리베이터를 타고 올라가보는 서울의 랜드마크가 됐었죠. 중3 때 지상렬 소년도 63빌딩에 있었군요.

지상렬 지하철 1호선 타고 대방역에서 내려서 걸어갔죠. 그때 한강에 유람선이 떠 있고, 하늘엔 조각구름이 떠 있고 정수라 누님 노래 그대로였어요. (웃음)

1986 체르노빌 아시안게임과

김작가 지상렬 학생이 역사와 전통에 빛나는 제물포 고등학교에 입학을 한 1986년입니다. 시험볼 때 무감독 시험이라는 전통이 있다면서요?

지상렬 맞습니다. 시험 볼 때 선생님들이 시험 감독을 들어오시잖아요, 제물포 고등학교는 무감독 시험으로 유명했어요. 학교 다닐 때 학업 성적이 우수한 학생은 아니었습니다만 저도 그렇고 누구 하나 커닝하는 친구들이 없었어요. 학생들에게 자존감을 심어주는 거죠.

김작가 전통 있는 학교답네요. 제물포 고등학교에서 친구 김구라 씨랑 염경환 씨를 만난 거니까 참 오랜 친구 사이네요.

지상렬 고등학교 2학년 때 만났으니까 35년 된 사이죠. 이제 척보면 엑스레이죠. 속까지 다 보여요. 저희만 이런 인연이 있는 줄 알았는데 얼마 전에 '잊혀진 계절' 가수 이용 형님을 만났는데, 이용 형님도 JTBC 손석희 형님이랑 '난타' 송승환 형님이랑 휘문고등학교에서 같은 반이셨다는 거예요. 그리고 JTBC 〈정치부회의〉 이상복 부장님이 클론 구준엽 형님하고 강원래 형님하고 경기고 84회 동창이고요, 가수 주영훈 형님이랑 변호사 강용석 형님도 경기고 84회 동창인데 주영훈, 강용석 형님은 2,3학년 때 같은 반이었다고 해요. 이렇게 말해놓고 보니까 제물포가 약간 밀리는 감이 있네요. 다른 학교는 기자도 있고, 앵커도 있고, 가수도 있고 다양한데 제물포가 다소 심플하긴 하네요. (웃음) 그리고 주병진 형님하고 임백천 형님, 홍서범 형님은 서울 덕수초등학교 동창생이세요.

김작가 학창시절을 공유할 수 있는 추억이 있다는 건 좋은 것 같아요. 1986년은 무엇보다도 '86아시안게임'을 빼놓을 수 없을 것 같아요.

지상렬 '86아시안게임' 하면 아시아를 깜짝 놀라게 했던 임춘애 누님을 빼 놓을 수가 없죠. '86아시안게임' 3관왕인데, 당시엔 라면 소녀로 알려졌어요. 그때 헝그리 정신의 대명사였지요. 영화 〈넘버3〉에서 송강호 형님도 말씀하셨잖아요. "이게 다 라면 먹고 이룬 거야, 그게 누구야, 현정화 걔도 라면만 먹고 금메달 세 개 따버렸어" "임춘애입니다. 형님" '퍽!!' (웃음) 이거 지금 봐도 재미있어요. 송강호가 현정화라면 무조건 현정화인 건데 조직원이 임춘애라고 바른 소리 했다가 송강호에게 무지막지하게 맞는 장면이었죠. (웃음)

김작가 아무튼 라면 소녀 열풍 때문이었는지 모르겠지만 농심에서 매울 신(辛), 신라면도 1986년에 출시되었어요. 시기적으로 잘 맞아 떨어져서 그런지 엄청 팔렸었죠.

지상렬 신라면도 이때 나왔군요. 라면계의 베스트셀러고, 스테디셀러죠. 신라면 처음 나올 때 기억이 나는데, 매운맛 라면이 처음 나와서 인기가 대박이었어요. 그때까지 주로 '청보 아줌마 라면'을 먹었는데 신라면으로 갈아탔던 생각이 나네요.

김작가 지금도 신라면이 국민 라면으로 가장 많이 팔리는 라면이죠. '사나이 울리는 농심 신라면' CF도 박지성, 손흥민, 최수종, 하정우 등 인기 스타들은 다 찍었죠.

지상렬 상렬이도 술 마신 다음날 신라면으로 해장해요. '사나이 울리는 농심 신라면' '사나이 해장도 농심 신라면' 이런 콘셉트로 신라면 관계자분이 신경써보시는 것도 좋을 것 같네요. (웃음)

김작가 그러게요. 조만간 연락이 오면 좋겠네요. 그리고 또 대단한 선수가 있었어요. 아시아의 인어 최윤희 선수도 여자 배형 2관왕을 차지했었죠.

지상렬 그 당시 아시아의 인어 최윤희 선수는 지금으로 치면 김연아 선수 정도의 인기가 있었다고 봐야 해요. 은퇴 후에 스포츠 음료나 스포츠의류 브랜드 모델로도 활동을 했는데 억대 모델료를 받기도 했어요. 지금은 트로트를 하지만 록그룹 '백두산'의 보컬이었던 유현상 형님하고 결혼 발표를 해서 깜짝 놀라기도 했죠. 당시 두 분 나이 차이가 띠동갑이 넘게 많이 났었어요. 최윤희 선수는 국민 요정이었기 때문에 유현상 형님이 국민 도둑 소리를 들었는데 아무튼 결혼해서 너무나 잘 살고 계세요. 1986년에도 많은 일들이 있었어요. 세계 최악의 방사능 유출 사고가 났던 해도 1986년이잖아요. 상렬이가 갑상선 챔피언이다, 갑상선 동안이다, 갑상선으로 타종하냐, 갑상선이 살아 있다 이런 멘트 자주 했는데,

1986년도는 인류의 갑상선이 힘들었던 해였어요.

김작가 체르노빌이었죠. 당시 소련 공화국이었던 우크라이나 체르노빌 원자력 발전소의 원자로가 폭발한 사고였죠. 체르노빌 원전 폭발사고로 일본 히로시마에 떨어졌던 원자폭탄의 400배에 달하는 방사능이 유출되어서 3,500명 이상의 사망자가 발생했어요. 방사능이 무서운 게, 당장 죽지 않더라도 일단 방사능에 피폭되면 유전자 변형이 일어나기 때문에 온갖 질병에 시달리는 현재진행형의 참사라는 게 더 무서워요. 체르노빌이 한반도로부터 8,000km나 떨어져 있지만 체르노빌 원전에서 발생한 방사능 낙진이 당시 우리나라 상공까지 날아왔어요.

지상렬 체르노빌 사고가 났을 때 TV에서 비 맞고 다니지 말라고 하고, 빗물 먹지 말라고 하고…. 그런 말 들었던 기억이 나요.

김작가 그 당시 일주일 정도 방사능 낙진이 한반도 상공에 덮여 있었기 때문에 빗물에서 방사성 물질이 측정되었고 특히 갑상선암과 관련 있는 방사성 요오드가 검출됐었는데도 정부에서는 빗물만 먹지 말라는 무책임한 대응을 했다는 비난 여론도 있었어요.

지상렬 우리가 일부러 비오는 날 하늘을 향해서 입을 벌리고 다니진 않잖아요? 빗물에서 방사능 물질이 검출되었다고 해봐요. 빗물이 목초지에 내리면 젖소가 풀을 먹고 젖소에서 짠 우유를 우리가 마시게 되죠. 배추밭에 비가 내리면 배추로 담근 김치를 내가 먹고, 그럼 내 몸 안에도 방사능 물질이 쌓이는 거잖아요.

김작가 그 이후로 우리나라에 갑상선암 환자가 급증했는데, 그게 체르노빌 영향이라는 주장도 많아요. 반대로 초음파 장비나 검진기술이 좋아져서 수치상으로 환자수가 많이 늘어난 것처럼 보이는 것이지 체르노빌 영향이 아니라는 주장도 있고요.

지상렬 둘 다 일리가 있는데 어느 말이 맞는 걸까요?

김작가 개인적인 생각으로는 체르노빌 영향이 있었다고 생각해요. 실제로 제 주변에서 갑상선암 환자가 급증했을 때가 있는데, 그게 체르노빌 이후였거든요. 우리나라 기업들이 그때 당시 유럽에서 우유를 수입해서 분유로 만들었는데 방사능에 대한 관리 기술이 명확하지 않을 때였거든요. 갑상선암에 영향을 주는 방사성 요오드는 잠복기가 길게는 20년 이상도 된다는데, 실제로 사고 이후에 체르노빌 어린이들이 갑상선암 판정을 많이 받았고 해가 갈수록 늘어나고 있다고 해요. 갑상선암이 발병한 어린이들은 대부분 우유 섭취를 통해서 방사능에 피폭된다고 해요.

지상렬 그동안 상렬이가 갑상선 조크를 자주했었는데 이제 자제해야겠어요. 아무튼 방사능 물질하고 갑상선이 연관이 있는 거네요.

김작가 제물포 고등학교에 입학한 1986년. 86아시안게임도 있었고, 체르노빌 원전사고도 있었네요. 참 많은 사건들이 있었어요.

지상렬 한 가지 더 생각나는 게 있어요. MBC에서 〈맥가이버〉를 방송하기 시작했거든요. 그래서 맥가이버 칼이나 맥가이버 머리가 전국적으로 유행하기 시작했던 생각도 나네요. (웃음)

1987 더 영화 같은 영화보다

김작가 1987년 새해는 우울하게… 젊은 대학생의 죽음으로 시작이 됩니다. 서울대학교 3학년 박종철 군이 남영동 대공분실 차가운 욕조에서 물고문 도중 숨지게 된 사건이 있었어요.

지상렬 그해에 가장 많이 들었던 말이 있는데, 하나는 "탁 치니 억 하고 죽었다" 그리고 "종철아, 잘 가그래이, 아부지는 아무 할 말이 없대이" 지금도 기억이 또렷하게 나네요. '탁 치니 억 하고 죽었다'는 영화 〈1987〉에서도 그대로 나오는데요, 배우 김윤석 형님이 당시 대공 수사처장 역을 했어요. 박종철 학생이 죽은 이유에 대해서 기자들에게 설명을 하는데 물고문으로 사망했다는 사실을 숨기려고 "책상을 탁 치니 억 하고 죽었다"라고 거짓말을 하죠. 공교롭게도 김윤석 형님이 박종철 열사가 나온 부산 혜광고등학교 2년 후배라고 하시더라고요. 1987년 당시에 김윤석 형님도 대학생 때라 신문으로 본 이 말을 정확하게 기억을 하는데 본인이 이 대사를 하게 될 줄은 상상도 못했었다고 해요.

김작가 정확한 사인은 외부의 경부압박으로 인한 질식사였죠. "종철아, 잘 가그래이"는 박종철 열사를 화장해서 임진강에 뿌릴 때 아버지가 했던 말이었죠.

지상렬 장준환 감독의 영화 〈1987〉에 거의 정확하게 나와 있는데요, 고문으로 쓰러지니까 경찰들이 남영동에서 가까운 중앙대학교 부속 용산병원 의사를 불러서 병원으로 이송해서 대공분실에서 사망한 게 아니라 병원 응급실에서 의료사고가 난 것으로 처리 하려고 계획을 세웠는데, 당시에 왕진을 왔던 의사 선생님이 현장 분위기를 보니까 바닥에 물이 흥건하고 정황상 고문을 했던 흔적이 보이더란 거죠. 그래서 응급실로 가지 못하게 막았기 때문에 정확한 사인을 부검으로 밝힐 수 있었어요. 하정우 배우가 공안부장 검사역으로 나오는데, 대공 수사팀에서 고문으로 사망한 흔적을 없애려고 화장을 하려했는데 그걸 막아내요. 당시에 실제로 그 일을 한 검사가 '최환' 검사예요. 〈1987〉에서 이렇게 대사를 해요. "어떤 아버지가 서울대 다니는 아들 시신도 안 보고 화장을 하라고 하나?" 이 한 줄로 다 알겠더라고요. 서울대 다니는 똑똑한 아들이 책상을 탁 치니까 억 하고 죽었는데, 아들이 죽은 지 몇 시간 만에 시신을 화장하겠다고 하면 누가 봐도 이상한 거잖아요.

김작가 1987년은 1월 박종철 열사 죽음으로 시작해서 계속 혼란스러웠던 기억이 납니다. 그리고 푸르른 신록이 시작되던 6월, 신촌 연세대학교 정문 앞에서 이제 막 피어나던 젊은 학생이 또 쓰러지게 되죠. 연세대학교 경영학과 2학년 이한열 학생이 경찰이 쏜 최루탄을 뒷머리에 맞고 혼수상태에 빠지게 되면서 사태가 더 심각해져요.

지상렬 이한열 형님이 배우 박철민 형님하고 중학교 때부터 친구였다고 해요. 그날 직격 최루탄을 맞았다고 했어요. 이 최루탄이 수류탄처럼 던지는 게 아니라 발사를 하는 총류탄이었는데, 발사를 할 때 원래 30도 이상 위로 들어서 발사하는 게 원칙인데 경찰이 최루탄을 수평으로 발사했고, 이한열 형님이 뒷통수에 맞고 피를 흘리게 되죠. 그 사진이 제일 유명하고 여러 번 봤어요. 영화 〈1987〉에서 강동원 배우가 이한열 역을 했지요.

김작가 몇 달 사이에 젊은 대학생 두 명이 사망하는 사건이 벌어지고 전국에서 100만 명 이상이 모이는 시위가 벌어졌는데, 학생뿐 아니라 이때는 넥타이 부대 회사원들도 함께 합세해서 점점 시위가 커졌어요. 그러다 결국 6월 29일에 민정당 노태우 대통령 후보가 시국수습선언 '6. 29' 선언을 발표하게 되죠.

지상렬 상렬이도 TV에서 6. 29선언을 했던 날을 기억해요. 저는 정치에 크게 관심이 없었던 나이였는데, 대통령을 간선제로 체육관에서 뽑는 거랑 직선제로 국민이 직접 뽑는 거랑 크게 다를 게 없는 건 줄 알았는데, TV 보고 나서 형님들도 좋아하시고 동네 어르신들도 좋아하시고, 다방에서도 '오늘은 기쁜 날, 찻값 무료입니다' 이렇게 써놓고 하니까 아! 이게 좋은 거구나, 앞으로 좋은 일이 많겠구나, 그런 생각을 했던 기억이 나요.

김작가 정말 영화 같은 1987년인데 그리고 또 영화 같은 사건이 벌어져요. 대한항공 858편 보잉747기가 미얀마 상공에서 폭발하는 참극이 벌어지죠. 테러범이 자살방지용 입싸개를 하고 비행기 트랩을 내려오던 뉴스 화면이 생각나네요.

지상렬 저도 생각이 나요. '마유미'였죠. 그런데 우리가 생각하던 테러범의 이미지가 아니라서 더 기억에 남았던 것 같아요. 테러범이라면 영화 〈쉬리〉에 나오는 여전사 같은 강렬한 이미지가 생각이 나는데, 테러범이라고 압송된 마유미의 이미지가 피아노 선생님 같은 차분한 이미지라서 저는 의아했던 기억이 있어요. 마유미도 〈1987〉처럼 영화로 만들었었잖아요. 워낙 많은 사람들이 사망했던 엄청난 사건이라서 관심도 많았었어요. 마유미 역에 배우 김서라 씨가 캐스팅이 되었는데 그때도 깜짝 놀랐어요. 얼굴이 마유미랑 너무 닮은 거예요. 근데 더 놀라운 건 키랑, 몸무게랑, 혈액형이랑 생일까지 두 사람이 똑같았다고 하더라고요. 믿어져요?

김작가 믿긴 믿어야 하는데 1987년 일어났던 일들이 믿어지지 않는 일들이 워낙 많긴하네요. 13대 대통령 후보가 노태우, 김영삼, 김대중, 김종필이었는데 대선을 2주 앞두고 대한항공 858편 폭파사건이 일어난 것도 그야말로 영화 같죠. 그리고 대선을 딱 하루 앞두고 마유미가 서울로 압송되어 와요. 그것도 영화 같지요.

지상렬 너무 극적이라서 계획된 것 같긴 해요. 지금 그걸 따지자는 건 아니죠, 형님? (웃음)

김작가 절대 아닙니다. (웃음) 상황이 그렇다는 거죠, 상황이. 당시 대선 상황이 야권에게 유리하게 돌아가고 있었는데, 비행기가 폭파되니까 안

보가 불안해지고 북한의 도발이 불안해지고 여론이 어수선해지면서 이른바 '북풍'이 불기 시작했거든요.

지상렬 그런 분위기였는데 대선 하루 전날, 마유미가 압송되어서 비행기 트랩을 내려오는 사진이 신문 1면에 난 거잖아요.

김작가 대선 2주 전에 비행기 사고가 나고, 대선 하루 전날, 그것도 국민이 직접 16년 만에 직선제로 대통령을 뽑는 하루 전날, 테러범이 압송되는 장면이 뉴스를 도배해요. 그런 분위기 속에서 투표를 하고, 민정당 노태우 후보가 대통령에 당선됩니다.

지상렬 정말 영화 같은 1987년인데요. 진짜 영화 얘기도 있어요. 한국 영화 사상 최초로 세계 영화제에서 강수연 누님이 상을 받았는데요, 베니스 영화제에서 〈씨받이〉로 여우주연상을 받아서 월드스타로 등극을 하게 되죠. 임권택 감독님 작품인데 칸, 베니스, 베를린에서 한국배우가 상을 받았던 게 1987년이 처음이니까 대단했던 거죠. 상렬이가 1970년 출생이잖아요. 강수연 누님이 1969년에 데뷔를 했어요. 상렬이가 태어나기도 전에 대사를 쳤던 누님이시죠. (웃음)

김작가 얼마 전에 너무도 젊은 나이에 세상을 떠나서 더욱 가슴이 아픈 강수연 씨인데요, 강수연 씨가 1969년에 데뷔를 했으면 4~5살 때 데뷔를 한 거네요. 우리 때는 하이틴 스타로도 유명했죠. KBS에서 방영했던 〈고교생 일기〉라는 청소년 드라마가 있었어요. 거기에서도 인기가 많았죠.

지상렬 〈고교생 일기〉에 당대 하이틴 스타는 다 나왔다고 보면 돼요. 최재성 형님, 손창민 형님, 채시라 누님, 하희라 누님, 조용원 누님도 있었고요. 그리고 생각나는 게 드라마 주제곡을 민혜경 누님이 불렀어요. "물을 담아두면 물단지, 꿀을 담아두면 꿀단지, 우리들은 꿈단지, 꿈을 담아라" 가사도 생각나네요. (웃음) 상렬이가 중학교 때인데 즐겨보던 드라마였죠. 그리고 이때쯤 '소방차'의 시대가 시작됐어요. 지금은 환갑을 바라보지만 소방차 형님들이 원조 아이돌 그룹이었죠. 소방차 1집에 '어젯밤 이야기' '그녀에게 전해주오' 김태형, 이상원, 정원관 형님이 KBS 〈젊음의 행진〉 댄싱팀 '짝꿍' 출신이라서 노래도 좋았고 퍼포먼스가 화려해서 데뷔하자마자 1등 찍고 그랬던 게 1987년이에요.

김작가 어느 시대든지 1위를 했던 노래들은 언제 들어도 촌스럽다는 느낌이 없고 좋아요.

지상렬 그게 1등의 법칙 같아요. '어젯밤 이야기'가 나왔을 때 상렬이가 고2 때인데, 지금 고2가 들어도 좋다고 할 걸요. 마이클 잭슨 '빌리진'은 상렬이 중학교 때인데, '빌보드 핫 100'에서 7주간 1등 했잖아요. 지금 들어도 중학교 때 들었던 감동이 밀려옵니다. 소방차든, 마이클 잭슨이든, 용필 형님이든, 남진 형님이든, 이미자 누님이든 1등의 법칙이 있어요. '한 번 1등한 노래는 언제 들어도 1등이다'

김작가 1등을 했던 형님들이나 누님들이 지상렬의 진로에 영향을 미쳤나요?

지상렬 영향이 분명히 있었죠. 어릴 때부터 집에서 큰형, 작은형과 음반을 들을 때부터 '나는 TV에 나오는 사람이 되어야 겠다' 그런 꿈이 있었어요. 그때는 장르를 정해서 개그맨이 되어야겠다, 음악을 해야겠다, 그런 목표가 있었던 건 아니고요, '내가 엔터테이너로서 끼가 있는 것 같다,

TV쪽이 내 길이구나' 그런 생각을 했었거든요.

김작가 지상렬이 연예인이 되는데 여러 가지 여건들이 맞아떨어졌던 것 같아요. 일단 지상렬이 어릴 때부터 끼가 많았던게 사실이죠. 끼가 많더라도 집안 분위기가 그런 걸 누르는 분위기면 어려운데, 아버님이 막내 아들에게 공부를 강요하지 않고 인성을 키워주고 자유롭게 방목해서 자유롭게 자라게 해주셨고, 공부 잘하는 형님 두 분이 든든한 울타리가 되어주셨고…. 그런 여건들이 종합적으로 오늘의 지상렬을 만들었네요.

지상렬 예전 어르신들이 형만 한 아우 없다는 말씀하시잖아요. 저는 그 말이 딱 맞는 것 같아요. 형님들이 공부를 잘하셔서 저는 뭐 따라갈 엄두도 못 내고 형님들 음악 듣거나, 생활하는 거 보고 따라하고 그렇게 자랐는데요, 저희 집안은 팀워크가 정말 좋아요. 집안 얘길 잘 안 해서 이런 얘기 처음 하는 거예요. 저희 어머님이 정신은 맑으신데 거동을 잘하지 못하셔요. 그런데 형수님이 어머님이랑 항상 손잡고 같이 잡니다. 며느리가 시어머니랑 한 침대에서 매일 같이 잔다는 게 쉽지 않을 텐데 말이죠. 아들인 저도 못 하고 아마 딸이라도 그렇게 못 할 거예요. 정말 고맙고 감사한 일이죠.

김작가 저도 노모를 모시고 있지만 형수님 정말 대단하시네요. 오래오래 건강하셨으면 좋겠어요. 1987년 얘길 해봤는데 돌아보니 어떤 해였던 것 같아요?

지상렬 영화 같은 해, 영화보다 더 영화 같은 해, 1987년은 그런 해 같네요.

1988 서울 올림픽 청문회와

지상렬 1988년은 상렬이가 고3때인데 1988년하면 가장 먼저 떠오르는 게 '88서울올림픽'이죠. 그리고 또 생각나는 게 바로 '생방송'입니다. 1988년은 사상 최초로 특별한 생방송이 있었던 해로 기억이 어요.

김작가 물론 올림픽이 생중계 되었고요. 또 어떤 생방송이 있었죠?

지상렬 대한민국 헌정 사상 최초로 국회에서 청문회가 생방송되었어요. 그리고 대한민국 최초로 인질극이 생중계되기도 했어요. 탈옥수 지강헌의 인질극 사건도 1988년에 일어났었죠.

김작가 정말 세 가지 생방송이 대한민국 사상 최초의 생방송이 맞네요. 지금 세대들은 어쩌면 '88서울올림픽' 마스코트였던 호돌이와 호순이도 잘 모를 수 있는데, 1988년에 서울에서 올림픽을 개최했다는 건 대단한 일이죠.

지상렬 저는 개막식이 생각나요. 파란 잔디밭에서 굴렁쇠를 굴리는 소년이 나타나잖아요. 특별한 특수효과나 화려한 퍼포먼스가 없어서 더 오래 남는 것 같아요.

김작가 지금은 돌아가셨지만, 초대 문화부장관이었던 이어령 교수가 굴렁쇠 소년을 연출했어요. 세계적으로 반응이 좋았어요.

지상렬 올림픽의 시작은 성화 점화로 시작이 되는데 마지막 주자는 늘 극비로 진행이 되잖아요. '88서울올림픽' 때 마지막 주자가 베를린 올림픽 마라톤 금메달 리스트였던 손기정 선수였는데, 외신에서 미리 보도가 되어버리는 바람에 급변경 되었던 기억도 나네요. 점화 방식도 올림픽 최초로 승강기 점화를 해서 이슈가 됐었어요. 그전에는 달려가서 성화대에 점화하는 방식이었는데, 88올림픽 때는 엘리베이터로 성화대까지 올라가서 점화를 했어요. 점화 방식이 독특해서 기억에 남기도 하지만 성화대에 불이 붙으면서 성화대 주변에 있던 비둘기들이 성화에 타 죽는 게 생방송 카메라에 잡혔었어요. 평화의 상징인 비둘기들이 올림픽 성화에 타죽었으니 기억이 안 날 수가 없잖아요.

김작가 TV 보다가 깜작 놀란 사람들 많았죠. 지금도 '88서울올림픽' 검색하면 연관 검색어에 비둘기가 같이 뜰 걸요.

지상렬 '88서울올림픽'에서 제일 인상이 깊었던 것은 개회식에서 노태우 대통령이 개회 선언을 한 것, 선수 선서를 당시에 농구 대통령 허재 형님이 했어요. 그리고 개회식 피날레를 장식한 코리아나가 서울올림픽 공식 주제곡 '손에 손잡고'를 부를 때 감동의 물결이었죠. "손에 손 잡고~ 벽을 넘어서~ 우리 사는 세상 더욱 살기 좋도록~" 코리아나가 가족으로 이루어진 팀이었는데, 리더 이승규 형님이 배우 클라라 아빠잖아요. 멋졌습니다.

김작가 세계인들에게 전쟁으로 폐허가 됐던 극동의 작은 나라로 기억되던 서울에서 올림픽이 열리고 세계의 주목을 받는 게 뿌듯했었어요. 그런데 '손에 손 잡고'를 작곡한 사람이 우리나라 사람이 아니죠?

지상렬 조르조 모로더Giorgio Moroder라고 이탈리아 작곡가 였어요. 누구나 알 만한 곡을 작곡한 유명한 작곡가인데, 도나 서머Donna Summer의 최대 히트곡이기도한 핫 스터프Hot Stuff를 작곡했어요. 또 아이린 카라가 부른 왓 어 필링What a Feeling 플래시 댄스 OST 타이틀곡도 유명하죠, 톰 크루즈의 탑건 OST 타이틀곡도 작곡을 했어요. 그리고 애초부터 코리아나의 '손에 손 잡고'가 올림픽 주제가로 선정이 되었었던 건 아니예요. 가수 김연자 누님이 처음에 선정이 되었었죠. 지금은 고인이 되신 작사가 박건호 형님 얘기부터 해야겠네요. 박건호 형님이 소방차 '어젯밤 이야기', 조용필 '단발머리', 이용 '잊혀진 계절', 나미 '빙글 빙글' 등 대한민국 히트곡은 다 작사하신 국민 작사가 형님이신데, 올림픽을 앞두고 올림픽 조직위원회와 MBC가 공동으로 올림픽 주제가 공모를 했어요. MBC 쇼 프로그램 〈토요일 토요일은 즐거워〉에서 생방송으로 시청자 엽서 투표를 했었는데, 그때 박건호 형님의 '아침의 나라에서'라는 가사가 이미 나와 있는 상태에서 작곡가와 가수가 한 팀이 되어서 매주 한 달 동안 경연을 하고, 시청자 엽서 투표에서 길옥윤 작곡, 김연자 노래팀이 최종 선정이 되었죠.

김작가 지금 들으면 시청자 엽서 투표라는 말도 생소합니다만, 그 당시에는 시청자들이 방송국에 엽서를 보내서 투표에 참여하던 시대였죠. 지금의 인터넷 투표를 엽서로 대신했었어요. 선정 결과로 보면 김연자 씨가 올림픽 무대에서 '아침의 나라에서'를 불렀어야 하는데 가수와 노래가 바뀐 거네요?

지상렬 김연자 누님은 본인이 부르는 걸로 알고 있었는데요, 올림픽을 불과 석 달 남겨놓고 가수가 바뀌죠. 코리아나로 바뀐 이유가 '아침의 나라에서'가 국제무대에 서기에는 글로벌하지 않다는 의견이 있어서 가수와 작곡가를 물밑으로 따로 알아보고 있었다고 해요. 그때 작곡가로 마이클 잭슨과 함께 스릴러, 위 아더 월드 작업도 같이했던 퀸시 존스노 접촉을 했었는데, 이탈리아 작곡가 '조르조 모로더'로 최종 결정이 났죠. 누가 뭐래도 김연자 누님이 그 당시에 제일 마음이 상했을 텐데요, 다행히 일본에서 '아침의 나라에서'가 반응이 좋아서 히트를 했어요. 일본 NHK 방송국에서 연말이면 하는 〈홍백 가합전〉이 권위 있는 프로그램인데 김연자 누님이 그 프로그램에 초대를 받으면서 '엔카의 여왕'으로 거듭나게 되죠. 그 후 일본에서 최고가수로 인기를 얻게 되죠. 그나마 김연자 누님에게 좀 위로가 되는 상황이죠.

김작가 '서울올림픽' 주제가를 코리아나 대신 김연자 씨가 불렀더라면 또 어떤 맛이 났을까 궁금하긴 하네요.

지상렬 그렇죠. 어쩌면 '손에 손 잡고'보다 '아침의 나라에서'가 더 폭발적인 인기가 있었을지도 모르는 일이죠. '88서울올림픽'을 계기로 K-트로트가 전 세계에 유행을 했을 수도 있고요.

김작가 '88서울올림픽' 때 의외였던 게 콘돔이었어요. 올림픽 주화나 올림픽 우표 같은 건 너무나 익숙한데, 우리나라 '88서울올림픽' 때부터 선수촌에 올림픽 콘돔을 배포하기 시작했어요. 올림픽 사상 처음 있는 일이었죠.

지상렬 올림픽 콘돔에는 오륜기가 그려져 있나요? 왜 '88서울올림픽' 때부터 콘돔을 나눠주기 시작했을까요?

김작가 올림픽 조직위원회에서 선수들에게 콘돔을 나눠준 건 우리나라도 1985년부터 에이즈 환자가 발생하기 시작했는데, 에이즈 예방 차원이기도 했대요. '88서울올림픽' 때는 8천 5백 개의 콘돔이 선수촌에 배포되었어요. 4년 뒤에 '바르셀로나올림픽' 때는 에이즈 환자가 급증하던 시기였기 때문에 9만 개가 배포되었고요. 역대 최다 콘돔이 배포된 올림픽은 2016년 '리우데자네이루 올림픽'인데 45만 개의 콘돔이 배포되어서 1인당 42개의 콘돔을 지급받았다고 해요. 최초로 여성용 콘돔이 지급되기도 했고요. 코로나 때문에 1년 연기하고 개최했던 2020년 '도쿄올림픽'에서도 15만 개의 콘돔을 배포했대요. 아무래도 코로나 확산 방지를 위해서 가급적 선수촌에서는 사용하지 말고 집으로 가져가서 사용할 것을 당부했다고 해요.

지상렬 올림픽 금메달 수나 종합순위 성적을 얘길해야 하는데 난데없는 콘돔 얘기도 재미는 있네요. (웃음)

김작가 '88서울올림픽'에서 우리나라 성적이 종합 4위 했다는 건 많이 알지만, '88서울올림픽'때부터 공식적으로 올림픽 콘돔이 배포된 건 많이들 모르잖아요. (웃음) '88서울올림픽' 얘기하면서 '손에 손 잡고' '아침의 나라에서' 등 올림픽 주제가 얘기를 했는데 1988년의 상징적인 음악이 있어요. 비지스Bee Gees의 홀리데이Holiday가 국민적인 관심을 받게 되는 충격적인 사건이 벌어져요.

지상렬 지강헌 탈주 사건이었죠. 총을 든 탈주범이 인질극을 벌이는 장면이 전국에 생중계가 되었는데, 경찰 특공대와 대치하는 중에 지강헌이 이 노래를 틀어달라고 요구를 해요. 나중에 영화로도 만들어졌어요. 〈홀리데이〉라고 상렬이랑 같은 70년 개띠 친구 배우 이성재가 지강헌 역할을 했었죠.

김작가 '홀리데이'가 스피커로 흘러나오는 장면도 생방송 화면에 잡혔던 기억이 나는데, 지강헌은 왜 그런 긴박한 대치 상황에서 '홀리데이'를 틀어달라고 했을까 궁금하더라고요.

지상렬 '홀리데이'를 들어보면, 감미로우면서도 비장한 느낌의 그런 '필'이 있어요. 묘하게 그 상황과 맞아 떨어지는 느낌이 있어요. 만약에 그 상황에서 지강헌이 설운도 형님의 '다함께 차차차'나 '상하이 트위스트' 같은 거 틀어달라고 했으면 느낌이 달랐을 것 같아요. (웃음)

김작가 정말 그런 느낌이 있네요. 70년 개띠 친구 이성재 배우가 영화 〈홀리데이〉에서 경찰과 대치 중에 외치는 유명한 대사도 있었죠.

지상렬 유명한 대사죠. "죄 있어도 돈 있으면 무죄, 죄 없어도 돈 없으면 유죄" 실제로 탈주범 지강헌이 한 말이죠. '유전무죄 무전유죄' 또 1988년에 있었던 청문회 때 당시에 초선 국회의원이었던 노무현 의원이 청문회 스타로 떠올라요. 그 당시 청문회가 TV로 생중계될 때 시청률이 어마어마했었다고 해요.

김작가 청문회 시청률이 '88서울올림픽' 개막식 시청률보다 높게 나왔어요. MBC와 KBS에서 생방송으로 중계했는데 KBS 56%, MBC 64%의 시청률이 나올 정도였고 5공 비리와 광주 민주화항쟁 청문회 때 전두환이 출석 했을 때는 최고 81%의 시청률이 기록됐죠.

지상렬 노무현 초선의원이 화를 못 참고 명패를 집어던지고 했던 게 생각나요.

김작가 청문회가 구체적인 성과 없이 끝났지만 노무현 의원이 국민들 가슴속을 조금이나마 후련하게 해줬던 건 사실이에요. 의미가 있었던 게 1988년 총선 때 제13대 국회의원 의석수가 대한민국 최초로 야당 의석수가 여당 의석수보다 많은 '여소야대' 상황이었기 때문에 헌정 사상 최초로 청문회를 열 수 있었잖아요. 의미가 컸던 것 같아요.

지상렬 '바보 노무현'을 국민들이 알게 된 것도 큰 성과라면 성과가 아니었나 그런 생각도 들어요. 똑똑한 형들만 많고 바보 형들이 너무 없는 세상이잖아요. (웃음) 1988년은 상징적인 노래가 몇 곡 있었잖아요. '손에 손 잡고', '홀리데이' 그리고 한 곡 더 말하자면요, 변진섭 형님의 1집 앨범 '홀로 된다는 것'을 빼놓을 수 없습니다.

김작가 아! 드디어 발라드 제국의 발라드 황제의 시대가 왔나요?

지상렬 1987년에 변진섭 형님이 MBC 신인가요제로 데뷔를 하죠. 1988년에 1집 '홀로 된다는 것'이 히트하고, 히트 하자마자 1집 수록곡 중에서 '새들처럼' '너무 늦었잖아요' '네게 줄 수 있는 건 오직 사랑뿐' 등 여러 곡들이 동시에 히트를 해요. 이듬해 1989년에 2집을 내는데, 2집에서도 '너에게로 또다시' '숙녀에게' '로라' '우리의 사랑이 필요한 거죠' '희망사항'

등등 부르는 노래마다 전부 히트하면서 대한민국 최초의 밀리언셀러 앨범을 탄생시키게 됩니다.

김작가 예전 가요순위 프로그램 KBS 〈가요 톱 10〉은 5주 연속 1위를 하면 골든컵을 받고 순위에서 하차하는 형식이었어요. 그때 '희망사항'이 5주 연속 1위를 했지요. MBC 〈쇼 네트워크〉에서는 16주 동안을 1위를 했었어요. 전무후무한 기록이었죠. 변진섭 씨가 상을 받으러 가는 게 귀찮았을 정도였다고 하더라고요.

지상렬 '희망사항'은 가수이면서 작곡가이기도 했던 노영심 누님이 작사 작곡을 했어요. 2집 앨범이 이미 꽉 차 있어서 변진섭 형님이 다음 앨범에 발표하겠다고 했더니, 그러면 다른 가수를 주겠다고 해서 2집의 맨 끝 곡으로 앨범에 올렸는데 그게 대박이 난 거였죠.

김작가 가사도 참 재미있었어요. "청바지가 잘 어울리는 여자, 밥을 많이 먹어도 배 안 나오는 여자, 내 얘기가 재미없어도 웃어주는 여자, 난 그런 여자가 좋더라"

지상렬 지금 들어도 참 좋아요. 이때가 '발라드의 봄' 아니었나 싶어요. 변진섭 형님은 13집까지 음반을 냈고, 지금도 인생의 봄을 즐기고 있죠. 형수님이 띠 동갑이신데, 올림픽까지 출전했던 국가대표 싱크로나이즈드 선수 출신이고 아들도 싱크로나이즈드 스위밍 선수인데, 남자 선수로는 대한민국 1호 선수예요. 변진섭 형님이랑 형수님은 마라토너 황영조 선수가 소개했대요. 이때 변진섭 형님이 황영조 선수에게 술을 가르치는 바람에 황 선수가 몸이 불어서 조기 은퇴를 한 거라는 우스갯소리가 있어요.

김작가 1988년은 노래로 시작해서 노래로 끝이 나네요. 변진섭 씨의 수많은 히트곡 중에서 지상렬에게 잘 어울리는 노래가 있다면 뭐가 있을까요?

지상렬 아무래도 독거 중년이니까 '홀로 된다는 것'이 딱이지 싶어요. (웃음) "이별은 두렵지 않아- 눈물은 참을 수 있어-, 하지만 홀로 된다는 것이 나를 슬프게 해---" (웃음)

스무 살 지상렬의 스무고개

1989

지상렬 1989년은 상렬이에게 좀 특별한 해였어요. 누구나 스무 살은 기억에 남잖아요. 저도 스무 살 되던 해가 기억에 많이 남더라고요.

김작가 아마 누구든 스무 살은 기억에 남을 텐데, 상렬 씨에게 스무 살은 어떤 느낌이었나요?

지상렬 스무 살이 상렬이에게는 스무고개 같더라고요. 스무고개 게임 있잖아요. '예, 아니요'로만 정답을 맞혀나가는 게임이요. 인생이 상렬이에게 질문을 막 하는데, 상렬이는 답을 못 찾고 있는 거죠.

김작가 그때 못 찾았던 스무고개의 답, 쉰이 넘으니 찾아지던가요?

지상렬 그게 그렇더라고요. 상렬이는 영원한 스무 살을 사는 것 같아요. 스무 살이 되던 해가 첫 번째 스무 살이었고요, 서른 살이 되던 해가 두 번째 스무 살, 마흔이 되던 해가 세 번째 스무 살, 오십이 넘어 지금이 네 번째 스무 살을 사는 것 같아요. 지금도 인생 스무고개의 답을 찾아가는 과정이 아닌가, 그런 생각이 들어요.

김작가 심오하네요. 인생을 잘 모르겠다는 말을 돌려서 어렵게 했네요. (웃음) 스무 살부터 친구들과는 좀 다른 길을 택한 거죠?

지상렬 그렇죠. 대부분 평범한 친구들은 고등학교를 마쳤으니 코스대로 대학 진학을 하는데 저도 공부를 해야겠다고 기절할 때까지 해봤는데, 기절할 때까지 공부하면 기절만 하는 거지 대학에 들어가는 건 아니더라고요. 그래서 제가 결심합니다. '나는 음악을 해야겠다' 음악을 해야겠다고 결심하면 노력해서 음대가 있는 '버클리'로 가면 되는 건데 저는 음악이 있는 이태원 '문나이트'를 가게 됩니다.

김작가 (웃음) 음대가 있는 버클리로 안 가고 음악이 있는 이태원 '문나이트'를 선택하게 되었군요.

지상렬 마침 1989년도에 이태원 '문나이트'가 오픈했어요. 90년대 스타들이 이곳을 다 거쳐 갔을 정도로 유행이 시작되던 음악의 성지였지요.

김작가 스무 살이 되던 1989년도에 마침 '문나이트'가 오픈한 것도 잘된 일이고, 버클리보다 이태원을 선택한 것도 잘한 선택이었던 거죠?

지상렬 (웃음) 꼭 잘했다는 것은 아니지만 그때로서는 최선의 선택이 아니었나 싶어요. 버클리는 안 가봐서 모르겠지만 나이트에서도 많은 것을 배웠던 것 같아요. (웃음) 그때는 무슨 생각을 했냐면요, '남들이 다 하는 걸 못하는 게 바보가 아니라 남들이 다 하는 걸 따라 하는 게 바보다, 나는 내 나름의 삶을 살겠다, 상렬이는 상렬이의 삶을 살겠다' 이런 고집 같은 게 있었거든요.

김작가 신념이 확고한 스무 살 청년이었네요. 청년 지상렬에게 1989년의 또 다른 추억은 뭔가요?

지상렬 당시에는 KBS 코미디가 인기가 많았어요. 〈쇼 비디오자키〉, 〈유머 1번지〉 코미디 프로그램에 김형곤 형님, 임하룡 형님, 심형래 형님, 〈네로 25시〉에 최양락 형님 등등, 코너가 다 재미있었고 코미디와 개그맨들의 전성기였었죠.

김작가 연말에 KBS 〈코미디 대상〉 시상식이 있었죠. MBC는 〈MBC 연기대상〉 안에 코미디 대상 남자우수상, 이렇게 상을 줬던 걸로 기억하는데 KBS는 〈유머 1번지〉 임하룡 씨가 대상을 받고, MBC는 〈일요일 일요일 밤에〉 주병진 씨가 상을 받았던 기억이 나네요. 그리고 1989년도부터 해외여행이 전면 자유화되었기 때문에 부상으로 해외 여행권을 주던 것도 1989년도부터였던 것 같아요.

지상렬 그동안에는 코로나 때문에 해외여행이 자유롭지 못했지만, 해외여행을 마음대로 못 다니던 시절이 있었다는 게 잘 이해는 안 되어요.

김작가 요즘 세대는 전혀 이해 못 하죠. 해외여행 자유화 이전에는 신혼여행지도 도고 온천, 경주 불국사, 부곡 하와이, 멀리 가면 제주도 정도였잖아요. 1989년에 해외여행 규제가 풀리면서 대학생들이 배낭여행도 많이 가고 신혼여행도 동남아 '발리' 라던지 '괌'이나 '사이판' 같은 곳으로 나가게 되었지만 해외여행 자유화 이전에는 관광 목적으로는 해외를 나갈 수 없었고, 근로자로 일하러 나간다거나 해외유학을 나가거나 특별한 공무의 출장이 있다거나 이럴 경우에만 해외를 나갈 수 있었죠.

지상렬 해외여행 자유화된 게 불과 얼마 안 되었는데 해외 나가는데 연령 제한도 있고 그랬던 것 같아요. 저도 방송국 들어와서 태국을 처음 갔었거든요 그것도 단체로요.

김작가 1987년까지만 해도 40세 이상이어야만 관광여권을 받을 수 있었고, 게다가 신원조회도 까다로웠고 은행에 예치금도 200만 원을 넣어놔야 했어요. 당시에 200만 원이면 무척 큰 돈이었거든요. 반공교육도 받아야 하고 절차가 복잡했었죠. 그리고 부부라든지 가족이 함께 관광여권을 신청할 수가 없었어요. 해외도피나 망명을 막기 위해서 그랬다고 하는데, 그 모든 것들이 1989년부터 없어지고 자유롭게 여행을 할 수 있게 된 거죠.

지상렬 중국 베이징 천안문 광장에서 있었던 천안문 사태도 제가 스무 살 때였어요 냉전의 상징이었던 베를린 장벽이 무너진 것도 스무 살 때입니다. 자세히는 모르겠지만 '기존에 없던 뭔가가 세계를 바꾸고 있구나' 그런 느낌을 받았던 것 같아요. 그리고 이제까지 없던 특이한 가수가 1989년에 나타나잖아요. 김흥국 형님이 '호랑나비'로 10대 가수에 등극을 한 해도 스무 살 때입니다. (웃음)

김작가 지상렬의 스무 살이 이태원 '문나이트'와 '천안문 사태'와 '베를린 장벽'을 넘어서 호랑나비로 마무리가 되네요.

지상렬 마무리가 좀 약한 것 같긴 하지만 한때 대한민국을 들었다 놨다 한 호랑나비니까요. (웃음)

김작가 그건 맞는 말 같아요. 1989년에 호랑나비 열풍이 대단했어요. 김흥국 씨가 신인가수상을 건너뛰고 10대 가수로 바로 진입을 했으니까요.

지상렬 1989년도 10대 가수 신인상은 김혜림 누님이 탔어요. 기억나는 게 그 당시에 장거리 자동전화(D.D.D)가 한창 대중화되었을 때인데, 김혜림 누님 노래 제목이 D.D.D였어요.

김작가 D.D.D Direct Distance Dialing 생각나네요. 그전에는 시외전화를 하려면 교환원을 통해야 했어요. 지역번호랑 다이얼을 누르면 바로 연결이 됐었죠. 김혜림 씨가 신인상을 받을 때가 1989년이었군요?

지상렬 그 당시 가요제에 실력 있는 가수가 정말 많았어요. MBC 10대 가수 가요제에서 김혜림 누님이 신인상 받을 때 후보가 조갑경, 문희옥, 원준희 이런 분들이 후보였었으니까요.

김작가 선정 방법도 요즘과는 많이 달랐었어요. 전국 음반 판매량과 방송 가요 순위 그리고 시청자 엽서로 집계해서 선정했던 때인데, 프로그램마다 시청자 엽서를 받으면 시청자 엽서를 추첨을 통해서 상품을 집으로 보내주고 그랬었죠. MBC 10대 가수 가요제에서는 시청자 엽서 중 추첨을 통해서 피아노를 경품으로 줬던 생각이 나요.

지상렬 프로그램이 끝나면 MC가 클로징하고 프로그램에 참여를 원하면 엽서를 보내달라고 멘트를 했어요. 자막으로 방송국 주소가 꼭 나갔고요. MBC는 서울시 영등포구 여의도동 31번지였고, 여의도 KBS는 지금도 서울시 영등포구 여의도동 18번지에 있죠. 그때는 엽서가 지금의 인터넷 역할을 하던 시절이었어요. 그리고 D.D.D 하니까 갑자기 생각이 나요. 쇼 프로그램 MC보던 이덕화 형님이 가수 소개 멘트할 때 "부탁해요-" 이렇게 하셨는데, 김혜림 누님 D.D.D는 좀 다르게 했었던 게 생각나네요. "다음 가수는 김혜림 씨입니다. D.D.D 걸어주세요-" 그렇게 소

개했던 생각이 나요. (웃음)

김작가 (웃음) 재미있네요. 정말 최고의 쇼 프로그램 MC였죠. 언제나 여유가 있으셨던 게 인상적이었어요. 저는 그분이 긴장해 있는 모습을 방송에서 한 번도 본적이 없어요. 그만큼 실력도 있고 자신감이 있어서겠죠. 천성인 부분도 있고요. (웃음)

지상렬 1989년 MBC 10대 가수에 김흥국 형님이 진입할 때도 MC는 이덕화 형님이 보셨었어요. 1989년도 10대 가수가 김흥국 형님을 포함해서 변진섭, 조용필, 이선희, 양수경 누님 그리고 '봉선화 연정'으로 길고 긴 무명가수 생활을 끝낸 현철 형님, 전영록 형님, 박남정 형님, '바람아 멈추어 다오' 이지연, '짝사랑' 주현미 누님이었고, 10대 가수 최고가수상은 주현미 누님이 받았었죠.

김작가 김흥국 씨와 현철 씨가 인기 스타로 급부상했던 해로 기억이 돼요. 이 시절에는 가수왕이 누구인가가 국민 관심사이기도 했어요. 미스코리아가 누가 뽑히는가도 관심이 많았었죠.

지상렬 우연찮게 1989년은 10대 가수 김흥국 형님도 그렇고 미스코리아도 그렇고 상렬이랑 친분이 두터운 분들이 상을 받았어요. 1989년 미스코리아 진으로 뽑힌 오현경 씨가 저랑 같은 개띠 친구잖아요. 오현경 씨랑 프로그램 하면서 만나보니까 남녀 사이도 오십이 넘으니까 편안하고 친밀해지는 것 같더라고요.

김작가 1970년생이면 1989년도 미스코리아 당선이 될 당시 나이가 만으로 19세 때예요. 고현정 씨와 겨루다가 고현정 씨가 선이 되고 오현경 씨가 진으로 뽑혔었죠. 그러고 보니 '바람아 멈추어다오' 10대 가수 이지연 씨도 1970년 개띠 동갑이겠네요.

지상렬 이지연 씨는 록밴드 백두산 시절에 유현상 형님이 발탁했었죠. 고등학교 2학년 때 데뷔해서 하이틴 스타로 이미 유명했었어요. 책받침 스타의 시조격이라고 할 수 있는데, '바람아 멈추어다오'는 전영록 형님이 작사 작곡을 했는데 KBS 〈가요 톱 10〉에서 5주 연속 1위하고 골든컵도 받고 대단했었죠. 개띠 친구들이 재주 많은 친구들이 많아요.

김작가 인정합니다. 지상렬만 보더라도 개띠들이 재주가 많아요. 인정도 많고요.

지상렬 스무 살 그때 얘기를 나누다 보니까 이태원 문나이트 시절이 문득 그리워지네요. 세월이 참 빠르게 흘러갔어요. 그 청년이 벌써 50이 넘었네요. (웃음)

3부

성수대교와 삼풍 그리고 IMF

1990~1999

1990 새로운 별이 뜨던 별이 지고

김작가 1990년이 시작됩니다. 1990년을 체감할 수 있도록 이 얘길 먼저 해볼까요. 1990년 당시에 서울시내 버스요금은 140원, 택시 기본요금은 800원, 짜장면이 600원, 치킨 한 마리는 6,000원 정도 했던 시절이에요. 그리고 서울시내 대학가 하숙촌 한 달 하숙비가 15만 원쯤 하던 시절입니다.

지상렬 그때는 MBC가 상암동이 아니라 여의도에 있던 시절이죠. 1990년이면 배철수 형님의 〈음악캠프〉가 첫 방송을 했던 해거든요. 〈음악캠프〉도 벌써 30년이 넘었네요.

김작가 〈배철수의 음악캠프〉가 대단한 프로그램이에요. 라디오와 TV 진행자 중에 단일프로그램을 30년 이상 한 MC가 TV는 〈전국노래자랑〉

송해, 라디오는 〈음악캠프〉의 배철수, 두 분이 유일하잖아요.

지상렬 얼마 전에 작고하신 송해 선생님 정말 대단하세요. 허참 형님도 KBS 〈가족오락관〉을 26년 동안 진행하셨지만 한 프로그램을 그렇게 오래 진행하려면 능력 외에도 겸손함, 성실함, 박식함 다 갖추어야 하거든요.

김작가 〈배철수의 음악캠프〉는 오프닝 타이틀곡도 오래 들어서 그런지 무척 친숙해요. MBC 〈장학퀴즈〉나 〈수사반장〉 같은 드라마도 타이틀 음악을 들으면 바로 그 프로그램이 연상이 되는데 〈배철수의 음악캠프〉가 그런 것 같아요.

지상렬 오프닝곡이 좋아요. 철수 형 이미지와 철수 형 멘트와 딱 어울리는 곡이에요. 1990년에 처음 〈배철수의 음악캠프〉를 연출했던 박혜영 PD님이 철수 형님을 DJ로 픽업을 했는데 두 분이 인연이 되어서 결혼까지 하셨잖아요. 신동엽, 선혜윤 PD 커플도 있지만 일도 함께하고 참 좋을 것 같다는 생각이 들어요. 그런데 사실은 〈배철수의 음악캠프〉가 〈구창모의 음악캠프〉가 될 뻔하기도 했대요. DJ를 뽑을 때 배철수 형님하고 구창모 형님 두 분이 오디션을 봤는데, 멘트를 매끄럽게 잘하는 건 창모 형님인데 투박해도 개성이 있는 철수 형님이 선정이 된 거라고 하네요.

김작가 그런 사연이 있었네요. 지금도 SBS 라디오 〈뜨거우면 지상렬〉을 진행하고 있고, MBC 라디오 지상렬 노사연의 〈2시만세〉를 2004년부터 2010년까지 6년이나 진행했던 후배 DJ로써 배철수는 어떤 DJ인가요?

지상렬 배철수 형님의 DJ 지론이 있어요. '뻔한 얘기 하지 마라, 쌀로 밥 짓는 얘기 하지 마라' 그리고 철수 형님 연세가 칠순이에요. 그런데 여전히 청년이잖아요. 생각이 늙질않아요. 그리고 6시부터 8시까지 생방송을 30년 넘게 DJ를 한 철수 형님이라면 5시 50분에 라디오 부스에 앉아도 되거든요. 그런데 바둑을 두더라도 4시면 오셔서 준비를 하세요. 한 프로그램을 30년 넘게 진행했다 하면 달라도 다른 뭔가가 있는 형님이시구나 그렇게 보면 되죠.

김작가 MBC가 여의도에서 상암으로 이사를 갔잖아요. 상암 MBC 로비에 들어서면 〈배철수의 음악캠프〉 대형 사진이 걸려 있는데, 그걸 보면 제가 다 뿌듯하더라고요. 배철수라는 아티스트가 역사를 이뤄낸 것 같은 그런 뿌듯함이 있어요.

지상렬 1990년과 2022년은 정말 많은 게 바뀌었는데 변함없이 그 자리를 지키고 있다는 게 존경스럽죠. 단적으로 핸드폰도 삐삐도 없던 시절이 1990년이잖아요.

김작가 당연히 1990년엔 핸드폰도 삐삐도 없었죠. 그때는 핸드폰도 없이 어떻게 일을 했는지 지금 생각하면 신기해요. 연락할 방법이 없을 때니까 매니저들이 방송국으로 출근해서 하루 종일 대기를 했었잖아요. 여의도 MBC만 해도 TV 예능국이 3층에 있었고, 라디오국이 7층에 있었는데 가수 매니저들이 하루 종일 대기를 해요. 그러다가 예를 들어서 가수 김흥국이 출연하면 좋겠다 싶으면 혹시 김흥국 매니저 지금 방송국에 있느냐 물어보고, 일반전화로 사무실에 전화해서 매니저에게 방송국으로 들어와 달라고 하고 그랬잖아요. 그래도 별 탈 없이 일은 잘 돌아갔던 것 같아요.

지상렬 일은 기계가 아니라 사람이 하는 거니까요. 모든 게 디지털화되더라도 방송은 아날로그적인 정서가 어느 정도 남아 있는 것 같아요. 1990년의 시작을 배철수 형님 얘기로 하니까 참 좋네요. 저도 철수 형님처럼 멋지게 늙어가고 싶다는 생각을 해요. 1990년에 영화계에서도 한 획을 긋는 작품이 나오는데요, 바로 〈장군의 아들〉입니다. 장군의 아들 박상민도 저랑 같은 70년 개띠인데, 상렬이가 스무 살 때 이태원 나이트클럽 문나이트를 접수할 때 두한이 형님 박상민은 종로 단성사를 접수했죠. 1990년 6월 여름에 〈장군의 아들〉을 개봉했는데 당시에 관객이 68만 명이 들었어요. 그때 68만 명이면 지금으로 치면 천만 관객이거든요.

김작가 임권택 감독의 〈장군의 아들〉이 개봉하기 전까지 흥행 기록은 1977년 신성일 장미희 주연의 〈겨울여자〉가 53만 명으로 한국 영화 역대 최고 기록이었는데, 1990년에 〈장군의 아들〉이 개봉하고 13년 만에 흥행기록 순위가 바뀌게 된 거죠.

지상렬 그때 대단했어요. 〈장군의 아들〉이 흥행에 성공하면서 스타도 많이 나왔어요. 김두한 역에 박상민도 오디션으로 뽑힌 신인이었고, 하야시 역에 신현준, 쌍칼 역에 김승우 형님도 그때 오디션에 합격해서 연기자의 길을 걷게 된 거죠. 신마적 역에 김형일 형님 그리고 지금은 천만 배우가 되었지만 황정민 형님도 단역 술집 종업원으로 데뷔를 했어요. 〈장군의 아들〉 개봉할 당시만 해도 예매 문화가 활성화되지 않았을 때라서 극장 앞에 가서 줄을 서서 표를 끊는 게 일반적이었어요. 개봉 첫날에 단성사에서부터 청계천 세운상가까지 관객들이 줄을 섰을 정도로 빅 히트를 했었죠.

김작가 조선의 주먹 세계를 다룬 〈장군의 아들〉이 빅 히트를 했던 1990년 여름이 지나고 가을이 시작되면서 영화가 아니라 실제 대한민국의 주먹 세계가 긴장해야 하는 소식이 전해집니다. 바로 노태우 대통령이 선포한 범죄와의 전쟁이 이때 1990년이었어요.

지상렬 '범죄와의 전쟁'하면 젊은 층에선 하정우, 최민식 주연의 영화로 알고 있을 수도 있겠어요. 영화 〈범죄와의 전쟁〉도 워낙 유명하잖아요. 영화도 그 당시 얘기이긴 하지만 1990년은 노태우 대통령이 범죄 조직 소탕령을 내렸었죠. 조직폭력배 소탕도 성과가 있었지만, 그 당시에 조폭 검거 과정에서 순직한 경찰들도 무척 많았어요. 1990년 범죄와의 전쟁도 기억에 남는 사건이지만 1990년엔 한 시대의 가인이 가고 또 한 시대의 가인이 왔던 해이기도 합니다. 전설적인 가수 김현식 씨가 간경화로 11월 1일에 세상을 떠났어요. 바로 그날 11월 1일에 발라드의 황제 신승훈이 데뷔를 하게 됩니다. 묘한 인연인데요, 날짜가 우연히 그렇게 된 건 아니고 신승훈 형님이 가장 존경하는 뮤지션이 김현식, 유재하, 조용필 세 분인데 유재하 형님이 교통사고로 1987년 11월 1일 세상을 떠났거든요. 그래서 11월 1일에 신승훈 형님도 데뷔를 하려고 날을 잡은 건데 그 날 김현식 형님도 세상을 떠나셨어요. 우연치고는 너무나 묘한 인연이지만, 11월 1일이라는 날짜는 이렇게 특별한 날이 된 거죠.

김작가 정말 묘한 인연입니다. 천재 뮤지션이었던 가수 유재하도 당시에 25세였고 너무나 젊은 나이에 요절을 했어요. 김현식이 친동생처럼 아끼던 가수인데 11월 1일 같은 날짜에 세상을 떠난 것도 참 묘한 인연입니다.

지상렬 김현식 형님, 유재하 형님 기일이 신승훈 형님 데뷔 날이 된거죠. 김현식 형님이 떠난 자리에 신승훈 형님이 1집 '미소 속에 비친 그대'를 들고 나타나서 가요계 최초로 '국민 가수' 호칭을 받게 되죠. 2집 '보이지 않는 사랑'은 음반 판매량 순위도 1위였는데 현재는 BTS에게 1위 자리를 내준 상태죠.

김작가 신승훈도 존경하는 가수가 김현식이었어요. 가수들의 가수라고 표현해도 될 정도로 김현식의 노래는 후배가수들이 참 많이 따라 불렀던 것 같아요.

지상렬 상렬이도 즐겨 부르지만 '비처럼 음악처럼' 같은 곡은 노래방에 가면 누구나 한번쯤 부르게 되죠. 이 노래 듣다 보면, 창문 쪽을 돌아보게 되요. 정말 비가 내리는 느낌이 들거든요. 이 노래뿐 아니라 김현식의 노래는 그런 힘이 있는 것 같아요. 고구려 때 거문고를 만든 왕산악이 거문고를 연주하면 거문고 소리에 취해서 학이 날아와서 춤을 추었잖아요. 김현식 형님의 노래도 그런 몰아의 경지가 있어요. 가요계의 왕산악이 김현식 형님이라고 보면 되죠.

김작가 네, 가요계의 왕산악 김현식 형님을 처음 발굴한 분이 개그맨 전유성 씨 맞나요?

지상렬 맞습니다. 전유성 형님이 이문세, 주병진, 이영자, 최양락, 조세호, 배우 한채영 씨 등등을 발굴하신 발굴 전문가시잖아요. 김현식 형님을 처음 만났을 때 바로 왕산악을 알아보시고 신촌 블루스 엄인호 형님한테 소개를 하셨다고 해요.

김작가 특별한 눈과 귀를 가진 분 같아요. 대한민국 연예사에서 전유성이란 이름 석 자가 주는 영향력이 정말 대단하죠. 김현식에게도 가수가 되면 전설이 될 거라는 말을 했었다는데 정말 전설이 되었네요.

지상렬 김현식 형님도 개띠예요. 58년 개띠인데, 서른두 살의 나이로 너무 일찍 세상을 떠나셨죠. 〈배철수의 음악캠프〉가 시작되었고, 신승훈 형님이 데뷔를 하셨고, 김현식 형님이 떠난 1990년이었네요.

1991 전성시대 몰래카메라

김작가 1980년에 언론 통폐합으로 동양 방송이 강제 폐국이 되었잖아요. 그로부터 11년이 지나고 1991년에 새로운 민영방송 SBS가 탄생을 했습니다.

지상렬 당시에는 KBS, MBC 두 개 채널뿐이었고 SBS가 개국하면서 채널이 세 개가 되었는데 지금 생각하면 채널 세 개로 볼 게 뭐 있겠나 싶겠지만 당시에 채널은 세 개였지만 볼거리는 풍성했었던 것 같아요.

김작가 그 당시 91년도는 MBC가 무척 전성기였어요. 예능에선 이경규의 〈몰래카메라〉가 빅히트를 했고, 드라마에선 〈사랑이 뭐길래〉 〈여명의 눈동자〉가 국민 드라마로 대단한 인기가 있었어요. 〈사랑이 뭐길래〉는 시청률도 드라마 사상 역대 최고라고 할 정도로 최고 시청률을 기록하기도 했어요.

지상렬 작가도 드라마계의 '셰익스피어'라고 하는 대가 김수현 작가님이셨죠. 출연자들도 역대급이었어요. 이순재 선생님, 김혜자 선생님, 최민수 형님, 하희라 누님, 윤여정 선생님, 사미자, 여운계, 강부자 선생님 등 최고의 출연진이었죠. 한 해에 드라마가 한 편 뜨기도 힘든데, 91년도에는 MBC 〈여명의 눈동자〉가 대단했어요. SBS로 이적해서 〈모래시계〉를 함께 만들기도 했던 김종학 PD와 송지나 작가의 작품이었는데, 일제강점기부터 한국전쟁 직후까지 격동기를 그린 애절한 시대극이었죠. 채시라 누님, 최재성 형님, 박상원 형님이 주인공이었잖아요. 〈여명의 눈동자〉 하면 지금도 상렬이의 전두엽에 새겨져 있는 장면이 있어요. 최재성 형님, 채시라 누님의 철조망 키스 장면- (웃음)

김작가 정말 명장면이었죠. 철조망을 사이에 두고 대치와 여옥이 나누는 키스신인데 누구나 그 장면을 기억할 겁니다. 그 당시 그 장면이 최고 시청률을 기록해서 화제가 되기도 했지요. 아마 드라마나 영화에 나온 키스 명장면을 꼽으라면 이 장면이 꼭 들어가지 않을까 싶어요.

지상렬 이런 애절한 키스신을 다시 또 볼 수 없을 것 같아요. 당시에 드라마도 MBC가 전성기였지만 이때 〈몰래 카메라〉가 드라마 이상의 시청률이 나오기도 했어요. 지금은 상상하기 어렵지만 예능프로그램에서 70%에 육박하는 시청률이 나오던 전무후무한 프로그램이었죠. MBC 〈일요일 일요일 밤〉에 간판코너 〈이경규의 몰래 카메라〉가 예능의 역사를 새로 쓴 시절이었어요. 당시에 KBS 코미디 프로그램 〈쇼 비디오 쟈키〉에서 김미화 누님이 하시던 〈쓰리랑 부부〉도 굉장히 인기가 있었어요. 그때

MBC에서 〈쓰리랑 부부〉를 잡으려고 주병진 형님이랑 노사연 누님이랑 투입을 한 거죠. 〈몰래 카메라〉도 재미있었고 사연이 누님이 하시던 〈배워 봅시다〉 코너도 인기가 많았어요.

김작가 국어사전에 올라 있는 '안습'이란 단어를 상렬 씨가 만든 것처럼 당시에 '몰래 카메라'란 말은 주병진 씨가 만들었어요. 국립국어원 국어사전에도 몰래 카메라가 등재되어 있고요.

지상렬 저보다 주병진 형님이 시조시네요. (웃음) 주병진 형님도 개 좋아하시고 저랑 비슷한 부분이 많으세요. 아무튼 〈몰래 카메라〉의 폭발력이 대단했었어요. 〈돌아온 몰래 카메라〉라고 〈몰래 카메라〉를 다시 리바이벌했을 때 저도 경규 형님한테 제대로 당했었죠. 노사연 누님하고 MBC 라디오 〈2시만세〉 할 때였는데 저는 〈몰래 카메라〉 보면서 저걸 왜 속나 했는데 속게 되더라고요.

김작가 MBC 라디오 〈2시만세〉 오프닝 생각도 납니다. 숫사슴 지상렬! 꽃사슴 노사연의 〈2시만세〉!! 라디오 청취율도 좋았죠.

지상렬 인기도 있었고 재미도 있었던 라디오 프로그램이었는데 형님도 아시다시피 라디오는 미리 몇 일치 녹음을 해놓잖아요. 그렇게 녹음을 해놓은 건 방송으로 나가고 있었는데 라디오 제작진이랑 일밤 제작진이랑 사연 누님이랑 짜고 가짜 생방송을 하고 있었던 거죠. 저만 모르고 생방송 부스에서 생방을 하고 있었는데 갑자기 스튜디오에 가스가 샌다고 어떤 사람이 어수선하게 왔다 갔다 하더니 제가 클로징을 하려고 하는데 제 입을 틀어막는 거예요. (웃음) 아니, 생방송으로 DJ가 클로징을 해야 하는데 입을 틀어막으니 제가 결단을 내려야 하거든요. 그 사람 목을

잡아서 돌렸는데 돌리고 나서 보니 경규 형님이었던 거죠. (웃음)

김작가 1991년이 방송에선 좀 특별한 해였던 것 같아요. 그리고 1991년에 예능 유망주들이 대거 탄생하게 돼요. 황금 기수인 KBS 공채 개그맨 7기가 데뷔했죠.

지상렬 국민 MC 유재석이 그때 데뷔했어요. 제1회 KBS 〈대학개그제〉에서 유재석, 김국진, 김용만, 박수홍, 남희석 선배가 데뷔했고, 현재까지 맹활약을 하고 있죠. 이걸 보면서 상렬이는 언제 데뷔하나 초조한 날들이었습니다. (웃음)

김작가 SBS도 개국했고 방송사마다 개그맨 지망생 지상렬도 열심히 문을 두드리고 다니던 시절이었겠네요.

지상렬 1991년에 기억나는 게 또 있어요. 바로 윤발이 형님, 주윤발입니다. 1986년에 〈영웅본색〉이 히트하면서 여러 사람들이 성냥개비 물고 다니고 롱코트 입고 다니고 했죠. 1991년에 윤발이 형님 영화 〈종횡사해〉가 개봉했었죠. 오우삼 감독 작품이었고 주윤발, 장국영이 함께 출연했던 영화가 〈종횡사해〉인데, 〈영웅본색〉을 시작으로 홍콩 누와르 영화의 본격적인 시작을 알리게 됩니다. 그 당시에 우리나라에 비디오 가게들이 한 집 건너 하나씩 있던 시절인데, 비디오 가게 마다 포스터가 붙어 있었잖아요. 포스터에는 주로 주윤발, 장국영, 양조위, 유덕화 이런 배우들이 있죠. 이 형님들은 주먹보다는 주로 쌍권총을 사용했고 바바리코트를 즐겨 입었었어요. 총을 쏠 때는 한 번씩 슬로우 모션으로 비둘기가 날아가기도 하고요. 1980년 중후반부터 1990년 초반까지 홍콩 누와르 영화를 빼놓을 수가 없겠네요.

김작가 주윤발은 우리나라에서 외국인으로는 처음으로 CF를 찍기도 했어요. 주윤발 이전에는 외국인이 광고를 찍는 게 금지되어 있었는데 1989년에 규제가 풀리면서 주윤발이 음료수 광고를 찍었었죠.

지상렬 지금도 그 음료수가 있어요. '사랑해요 밀키스'. 광고에 헬기가 등장하고 오토바이 타고 달리고 제작비 좀 들여서 만든 광고였죠. 우유탄산음료 밀키스 광고였는데, 롯데에서 이 광고를 만드니까 경쟁적으로 해태에서는 왕조현 누님을 모셔왔어요. 왕조현 누님도 음료수 광고였는데 광고 카피가 '반했어요, 크리미'였거든요. 그런데 윤발이 형님의 '사랑해요, 밀키스' 이게 워낙 유명한 유행어가 되어버리는 바람에 왕조현 누님이 윤발이 형님을 이길 수가 없었죠. (웃음)

김작가 '사랑해요, 밀키스'를 시작으로 외국인 광고 모델이 TV에 많이 보이기 시작했던 것 같아요. 뒤이어서 장국영도 초콜릿 광고를 했고 유덕화도 같은 브랜드 초콜릿 광고를 했어요. 책받침 여신이었던 소피 마르소는 화장품 광고를 했었죠.

지상렬 1989년부터 1991년 초반까지 외국 스타들이 우리 광고에 많이 출연했었고, 주윤발 형님은 MBC 〈토토즐〉에도 출연하고 그랬는데, 스타로서도 훌륭하지만 인격이 또 훌륭하잖아요. 미담도 많고 기부도 많이 하고 인간적으로 선한 영향력을 끼친 형님이셨죠. 세상을 떠나면 재산의 99%를 사회에 기부하겠다고 했고, 워낙 검소해서 휴대폰을 17년 동안 쓰다가 고장 나서 최근에 스마트폰으로 바꿨다고 해요.

김작가 그런 부분은 지상렬과 주윤발이 비슷하네요. 검소하고 인격도 훌륭하고 017 투지(2G)폰을 계속 쓰다가 최근에 스마트폰으로 바꾼 것

도 똑같네요. (웃음)

지상렬 저는 통신사 서비스가 종료되어서 투지(2G)폰 단말기를 못 쓰게 되서 바꾼 거고 별다른 뜻은 없어요. 검소한 거는 상렬이가 검소하다면 검소한 편이긴 하죠. (웃음) 주윤발 형님의 지론이 '술도 많이 마시면 취하고 음식도 많이 먹으면 힘든 것처럼, 돈도 너무 많으면 불편하다'고 할 정도로 돈보다는 평화롭게 사는 것에 더 큰 가치를 둔다고 하셨어요. 그것도 상렬이와 비슷한 것 같아요. (웃음)

삐삐와 문나이트 1992

지상렬 1990년대 들어서니 상렬이도 기억이 또렷해지네요. 지금은 월드스타인 이병헌 배우가 KBS 〈연기대상시상식〉에서 신인상을 받은 해가 1992년이에요. 같은 70년 개띠인데 상렬이는 이때 데뷔도 못 했는데 무척 부러웠던 기억이 나네요.

김작가 벌써 세월이 그렇게 되었네요. 1991년 공채 14기 탤런트니까 이젠 데뷔 30년이 훌쩍 넘은 거의 원로급 연기자지만, 누구나 그런 신인 시절이 있는 거니까요.

지상렬 이때가 무선호출기 '삐삐' 시절이에요. 이때쯤에 가입자 수가 늘어났던 것 같아요. 지금은 5G 시대니까 통신수단만 해도 교통수단으로 치면 말 타다가 택시 타는 시대가 된 거죠.

김작가 이 당시만 해도 삐삐와 공중전화를 빼놓고는 아무런 소통 수단이 없었죠. 삐삐와 함께 공중전화가 세트였던 시절이었죠. 밖에서 삐삐를 받으면 공중전화로 전화를 해야 했던 시절이었으니까요.

지상렬 20대 때 삐삐가 없으면 연락 두절이었어요. 삐삐 없는 청춘은 음악 없는 스테이지였다고 봐야죠. 그때는 문자도 없고 카톡도 없던 시절이잖아요. 그래서 삐삐로 숫자 찍어 보내는 게 유행이었어요. 길게 얘기 안 해도 숫자 하나면 다 통하던 시절이 있었다니까요. 예를 들면 삐삐로 1212 찍으면 술 마시자는 뜻이에요, 1212 (홀짝홀짝), 한 잔 하자는 거죠. 0909는 뭔 줄 아세요. 형님?

김작가 나도 삐삐가 있었어요. 우리 때는 8282 (빨리와라), 1004 (천사같다) 이 정도 한 것 같은데 0909 (영구영구)는 뭔가요?

지상렬 영구영구 아니고요 형님, 빵구빵구 약속 빵구났단 거예요. (웃음) 505도 있어요. 505는 숫자로 읽으면 안되고, SOS 구해달란 뜻이고요. 그때는 많은 말이 필요 없었다니까요.

김작가 스마트폰 시대에 삐삐 얘기를 하니 무척 옛날 얘기 같네요. 불과 얼마 안 된 것 같은데 말이죠.

지상렬 그렇지도 않아요. 세월이 많이 가긴 갔더라고요. 아이들이 어르신이 된 세월이잖아요. 문화 대통령 서태지와 아이들이 1992년에 데뷔했어요. 삐삐차고 노래하고 그랬거든요. 서태지 형님도 그렇고 Y.G 양 사장님도, 주노 형님도 곧 환갑이에요. 아이들이 어르신이 된 세월이라니까요. (웃음)

김작가 아! 그렇게 얘길 하니 바로 이해가 되네요. 이젠 서태지와 아이들이라고 하기엔 좀 그렇잖아요. (웃음) 처음 서태지와 아이들이 등장했을 때 참 신선했었죠.

지상렬 신선한 충격이란 말이 딱 맞는 표현일 것 같아요. 그런데 서태지 형님 얘기를 하려면 댄스음악의 성지 이태원 '문나이트' 얘기를 안 할 수가 없어요.

김작가 아! 지상렬이 버클리 대신 음악이 있는 '문나이트'를 선택했다는 바로 그곳이죠. (웃음) 서태지와 아이들도 '문나이트'를 피해갈 수 없었군요.

지상렬 '문나이트' 음악의 그물에 다 걸려든 거죠. 일단 인순이 누님 때로 거슬러 올라가서 때는 1985년에 인순이와 리듬 터치의 백댄서가 이주노 형님, 박철우 형님, 김완선 누님이었어요. 그런데 이미 춤꾼이었던 이주노 형님이 문나이트 출입하면서 양현석 형님, 양 사장님을 만나게 된 거죠.

김작가 그래서 서태지와 합류해서 서태지와 아이들이 만들어졌군요?

지상렬 전설은 그렇게 쉽게 만들어지지 않습니다. 이때 이주노 형님이 SM 이수만 사장님에게 가서 가수 오디션을 봐요. 현진영 형님에게 밀려 탈락하게 됩니다. 만약에 이때 이주노 형님이 현진영 형님을 제치고 SM에 들어갔다면 우리는 서태지와 아이들을 볼 수 없었던 거죠. 이주노 형님의 불행이 서태지와 아이들의 탄생을 불러온 겁니다. (웃음)

김작가 그래서 SM의 '현진영과 와와'가 탄생했군요. '현진영과 와와' 1기가 훗날 클론이 된 구준엽과 강원래였죠.

지상렬 맞습니다. 지상렬 염경환의 클놈의 모델이 된 클론이 되었죠. 서태지 형님 얘기하다 잠깐 말이 샜는데, '클놈' 지상렬 염경환은 제물포 고등학교 동창이고, 구준엽과 강원래의 클론은 경기 고등학교 동창이잖아요. 서태지 형님은 그룹 시나위에서 베이스를 치고 있었는데 어쩌다 문나이트를 가게 되어요. 거기서 양 사장님을 만나서 춤을 배우게 되는 거죠. 그리고 양 사장님의 추천으로 이주노 형님을 영입하게 됩니다. 이렇게 서태지와 아이들이 탄생된 거죠.

김작가 이태원 문나이트가 90년대 댄스음악에 지대한 역할을 한 건 사실인 것 같아요.

지상렬 문나이트에서 DJ하던 신철 형님도 나미 누님을 만나서 '나미와 붐붐'으로 '인디언 인형처럼' 춤과 래퍼도 했고, 미애 누님을 만나서 '철이와 미애'를 결성한 것도 1992년이거든요. 상렬이도 뜨거웠던 시절입니다. 제 가슴과 혈관 속에 아직도 문나이트의 피가 흐르고 있어요. (웃음)

김작가 (웃음) 추억의 문나이트이네요. 그 후에 서태지와 아이들이 MBC 〈특종 TV 연예〉에 출연했던게 기억이 나요. 그 당시에 저도 MBC에서 일하고 있을 때인데, 서태지와 아이들이 사무실마다 돌면서 CD 돌리던 생각이 납니다. 좋은 추억으로 남아 있어요.

지상렬 그때가 1992년 4월이거든요. 1집 '난 알아요'를 발표하자마자 방송 3사 가요순위 프로그램에서 1위를 하게 되죠. 1990년대는 음악의 축복이 내린 것 같은 해였어요. 1991년에 김현식 형님 '내 사랑 내 곁에'가 있었고, 이어서 신승훈 형님의 '보이지 않는 사랑'으로 이어지고 1992년에 서태지 형님들이 나타나고 이어서 또 나타납니다. '잠 못 드는 밤 비는 내리고' 김건모가 음악의 바통을 이어받게 되죠.

김작가 신승훈 씨도 우리나라 가수 중 노래 잘하는 가수로 김건모 씨를 꼽더라고요. 한국의 '스티비 원더'라고 하기도 했죠. 음반 판매량 280만 장 기록을 세운 3집 '잘못된 만남'으로 기네스북에 오르기도 했는데, 지상렬과도 워낙 많은 교감을 나누는 사이죠?

지상렬 교감보다도 술잔을 더 많이 나누는 사이죠. (웃음) MBC 〈나는 가수다〉에 가수와 매니저로 같이 나갔다가 건모 형이 립스틱을 너무 짙게 바르는 바람에 욕도 아주 많이 먹었죠. (웃음)

김작가 그때 얘기 잠깐해보죠. 왜 욕을 먹었던 거예요?

지상렬 지나고 나서 하는 얘기지만 〈나는 가수다〉가 예능 프로그램이었잖아요. 그래서 재미있게 하려고 그 당시 제가 머리 길러서 볶고 다니고 그럴 때인데, 건모 형님이랑 저랑 둘이서 아이디어를 짠 게 저는 머리를 깎고 수염도 깍고, 건모 형님은 재미있게 '립스틱 짙게 바르고'를 하자고 해서 제가 그랬죠. "그럼 형, 입술에 립스틱 발라" 웃기잖아요. 그런데 그게 잘못 된 거죠.

김작가 (웃음) 웃기기는 한데 예능이긴 해도 진지한 서바이벌 형식의 경연이었는데 너무 장난스러웠다는 분위기였죠.

지상렬 잘못한 거죠. 웃기려다 보니까 본의 아니게 오버가 된 거였어요.

김작가 (웃음) 김건모 씨와도 술 자주 마실 텐데 건모 씨 주량은 어느 정도 되나요?

지상렬 술은 자주 마시지만 그런 게 있어요. 술을 잘 마셔요, 못 마셔요, 많이 마셔요, 그런 걸 떠나서 사람이 사이즈가 고만하면 고만큼밖에 못 먹는 거예요. (웃음) 상렬이가 늘 얘기하는 건데요, 경차는 경차인 거예

요. 건모 형이 사이즈가 있는데 많이 마셔봐야 고만큼인거죠. (웃음)

김작가 그런데 두 사람 성향이 참 비슷해 보여요. 순수하고 좀 엉뚱하고 그런 면이 있잖아요. 1992년은 서태지와 아이들과 김건모의 등장만으로도 기분이 참 좋네요. tvN에서 유재석 조세호가 진행하는 프로그램 〈유 퀴즈 온 더 블록〉이 있잖아요. 유재석 씨가 신인시절에 보이그룹 뉴키즈 온 더 블록의 '스텝 바이 스텝Step By Step'에 맞춰서 춤을 추었던 걸 계기로 프로그램명도 〈유 퀴즈 온 더 블록〉이라 정했다고 하는데요. 전 세계의 소녀 팬들을 열광시켰던 '뉴키즈 온 더 블록'이 우리나라를 내한했던 것도 1992년이었어요.

지상렬 90년대 초반에 세계적으로 '뉴키즈'의 태풍이 불었었죠. 92년도에 잠실 올림픽 체조경기장에서 공연을 했는데, 요즘은 티켓 예매를 인터넷으로 하지만 예전에는 예매처에서 표를 사려고 텐트치고 노숙하던 시절이잖아요. 뉴키즈 내한 때 분위기가 엄청 과열되었었는데, 공연 중에 무대 쪽으로 팬들이 몰리면서 여학생 한 명이 압사하고 수십 명이 다치는 시고가 발생했었죠. '뉴키즈 온 더 블록'의 유명세만큼이나 사고의 여파도 커서 그 당시에 계획되어 있던 스콜피언스나 마이클 볼튼 등의 공연들이 다 취소되고 엉뚱하게 청소년들을 비난하는 목소리가 높았었어요. 지금 생각해도 청소년을 비난할 때가 아니라 안전하고 좋은 환경의 콘서트 문화를 어른들이 만들어주면 되는 것을 애꿎은 청소년들에게 화살을 돌렸다는 생각이 들어요. 그리고 그때 배철수 형님에게도 불똥이 튀었어요. 배철수 형님이 당시에 〈음악캠프〉에서 '뉴키즈 온 더 블록'과 같은 보이그룹의 인기가 세계적으로 평균 5년 정도였다고 방송을 했다가 수많은 여학생 청취자들이 엽서로, 전화로 항의를 했었어요. 뉴키즈 오빠들이 천년, 만년 인기가 있을 오빠들인데 왜 5년이라고 하냐- 사과해라- 그렇게 된 거죠.

김작가 팬들의 심기를 건드렸네요. (웃음) 곤란하셨겠는데, 그래서 사과를 했나요?

지상렬 배철수 형님이 팝 전문가잖아요. 팝 전문가가 세계적인 흐름의 팩트를 이야기한 거죠. 배철수 형님이 뉴키즈 온 더 블록을 내가 비하하기라도 했느냐 하시면서 생방송 때 팬들과 정식으로 토론을 하셨죠. 그렇게 패기 있던 철수 형님도 이제 칠순이 되셨네요. (웃음)

김작가 92년도에도 크고 작은 일들이 참 많았었는데 LA 한인타운폭동도 1992년에 있었던 사건이에요.

지상렬 맞습니다. 23세의 청년 지상렬이 나이트클럽 돌면서 턴테이블 돌리던 시절이에요. 천사의 도시 로스앤젤레스 한인 타운에서 흑인 폭동이 나서 교민들 피해가 엄청 났었어요. 백인 경찰들이 흑인 청년을 집단 구타했던 게 발단이 된 사건이었죠. 백인 경찰들에게 폭행을 당한 흑인 청년이 중상을 당했는데, 백인 경찰들이 무죄를 받아서 화가 난 흑인들이 거리로 뛰쳐나와서 LA 한인타운에서 폭동이 시작되었어요. 그게 왜 한인타운에서 시작되었냐면요, 한인타운이 백인 동네와 흑인 동네 사이에 끼어 있었거든요. 그러니까 흑인들이 백인들에게 항의를 하러 비벌리힐스나 할리우드 지역으로 가는 길목에 LA 한인타운이 있었던 거예요. 어떻게 보면 백인과 흑인들 틈바구니에서 우리 교민들이 느닷없이 피해를 당한 거죠. 그때 경찰들도 백인 부촌 비벌리힐스를 지키는데 경찰력을 거의 다 투입해서 LA 한인타운에는 경찰이 없는 무법천지였다고 해요. 그리고 평행이론이란 게 있잖아요. 상렬이가 생각해보니까 1592년 4월과 1992년 4월에 공통점이 있더라고요.

김작가 1592년이면 딱 400년 전인데 무슨 공통점이 있나요?

지상렬 LA 한인타운 폭동이 1992년 4월이고, 임진왜란이 1592년 4월이거든요. LA폭동이 왜 일어났냐면, 흑인들이 백인 마을로 가는 길목에 있는 한인타운을 지나가면서 폭동을 일으킨 거잖아요. 임진왜란이 왜 일어났어요? 일본이 명나라로 가는 길목에 있는 조선을 지나면서 전쟁을 일으킨 거잖아요. 400년 전 4월에 있었던 두 가지 사건에 이런 공통점이 있단 거죠.

김작가 지상렬은 천재 같아요. LA 폭동 얘기하면서 임진왜란 얘기하는 사람은 지상렬밖에 없을 겁니다. 참 대단해요. (웃음)

대형사고 | 육·해·공 | 1993

김작가 지상렬은 아직 운명적인 짝을 못 만나서 결혼을 안 하고 있는 거지, 결혼을 거부하는 비혼주의는 아니잖아요?

지상렬 당연합니다. 저는 오늘 결심이 서면 내일 허니문으로 떠날 준비가 되어 있는 사람이죠.

김작가 내가 봐도 준비가 다 되어 있고, 마음의 준비만 하면 될 것 같은데 이런 질문 많이 받았겠지만, 결혼은 어떤 사람과 하는 게 맞나요?

지상렬 제가 생각하는 결혼은 침대를 같이 쓰는 사람을 찾는 게 아니라 침대와 냉장고와 화장실을 같이 쓸 사람을 찾는 것이죠.

김작가 정말 맞는 말이네요. 부부니까 침대는 당연히 같이 쓰겠지만, 냉장고와 화장실을 함께 쓰는 것까지 고려해야 하는 게 맞는 것 같네요.

부부가 살다 보면 불만이 생길 수 있는 세 곳이 침대, 냉장고, 화장실이니까요.

지상렬 침대와 냉장고는 잠자리와 음식 때문에 트러블이 있을 수 있고, 혼자 살 때는 화장실에서 아무 생각 없이 서서 소변을 보지만, 결혼생활을 하다 보면 변기 뚜껑을 안 올리거나 물을 안 내리거나 하는 그런 사소한 것들도 갈등의 원인이 될 수 있으니까요. 서로 다른 환경에서 살다가 둘이 한 침대를 쓰고, 냉장고와 화장실을 같이 쓴다는 게 쉽지만은 않은 일이에요. 지금 1993년 얘기를 하잖아요. 최수종 형님과 하희라 형수님이 침대랑 냉장고랑 화장실을 합친 해가 1993년이에요.

김작가 아! 그래요? 소문난 잉꼬부부죠. 잉꼬부부의 비결이 뭘까 생각해봤는데, 최수종 씨가 평소에 하희라 씨에게 가장 자주 하는 말이 '사랑합니다'라고 해요. 그리고 자주 하는 말이 '제가 할게요'라네요.

지상렬 그건 정말 배울 점이에요. 상렬이도 그 말 두 가지는 꼭 명심해야겠어요. '사랑합니다' '제가 할게요' 이거 두 개만 쓰면 철천지원수도 잉꼬가 되겠어요. (웃음) 개그맨 중에서도 박미선 누님과 이봉원 형님 부부도 아주 잘사는 부부인데 이분들도 1993년에 결혼을 해서 1남 1녀 두고 잘 살고 계세요. 이봉원 형님은 미선 누님이랑 〈철없는 아내〉라는 코너에서 부부로 만나서 진짜 부부가 된 케이스죠. 그리고 우리가 지금 1993년 얘길 하고 있잖아요. 저랑 개띠 동갑인 박수홍 씨는 1993년에 출생하신 분과 살고 있어요. (웃음)

김작가 (웃음) 아주 부럽겠네요. 나이 차이가 중요한 건 아닙니다만, 박수홍 씨는 23년 나이 차이가 나는 신부를 맞았죠. 지상렬 씨도 부러우면 이제는 결심을 하기 바랍니다.

지상렬 (웃음) 자! 이제 다른 얘기하시죠, 형님. 1993년에 좋은 일들도 많았습니다만 정말 큰 사건들이 많았네요. '육, 해, 공' 사고라고 할 만큼 하늘과 땅 바다에서 대형 사고가 났는데 이렇게 다양한 사고가 난 건 처음이 아닌가 싶어요. 1993년 2월에 제14대 김영삼 대통령이 취임하자마자 3월에 부산 구포역 열차전복사고가 일어났어요. 박정희, 전두환, 노태우로 군인 출신이 줄줄이 대통령을 하다가 첫 문민정부가 들어선 해였죠. 기차 사고로 치면 이리역 폭발사고 이후로 가장 큰 사고였던 것 같아요.

김작가 맞습니다. 서울에서 출발해 부산으로 가던 무궁화호 열차가 경부선 구포역으로 들어서다가 열차가 탈선하고 전복되어 수십 명이 사망했던 최악의 열차 사고였죠.

지상렬 열차 사고가 난 후에 얼마 안 있다가 황신혜 누님이 찍던 영화촬영장에서 한강에 헬기가 추락하는 사고도 있었어요.

김작가 그 사고는 저도 잘 아는데 KBS 〈연예가중계〉 팀과 영화 촬영팀이 한강에서 선상 결혼식 장면을 찍다가 추락했었죠. 그 당시 남자 주인공이었던 변영훈 씨와 일곱 명의 스태프가 사망하고 〈연예가중계〉 PD였던 김일환 PD는 예전에 KBS 〈열전! 달리는 일요일〉 PD이기도 했는데, 이 사고에서 유일하게 극적으로 살았어요.

지상렬 이렇게 사고가 자주 일어나기도 쉽지 않아요. 한강에 헬기가 추락한 이후 한 달 후에는 아시아나 항공기가 목포 공항으로 가다가 야산에 추락했었어요. 그리고 또 기억나는 게 김영삼 대통령이 되자마자 사건·사고가 워낙 많이 나니까 대통령이 조상묘를 잘못 썼다는 등 별 해괴

한 유언비어들이 많이 떠돌았어요. 그리고 공교롭게도 철도 사고에 이어서 비행기 사고가 나니까 땅에서도 사고가 나고 하늘에서도 사고가 났으니 바다에서도 사고가 나는 게 아니냐는 불길한 말들도 떠돌았는데, 그 불길한 예측이 맞게 되죠. 그해 서해 훼리호 침몰 사건이 또 일어납니다. 제가 낚시를 좋아하잖아요. 그래서 당시에 서해 훼리호 사고에 관심이 많았거든요. 사고가 났을 때 사고 바다 주변에 아이스박스가 무척 많이 떠다니던 게 뉴스에 나왔어요. 그게 낚시에 필요한 도구들인데 낚시를 떠났던 사람들도 많이 타고 있었고, 많이 돌아가셨죠. 주말이면 낚시꾼들이 많이 몰리는데 사고 당일이 마침 일요일이라서 밤새 낚시하고 육지로 가기 위해서 승선했던 분들도 많았다고 해요. 그런데 바다에 떠다니던 그 아이스박스 때문에 아이스박스 붙잡고 살아나온 분들도 계시더라고요. 그 당시 주변에서 조업하던 어선들이 달려와서 구조도 많이 했지만, 워낙 승선 인원이 정원보다 많았었기 때문에 인명사고가 많았어요.

김작가 사망자가 무려 300여 명 정도였는데 정원보다 훨씬 더 많은 승객을 태웠다고 해요. 지킬 건 지켜야 하는데 사고에는 늘 이런 원인이 있는 것 같아요.

지상렬 칼국수 대통령, 김영삼 대통령이 하나회도 청산하고 금융실명제도하고 공직자 재산 공개도하고 업적도 많으신 대통령인데 사고가 참 잦아서 안타까운 1993년이네요. 형님도 말했지만 사고에는 늘 원인이 있는 것 같아요. 우리가 경험으로도 알 수 있는 게 많아요. 이게 잘못 말하면 꼰대가 되기 쉽지만 반평생을 살아오면서 보고 느낀 경험치를 보면, 어떤 통계와 법칙이란 것이 분명히 있다는 거죠. 그래서 인생의 마일리지라는 건 무시 못 하는 것 같아요. 우리가 어렵게 쌓아온 반평생의 마일리지잖아요. 대형사고가 나려면 사고가 발생하기 전에 그와 관련된 수많은 경미한 사고와 징후가 반드시 나타납니다. 그게 '하인리히 법칙'이란 거죠. 사고가 나서 중상자 한 명이 발생했다 하면 그 이전에 같은 원인으로 경상자가 29명 그리고 같은 원인으로 부상당할 뻔한 사람이 300명이 있었다는 거란 거예요. 그래서 하인리히 법칙을 1대 29대 300법칙 이라고도 하거든요.

김작가 나는 가끔 그런 생각을 해요. 지상렬이 스무 살 때 이태원 문나이트를 안 갔더라면 인생이 어떻게 바뀌었을까, 지금 쉰이 넘어서 어디서 무얼 하며 살고 있을까, 그런데 어디에서 무엇을 하고 살았어도 주변 사람들과 즐겁게 살고 있을 것 같아요.

지상렬 사람이 사는데 있어서 열심히 사는 사람이 있고, 치열하게 사는 사람이 있는 것 같은데 상렬이는 '치열'까지는 아니고, 열심히는 사는 것 같아요.

김작가 질문 하나 해볼게요, 모건 프리먼과 잭 니콜슨이 주연으로 출연했던 〈버킷리스트〉란 영화에서, 가난한 정비사 모건 프리먼이 성공한 사업가 잭에게 이런 질문을 해요. "천당에 가려면 두 가지 질문에 답해야 한다, 하나는 '인생에서 기쁨을 찾았는가?' 다른 하나는 '당신의 인생이 다른 사람을 기쁘게 해주었는가?' 지상렬은 어떻게 대답하겠어요?

지상렬 질문 참 어렵네요. (웃음) 전에도 말했지만 아버지께서 남에게 조금이라도 베푸는 삶을 살라는 말을 어릴 때부터 듣고 자랐어요. 그래서 그런지 내가 누구든지 도울 수 있을 때 기쁘고 행복해요. 그런 기쁨은 찾은 것 같은데 다른 사람까지 기쁘게 했는지는 잘 모르겠어요. 이쯤에서 천당까지는 아니고 오백당 정도 가는 걸로 정리하시죠, 형님. (웃음)

1994
성수대교를 건너다

지상렬 왕가위 감독이 생각나는 해입니다. 특히 임청하와 금성무 그리고 양조위와 왕페이가 떠오르죠. 1994년 하면 저는 〈중경삼림〉이 먼저 떠오르더라고요. 그만큼 강렬했던 영화였던 것 같아요.

김작가 아! 저도 좋아하는 영화입니다. 한국 영화 〈와이키키 브라더스〉 좋아한다고 했잖아요? 저도 좋아합니다. 좋아하는 영화가 저랑 비슷하네요.

지상렬 1994년 왕가위 감독이 〈중경삼림〉을 시작으로 1년 동안 〈동사서독〉, 〈타락 천사〉 서너 편을 연달아 히트시켰는데 그중에 중경삼림이 아무래도 우리나라에서 가장 인기가 많았습니다. 왕페이 누님이 중화권에서 유명한 가수이기도 하고요. 1969년생 김완선 누님이랑 동갑인데 왕페이 누님이 부른 '몽중인'이란 곡이 가슴에 깔리고요. '캘리포니아 드리밍California Dreamin''을 틀어놓고 샌드위치를 만들면서 춤추던 장면이 오래오래 기억에 남네요. (웃음)

김작가 그런 생각이 드네요. 왕페이 역할을 누가하든지 간에 지상렬이 양조위 역으로 콩트를 하나 찍어도 재미있겠다는 그런 생각이 들어요. 양조위가 욕실에서 비누랑 치약이랑 대화하는 장면이 있는데, 그런 장면은 양조위보다 지상렬이 훨씬 잘하지 않았을까 그런 생각도 들고요. (웃음)

지상렬 왕가위 감독님이 제 스타일입니다. 제가 왕가위 감독을 일찍 만났더라면 양조위 형님 자리에 제가 있었을 수도 있어요. 왜냐하면 왕가위 감독은 시나리오에 대사가 없대요. 대사를 써주지 않고 내용과 분위기만 알려주고 카메라를 돌리잖아요. 외워서 하는 게 아니라 현장에서 바로 하는 대사도 상렬이가 좀 하니까요. (웃음)

김작가 일리가 있네요. 왕가위 감독과 지상렬의 인연이 1990년 초반에 있었더라도 SBS 공채시험을 보는 일이 없었겠네요. (웃음) 〈중경삼림〉에 이런 대사가 있어요. "사랑에 유통기한이 있다면 내 사랑은 만년으로 하고 싶다" 지상렬도 동의하나요?

지상렬 말도 안 되죠, 형님. 남극에 만년설도 녹아내리는데 천년만년 하는 사랑은 있을 수도 없고 있어서도 안 되고요. 너무 오래 사랑을 하고 심장이 뛰면 심장에도 무리가 생겨요. 사랑은 '900일간의 폭풍'이라고 했어요. 사랑하면 도파민 호르몬이 샘솟는데 그 기간이 900일이란 거죠. 901일째부터는 사랑보단 의리가 시작되는 거고요. (웃음)

김작가 동의합니다. (웃음) 왕가위 감독의 〈아비정전〉이나 〈화양연화〉도 참 좋았는데 역시 홍콩 누와르 영화의 시작은 오우삼 감독의 〈영웅본색〉이 아니었나 싶어요.

지상렬 그때 바바리코트 입고 성냥개비 물고 다니는 청춘들 많았잖아요. 허세의 끝판왕이었죠. 100불짜리 지폐에 불붙여서 담뱃불 붙이는 장면은 애들이 모방할 우려가 있다고 나중에는 심의에서 삭제되기까지 했어요.

김작가 실제로 모방한 사건이 1994년에 있었어요. 3대 홍콩 누아르 영화 하면 〈영웅본색〉, 〈첩혈쌍웅〉, 〈지존무상〉을 꼽는데, 〈지존무상〉을 서른 번이나 보고 이 영화를 모방해서 '지존파'라는 범죄 조직을 만든 사건이 있었죠.

지상렬 지존파, 너무 끔찍한 사건이었죠. 지존파의 지존이 〈지존무상〉을 보고 만든 조직이군요.

김작가 지존파 일당이 모두 홍콩영화 마니아였는데, 그중에 두목이 좋아했던 영화가 〈지존무상〉이었다고 하더라고요.

지상렬 지존파가 검거됐을 때 인터뷰가 굉장히 섬뜩했었던 기억이나요. 그런 살벌한 인터뷰를 본 게 그때가 처음이 아니었나 싶어요. 1994년에 X세대, 미시족, 오렌지족 이런 용어들이 유행할 때인데 검거된 지존파가 야타족, 오렌지족을 못 죽여서 안타깝다는 그런 말을 했었거든요. 야타족이 부모가 사준 고급 차로 강남에서 헌팅하는 오렌지족, 요즘 말로 금수저를 말하는 건데 요즘 세대는 모르는 단어일 것 같아요. 오렌지족 흉내 낸다고 낑깡족이란 말도 있었어요. 야타족, 오렌지족이 과소비를 조장한다고 여론이 좋지 않았죠.

김작가 야타족이나 오렌지족이 지존파의 타깃이 되긴 했습니다만, 이들이 살해한 사람들은 모두 평범한 사람들이었죠. 살해하는 방법도 비닐봉지를 씌워 질식사시키거나 공기총으로 쏴 죽이고 칼이나 도끼를 사용해서 잔인하게 죽였어요. 이후에는 시신을 훼손해서 토막을 내기도 했습니다. 급기야는 시신을 먹기까지 하는 엽기적이고 반인륜적인 짓을 했던 거죠. 빨리 주제를 바꾸고 싶은데 주제를 바꿔도 1994년에 억장이 무너지는 사건 사고가 또 있었네요. 성수대교 상판이 무너져 내린 사건도 1994년입니다. 김영삼 정부가 들어서고 나서 정말 사고가 잦았어요. 왜 자꾸 이런 일이 일어났는지 모르겠네요.

지상렬 뉴스 속보로 봤던 기억이 다 있을 거예요. 다리가 이렇게 맥없이 무너지는 사고는 6.25 때 한강철교를 폭파한 것 아니고는 현대사에서 처음 있는 일이 아닌가 싶어요. MBC 엄기영 앵커가 "실로 어처구니없는 일이 아닐 수 없습니다" 오프닝 멘트를 이렇게 했던 기억이 납니다.

김작가 성수대교는 한강에 열한 번째 다리로 건설된 다리죠. 1994년 10월 2일 아침 출근 시간이면서 학생들 등교시간에, 다리상판 50미터가 그대로 한강으로 무너지면서 시내버스와 승용차가 같이 추락을 해요. 32명이나 사망했는데 당시 무학여고와 무학여중의 어린 학생들도 포함되어 있었죠.

지상렬 저도 가끔 건너던 다리인데요, 가수 윤종신 형님이 그날 아침에 성수대교를 건넜었다고 해요. 무너지기 15분 전에 다리를 건넜다는 거예요. 그런데 그날 아침에 저도 사실은 성수대교를 건너왔어요.

김작가 예? 그날 아침에 성수대교를 건넜어요? 그 당시 인천에 살 때인데 아침에 성수대교는 무슨 일로 건넌 걸까요?

지상렬 성수대교가 강남과 강북을 잇는 다리잖아요. 강남에서 밤새 술을 한잔하고 새벽에 다리를 건너왔는데 그때는 인천에 살 때라서 무슨 다리인가 잘 모를 때거든요. 새벽에 집에 와서 한숨 자고 일어났는데 뉴스에서 난리가 났단 말이죠. 그래서 화면을 자세히 들여다보니까 상렬이가 건너온 다리더라고요. 그걸 확인한 순간 소름이 돋고 숨이 막혔어요. 윤종신 형님도 그렇고 상렬이도 그렇고 시차가 있었을 뿐이지 상판이 무너질 때 추락했었을 수도 있었다는 거죠.

김작가 갑자기 소름 돋네요. 어쩌면 우리가 이 자리에 마주 앉아 있지 못했을 수도 있었네요.

지상렬 하루하루가 감사하죠. 상렬이가 세상을 좀 더 긍정적으로 보고 감사하는 마음으로 살 수 있는 게 그런 경험들 때문이라고 생각해요. 하루하루가 기적이잖아요. 사람이 물 위를 걷는 게 기적이 아니라 매일 무탈하게 땅 위를 걸어 다닐 수 있는 게 진정한 기적이라고 생각하거든요

김작가 동감입니다. 매일매일 무탈하게 살 수 있는 것도 기적인데 우리는 살면서 더 큰 기적을 바라면서 사는 것 같아요. 성수대교가 무너질 때 그 시간에 하필이면 그곳을 지나가던 사람들은 세상을 떠났고 그 시간을 피해서 성수대교를 건넜던 지상렬은 살아 있는 게 엄청난 기적인 거죠. 사고란 것이 일순간에 모든 것을 빼앗아가잖아요. 예고도 없는 사건사고가 워낙 많았던 때인데, 북한에서도 큰 사건이 있었어요. 김일성 주석이 심근경색으로 갑자기 사망하게 됩니다. 그때가 82세였었어요.

지상렬 어릴 때부터 듣고 자란 이름이 박정희, 김일성이었잖아요. 더구나

김일성은 우리가 어렸을 때 반공이나 멸공교육을 받은 세대라서 머리에 뿔이 달린 사람으로 배웠는데, 그런 사람이 죽었다니까 실감이 잘 안 났어요. 1994년에 처음 X세대라는 말이 나왔어요. 당시에는 매우 독특한 취향의 신세대이고 사회적, 문화적으로 기존세대와는 구별이 되는 개성이 강한 세대라고 했지요. 그 당시에 X세대들도 이제는 부장님이 되고 소위 말하는 꼰대도 되고 그랬겠네요. 1994년에 20대였던 지상렬도 그때는 X세대였지만 그 사이에 시간이 흘러서 50대가 될 만큼 세월이 흘렀죠. 1994년에 X세대였던 청춘도 이젠 아주머니, 아저씨, 사모님, 사장님이 되었네요. 어느새 반백 년이 흘렀어요. (웃음)

1995 그리고 삼풍백화점 모래시계

지상렬 저는 구석을 별로 안 좋아해요. 구석 중에서도 젤 싫어하는 구석이 믿는 구석이에요 믿는 구석 있는 사람치고 페어플레이하는 사람이 없거든요. 1995년 6월에 6. 25전쟁 이후로 가장 많은 500여 명의 사람이 그 자리에서 사망합니다. 바로 삼풍백화점 붕괴사고인데, 사고가 일어나고 사건을 들여다보면 주로 믿는 구석이 있는 사람들이 사고를 친 거거든요. 그 전에 무너진 성수대교도 그렇습니다만, 삼풍백화점도 수개월 전부터 예고된 참사였죠. 우선 공사 자체를 너무 부실하게 했던 게 드러났어요. 불법으로 용도변경을 여러 차례 했다고 하는데, 믿는 구석이 있지 않으면 이렇게 불법으로 건물을 지을 수 없거든요. 일단 삼풍백화점 부지는 백화점이 들어설 수 없는 부지인데 어디에다 줄을 댔는지 백화점을 지을 수 있도록 용도를 변경했죠. 1970년대에 그 땅을 살 때 평당 20만 원이었는데 1995년에 무너질 때는 평당 2,500만 원이었던 거예요. 누군가가 이 땅이 개발된다는 것을 미리 알고 사들였다는 거죠.

김작가 1970년에 붕괴한 와우아파트랑 똑같아요. 와우아파트도 철근 70개 넣어야 할 곳에 5개만 넣고 그랬잖아요. 붕괴 사고가 나면 꼭 뒤에는 부정부패가 있고 그것이 인재로 이어지는 전형적인 공식이 있어요. 삼풍백화점이 무너지고 열흘쯤 넘어서 생존자가 또 구조되었다는 뉴스를 보고 기뻤던 기억이 나네요. 그 당시 마지막 구조가 세 명이었는데요, 다행히 그때 비가 내렸었어요. 그래서 무너진 건물 더미 사이로 흘러 들어온 빗물로 목을 축이면서 버텼다고 하더라고요.

지상렬 빗물이 살린 거죠. 식량이 없으면 3주, 물이 없으면 3일, 공기가 없으면 3분만 생존할 확률이 있다고 해요. 생존의 333법칙이라고 있거든요. 1993년에서 1995년 사이에 큰 사건·사고가 바다에서 땅에서 하늘에서 가장 많았던 때잖아요. 사건·사고가 많았던 만큼 우리나라 응급의학 시스템이나 의술도 이때 많이 발전했다고 하네요. 안타깝지만 어떤 발전이든 꼭 이런 희생들이 따라야 하는가 봐요.

김작가 1994년에 성수대교가 무너지던 날 지상렬도 성수대교를 지나갔었다고 했잖아요. 삼풍백화점이 무너지던 날, 저도 삼풍백화점에 갔었어요.

지상렬 정말요? 어떻게 그런 일이 있네요? 이 자리에서 형님을 못 볼 뻔한 거네요?

김작가 삼풍백화점 A동이 무너졌는데, A동을 갔던 건 아니고 B동에 삼풍 아트홀이 있는데 그곳에 있었어요. B동에는 갤러리도 있고 문화센터도 있었는데 가끔 삼풍 아트홀에서 녹화를 하기도 했었거든요. 그날은 녹화하러 갔던 게 아니고 장소 헌팅을 갔었어요. 답사 가서 중계차로 녹화하면 케이블을 4층까지 끌어올려서 녹화를 할 수 있을지 담당자들 만나서 그런 상의도 하고 장소도 확인하고 돌아오는데 당시에는 MBC가 여의도에 있었잖아요. 강변북로타고 여의도로 가고 있는데 구급차랑 소방차가 계속 강남 방향으로 가더라고요. 라디오 뉴스로 삼풍백화점 붕괴 소식을 차 안에서 듣게 됐어요.

지상렬 소름이네요. 느낌이 어땠나요. 형님?

김작가 그날은 정신이 없었고 나중에 그런 생각이 들더라고요. 그날이 헌팅 날이 아니고 카메라 세팅하고 녹화 중이었다면 카메라맨이 전문가들이고 프로니까 붕괴 화면을 제일 먼저 찍었겠구나…. B동은 무너지지 않았었으니까요.

지상렬 전원책 변호사님 있잖아요. 그분도 그날 삼풍에 계셨고 그날 코미디언 이상해 형님도 삼풍에 계셨었대요. 이상해 형님은 골프장 가려고 후배랑 티셔츠를 사러 가셨는데, 그날 무척 더운 날이었거든요, 백화점에 에어컨이 안 나와서 너무 더워서 서둘러 나왔는데 그때 백화점이 무너졌다고 해요. 그리고 이건 정반대되는 경우인데 어느 날 택시 기사님이 저에게 해준 말이에요. 삼풍백화점 무너지던 날 손님이 삼풍백화점 앞에서 내렸는데 약속시간에 늦었다고 빨리 뛰어 가더라는 거예요. 근데 그분이 삼풍에 들어서는 순간, 불과 10초 만에 폭삭 무너졌다고 하더라고요. '생과 사가 이렇게 한순간의 차이구나' 그런 생각이 들었어요.

김작가 500여 명이 사망했는데 얼마나 안타까운 사연들이 많겠어요. 그 날 날씨가 더워서 서초구 기온이 30도쯤 되었고 불쾌지수가 높았는데, 삼풍백화점 냉각탑 작동이 중단돼서 에어컨이 안 나왔다고 해요. 이상해 선생님도 그래서 빨리 나왔던 건데 날이 더워도 백화점 직원들이 나올 수가 없잖아요. 희생자 500여 명 중 백화점 직원이 300여 명이었던 게 그런 이유라고 하더라고요. 너무너무 안타까운 일입니다.

지상렬 참사 하루 전이라도 점검하고 사고 당일 백화점 휴업을 결정했더라면 충분히 막을 수 있었던 참사인데 말입니다. 밝은 얘길 하고 싶은데, 또 우울한 일이 있었어요. 이 우울한 시대에 '듀스' 김성재가 1995년에 세상을 떠났잖아요. 11월 괴담이란 게 있어요. 11월에 유독 연예가에 악재가 많았거든요. 듀스 김성재도 1995년 11월에 세상을 떴고요, 일전에도 말했지만 유재하, 김현식 형님 돌아가신 것도 11월이고요. 김자옥 누님도 대장암으로 11월에 돌아가셨죠. 신성일 선생님도 폐암 투병 중에 11월에 돌아가셨어요. 간암 투병 중이던 '내게도 사랑이' 함중아 형님도, 카라의 구하라도 모두 11월에 세상을 떠났지요.

김작가 개그우먼 박지선 양도 자택에서 모친과 함께 숨진 게 11월입니다. 11월에 이런 일들이 정말 많았네요. 듀스 김성재 씨는 이태원 문나이트 세대죠?

지상렬 맞습니다. 나이는 저보다 두 살 아래인데 데뷔는 저보다 선배죠. 1993년에 듀스로 데뷔했잖아요. '나를 돌아봐' '우리는' 등 히트곡도 많았지요. 듀스 해체 후에 1995년에 솔로 전향하고 나서 바로 그런 일이 있었거든요.

김작가 가수로서 꽃이 한창 필 때 져버리게 된 거죠. 그 죽음은 아직도 미스터리인 거죠?

지상렬 당시 김성재 팔에 주삿바늘 자국이 있었고 동물 마취제 논란도 있었고 여러 얘기가 있었지만, 이런 말들이 불편할 사람들도 있을 수 있으니까요. 미스테이크건 미스터리건 김성재가 떠났다는 사실 자체가 슬픈 거니까요.

김작가 네, '현진영과 와와' 2기 이현도, 김성재에서 '듀스'로, '듀스'에서 솔로 김성재로 데뷔하던 날, 1995년 SBS 〈생방송 TV 가요 20〉무대를 마지막으로 김성재는 삶의 무대에서도 영원히 떠났어요. 지금도 그리워하는 팬들이 많은데 다시 생각해도 참 안타까운 죽음이었어요.

지상렬 아름다운 청년의 안타까운 죽음이었죠. 그리고 1995년에 빼놓을 수 없는 것이 또 있어요. SBS가 개국 초기 사활을 걸고 만든 드라마가 시작됩니다. 이 드라마를 떠올리면 이 음악이 먼저 흘러나옵니다. 러시아 가수 '이오시프 코브존Losif Kobzon'의 '백학', 이 음악도 모르는 사람이 없었죠. 드라마 〈모래시계〉도 모르는 사람이 없지 않을까 해요.

김작가 대단한 드라마였는데 요즘 세대는 또 잘 모를 수 있으니까 간추려서 〈모래시계〉 설명을 한 번 해주시죠.

지상렬 일단 제 생각에는 우리 조카들이라던지 아직 10대나 20대 초반인 젊은 청춘들이 '〈모래시계〉를 보면 우리나라의 현대사는 마스터를 하는 거다' 그렇게 생각해요. 1979년 박정희 정권 때 10. 26이나 신군부의 12. 12 그리고 5. 18과 삼청교육대까지 그 당시에 있었던 역사적 사건들을 다 볼 수 있는 드라마거든요. 그리고 인간사에서 볼 수 있는 사랑과 우정, 야망과 탐욕, 배신과 허무 이 모든 게 〈모래시계〉에 다 있다고 보면 됩니다. MBC 〈여명의 눈동자〉로도 유명한 김종학 감독과 송지나 작가가 함께 작업을 했어요. 〈모래시계〉 하는 시간에는 길거리에 사람이 없다고 해서 '귀가 시계'라고 할 정도로 인기가 많았었죠. 총 24부작이었는데, 당시에 편성을 특이하게 해서 주말 드라마도 아니고 월화 미니시리즈도 아니고 일주일에 네 번을 방송했었거든요. 그때 상렬이가 한가한 인생을 살 때라서 월, 화, 수, 목 본방 보고 재방까지 보고 나면 일주일이 지나던 그런 시절이었습니다. (웃음)

김작가 〈모래시계〉 덕분에 정동진과 검도 도장에 사람이 많이 간다는 말이 당시에 있었어요. 최민수가 조폭 박태수, 박상원이 강우석 검사 역이었고요. 마지막 장면은 정말 국민 누구나 알고 있는 명장면, 명대사가 탄생합니다.

지상렬 "나 떨고 있니?" 최민수 형님 카리스마 정말 쩔었습니다. 친구인 강우석 검사에게 조폭 박태수가 그러잖아요. "여기까지 오게 해서 미안하다. 나 떨고 있니?" 최민수 형님이 사형판결을 받고 이 대사를 할 때 시청률 74%를 찍었습니다. 전무후무한 시청률입니다.

김작가 이정재는 신인이어서 대사는 많이 없었대요. 과묵한 보디가드로 설정을 한 게 그런 이유도 있었다고 해요. 전에는 이정재라는 배우를 보면 연기보다는 몸이 먼저 보이는 배우라고 생각했었는데 〈오징어 게임〉도 그렇고 언제부터인가 몸보다는 연기가 보이더라고요.

지상렬 연출이나 극본도 그렇지만 연기자 조합도 기가 막혔던 것 같아요. 박상원 형님이 조폭 박태수를 했다거나 최민수 형님이 강우석 검사를 하고 보디가드 이정재가 수다쟁이였다고 생각해보세요. 그리고 특히 음악 '백학'이 너무 잘 어울렸어요. OST가 다 좋았지만 화면에 〈모래시계〉 타이틀이 올라올 때 나온 메인 타이틀곡은 지금 들어도 소름이죠, 형님.

김작가 〈모래시계〉 24부작을 24분만에 다 본 것 같네요. 지금도 생각이 나는 걸 보면 참 좋은 드라마였다는 생각이 들어요. 그리고 1995년은 광복 50주년이 되는 해였어요. 일제 청산 차원에서 식민지 시대의 명칭인 국민학교를 초등학교로 바꾼 것도 1995년 일이었죠.

지상렬 그리고 또 김영삼 정부 때 일본총리가 독도문제로 망언을 한 적이 있어요. 그때 김영삼 대통령이 일본에서 망언을 자꾸 하면 '버르장머리'를 고쳐주겠다고 사이다 발언을 했었죠. 그래서 그 당시에 전국의 미용실 간판에 '버르장머리'라고 간판을 단 미용실들이 많았어요.

김작가 (웃음) 진짜인 거죠? 그럴 듯하긴 합니다만.

지상렬 버르장머리 좀 있는 상렬이가 없는 말은 안하잖아요. 그 당시에 '버르장머리' 미용실이 전국에 많았었어요. (웃음)

1996 서태지와 아이들 지상렬과

김작가 1996년은 다행스럽게도 성수대교나 삼풍백화점이나 항공기나 선박사고 같은 대형사고가 하나도 없던 해였고 대체로 평범한 한 해였어요. 지상렬의 인생에서 매우 특별한 해였죠. 지상렬이 SBS 5기 공채 개그맨으로 공식 데뷔를 하게 됩니다. 축하합니다. (웃음) 지상렬이 데뷔하자마자 서태지와 아이들이 돌연 은퇴를 선언한 해이기도 하고요.

지상렬 저도 깜짝 놀랐습니다. SBS에 합격한 것도 깜짝 놀랐고, 서태지와 아이들이 은퇴를 한다 해서 또 한 번 깜짝 놀랐습니다. 생각보다 활동기간이 짧았어요. 1992년에 1집 '난 알아요'를 발표하고 1996년까지 4년 정도 활동을 했어요. 기간은 짧았지만 서태지와 아이들이 대중음악이나 문화 전반에 끼친 영향력은 대단했었죠. 지금의 BTS라고 봐도 무방하죠. 짧지만 굵게 활동했던 서태지와 아이들이 은퇴하고 나서 대한민국 대표 아이돌 그룹으로 성장하는 H.O.T가 나타났어요. 나타나자마자 '전사의 후예'로 주목을 받기 시작하고 '캔디'로 초대박을 치면서 H.O.T의 전성기가 시작되었죠. 그리고 지상렬과 이태원 문나이트의 멤버였던 구준엽과 강원래가 '클론'을 결성해 나타난 해이기도 하구요. 1996년엔 어딜가나 이 노래가 들렸어요. '쿵따리 샤바라'

김작가 들으면 기분 좋아지는 노래입니다. 쿵따리 샤바라, 그 당시 분위기가 생각나네요, 드디어 SBS에 입성하게 된 개그맨 지상렬 씨! 그때로 돌아가서 소감 한마디 해보시죠.

지상렬 그때가 일곱 번 떨어지고 여덟 번째 붙었을 때였어요. 그야말로 7전 8기였는데요. 그때는 나이도 스물일곱 살이나 되었고 좀 덤덤했어요. 우리 형님 두 분 모두 대기업에 다니고 있었는데 우리 막내도 대기업에 취직했다고 어머님께서 기뻐하시더라고요. 양복을 입고 출근할 줄 아셨나 봐요. (웃음)

김작가 만약 이때도 합격 못 했다면 다시 도전했을까요? 나이도 적지 않은 나이였고요.

지상렬 이제 마지막이라고 생각하고 시험을 봤거든요. 나이는 먹어가는데 전기세, 수도세 내고 살아야 하잖아요. 그래서 아르바이트로 DJ도 하고 그렇게 지냈는데 또 떨어졌다면 기술을 배우든 자격증을 따든, 다른 직업을 가질 수 있었겠지만, 어느 계기로든 간에 다시 마이크를 잡는 직업으로 복귀하지 않았을까 저는 그런 생각이 들더라고요. 마이크를 잡고 "계란이 왔어요, 계란이 왔어요" 계란 장사를 하다가 언젠가는 지금이 자리로 오지 않았을까 그런 생각이 들어요. 운명은 앞에서 오는 돌멩이라 피할 수도 있지만, 숙명은 뒤에서 날아오는 돌멩이라 피할 수 없다는 말이 있잖아요. 상렬이에게 방송은 숙명적이었나 보다 그런 생각이 들어요. 대한민국에서 개그맨으로 산다는 건 어떤 직업도 다 할 수 있을 정도로 힘든 직업 중 하나인데, 저는 워낙 낙천적이고 인생 자체가 괜찮았다고 생각해요. 제 인생을 야구선수로 비유하자면 홈런을 많이 치거나 타율이 좋은 야구선수는 아니지만 수비 잘하고, 타율도 나쁘지 않아서 감독이 봤을 때는 그냥 계속 같이 가는 2루수 정도가 아닌가 하는 그런 생각이 들어요.

김작가 '인생의 2루수'라는 표현은 참 겸손하지만 멋진 표현이네요. 누구나 인생의 마운드에서 강속구나 변화구를 자유자재로 던질 줄 아는 투수로 살기를 희망할 텐데 인생의 2루수라는 표현은 참 지상렬답고 멋지네요. 개그맨이 되고 주목받기 시작한 것이 내 기억으로는 묵찌빠 개그였던 것 같아요. "묵찌빠 묵찌빠 묵은 엄정화~ 몰라 알 수가 없어" 그 멘트가 기억이 나요.

지상렬 그게 제가 만든 게 아니고 제 조카가 초등학생 때였는데, 개그맨 삼촌이 하도 못 웃기니까 당시에 유행하던 게임에다 말을 덧붙여서 자기가 만들었다고 따라 해보라고 만들어준 거예요. 조카가 만들어준 묵찌빠에 연기만 한 건데, 그 조카가 커서 예능 작가가 됐잖아요. 예능 작가 지승아가 조카인데 이제는 지승아 작가도 애 엄마가 될 정도로 세월이 지났어요. (웃음)

김작가 조카에게 고마워해야겠어요. 아무튼 묵찌빠와 '클놈'으로 무명의 그늘은 벗어나기 시작했잖아요.

지상렬 맞습니다. 제가 남희석 선배 다음으로 조카를 은인으로 생각하고 있어요. 제가 어느 날 일 마치고 어느 클럽에 갔는데 남희석 선배가 당시에 SBS 〈좋은 친구들〉로 인기가 많았을 때예요. 근데 담당 PD랑 와 있는 거예요. 남희석 선배가 PD한테 "상렬이 형 내가 좋아하는 형인데 형한테 기회를 한 번 줬으면 좋겠다" 그렇게 말을 해준 거죠. 그래서 그 자리에서 웨이터 옷 입고 개인기 보여드렸더니 담당 PD가 뭐 이런 놈이 있나 하는 표정을 짓더라고요. (웃음) 그래서 제가 PD에게 솔직하게 이야기했어요. "저는 아무 인맥도 없고 나이는 있고 최선 다해서 열심히 할 뿐입니다" 그랬는데 그 말 한마디가 PD에게 마음으로 전해진 거죠.

김작가 남희석 씨가 제대로 다리를 놔줬네요. 그래서 SBS 〈좋은 친구들〉에서 한 코너를 하게 된 건가요?

지상렬 아무래도 신인이 코너에 쑥 들어갈 수는 없고 프로그램이 끝나고 스텝 스크롤이 올라갈 때 1분 30초의 기회를 주신 거죠. 그때 염경환과 함께 클론을 패러디해서 클놈을 짜게 된 거죠.

김작가 개그맨으로서 처음 받은 기회의 시간이 1분 30초였고 그 1분 30초를 한 시간 30분의 효과가 나도록 잘 활용을 했네요. 언젠가 저한테 남희석 씨가 그러던데, 상렬이 형 간에 2억은 박은 것 같다고. (웃음) 그건 무슨 말인가요?

지상렬 상렬이가 개그맨 생활하면서 남희석 선배한테 항상 감사한 게 나이는 제가 한 살이 많지만 저한테는 큰 버팀목이 되어주었거든요. 신인들은 누구나 외롭고 쓸쓸한데 그럴 때 불러내서 술 한 잔 사주고 좋은 안주 사주고 좋은 얘기 해주고 그게 선배인데, 남희석 선배가 그런 역할을 했었죠. 저도 작년에 남 선배랑 우연히 송도에서 만나서 술 한 잔 했는데, 상렬이 형 간에다 2억을 꽂았다고 그때 그 얘길 하더라고요. '아! 앞으로 갚아야 할 게 많구나' 그런 생각이 들었죠. (웃음)

김작가 지상렬에게 남희석이란? 뭐라고 대답할 수 있을까요?

지상렬 상렬이가 유기견인데 유기견을 데려다가 씻기고 재우고 맛있는 사료도 주고, 어디는 가고 어디는 가지 말아라, 인생의 내비게이션이 되어준 선배죠. 그 유기견이 이제는 제법 잘 짖기도 하고 윤기도 나고 그러잖아요.

김작가 지상렬이 신세를 입고 은혜를 입은 걸 잊지 않는 것만으로도 벌써 명견이 된 거죠. 데뷔전이나 후에도 술은 참 많이 마셨는데 지상렬에게 술이란 무엇인가요?

지상렬 술에 대한 정의를 내릴 수 없지만 술을 마시고 실수하지 않으면 누구나 술 마실 자격이 있다고 생각해요. 형님도 그렇고 술 좋아하는 사람이 제 주변에 많은데 한결같이 사람들이 악의가 없어요. 오로지 술로 가거든요. 술을 마시다 보면 누구를 해코지 할 시간도 없고 기운도 없어요. 두 살짜리가 와서 때려도 맞기만 하지 건들지 못해요.

김작가 술 마실 때 스스로 정해놓은 규칙 같은 게 있나요?

지상렬 규칙이라고 하긴 그렇지만 정해놓은 룰이 세 개 정도는 있어요. 첫째는 혼자 마시는 술을 안 해요. 집에서 치킨 시켜서 맥주 한 잔하고 그런 걸 안 해봤어요. 술은 여러 사람과 대화하면서 사람과 마시는 거지, 혼자 마시는 게 아니다 그런 생각이 있고요, 둘째는 결혼한 집에 가서 마시는 건 안 해요. 결혼해서 둘이 잘 살고 있는데 혼자 가서 술상 받는 일은 차라리 사약을 받으면 받았지 못 하겠더라고요.

김작가 방송으로 본 적이 있는데 개그맨 김경진 씨 집에 놀러 간 게 나오던데 아주 어색해하더라고요. 친한 사이인데도 어색한가요?

지상렬 결혼 전에는 경진이랑 부인 전수민 씨랑 셋이 같이 다니면서 술도 마시고 그랬는데, 결혼을 하고 나서 집에서 마시니까 어색해요. 그리고 결혼한 집엔 안 가는 게 예의인 것 같아요. 같이 술을 마시던 후배가 결혼하면 '아! 군대에 갔구나, 언젠가 휴가도 나오겠지' 그렇게 생각하고 철벽을 딱 쳐요.

김작가 (웃음) 결혼인데 군대로 보내버리네요. 세 번째 룰은 뭔가요?

지상렬 저는 술맛을 모르고 술을 마셔요. 술을 마시면서 '아! 술이 맛있구나' 그렇게 생각한 적이 한 번도 없는 것 같아요. 그래서 양재진 의사 선생님이 저한테 그런 말 하더라고요. 상렬이 형 같은 음주자는 마음만 먹으면 술을 끊는다는 거예요. 이런 유형이 알코올에 의한 알코올 의존증은 아니란 거죠. 그런데 저는 담배도 안 피는데 술을 끊을 생각은 없어요. 대신에 뭐가 있냐면 술은 안 막지만 사람은 막는 경우가 있어요. 아무리 산해진미를 쌓아놓은 술자리라도 앞에 앉은 사람과 온도나 색깔이 안 맞는 자리면 잔을 들지 않아요. 제가 술을 마시고 사고가 없었던 것도 좋은 사람들과 마셨기 때문이 아닌가 그런 생각이 들어요.

김작가 아까 말한 인생의 2루수도 그렇고 술에 대한 룰도 그렇고 지상렬이 대충대충 하는 것 같지만 정리정돈이 잘 되어 있는 사람이구나, 그런 생각이 들어요.

지상렬 아닙니다. 정리정돈을 잘하는 건 아니고요, 몰아서 환경미화 한 번씩 하는 거예요. 내 인생의 장학사가 언제 올지 모른다 그런 생각인 거죠. 학교에 다닐 때 장학사 시찰 온다 하면 갑자기 난리가 났었잖아요. 제 인생에 그런 호들갑은 없었으면 하는 바람으로 살아요. 형님.

김작가 중학교 때 월미도에서 점을 봐준 아저씨가 대기만성형이라고 했다고 했잖아요. 그게 맞는 것 같다는 생각이 들지 않나요?

지상렬 얼마 전에 기자 분이랑 인터뷰를 한 적이 있는데, 그동안 방송에서 단순하고 격한 이미지가 많았는데 그런 이미지로 손해 본 것 많지 않냐고 물어보시더라고요. 그래서 그랬어요. 그것도 나의 이미지다, 그런데 사람이 단순하고 과격하기만 하겠느냐, 내 안에는 시인도 살고 있고, 부처님도 살고 있고, 소녀도 살고 있고, 노인도 살고 있다. 그런 이미지들이 하나씩 나올 것이다. 그래야 지루하지 않을 것 같다. 그런 얘길 한 적이 있어요.

김작가 시간이 지나면 말하지 않아도 다 알 수 있는 것이고, 이제부터는 서서히 지상렬의 다양한 모습이 보이는 것 같아요.

지상렬 저는 그냥 살던 데로 살았거든요. 봐주는 건 내가 아니고 남이 보는거잖아요. 어릴 때 아버지가 말씀하신 것처럼 늦게 가더라도 남의 꺼 뺏어 먹지 말고 새치기 하지 말고 거짓말 하지 말자. 덧셈 뺄셈밖에 못 하는데 삼각함수 흉내 내다가는 망신당하거든요. 저는 그렇게 사는 게 바르다고 생각하니까요.

김작가 손목에 차고 있는 시계도 아버님 유품인데 아버님이 상렬 씨에게 주고 가신 정신적 유산도 많으신 것 같아요.

지상렬 얼마 전에 SBS 공채 5기 친구들을 만났는데 시계를 보더니 그 시계 아직도 차고 다니느냐고 깜짝 놀라더라고요. 제가 아버지께 물려받은 건 제 인생의 전부를 물려받았다 해도 과언이 아니에요. 반려동물 좋아하는 것도 그대로 물려받았고요, 인천에서 태어나서 자연스럽게 아버지 따라서 바다낚시를 하게 됐고. 낚시를 하러 가면 낚시만 하는 게 아니잖아요. 이런저런 대화를 나누면서 교과서에 없는 것들도 배우게 되고 그랬던 거죠.

김작가 지상렬은 27세 데뷔 이후에 언제가 제일 좋았나요? 인생의 화양연화라고 한다면?

지상렬 지금이에요. 언제나 지금이고요. 시간이 지날수록 하루하루가 더 좋아요. 인기와는 큰 상관이 없어요. 인기라는 단어가 저하고 좀 안 맞는 것 같기도 하고요. 인기가 있든 없든 지금 잘살자, 내일을 생각하면서 살면 삶에 얼마나 지혜가 생길지 모르겠지만 저는 오히려 '내일을 생각하다가 어긋나는 게 아닌가, 인생을 헛디디는 게 아닌가' 라는 생각을 해요. 내가 무슨 치약을 써야지, 클렌징은 몇 시에 해야지 그런 계획들을 세우지 않아요. 그게 맞는 사람들도 있겠죠. 그런데 저는 내일 걱정을 하면서 사는 것이 오히려 욕심이 아닌가 그런 생각을 해요.

김작가 장학사 시찰이 언제 올지 모를 인생입니다. '장학사 온다는 말 듣고 나서 정신없이 환경미화 하려고 하지 말고 평소에 그때그때 정리정돈하면서 살자' 그런 내용 같네요. (웃음) 아무튼 SBS 공채 5기 개그맨이 된 1996년, 다시 한 번 축하합니다. (웃음)

1997

멀고 험해도 우리 나갈 길

김작가 1997년을 떠올리면 너무나 아픈 기억이 있는 분들 많을 것 같아요. 사상 최악의 경제 위기 IMF가 시작된 해죠. IMF 때 도산해서 아직까지도 회생이 안 된 분들이 제 주변에도 많아요. 김영삼 대통령이 특별담화 방송했던 것도 생각이 나요. 그때는 전 국민의 피부에 와 닿을 정도의 경제위기였어요.

지상렬 저는 완전 신인 때라서 지명도가 없으니까 야간업소 일도 가뭄에 콩 나듯 했었는데, 그나마 일이 뚝 끊어졌어요. 특히 음반계가 힘들었던 기억이 나요. 대형 기획사인 SM이나 YG 같은 기업은 위기를 잘 넘기고 최고 기획사가 되었지만, 1980년대부터 잘 나가던 동아기획이라던가 월드뮤직 같은 제작사들이 IMF때 문을 많이 닫았거든요. 1990년대는 음반 시장이 좋았는데 1997년 IMF가 시작되면서부터 시장에 돈이 안 도니까 음반 제작이 어려워졌잖아요. 그래서 그때는 테이프 하나에 이런 저런 인기곡들을 모아서 싸게 판매하는 메들리 시리즈가 유행하기도 했어요. '뽕짝 메들리'라거나 '가요 베스트 메들리'라거나 그런 테이프들이 많았었죠. 그리고 또 IMF 하면 떠오르는 게 '아나바다 운동'이라고 있었어요. '아껴 쓰고, 나눠 쓰고, 바꿔 쓰고, 다시 쓰자' 아나바다 운동이 생각납니다. 무엇보다도 우리 국민이 대단했던 게 금 모으기 운동을 했었잖아요. 애기 돌 반지, 결혼 반지, 패물 같은 개인의 추억과 역사가 묻어 있는 금을 기꺼이 내놓는 걸 보고 세계에서 깜짝 놀랐죠. 가수 김건모 형님도 그때 가수왕 트로피에 박혀 있던 금을 다 떼서 금 모으기에 동참했어요. 그때 기부한 금이 182돈이라고 해요. 그때 시세로 3천만 원 정도하는 금이었는데, 그 당시에 기부 방식이 금을 나중에 돌려받는 쪽과 헌납하는 쪽, 두 가지 방식이었대요. 건모 형님은 나중에 돌려받는 쪽으로 계획을 잡고 갔는데, 금 모으기 현장에 가보니까 카메라가 너무 많이 와 있더란 거예요. 그래서 결국 헌납하는 쪽으로 급히 계획을 바꿨다고 하더라고요. (웃음)

김작가 (웃음) 언제나 솔직한 김건모 씨네요. 그때 경제가 얼마나 절박했냐면, 엘리베이터에 닫힘 버튼을 막아놓는 건물이 많았어요. 엘리베이터 문이 닫힐 때까지 15초를 기다리면 15원이 절약된다고 그랬거든요.

지상렬 물 절약한다고 변기 물통에 벽돌 넣던 때가 IMF때입니다. IMF 때 직장을 잃어서 회사 대신 산으로 출근하는 가장들이 많았어요. 가족들에게 말도 못하고 출근 차림으로 나와서 산으로 가는 거죠. 차 트렁크에 등산화 넣고 다니는 가장들이 많았던 시절이에요. 그때 국민이 우울한 시대이긴 했지만, 기분 좋은 뉴스도 있었어요. 한국인 최초의 메이저리거 코리안 특급 박찬호 선수가 1997년 첫 풀타임 선발 투수로 활약하면서 14승 8패를 했을 때 우울한 시기에 우리에게 즐거움을 줬었죠. 그리고 박세리 선수가 양말 벗었을 때도 IMF 때예요. 박세리 선수가 스무살 때 미국 LPGA를 평정하면서 제2의 타이거 우즈라고 할 때였죠. 국민들이 골프는 잘 모르던 때인데 박세리 선수 때문에 신났었거든요. US오픈 연장 라운드 18번 홀에서 박세리 선수가 신발과 양말을 벗고 물에 들어가서 골프채를 휘두르는 장면이 국민들에게 IMF 시절의 멋진 한 장면으로 남아 있잖아요. 그때 그 경기 장면을 그대로 보여주면서 양희은 누님의 상록수를 깔아서 공익 광고로 썼던 영상도 감동적이었어요. "저들에 푸르른 솔잎을 보라-, 우리 나갈 길 멀고 험해도 깨치고 나아가 끝내 이기리라!" IMF 때 정말 힘이 나는 공익 광고였어요. 마지막 자막에 '다시 뛰는 한국인' 딱 박히고 감동적이었죠.

김작가 IMF 시절에 박찬호 선수, 박세리 선수가 국민들에게 뜨거운 관심을 받았는데, 주목을 받았던 인물이 또 있습니다. 신출귀몰하는 도주행각을 벌인 탈옥사건의 주인공 신창원이 있었죠.

지상렬 아! 신창원 사건이 이때군요. 신창원 탈옥사건도 전 국민의 관심을 끌었었죠. 영화 〈쇼생크 탈출〉 같은 탈옥이었어요. 화장실 환풍구를 통해서 탈옥했는데 좁은 환풍구를 통과하기 위해서 체중을 20kg이나 감량을 했다고 해서 깜짝 놀랬었죠. 신창원이 검거되는 장면이 뉴스마다 나왔던 것도 생각나는데, 그때 검거될 때 입었던 티셔츠가 '신창원 티셔츠'라고 해서 열풍이 불기도 했던 기억이 나네요. 신창원이 검거될 당시에 입었던 무지개 티셔츠는 이태리 명품 브랜드 미쏘니Missoni 제품 디자인인데, 정품은 아니고 남대문에서 5천 원 주고 샀다고 해요. 암튼 그 뒤로 남대문에서 없어서 못 팔 정도로 완판을 했었죠. 화장실로 탈출을 했다니까 생각나는 일이 있어요. 상렬이가 계속해서 개그맨 시험에 떨어지니까 이러느니 어디 직장이라도 다녀야겠다는 생각으로 이력서 한 장을 써서 항상 안주머니에 넣고 다녔는데, 어느 해인가 개그맨 시험에 최종까지 갔는데 또 떨어진 거죠. 준비하는데 1년을 보냈는데 얼마나 화가 났겠어요. 그래서 친구랑 차비까지 다 털어서 소주 마시고, 맥주 마시고 별 거 별 거 다 마시고 집까지 걸어가는데, 갑자기 설사 신호가 오는 거예요. (웃음) 그때만 해도 인천의 남동구 쪽은 전부 논밭이었거든요. 어쩔 수 없이 급하고 깜깜하니까 아무데나 앉아서 볼일을 보고 뒷정리를 하려는데 헉! 휴지가 없는 거예요.

김작가 (웃음) 우려하던 게 현실이 되었네요. 이력서의 용도가 확실해진 거죠.

지상렬 이력서에 붙어 있던 명함사진을 침 발라가면서 떼어내고 이력서로 뒷정리를 하고 집에 왔는데, 다음날 어머니께서 전화를 받으시는데 "죄송합니다, 아이구 잘못했습니다" 이러시는 거예요. 저희 어머니가 어디 가셔서 실수하실 분이 아니시고 누구에게 폐 끼치시는 분도 아니시거든요. 무슨 일인가 했더니 밭주인이 전화를 한 거죠. 이력서에 있는 집 전화번호를 보고 전화하셔서 밭이 엉망이 되었다고…. (웃음) 그 뒤로 이력서 쓴 적도 없고 밭에 앉아 본 적도 없어요.

김작가 젊은 시절에 있을 수 있는 추억이죠. 지난 일들을 웃으면서 이야기할 수 있다는 건 참 좋은 것 같아요. 1997년은 IMF가 시작된 해이기도 하고, 본격적인 아이돌 시대가 시작된 시기예요. 아이돌 시대가 열리면서 아이돌 그룹의 라이벌 시대도 함께 시작됐죠. H.O.T와 젝스키스 그리고 S.E.S와 핑클이 대표적인 라이벌이었던 것 같아요. 그때부터 팬들도 라이벌 의식이 있었던 것 같고요.

지상렬 라이벌이 있어서 스트레스를 받는 건 사실이지만 서로 발전하는 원동력이 되기도 하고 긴장감을 유지하고 실력을 쌓는 계기가 되기도 할 것 같아요. 피겨 여왕 김연아 선수도 일본의 '아사다 마오'라는 라이벌이 있었기 때문에 서로 자극제가 되었을 것 같아요. 물론 피곤하긴 하지만요. (웃음) 적당한 스트레스는 도움이 되지만 항상 경쟁해야 하고 항상 비교해야 한다면 아무리 자기 계발과 발전이 된다고 해도 못 살 것 같아요. 라이벌이나 경쟁의 대상을 남보다는 나로 정해 놓는 게 정신건강과 행복을 위해서 더 좋을 것 같다는 생각이 드네요. 상렬이의 라이벌은 상렬이거든요. (웃음)

1998
8월의 크리스마스
타이타닉과

김작가 1998년은 김영삼 문민정부가 끝나고 김대중 국민정부가 시작된 해이고, IMF의 여파로 이런 단어들이 난무하던 해입니다. 기업도산, 구조조정, 대량해고, 퇴출과 인수합병, 부채와 해체. 듣기만 해도 가슴이 무거운 단어들인데 이때는 TV를 켜거나 신문만 펴면 매일 이런 단어들이 쏟아졌어요. 그 와중에 15대 김대중 대통령이 취임을 합니다. 취임사에서 '햇볕정책'을 발표하고 남북 간의 긴장이 완화된 분위기라서 현대그룹 정주영 회장이 소떼를 몰고 민간인 최초로 판문점을 넘어서 방북을 했고, 금강산 관광이 시작된 해이기도 하죠.

지상렬 1998년 영화계에서는 가슴 시린 로맨스의 열풍이 불었어요. 아카데미 역사상 최다 11개 부문을 석권한 영화가 지금까지 세편이에요.

〈벤허〉, 〈반지의 제왕 : 왕의귀환〉도 아카데미상 총 11개 부문을 수상했는데, 〈벤허〉에 이어 40여 년만에 11개 부문에서 아카데미상을 수상한 〈타이타닉〉이 우리나라에서 개봉을 했죠. 〈타이타닉〉이 북대서양에서 실제로 있었던 침몰사고를 바탕으로 만든 영화였잖아요. 〈타이타닉〉이 대단했지만 저는 우리영화 한석규 형님과 저희 집안 형님 지상욱 형님과 결혼한 심은하 형수님이 주연했던 〈8월의 크리스마스〉도 정말 좋았습니다. 한국형 멜로의 지평을 열었다는 평가를 받았던 〈8월의 크리스마스〉가 이때 개봉을 했었죠.

김작가 아! 〈타이타닉〉과 〈8월의 크리스마스〉는 몇 번을 봐도 그때마다 새롭고 좋더라고요.

지상렬 〈와이키키 브라더스〉 좋아하는 것도 상렬이랑 같고, 형님 감수성이 저랑 비슷해요. (웃음) 그리고 가요계는 1998년에 핑클이 데뷔를 해서 S.E.S와 핑클, H.O.T와 젝스키스의 아이돌 대결 구도가 뜨거워지기 시작했죠. 그리고 이수만 형님의 SM은 H.O.T, S.E.S에 이어서 6인조 보이그룹 신화를 데뷔시키고 1집부터 좋은 평가를 받았어요. 그 때문에 SM이 국내 최고 기획사로 자리를 굳히게 됩니다.

김작가 1998년이 영화계나 가요계 쪽으로는 무척 풍성하고 축복받은 해였던 것 같네요. 전설의 시작 같은 느낌입니다.

지상렬 1998년은 가슴 아픈 얘기와 가슴 시린 얘기가 있어요. IMF는 가슴 아픈 얘기고 〈타이타닉〉은 가슴 시린 얘기인데요, 가슴시린 〈타이타닉〉부터 얘길해 보도록 하지요.

김작가 타이타닉이 침몰한 장소가 북대서양인데 빙하와 충돌해서 침몰을 했잖아요. 침몰 당시에 해수면 온도가 무척 차가워서 당시 사망한 승객들이 거의 다 북대서양 영하의 바닷물에서 저체온증으로 사망을 하게 되죠. 영화에서도 그런 장면이 나와요.

지상렬 신기하고 신비로운 건요, 침몰된 타이타닉호가 지금도 대서양 해저에 침몰 당시 모습으로 100년 넘게 남아 있어요. 침몰한 타이타닉 호 선체를 인양하거나 사고 당시 희생자들의 유물을 인양하자는 의견들도 계속 나오고 있는데, 워낙 깊은 심해에 있어서 현대 기술로는 인양이 불가능하고, 유물을 건져 올리는 것도 유족들이 반대를 하고 있어서 쉽지 않다고 해요. 왜냐면 그곳에서 백 년 넘게 잠들어 있는 희생자가 1천 5백여 명이라고 하는데, 타이타닉호가 그분들의 공동묘지인 셈이잖아요. 우리도 조상님 묘를 훼손하면 큰일 날 일이라고 생각하듯이 유가족들도 희생자분들이 심해 공동묘지에서 편안히 잠들어 있기를 희망한다고 해요. 타이타닉 호를 이렇게 경건하게 생각하는데 우리는 왜 그리 타이타닉 주를 마셨나 모르겠어요. (웃음) 맥주잔에 소주잔을 넣어서 한 방울씩 따르고, 소주잔이 침몰하면 원 샷이거든요. 앞으로는 타이타닉 주를 마시더라도 경건한 마음으로 마셔야겠다는 생각이 드네요.

김작가 타이타닉이 5만 톤급 선박이었어요. 우리나라에서 최초로 26만 톤급 유조선을 만든 사람이 현대조선소를 세운 정주영 회장인데, 정주영 회장이 민간인 최초로 소떼 1,001마리를 몰고 휴전선을 넘어 갔던 해도 1998년이죠.

지상렬 정주영 회장님도 상렬이 고향 인천과 인연이 있는 분이세요. 아버지가 소를 판 돈 70원을 훔쳐서 가출을 했는데, 그때 인천으로 내려와서 인천항 부두 노동자로 첫 사회생활을 시작했거든요. 그때 인천항에 정박해 있던 대형 선박들을 보면서 조선소를 생각했을 수도 있죠. 인천과 관련된 건 무엇이든 상렬이가 그냥 넘어가는 일이 없어요. (웃음)

정주영 회장이 유조선을 수주를 받을 때 에피소드가 있어요, 지금은 500원이 동전이지만 옛날에는 500원 짜리가 지폐였잖아요. 500원 지폐의 앞면에는 국보 1호 숭례문이, 뒷면에는 거북선이 그려져 있었는데 정주영 회장이 영국의 조선소에 갔을 때 지폐를 꺼내 거북선을 보여주면서, 한국은 영국보다 앞서 이 철선을 만들어서 일본의 군함과 싸워 이긴 역사가 있다고 설득해서 유조선 두 척을 수주받았다고 해요. 그게 현대조선이 최초로 만든 유조선인 거죠. 그때는 우리나라에 조선소도 없던 시대인데 그야말로 맨땅에 헤딩하던 시절이거든요. 아버지가 소 파신 돈 70원을 들고 가출했던 소년 정주영이 대한민국 최고의 기업인이 되어서 소 1,001마리를 끌고 휴전선을 넘어갔던 것도 참 멋지고 대단한 것 같아요. 가출할 당시에 소 한 마리가 70원이었다는데, 소 1,001마리를 끌고 갔다는 건 소 한 마리 원금에 이자로 천 마리를 쳐서 갚은 거거든요.

김작가 영화 타이타닉 얘기를 하다가 유조선으로 빠져서 정주영 회장 얘기까지 왔는데, 다시 영화 얘기로 돌아가보죠. 〈타이타닉〉도 〈8월의 크리스마스〉도 둘 다 좋은 영화인데 지상렬에게 좋은 영화란 어떤 영화인가요?

지상렬 좋은 영화는 좋은 술이랑 같다고 보면 되죠. 좋은 술은 목 넘김이 부드럽고 향이 깊고 뒤끝이 없어요. 좋은 술은 입술에 댔는데 어느새 입안으로 들어가서 자연스럽게 식도를 타고 내려가거든요. 거부감이 없어요. 좋은 영화가 그래요. 시작하자마자 어느새 가슴을 타고 자연스럽게 장면이 넘어가서 언제 끝났는지 모르게 끝이나요. 그리고 뒤가 깨끗해요. 카타르시스를 느끼느냐 스트레스를 느끼느냐 인데, 좋은 영화와 좋은 술은 그야말로 카타르시스죠.

김작가 모든 정리가 술로 되네요. (웃음) 〈8월의 크리스마스〉 하면 생각나는 장면은 어떤 장면인가요?

지상렬 심은하 형수님이 주차 단속원 '다림'이로 나오잖아요. 저는 그 멘트가 기억나요. "아저씨는 왜 나만 보면 웃어요?" 아저씨가 한석규 형님이었는데 그 말이 그렇게 공감이 가더라고요. 바라보면 그냥 웃음이 나는 그런 사람이 있거든요. '다시 보고 싶은 명작'으로 손꼽히기도 하는 영화인데 몇 번을 봐도 질리지 않더라고요. 그리고 저는 마지막 장면이 슬펐어요. 한석규 형님이 담담한 표정으로 혼자서 자신의 영정 사진을 찍는 장면인데요, 표정이 너무 담담해서 오히려 슬프더라고요. 여러 사람들이 성대모사도 많이 하지만, 한석규 형님 목소리가 예술이잖아요. 그 목소리로 내레이션 하면서 끝나는데 그것도 기억에 오래남고요.

김작가 저도 그 장면이 좋아서 기억에 남아 있어요. "내 기억 속에 무수한 사진들처럼, 사랑도 언젠가 추억으로 그친다는 걸 난 알고 있었습니다. 사랑을 간직한 채 떠날 수 있게 해준 당신께 고맙다는 말을 남깁니다" 아! 갑자기 술이 땡기네요. (웃음) 지상렬의 20대는 사랑과 일의 비중은 어땠나요?

지상렬 그때는 사랑보다는 일이 먼저였던 것 같아요. 지금도 마찬가지인데, 일과 사랑을 따지자면 저는 지금도 일이예요. 코인을 많이 벌고, 이런 것이 중요한 게 아니에요. 주관적인 생각이지만 '남자는 일단 갈 곳이 있어야 된다'는 생각이거든요. 산도 한두 번 타야지 내가 엄홍길도 아니고 매일 산만 타냐고요. 엄홍길 형님은 산을 타면 여기저기서 코인들이 나오잖아요. 그런데 코인이 안 나오는데 매일 산만 타고 다닐 수는 없거든요. (웃음)

김작가 20대 때도 그렇고 50대인 지금도 지상렬은 사랑보다는 일이 우선인가요?

지상렬 사람은 안 변하더라고요. 오른손잡이로 태어났으면 오른손 잘 쓰고 살아야지 왼손까지 쓸려다가는 한방 맞고 간다니까요. 태어날 때 부모님이 그렇게 주셨는데 그걸 왜 바꾸겠어요. 저는 될 수 있으면 간결하게 생긴 대로 살려고 해요. 그런데 그렇게 살려면 준비를 충분히 해야 해요. 얼마 전 일인데 이름만 대면 누구나 다 아는 잘 나가는 여자 아이돌 가수가, 지금 일이 마무리가 안 됐는데 광고촬영을 하고 있고 한 달 후 스케줄을 걱정하면서 저한테 고민 상담을 하더라고요. 그래서 오빠가 너한테 해줄 수 있는 얘기는 "준비를 해라, 항상 연습하고 준비를 하고 너무 앞서가지 말아라. 오늘 정리가 안 됐는데 왜 내일 걱정을 먼저 하냐, 네가 책 한 권을 읽을 때 43페이지를 다시 열게 될 것이다. 그러니까 지금 읽고 있는 43페이지를 제대로 읽고 넘어가라" 그런 얘기를 해준 적이 있어요.

김작가 참 좋은 말이네요. 책을 읽다 보면 건성 건성 읽은 페이지는 나중에 다시 펼쳐보게 되거든요. 우리도 인생의 페이지를 한 장 한 장 열심히 읽어 나가야죠. (웃음)

1999

20세기의 마지막, 개그콘서트의 시작

지상렬 1999년! 20세기의 마지막 해, 상렬이는 30대가 시작된 첫 해입니다. 30대가 시작되니 뭔가 인생의 본 게임에 들어온 느낌이더라고요. 10대와 20대는 30대를 위한 오프닝 게임이었구나. 상렬이가 그런 생각이 들었던 1999년에 무슨 일이 있었냐면요. 먼저 KBS 〈개그콘서트〉가 탄생을 한 해입니다. 〈개그콘서트〉가 첫 방송을 했고요, 대한민국의 기념비적인 영화 〈쉬리〉가 개봉을 해서 흥행기록을 세우고 〈타이타닉〉 기록을 경신합니다. 영화감독 '이와이 슌지'의 〈러브레터〉가 개봉을 해서 '오겡키데스카' '와타시와 겡키데스'(잘 지내시나요! 저는 잘 지내요!) 이 대사가 엄청난 유행을 하지요. MBC 〈10대 가수 가요제〉에서 대상을 수상한 '펄 시스터즈' 이후 걸 그룹으로는 두 번째로 이효리, 이진, 성유리, 옥주현의 '핑클'이 '영원한 사랑'으로 연말 가요시상식에서 대상을 수상했던 게 기억이 나네요.

김작가 이때 핑클 인기가 대단했었죠. 〈개그콘서트〉가 1999년에 첫 방송을 해서 2020년까지 21년이나 방송을 했군요. 코미디 프로그램으로는 전무후무한 방송이었어요.

지상렬 양주도 12년산, 17년산, 21년산, 30년산이 있잖아요. 21년산 정도 되면 마시다가 뚜껑을 닫아놓고, 뒀다가 다시 마셔도 '에어레이션'이 되어서 오히려 향이 더 좋아져요. 세월이라는 건 그런 것 같아요. 얼마 전에 돌아가셔서 안타까웠던 허참 형님도 〈가족오락관〉이란 프로그램을 1984년부터 2009년까지 26년간을 하셨잖아요. 그 정도 세월이 흐르면 '간판'이 되는 것 같아요. 오락 프로그램의 간판 〈가족오락관〉 개그 프로그램의 간판 〈개그콘서트〉 이런 게 세월이 주는 힘인 것 같아요. 상렬이가 물 따라 풀 따라 유목민처럼 노마드로 살아가고 있지만, 서른 살이 되면서부터는 '나도 간판 값을 하고 살아야겠다, 나이에 책임을 질 줄 아는 사람이 되어야겠다' 그런 생각을 하면서 살았던 것 같아요. 저는 스물넷부터 '화류계' 생활을 접었거든요. 노는 것을 절제해야 되겠다, 그런 생각이 들어서 '지상렬'이라는 이름에 대해 책임지고 살아야 하겠구나, 그런 생각은 뚜렷하게 했던 기억이 나요.

김작가 지금까지도 지상렬이라는 간판은 불도 잘 들어오고, 네온사인도 화려하고 잘 유지되고 있는 것 같아요. (웃음) 자! 그리고 또 1999년에는 서울예대 1학년이었던 장윤정 학생이 〈강변가요제〉에 출전을 해서 데뷔를 했네요. 장윤정 씨도 그렇고 강변가요제 출신들이 꽤 많아요. 84년에는 'J에게' 이선희, 85년에는 박미경이 〈강변가요제〉 장려상으로 데뷔를 했어요. 86년에는 '젊음의 노트' 유미리, 88년에는 이상은의 '담다디'가 대상을 받았고, 이상우도 88년 금상 출신이죠.

지상렬 주현미 누님도 1981년 〈강변가요제〉 출신이세요. 1981년 강변가요제는 TV가 아니라 MBC FM 라디오로 생중계를 했기 때문에 주현미라는 가수의 얼굴을 사람들이 몰랐죠. 중앙대 약대 시절에 그룹사운드 '인삼뿌리' 보컬로 출전해서 장려상을 받았는데, 가수 생활을 쭉 이어서 한 게 아니라 졸업하고 약사 생활을 하다가 '쌍쌍파티'라고 트로트 메들리 테이프를 냈대요. 그게 대박나서 가수의 길로 들어서게 된 거죠. 주현미 누님 말로는 약국이 잘 안 되서 심심했었다고 하더라고요. (웃음)

김작가 1984년쯤인데 그때 당시에 '쌍쌍파티'가 고속도로 휴게소마다 엄청나게 잘 팔렸어요. 만약에 약국이 잘 되었더라면 불후의 명곡 '비 내리는 영동교'나 '신사동 그 사람'을 못 들었을 수도 있었겠어요.

지상렬 1999년은 지구의 종말이 온다고 노스트라다무스가 예언을 하기도 했던 해였죠. 결과적으로 1999년에 지구의 종말은 오지 않았잖아요. 그런데 1999년에도 떠들썩하긴 했었어요. 노스트라다무스라는 사람이 체르노빌 원전사고, 9. 11테러 등, 세계의 재난들에 대해 예언을 했었거든요. 그런데 앞뒤가 안 맞는게, 1999년에 지구가 종말을 한다고 예언을 했으면 1999년 이후에는 예언도 끝이 나야 하는데, 2001년에 있었던 9. 11 테러까지 예언을 했다는 거예요. 상렬이가 볼 때는 예언가가 예언을 했더라도 그건 그 사람 생각이고 우리는 우리 삶을 살면 되는 거죠. 면역력이 약할 때 감기가 걸리잖아요. 인류가 불안할 때 꼭 점성술사며 예언자

며 이런 분들이 나타나더라고요. 우리는 우리 갈 길 가면 되는 거죠. 아무튼 1999년에 상렬이의 30대는 시작이 되었고, 노스트라다무스 형님이 말한 종말은 오지 않았어요. 그럼 된 거죠. (웃음)

4부

21세기의 시작

2000~2009

2000

나 다시 돌아가지 않을래!

인생은 직진!

지상렬 2000년 대망의 새천년이 무사히 밝았네요. 지금도 생각나는 게 2000년으로 넘어오는 1999년에 12월 마지막 날, 밀레니엄 버그 Y2K라고 컴퓨터가 2000년 연도를 인식하지 못해서 엉뚱하게 작동할 수도 있다고 해서 뒤숭숭했었어요. 컴퓨터가 오작동해서 핵폭탄이 발사될 수도 있다고 하고, 은행도 금융전산망이 오작동해서 예금 기록이 날아간다는 말이 있었죠. 실제로 12월 31일에 저희 동네 은행에 줄을 길게 서서 돈 찾는 사람들이 많았거든요.

김작가 실제로 그럴 수 있다고 컴퓨터 전문가들도 말했어요. 뉴스에서도 만약을 대비해서 일주일이나 보름치 생필품을 구비에 놓으라는 말도 하고 그랬던 생각이 나요. 뒤숭숭했던 연말이었어요.

지상렬 그때 라면, 석유, 부탄가스가 동나기도 했어요. Y2K 세트라고 해서 박스 안에 양초, 육포, 쌀 같은 비상식량을 넣어서 세트로도 팔고 그랬어요. 그때는 괜찮을 거라고 장담하는 사람이 없었거든요. 왜냐하면 인류가 컴퓨터를 만든 후 처음으로 겪는 일이었잖아요. 하지만 결과적으로는 보신각 타종을 하고 2000년 새해가 무사히 밝았어요. 가수 민혜경 누님이 '서기 2000년'이란 노래를 1982년도에 불렀는데요, '서기 2000년이 오면 우주로 향하고 로켓 타고 전쟁도 없고' 그런 가사였는데 여전히 전쟁도 질병도 있지만 대망의 2000년이 밝았다는 게 중요하죠.

김작가 그 당시에는 2000년 1월 1일에 밀레니엄 베이비를 낳으려는 부모들이 많았어요. 우리나라에서도 전국 산부인과를 실시간으로 연결해서 밀레니엄 베이비가 태어나는 장면을 생중계하기도 했었어요.

지상렬 밀레니엄 시대에 태어난 베이비도 있지만 밀레니엄 시대에 데뷔한 가수도 있어요. 발라드의 대표주자 성 발라, 성시경이 2000년에 데뷔했어요.

김작가 '내게 오는 길'로 데뷔했죠. 사이버 가요제 '뜨악 페스티벌' 대상을 받으면서 데뷔했는데, 언젠가 성시경이 지상렬과 술 마신 얘기를 하면서 '술은 사람이랑 먹는 거라고' 한 말이 생각이 나네요. (웃음)

지상렬 저랑 동갑인 강호동과 동생인 성시경하고 셋이 술을 마신 적이 있어요. 차로 비유하자면 상렬이가 SUV 정도라면 강호동은 덤프트럭이고, 성시경은 마티즈 정도 되죠. 셋이 잘 마시긴 하지만 배기량이 달라요. (웃음)

김작가 성시경과 지상렬은 공통점이 있는 것 같아요. 두 사람의 공통점은 일단 키가 180cm가 넘는다는 것, 그리고 애주가이면서 소주파라는 것, 또 하나는 라디오 DJ 출신이라는 공통점이네요.

지상렬 외모나 목소리나, 우리 둘을 비교하면 성발라 팬들이 기분 나빠할 수도 있겠지만, 일단 세 개가 비슷하긴 하네요. (웃음) 다른 거는 성발라는 여성 팬이 많고, 상렬이는 여성 팬보다 남성 팬이 많아요. 예전에 성발라가 DJ할 때 클로징 멘트가 "잘자요-"였잖아요. 여성 팬들이 성발라의 '잘자요' 소리를 들으면서 취침에 들었죠. 그 당시에는 '잘자'라는 멘트가 유행이었어요.

2000년은 가수 조성모의 해라고 해도 과언이 아닐 만큼 인기도 많았고, 앨범 판매량도 1위를 하던 시절인데, 가수 이정현과 함께 출연한 이동통신 광고에서 했던 "잘자- 내 꿈 꿔-" 이 멘트가 한동안 유행했었죠. (웃음) 그 멘트- 그때 '내 꿈 꿔' 따라하는 연인들이 무척 많았어요. 조성모가 한창 날아다니던 시절인데, 노래로도 날아다녔지만 높이뛰기랑 뜀틀로도 날아다녔잖아요.

김작가 KBS 〈출발 드림팀〉이란 프로에서 높이뛰기랑 뜀틀로도 인기가 많았었죠. 지금도 뜀틀 관련해서 인터넷 검색하면 체조선수 여홍철, 양학선 선수와 함께 조성모도 나오더라고요. (웃음)

지상렬 2000년 생각하면 큰 사고도 없었고, 대체로 좋았던 해로 기억되는 것 같아요. 국내 음반시장의 최전성기이자 마지막 황금기가 2000년이었어요. 그해에 god도 히트곡 '거짓말'로 음반이 150만 장 이상이 팔렸고 미국에 가있던 서태지가 귀국해서 낸 정규 6집 앨범 '울트라맨이야'가 100만 장 이상 팔리기도 했고요. 정말 가요 전성기였던 시절이었어요.

김작가 국내 가요시장도 가요계도 전성기였지만, 남북관계도 좋았던 시절이었죠. 김대중 대통령이 남북분단 이후로 처음으로 평양을 방문해서 김정일 국방위원장을 만났던 것도 2000년이었어요.

지상렬 뉴스로 봤던 생각이나요. 평양 순안공항에 내려서 두 분이 악수하던 장면이 생각나네요. 정말 역사적인 만남이었어요, 금방 통일이 될 것 같은 그런 분위기였죠. 2000년 시드니 올림픽에서도 남북한이 동시에 입장하고 그랬잖아요.

김작가 신기하다는 생각이 들었어요. 이게 현실인가? 그런 생각이 들죠. 저 같은 60년대생 사람들은 철저한 반공교육을 받고 자란 세대니까요.

지상렬 지금 세대는 그런 교육을 이해 못하겠지만 그때는 그런 시대였으니까요. 저도 아버지가 군인 출신이셔서 북한에 대해 우호적이진 않았는데, 시대가 바뀌면 생각도 바뀌어야죠. 그때 남북 간에 선물도 교환했었는데 남한에서는 진돗개 한 쌍을 선물하고, 북한에서는 풍산개 한 쌍을 선물했었어요. 진돗개가 전라남도 진도에서 길러져서 진돗개이듯이, 풍산개도 함경남도 풍산에서 길러져서 풍산개인데요, 이때 선물을 받아서 들여온 풍산개 한 쌍이 공식적으로 처음 남한으로 들여온 개였었죠.

김작가 2000년은 대체로 흐뭇한 한 해였는데, 그중에 김대중 대통령이 노벨평화상을 수상하게 된 것도 기분 좋은 소식이었지요. 우리나라 최초의 노벨상수상이었죠. 그리고 남과 북이 급격한 화해분위기가 조성되는 시점에 두 편의 영화가 대박을 터트리게 됩니다. 남북 군인들의 우정과 함께 분단의 아픔을 그린 영화 〈공동경비구역 JSA〉 그리고 5. 18 광주 민주화 항쟁 당시에 계엄군으로 참여해서 현대사의 비극을 온몸으로 짊어지고 사는 남자의 이야기 〈박하사탕〉. 두 편의 훌륭한 영화가 2000년에 개봉했던 것도 참 좋았던 기억입니다.

지상렬 〈올드보이〉 〈친절한 금자씨〉의 박찬욱 감독과 〈초록물고기〉 그리고 한국 배우 중 최초로 칸 영화제에서 전도연이 여우주연상을 수상했던 〈밀양〉의 이창동 감독, 두 거장의 해이기도 했죠. 흥행 면에서도 크게 성공했고, 작품성도 인정받아서 〈공동경비구역 JSA〉는 청룡영화상을, 〈박하사탕〉은 대종상을 각각 나눠 받기도 했어요. 두 영화가 2000년을 빛낸 최고의 작품으로 평가를 받았죠. 〈박하사탕〉의 설경구 형님의 연기를 보면 섬뜩할 만큼 카리스마가 있는데, 그때만 해도 혜성처럼 나타났다고 할 정도로 많이 알려진 배우가 아니었어요. 원래 〈박하사탕〉의 설경구 형님 역을 〈초록물고기〉 '막둥이' 역이었던 한석규 형님에게 이창동 감독이 제안을 했었는데 한석규 형님이 고사해서 설경구 형님으로 결정이 된 거였거든요.

김작가 설경구 배우가 무명에서 스타로 간 인생영화가 되었네요. 그해 청룡영화상에서도 신인임에도 불구하고 남우주연상을 받았어요. 그만큼 설경구라는 배우의 존재감이 대단했던 영화였죠.

지상렬 개그계의 지상렬, 염경환, 김구라는 제물포 트로이카인데 영화계의 설경구 형님은 최민식, 송강호 형님과 함께 충무로의 트로이카가 되었죠. 〈박하사탕〉에서 가장 기억에 남는 장면을 꼽으라면 '영호' 설경구 형님이 기차철도 위에서 달려오는 기차와 정면으로 마주 서 있는 장면인데, 이 장면을 찍을 당시에 CG도 아니고 안전장치도 안하고 달려오는 기차 앞에서 리얼로 찍었다고 해서 화제가 되기도 했어요. 겁에 질린 설경구 형님 표정이 연기가 아니라 진짜 겁이 난 표정이라고 하더라고요. 그런 장면은 백 년에 하나 나올 것 같은 명장면 같아요.

김작가 장면도 명장면이고 대사도 명대사잖아요. "나 다시 돌아갈래--" 지상렬은 언제로 다시 돌아가고 싶은가요?

지상렬 형님! 제가 출연료 9만 7천 800원으로 시작해서, 2000년도엔 20만 원 정도 받았을 때예요. 이제 좀 벌이가 되는데 어디로 돌아가고 싶겠어요. (웃음) 형님! 저는 돌아갈 수가 없어요. 추억은 추억대로 묻어둘게요. 뭘 다시 돌아가요. (웃음) 제가 철로 위에서 대사를 할게요. "나 다시 돌아가지 않을래!" 인생은 직진!! 노빠꾸 입니다. (웃음)

2001 / 911 / 사상 최악의 테러

지상렬 2001년을 얘기하려면 9월 11일 얘기를 먼저 해야 할 것 같아요. 북극이든, 남극이든, 적도에 있든 TV가 있는 곳이라면 전 세계인들이 누구나 봤을 거예요. 미국의 CNN 뉴스를 통해서 전 세계에 방송되었죠. 9. 11 테러가 발생한 지도 벌써 20년이 되었네요.

김작가 너무나 충격적이었죠. 뉴욕의 110층짜리 건물인 세계무역센터가 항공기와 충돌하는 장면은 세상 사람들이 생각지도 못했던 처음 보는 장면이라서, TV 화면을 보면서도 실감이 안 났던 기억이 납니다. 이게 뭔가 비현실적이고 정말로 벌어진 일인가 모든 사람들이 그런 생각을 했었죠.

지상렬 '오사마 빈 라덴'을 모르는 사람은 없을 거예요. 항공기 4대를 공중 납치해서 미국의 심장부만 공격을 하게 되는데, 우리가 TV 화면으로 처음 본 충돌 장면은 세계무역센터에 충돌하는 장면이었잖아요. 그걸 보고 놀라서 잠시 멍한 상태로 있는데, 첫 충돌 후 세계무역센터 남측 타워에 이어서 두 번째 비행기가 충돌을 해요. 한 번의 충돌로도 큰 충격을 받았는데 이어서 같은 장면을 또 보게 된 거죠. 화면으로 봐도 충격이 컸는데 그 당시에 뉴욕에서 그 장면을 직접 본 사람들은 외상 후 스트레스 증후군을 20년이 지난 지금도 심하게 겪고 있다고 해요.

김작가 세 번째 비행기는 펜타곤에, 네 번째 비행기는 펜실베이니아에 있는 들판에 추락을 했어요. 9. 11 테러로 총 3,000여 명이 사망하고 무역센터 붕괴 이후 석면 가루 때문에 수천 명의 사람들이 암에 걸리기도 했고, 부상이나 호흡기 질환으로 건강이 악화된 사람들도 10만 명 정도 된다고 해요.

지상렬 미국 건국 이래 처음으로 본토가 공격을 당한 엄청난 사건이었잖아요. 그래서 미국인들도 9. 11 테러 이전과 이후로 안전에 대한 생각도 많이 바뀌었다고 해요. 우리도 비행기 탈 때 액체를 100ml 이상 못 가지고 탄다거나, 커터칼이나 가위 같은 것도 기내 반입이 안 되는 게, 9. 11 이후부터잖아요. 비행기도 테러에 대비해서 조종실 문을 더 단단하게 강화했고, 조종석에서 객실 쪽으로 무슨 일이 있는지 볼 수 있도록 CCTV를 설치한 게 9. 11 테러 이후부터예요. 그러고 보면 2001년에 9. 11 테러 이후 오사마 빈 라덴이 2011년에 미국 특수부대원에 의해 사살됐는데 10년이면 오랫동안 숨어 살았네요.

김작가 빈 라덴 잡으려고 미국에서 6조 원 정도를 썼다고 해요. 그러다 오바마 대통령 때, 빈 라덴의 저택을 결국 찾아냈는데 스텔스 폭격기를 침투시켜서 정밀 폭격을 하자는 방안이 있었는데, 오바마 대통령이 민간인 희생자가 나올 수도 있고, 빈 라덴의 사살 여부를 정확하게 알 수 없으니 특수부대를 투입하자고 해서 사살한 거죠. '네이비실'로 알려진 미 해군 특수부대원들 헬맷에 장착된 카메라로 백악관에서 작전 상황을 지켜보고 있었다는데, 실제 교전에서 빈 라덴을 사살하는 데까지 걸린 시간은 불과 10분이었다고 해요. 10분을 위해서 10년이 걸린 셈이네요.

지상렬 이건 좀 다른 얘기인데요, 9. 11 테러가 비행기를 불법으로 공중 납치해서 벌인 테러잖아요. '하이재킹'에 의한 건데, 하이재킹이 원래는 비행기가 아니라 1920년대 미국 금주법 시대에 술을 밀수해서 몰래 실어 나르던 차나 배를 강탈할 때 쓰던 용어라고해요. 금주법이 없어진 이후로는 항공기 납치를 뜻하는 말로 바뀌었대요. 금주법 시대엔 사람이 어떻게 살았었는지 모르겠어요. (웃음) 그때 밀주 만들고 하이재킹하면서 활동하던 대표적인 마피아 두목이 스카페이스라는 별명으로 알려진 알 카포네잖아요. 알파치노가 주연을 했던 〈스카페이스〉도 알 카포네에 관한 영화였고, 로버트 드니로가 알 카포네 역을 했던 영화 〈언터처블〉도 알 카포네의 실화를 다룬 영화였어요. 1980년대부터 90년대 초반까지 미국의 마피아나 갱 영화들이 많이 나왔어요. 우리나라는 2001년에 특히 조폭영화가 쏟아져 나왔고요. 〈신라의 달밤〉, 〈조폭 마누라〉, 〈달마야 놀자〉, 〈두사부일체〉가 2001년에 나온 조폭영화들인데 그 중에서 유오성, 장동건의 〈친구〉가 최고 흥행기록을 세우며 2001년 대표영화로 기억에 남죠. 흥행도 대박이었고 명대사도 대박이었어요. "니가 가라 하와이"

부터 "느그 아버지 뭐하시노!" "내가 니 시다바리가-" "아이다, 친구끼리 미안할 거 없다" 20년이 넘어 지금도 기억하는 대사라면, 평생 가는 대사로 봐야죠.

김작가 2001년도에 조폭영화가 많이 나왔네요. 그런데 흥행 성적들도 모두 좋았어요. 2001년 흥행 베스트 5에 네 개가 조폭영화예요. 〈달마야 놀자〉, 〈조폭마누라〉, 〈신라의 달밤〉 2위만 조폭 영화가 아닌 〈엽기적인 그녀〉였고, 〈친구〉가 800만 명으로 1위를 차지한 영화였어요.

지상렬 정말 조폭의 해였네요. 2001년 세계적인 키워드는 테러였고 한국 영화의 키워드는 조폭이었네요. 테러와 조폭이 닮은 것 같기도 하고요.

김작가 〈친구〉라는 영화 보면서 친구에 대한 생각도 많이 했던 것 같은데, 지상렬에게 친구란 어떤 존재인가요?

지상렬 생각해 보니까 나이를 먹고 나서 "친구야" 하고 불러본 게 굉장히 오래됐다는 생각이 드네요. "야, 친구야 한잔 하자" 이런 말을 한 게 오래됐어요. 친구들이 하나둘 장가를 가니 그런 거리감이 생겼던 것 같은데요, 결혼한 친구들은 가정이 있고, 저는 혼자다 보니까 "야, 친구야 나와서 술 한 잔 하자" 그러기도 쉽지 않았고 가족이랑 있는 그 친구 집으로 술을 마시러 가는 건 더 어렵네요. 나이를 먹을수록 친구가 가까이에 있어야 된다고 하는데 지금은 뭐라고 정의 내리기가 쉽지 않은 것 같아요.

김작가 어느 날 문득 짜장면이 먹고 싶은 것처럼, 어느 날 문득 생각나고 보고 싶은 친구가 있을 텐데, 방송가의 친구들 말고 일반인 친구 중에 언제나 편하게 만날 수 있는 친구는 몇 명이나 있나요?

지상렬 일반인 친구 중에 언제든지 전화해서 만날 수 있는 친구는 딱 한

명 있어요. 사회에 나와서 만난 친구인데, 학교 친구들과 방송하는 친구들과는 이런 얘기, 저런 얘기, 시시콜콜 다 해도 이 친구와 저는 힘든 얘기는 안 해요. 고민 얘기도 안 해요. 세상사 스스로 다 업고 가는 게 있기 때문이죠. 물론 그 친구가 어디에 딱 부딪혔다 하면 제가 달려가죠. 하지만 시시콜콜 이게 짜요, 매워요, 그러진 않는 묵직한 친구죠. 친구는 단순해서 좋아요. 상렬이가 항상 얘기하는 거지만 소주 한 잔 하면서 많은 단어가 필요 없어요. 단어 20개면 다 끝나요. '좋아? 싫어?' '무슨 일 있어? 마셔!' 그리고 취해서 '잘 가!' 이게 끝입니다. (웃음)

김작가 지상렬에게 친구란 '스무 단어로 끝나는 사이다' 맞나요?

지상렬 열 단어도 충분해요. '어머니, 건강하시지? 와이프는? 애들은?' 친구끼리는 그런 브리핑 안 해도 다 알거든요.

김작가 아까 하이재킹 얘기할 때 미국의 금주법 얘기 했는데, 우리나라도 조선시대 영조 때 금주법이 있었잖아요. 쌀 한 섬으로 밥을 지으면 100명이 먹고, 떡을 만들면 10명이 먹고, 술을 빚으면 한 명밖에 못 마신다는 게 영조가 금주법을 53년 동안 시행한 이유였대요. 영조 시절에 지상렬이 태어났으면 어땠을까요?

지상렬 영조 때 53년 동안 금주법을 시행했으면 상렬이가 지금 53세인데, 한 살부터 이 나이 때까지 술을 한 모금도 못 마셨다는 거 아니에요, 그럼 이 나이 때까지 목숨이 붙어 있지 못했을 것 같아요. 나랏님의 멱살을 잡았던지 술잔을 잡았던지 둘 중 하나를 잡았지, 산목숨이 아니죠. (웃음)

2002
오! 필승 이주일! 오! 필승 코리아!

김작가 '쉰 살이 되었는데도 스무 살 때와 똑같은 세상을 바라본다면 30년 동안 허송세월을 보낸 셈이다' 타이슨이 존경하는 전설적인 복서 무하마드 알리가 했던 말이에요. 쉰 살이 넘은 지상렬이 후배들에게 해주고 싶은 말은 어떤 얘기들인가요?

지상렬 요즘은 트랜드가 너무 빠르게 변하고, TV 채널도 워낙 빨리 돌아가지만 어느 물이든 발목이라도 담그고 있으라는 말을 해줍니다. 어디든 담그고 있어야지, 이것이 냉수인지 온수인지 알칼리인지, 산성인지 알 수 있으니까요. 구체적으로 40도인지 90도인지는 모르더라도 뜨거운지 차가운지 알려면 어디든 몸은 담그고 있어야 한다. 담그고 있다 보면 내 몸이 느끼는 게 있어요. 막연하게 담그고 있는 게 아니라 담그고 있는 것 자체가 노력이거든요.

김작가 담그고 있으라는 게 어디에든 속해 있고 무엇이라도 하고 있는 게 중요하다는 얘기죠. 지상렬은 20대 때부터 지금까지 계속 담그고 있는 방송인이잖아요. 계속 담그고 있을 수 있는 비결이 뭔가요?

지상렬 상렬이가 지금까지 이 바닥에서 럭키하게 있는 걸 보면 참 감사한 일이죠. 이런 게 비결이라고 할 수 있을지 모르겠지만 저는 친한 작가나 친한 PD와는 한 번도 일을 같이 해본 적이 없어요. 신기하게도 아예 모르는 사람들과 여태까지 주로 일을 해왔어요. 거의 99%예요. 그런데 왜 지상렬을 찾았을까요? 보이지 않게 상렬이를 믿어주는 사람들이 있거든요. 그분들이 해주는 한마디 '야, 상렬이 괜찮아-' 이게 어마어마한 거예요. 저는 이상하게 잘 아는 사람이랑 오히려 낯을 가려요. 아는 사람이랑 일을 하려면 왠지 쑥스러운 게 있거든요. 지금까지 그렇게 일을 하면서 세월이 여기까지 온 것 같아요.

김작가 일단 지상렬은 방송인 지상렬과 똑같다는 것이 장점인 것 같아요. 카메라 안에서나 밖에서나 똑같잖아요. 한결같이 산다는 게 방송가에서도 쉽지 않은 일인데 말이죠.

지상렬 생긴 대로 사는 거죠. 상렬이가 노력해서 된 건 아니고 태생이 그렇게 생겨먹은 것 같아요. 상렬이 보면 이수근의 대리운전 번호 같다고 해요. 앞뒤가 똑같다고요.

김작가 (웃음) 딱 맞는 표현이네요. 1577-1577 앞뒤가 똑같은 대리운전 같은 지상렬의 2002년은 어땠나요?

지상렬 2002년은 한·일 월드컵이 있었잖아요. 전 국민이 붉은악마였던 시절이니까요. 상렬이도 여름 내내 승리에 취하고 술에 취해서 살았던 것 같아요. 그때 월드컵 기간에는 술도 월드컵 주로 마셨는데요, 맥주잔 위에 나무젓가락을 놓고 그 위에 양주잔을 올려요. 그리고 나무젓가락을 발로 차면 양주잔이 맥주잔 속으로 떨어지는 일명 '프리킥주'도 많이 마셨어요. 그리고 젓가락을 머리로 쳐서 양주잔을 떨어트리면 '헤딩주' 이거 무지하게 마셨습니다.

김작가 정말 온 국민이 승리에 흠뻑 취해있을 때인데, 뉴스 앵커들도 양복이 아니라 붉은악마 유니폼을 입고 뉴스를 하던 생각이 나요. 국경일에도 잘 안 걸던 태극기였는데, 전국이 태극기 물결이었죠.

지상렬 다시 보고 싶은 명장면들도 너무 많았어요. 그중에서도 대한민국과 이탈리아 경기는 월드컵을 본 모든 국민들이 기억하고 있을 겁니다. 이탈리아는 그때까지 월드컵을 세 번이나 우승했던 팀이에요. 우리나라는 16강을 처음 가본 거잖아요. 순위로 봐도 이탈리아는 세계 6위고요, 우리나라는 세계 40위였거든요. 이탈리아 입장에서 가볍게 동네 조기축구 나가듯이 부담 없이 경기를 시작했을 텐데 그 경기에서 각본 없는 드라마가 펼쳐진 거죠. 전반전에 이탈리아 '비에리' 선수가 선제골을 넣었는데 후반전까지 동점골이 안 나오다가 그야말로 드라마처럼 경기종료 2분 전에 설기현의 동점골이 나왔어요. 그때 아주 난리가 났었습니다. 시청 앞에서 응원하던 붉은악마도, 집안에서 TV 보면서 응원하던 가족들도 흥분의 도가니였어요. 그리고 연장전에서는 이탈리아 '토티' 선수가 과도한 몸동작으로 두 번째 옐로카드를 받아서 퇴장을 했잖아요. 그때부터 이탈리아 팀 맥이 끊어지니까 TV를 보면서 뭔가 되겠다는 생각이 들더라고요. 레드카드 내밀었던 '모레노' 심판을 탤런트 임채무 형님이 그대로 패러디를 해서 아이스크림 돼지바 광고를 찍었는데, 모레노 심판하고 표정이나 몸짓이 똑같아서 대박이었어요. 유튜브로 찾아보면 지금 봐도 재미있습니다. 설기현 선수의 동점골에 이어서 연장 후반전에 터진 안정환의 골든 골, 그리고 그 유명한 반지 키스 세리머니가 그때 나오게 되죠. 그야말로 난리가 났었는데요, 스님들도 축구 보면서 목탁 두드리고 교회에서도 모여서 응원하고, 상갓집에서도 모여서 '오! 필승 코리아' 하던 때였죠. 그리고 뭐니뭐니해도 2002년 월드컵의 절정은 스페인과의 8강전이었어요. 스페인과 연장전까지 간 것도 대단한 건데, 승부차기에서 이운재 선수가 한골을 막고 홍명보 선수가 결정골을 넣고 아시아 최초로 4강에 진출 한 거죠.

김작가 2002년 여름 내내 '오! 필승 코리아'가 전국을 강타했는데 TV 중계 시간이 저녁시간에 많이 잡혀 있어서 거리 응원도 많이 하고, 월드컵 기간이 여름이라서 생맥주 소비도 역대 최고였어요. 그야말로 한여름 밤의 축제였죠. 그리고 월드컵의 열기가 식어갈 즈음에 한 시대를 풍미했던 코미디의 별이 저물어 갑니다. 못생겨서 죄송하다던 코미디의 황제 이주일 선생님이 62세의 나이로 너무나 안타깝게 2002년 8월, 폐암으로 세상과 작별을 합니다.

지상렬 폐암으로 투병하실 때 월드컵을 직접 보고 싶다고 하셔서 이주일 형님이 휠체어를 타고 축구장에 오신 적이 있었어요. 관중들이 이주일 형님 오신 거 알아보고 투병 중인 걸 국민 모두가 알 때니까 '오! 필승 코리아' 하다가 관중석에서 '오! 필승 이주일' 하고 그랬었죠.

김작가 이주일 선생님도 약주를 참 좋아하셨는데 술 자리도 함께 했었나요?

지상렬 제가 KBS에서 이주일 형님이 부르던 노래를 따라 부른 적이 있는데, 그 방송을 우연히 보시고 연락을 주셨더라고요. "너 술 좀 마신다며?" 그러시면서 술을 같이 하자고 하셨는데 양주를 꽉꽉!! 눌러서 세 잔을 주시더라고요. 그리고 쭉! 쭉! 쭉! 세 번 마시고 끝입니다. (웃음) 그리고 제가 형님한테 "형님, 제가 좋아하는 노래가 있는데 불러도 되겠습니까?" 했더니 해보라고 하시더라고요. 그 자리에서 제가 방송에서 부른 노래를 불렀죠. "얼굴이 못생겨서 죄송합니다, 얼굴이 잘났으면 앞줄에서는 건데--" (웃음) 그 노래 들으시면서 즐거워하시던 추억이 있어요. 그러면서 저를 예뻐해주셨죠. 저도 적게 마시는 술은 아닙니다만 형님도 술을 많이 드셨는데, 이덕화 형님하고 조용필 형님하고 세 분이서 매일 만나서 드셨다고 하더라고요. 1991년도에 이주일 형님 아들이 젊은 나이에 교통사고로 세상을 떠난 이후로 술, 담배를 더 많이 하셨어요. 4대 독자 외아들이었거든요. 그야말로 금쪽같은 아들이었죠. 미국에서 공부를 하다가 결혼 문제로 귀국했는데 사고를 당했으니 얼마나 기가 막혔겠어요. 그리고 사고가 나던 날, 아들이 아빠 벤츠를 타고 가겠다는 걸 학생이 무슨 벤츠냐고 거절을 하셨다는데 혹시 벤츠를 타고 갔으면 죽지 않았을 수도 있었을 텐데 하고 자책을 많이 하셨다고 해요. 그때부터 술, 담배를 더 하시고 건강이 악화되면서 폐암까지 걸리게 된 거였죠. 축구를 워낙 좋아하셨는데, 2002 월드컵이 끝나고 돌아가셔서 월드컵 생각하면 이주일 형님 생각이 함께 나요.

김작가 죽음을 생각할 나이는 아니지만 가끔 생각해볼 때도 있나요?

지상렬 평소에는 그런 생각이 안 드는데 상갓집에 갔을 때 영정사진을 보면 '아, 언젠가는 저 자리에 갈 텐데' 그런 생각이 들 때가 있죠. 영정사진을 보면요, 이주일 형님도 그렇고 코미디언으로 살다 가신 분들의 영정사진은 거의 다 웃고 있는 사진이더라고요. 평생을 남을 웃기며 사셨는데 영정 사진 속의 환하게 웃는 모습을 보는 사람들은 또 슬프게 울잖아요. 미국 원주민 인디언 중에 나바호족이라고 있어요. 나바호족 격언 중에 이런 말이 있대요. '네가 세상에 태어날 때 너는 울었지만, 세상은 웃었다. 네가 죽을 때 세상은 울어도 너는 웃을 수 있는 그런 삶을 살아라' 상렬이가 생각하는 가장 멋있는 삶은 이런 게 아닐까 싶어요. 마지막에 웃는 삶, 그렇게 마지막을 맞으면 행복한 삶 아니겠나 싶어요.

2003

장국영은 떠나고 발 없는 새,

김작가 1970년부터 지금까지 30년 넘는 세월 얘기를 하다보니까 해마다 좋은 일이 있으면 나쁜 일도 있고, 나쁜 일이 있으면 좋은 일이 있고, 희노애락이라는 말에 딱 맞는 게 인생사 같아요. 2003년에도 굿 뉴스와 배드 뉴스가 있었던 해인데, 어떤 뉴스를 먼저 듣는 게 좋을까요?

지상렬 술도 맛있는 술은 아껴 뒀다가 뒤에 마시는 게 좋더라고요. 배드 뉴스를 먼저 듣는 게 좋을 것 같아요. 굿 뉴스를 먼저 들으면 뒤에 들을 배드 생각이 나서 기분이 '굿' 하지 못해요. 차라리 배드 뉴스를 먼저 듣고 나서 굿 뉴스로 귀도 씻고, 가슴도 씻고, 머리도 씻는 게 정신건강에도 좋을 것 같아요.

김작가 그런데 2003년의 배드 뉴스는 배드보다 강도가 센 새드 뉴스가 될 것 같아요. 세계 3대 지하철 참사가 있는데요, 1위는 구소련이 해체되면서 분리 독립한 나라 '아제르바이잔'의 수도 '바쿠'에서 일어난 지하철 화재로 289명이 사망을 한 사고였고, 2위와 3위는 안타깝게도 모두 한국에서 일어난 지하철 화재사고예요. 공교롭게도 101명이 사망한 지하철 공사장 가스관 폭발사고가 대구에서, 2003년에 192명이 사망한 지하철 참사도 대구중앙로역에서 벌어진 참사죠

지상렬 상렬이가 태어나고 나서 다음해인 1971년 얘기도 나눴었지만 그때 서울 명동에 있는 21층짜리 대연각 호텔에서 화재가 발생했을 때도 그 당시 보기 드문 21층짜리 고층 건물이고, 우리나라에 고가 사다리차도 없는 상태라서 희생자가 많았는데, 이 참사는 고층 빌딩 화재보다도 희생자가 더 많이 나왔어요.

김작가 대연각 호텔이 가연성 물질이 많고, 유독가스가 배출이 많이 되는 내장재들이었기 때문에 희생자가 많았던 것처럼 대구 지하철 화재 당시에 지하철의 시트라던가 모든 시설이 불에 잘 타는 유독성 물질로 되어 있었어요. 지금 지하철 내장재는 대구지하철 화재사고 이후로 모든 걸 바꾼 지하철이고, 그 당시는 지금 같지 않았었죠.

지상렬 지하철 환풍구에서 시커먼 연기가 피어오르던 뉴스 장면이 생각이 나요. 최악의 환경에서 최악의 인명피해가 난 건데, 더욱더 안타까웠던 건 방화로 인해서 지하철에 불이 거세지고 있던 시점에 반대편에서 지하철 한 대가 또 중앙로역으로 들어왔잖아요. 반대편 지하철을 화재가 난 역으로 진입하지 못하게 조치를 했더라면 인명 피해가 줄었을 텐데 대다수의 사망자가 새로 진입한 지하철에서 발생을 했어요. 전원이

꺼진 지하철에서 유독가스는 들어오죠, 문은 안 열리죠, 그때 심정이 어땠을까 생각하면 너무 공포스럽고 슬픈 일입니다.

김작가 사고가 나고 희생이 따라야 발전을 한다는 게 안타깝기도 하지만, 이 사건 때문에 지하철의 내부 환경이나 안전 시스템에도 많은 변화가 있었어요.

이번에는 영화 얘기를 해보도록 하죠. 누구나 인생의 가장 좋은 시절인 '화양연화'가 있는데 지상렬의 화양연화는 항상 '지금'이라고 하잖아요. 한국영화의 '화양연화'는 2003년이었던 것 같아요. 2003년 하면 생각나는 게 한국영화 빅3잖아요. 봉준호 감독의 〈살인의 추억〉이 개봉했고요. 〈살인의 추억〉도 실화를 바탕으로 만들어진 영화인데, 실제 있었던 부대, 북파공작 부대의 실화를 다룬 영화 〈실미도〉가 최초로 천만 관객을 돌파해서 역사적인 기록을 세우게 돼요. 최민식이 산낙지 먹던 장면이 쇼킹했던 〈올드보이〉도 2003년에 개봉을 했죠. 2003년에 빅3 유행어 3종 세트가 있는데, 〈실미도〉에서 안성기의 '날 쏘고 가라', 〈올드보이〉 최민식 '누구냐 넌', 〈살인의 추억〉 송강호 '밥은 먹고 다니냐?' 한국영화의 대작이라고 할 수 있는 영화 세 편이 한 해에 쏟아졌어요. 한국영화 황금의 해였죠.

지상렬 〈올드보이〉에서 오대수가 감금되어 있던 15년 동안 군만두만 먹잖아요. 그걸 최민식 형님이 감독님한테 군만두 대신 짜장면이 어떠냐고 제안했었다고 해요. 그런데 박찬욱 감독님이 군만두는 계속 먹으면 느끼하고 그래도 계속 먹어야 하는 처절함이 보이는데, 짜장면은 맛있어 보일 수가 있어서 군만두로 결정했다고 해요. 생각해보니까 맞는 것 같아요. 짜장면은 처절하기보다는 맛있게 보일 수가 있을 것 같아요.

김작가 2003년 노무현 대통령이 취임하면서 〈아름다운 청년 전태일〉, 〈초록물고기〉, 〈박하사탕〉 등을 만든 이창동 영화감독이 문화부장관에 취임하기도 하고 한국 영화계는 여러모로 황금기를 맞이하는데요, 이소룡 사망 30주기이기도 했던 2003년 4월 1일 만우절에는 거짓말처럼 홍콩의 영화배우 장국영이 세상을 떠나기도 했죠.

지상렬 깜짝 놀랐던 소식이었어요. 홍콩의 만다린 오리엔탈 호텔에서 투신을 했는데, 장국영 형님이 투신을 하고 나서 아홉 시간 동안 장국영 형님의 팬들이 줄줄이 6명이나 따라서 투신을 해서 또 깜짝 놀랐죠. 그때가 장국영 형님 48세 때인데 지금 살아 있다면 62세 되셨겠네요. 설운도 형님보다 두 살 더 많고 손석희 형님과는 동갑이세요. 우리나라 TV 출연도 종종 했었고, 투유 초콜릿 광고도 찍었고, 우리나라에도 팬들이 무척 많았잖아요. 벌써 20년이 다 되가네요. 〈아비정전〉에 유명한 대사가 있는데 "세상에 발 없는 새가 있다더군. 늘 날아다니다가 지치면 바람 속에서 쉰대 평생 땅에 딱 한 번 내려앉는데 그건 바로 죽을 때지" 장국영 형님은 훨훨 날아다니다가 바람 속에서 지친 날개를 쉬고 있겠네요. 지난 세월을 얘기하다 보니까 지난 50년 세월이 참 빠르구나, 앞으로 50년도 정말 빠르게 가겠구나, 그런 생각이 들어요. 그렇게 화려한 삶을 살았던 이소룡 형님이나, 장국영 형님도 많이 고독했겠구나, 상렬이도 나이가 드니까 화려함 속에 고독함이 함께 있는 거구나, 그런 걸 알겠더라고요. 세월이 선생님인 것 같아요. (웃음)

2004

라디오, 드라마, 예능

세 마리 토끼

김작가 지상렬을 얘기할 때 '언어의 마술사'라는 말을 하는데 본인도 그렇게 생각하시나요?

지상렬 지도를 볼 때, 골목골목을 잘 살펴보는 사람이 있고, 넓게 펼쳐진 항공사진을 먼저 보는 사람이 있는데, 저는 항공사진을 보는 쪽이거든요. 좁은 골목을 안 보고 항공사진을 보면 대충 골목까지도 보이는 건데, 전체적인 이미지를 압축해서 보는 거죠. 말을 할 때도 이미지를 압축해서 쉽게 말하는 거예요. 언어를 가지고 매직을 하는 건 아니고요. (웃음)

김작가 이미지를 압축하면 시죠. 암튼 언어의 마술사든 이미지의 압축사든 지상렬만의 독특한 언어가 있다는 건 좋은 것 같아요. 지상렬의 2004년 하면 뭐가 떠오르나요?

지상렬 2004년 하면 상렬이는 라디오가 먼저 떠오르죠. 노사연 누님하고 MBC 라디오 〈2시만세〉를 시작한 게 2004년도인데, 2004년 4월에 시작해서 2010년 4월까지 6년을 함께 라디오 DJ를 했었거든요.

김작가 노사연 씨와 나이 차이로 보면 띠 동갑보다 더 차이가 나는데, 두 사람이 정말 잘 어울렸던 것 같아요. 지상렬에게 노사연이란 어떤 존재인가요?

지상렬 사연 누님은 진짜 가족이죠. 그만큼 친하고 무송 형님하고도 그만큼 친한데, 만날 때는 사연 누님이랑 무송 형님이랑 따로따로 만나요. 부부가 매일 집에서 같이 있는데 밖에서까지 같이 있을 건 없잖아요. 부부가 같이 있으면 서로 말도 가려서 해야 할 때도 있고, 불편하니까 밖에서 만날 때는 따로 보자고 제가 먼저 얘기했는데 그게 좋다고 하더라고요. 무송이 형님도 누님이 다른 사람이랑 있으면 걱정이 되서 누님에게 계속 전화를 하시는데 저하고 있으면 전화를 한 통도 안 해요. 또 무송이 형님이랑 저랑 있어도 사연 누님한테 전화가 한 통도 안와요. 그리고 무송이 형이랑 있으면 사연 누나 얘기를 안 하고, 사연 누나랑 있으면 무송이 형님 얘기를 한 번도 안 해요. 그러니까 더 편하게 만나게 되더라고요. 기본적으로 있는 인간적인 신뢰 때문에 라디오 DJ를 함께 하면서도 자연스럽게 호흡이 잘 맞았던 것 같아요. 방송 하다 보면 대본 외에 애드립도 해야 하는데, 사실 우리들은 이걸 이때 꼭 얘기해야지 그 정도는 아니고 미리 준비를 하지도 않아요. 하지만 아예 준비를 안 했다는건 거짓말이고, 프로그램에 임하는 예의도 아니고요. 굵은 주제에 대해서만 생각을 하고 있어요. 오늘은 닭에 대해서 토크를 한다거나, 생수 얘기를 한다거나, 맥주 얘기를 한다거나 그 정도 선에서 알고 가지만, 맥주는 몇 도짜리고 맥주를 뭘로 만들었고 그렇게까지는 안 들어가요. 그래야 저도 방송하면서 재미가 있고 애드립에 대한 순발력이 생기는 것 같아요. 미리 완벽하게 준비된 애드립은 재미가 없어요.

김작가 라디오도 청취율이 있잖아요. 모든 방송에는 스트레스가 있고 마냥 즐겁게만 일할 수 없는 건데, '라디오의 매력'이라면 뭐가 있나요?

지상렬 지금도 SBS 라디오 〈뜨거우면 지상렬〉을 하고 있지만 라디오는 격의 없는 소통인 것 같아요. 청취자와 옆집 동생이나 형 같은 느낌의 편안함이 있어서 인간 지상렬로 소통할 수 있다는 게 라디오의 가장 큰 매력이고, 특별한 메뉴가 아니라 늘 먹는 백반 같고, 따뜻한 집밥 같다는 게 제일 큰 매력이죠. 청취자 분들의 가슴에 보일러를 까는 보일러공이라고 할까요, 그런 매력이 있어요. 2004년에는 라디오에 보일러도 많이 깔았고, TV 드라마에서 연기자 지상렬로도 활약을 많이 했었죠. 2004년이 드라마의 르네상스 시대였어요. 2003년이 영화의 황금기였다면 2004년은 드라마의 황금기였거든요. 권상우 최지우의 〈천국의 계단〉 조인성의 〈발리에서 생긴 일〉 박신양 김정은 〈파리의 연인〉 비와 송혜교의 〈풀 하우스〉 소지섭 임수정의 〈미안하다 사랑한다〉 이런 드라마들이 2004년 한 해에 다 나왔거든요. 이렇게 히트 드라마가 많이 나온 해가 처음이지 싶어요. 그리고 2003년에 시작해서 2004년까지 빅 히트를 했던 사극 한류드라마 〈대장금〉이 있었죠. 최고 시청률 57.8%를 기록했어요. 장금이의 수호천사로 출연했던 지상렬도 시청률에 대단한 일조를 했다면 했지요. (웃음) 제가 주로 했던 대사가 "장금아, 나리께서 부르셔--"였습니다. (웃음) 가짜 의관 역할이었는데 대본을 봤더니 대사가 너무 많아서 처음에는 무척 힘들었었어요. 사극은 토씨 하나 틀리면 안 되거든요. 그 당시에 이병훈 감독님이 직접 캐스팅을 해주셨어요. 원래는 제가 임현식 선생님 아들로 되어 있었는데 이병훈 감독님이 저를 미팅하고 나서, 드라마가 너무 잘 되고 몇십 명이 출연자로 나오니까 제 역할을 잊어버리신 거예요. 그때가 여의도 MBC 시절인데 저는 MBC 예능프로그램 '브레인 서바이벌'을 하고 있었고 당시 출연자들 하고 모여 앉아서, "상렬이는 〈대장금〉 나온다더니 왜 아직 안 나오냐" 이런 얘기를 하고 있었는데, 이병훈 감독님이 복도를 지나가시다가 그 얘길 들으신 거죠. 정신이 없어서 상렬이를 잊어버렸구나, 하시면서 대본에 없던 의관 역할을 만들어주셨어요.

김작가 이병훈 감독님이 지상렬에 대한 확신이 있었나 보네요. 그렇게 만들어진 의관이 이영애 씨 곁에서 수호천사 같은 역할을 하게 된 거군요. 그런데 사극이 처음인데도 대사가 많았었죠?

지상렬 상렬이가 녹화 첫날에 연기를 너무 잘했어요. (웃음) 덜렁대고 그런 연기는 제가 되잖아요. 작가님이 그 연기를 보시고 연기 잘한다고 제2의 임현식이라고 칭찬을 해주셨는데, 다음 대본 보니까 대사가 장금이만큼 되더라고요. 합곡이 어쩌고 저쩌고, 단어도 생소하고 대사가 몇 장짜리인데 장금이는 누워 있죠- 돌겠더라고요. 계속 NG를 내니까 이병훈 감독님이 안타까워서 저를 위로해주려고 부조정실에서 스튜디오로 내려오시다가 넘어지는 바람에 쇄골이 부러진 거예요. 그런데 감동이었던 게 제가 알면 주눅들까 봐서 쇄골 부러진 걸 〈대장금〉 끝날 때까지 말씀을 안 하셨더라고요. 드라마 다 끝나고 나서 듣고 너무 죄송하고 감사했죠.

김작가 이병훈 감독님이 NG를 지상렬이 가장 많이 낸다고 하시면서, NG를 내도 기도 안 죽고 열심히 한다는 기사를 저도 봤어요. 그런데 연기를 정식으로 배운 건 아니죠?

지상렬 연기할 때 제 나름대로 생각한 것이 '생활 연기를 하자'였어요. 감독님들한테 그런 게 어필이 된 것 같아요. 사극 대사의 호흡이 코미디 콩트와는 다르잖아요. 처음 해보는 거고 주눅이 약간 들기도 했지만 상렬이가 제일 없는 게 겁이잖아요. 현대극을 할 때는 그런 게 없었는데 사극은 겁도 좀 났어요. 당시에는 너무 힘들고 괴로웠는데 〈대장금〉이나 〈이산〉을 하면서 인생의 몇 수를 배운 것 같아요. 솔직히 인정하면 연기의 산 언저리만 가봤지, 그 산을 넘지는 못 했잖아요. 약수터만 가봤지 꼭대기에 깃발 꽂아 본 적 없지만, 아- 산은 이렇구나, 이 산은 산세가 세구나, 이런 것들을 알게 되는 계기가 되었죠.

김작가 〈대장금〉까지 한 한류스타인데 (웃음), 해외 나가면 알아보기도 하고 그랬을 텐데 또 드라마를 해보고 싶나요?

지상렬 일본 가니까 저를 알아보더라고요. (웃음) 저는 드라마도 좋지만 영화를 하고 싶어요. 특별한 이유는 없어요. 드라마는 외울게 많아서요. (웃음) 영화는 하루에 찍는 씬이 정해져 있어서 수월한데, 드라마는 몰아 찍으려면 대사 외우는 게 너무 힘들잖아요. 현대물은 그래도 할 수 있는데, 사극은 정말 어렵더라고요. 제가 요령을 피우는 게 아니라 이제 나 자신의 상태를 잘 아는 거죠. 이건 된다, 이건 안 된다 그런 걸 아는 거죠.

(웃음) 드라마를 한창 할 때는 월화는 〈대장금〉 촬영하고, 수목은 안재욱, 황신혜 누님과 〈천생연분〉 촬영했고, 월화수목 라디오 했으니까 정신이 없었거든요. 월화는 사극 나오고, 수목은 드라마에선 현대물하고, 라디오 하고 정신이 없더라고요.

김작가 2004년이 드라마의 르네상스이기도 하고 지상렬의 르네상스 시대이기도 했네요. 드라마도 사극 현대물 다 해봤고, 코미디 콩트 다 해봤고, 래퍼로 음악도 해봤고, 라디오 DJ도 해봤는데 지상렬에게 제일 잘 맞는 옷은 무엇일까요?

지상렬 혈통이 예능이니까 예능이 제일 잘 맞는 옷이죠. 예능이 제일 편안한 집 같아요. 아무리 좋은 곳으로 여행을 떠나도 집이 젤 좋은 거죠. 2003년에 영화 〈실미도〉가 천만 관객의 시대를 열었잖아요. 2004년에는 〈태극기 휘날리며〉가 초유의 기록을 세웠어요. 건국 이래 최다 관객을 동원한 영화였어요. 상렬이도 좋았던 해였지만, 주연 배우인 '장동건과 원빈의 해'라고 할 만큼 2004년은 두 배우의 최고 전성기 아니었나 싶어요. 생긴 것도 대단한데 연기력도 대단하더라고요. 누가 봐도 장동건 원빈은 잘생긴 배우잖아요. 배우를 떠나서 외모가 잘 생기면 일단 축복받은 거잖아요. 미인 미남으로 태어났는데 스스로 기분 나쁘거나, 부모님이 실망하지 않으니까요. 자기도 좋고, 보는 사람도 좋고 그것부터가 축복이죠.

김작가 남자 배우 중에서 지상렬이 생각할 때 '참 잘생겼다 베스트'는 누구일까요?

지상렬 일단 홍콩의 윤발이 형님요. 주윤발 형님을 일단 꼽아야 하고, 그리고 007시리즈의 초대 제임스 본이었던 스코트랜드 출신 숀 코너리, 남자가 그렇게 섹시하기 힘들거든요. 대머리인데도 멋있어요. 그리고 우리나라에서는 남궁원 선생님. 저는 약간 굵은 스타일이 미남의 기준인 것 같아요. 이정재냐 장동건이냐 하면 잘생긴 건 장동건인데 내가 여자면 이정재를 만날 것 같아요.

김작가 그것은 무슨 차이인가요?

지상렬 잘생긴 것과 끌리는 것은 좀 다르잖아요. 그건 남자나 여자나 마찬가지인 것 같아요. 제가 여자분 이상형을 얘기할 때도 진하게 생긴 사람을 좋아한다고 하거든요. 그런데 끌리는 건 시원시원하게 생긴 스타일이고 눈에 보이는 것과 가슴에서 느껴지는 것은 좀 차이가 있는 것 같아요.

김작가 2004년에는 대체로 평화로운 얘기들을 나누었는데 안 좋았던 사건들도 있었죠. 늘 그렇듯이 좋은 일과 안 좋은 일이 매년 함께 있더라고요.

지상렬 2004년, 기억나는 큰 사건이 또 있어요. 바로 12월 26일입니다. 또렷하게 기억이 나는 이유가, 그날이 상렬이 귀 빠진 날이거든요. 2004년 12월 26일 상렬이의 생일날 아침에 인도네시아 해저에서 대지진이 발생해요. 30만 명 이상이 사망하고 실종되었어요. 우리나라도 지척에 일본도 있고 지진 해일로부터 안전한 나라는 아니라서 남의 나라 일처럼 생각할 수 없는 것 같아요. 2004년 한 해를 마무리하면서 12월 26일 생일날은 잊지 못할 생일이었는데, 앞으로 그런 생일은 없었으면 해요.

2005

희비애환이 있어서 인생은

지상렬 우리가 뭔가 테스트를 받을 때 점수가 높게 나와서 좋은 게 있고, 낮게 나와서 좋은 게 있잖아요. 예를 들어서 간수치가 높게 나왔다거나 콜레스테롤 수치나 스트레스 지수가 높게 나온 건 안 좋지만, 남성 호르몬 수치가 높게 나왔다거나 행복지수가 높게 나왔다거나 그런 건 좋은 일이잖아요. 상렬이는 검사를 해보면 행복지수는 높고 스트레스는 낮은 유형으로 나와요. 부모님께서 물려주신 것 중 훌륭한 유산이 낙천적인 유전자인 것 같은데, 무엇이든 크게 걱정하는 스타일이 아니고 50 평생을 살면서 큰일을 많이 겪지도 않은 것이 참 다행이고 행운이다 싶어요.

김작가 제가 봐도 낙천적인 성격인 건 분명한 것 같은데, 만일의 사고를 위해서 들어놓은 '지상렬 보험'은 뭐가 있나요?

지상렬 지상렬 보험은 지상렬이죠. 술자리에서 가끔 하는 건배사이기도 한데요. "지금 상황 열(렬)정적으로 지상렬!!" 언제나 지금 상황을 열정적으로 사는 게 상렬이의 보험이기도 해요. 죽어서 얼마 받는 것보다 지금 잘 사는 게 더 중요해요. 그게 돈이든 열정이든 얼마 남기고 가느냐보다 얼마나 다 쓰고 가느냐가 중요한 것 같아요. 옛날에는 사람은 죽어서 이름을 남긴다고 했잖아요, 죽으면 다 사라지는 건데 이름이 또 남아서 뭐하겠어요. 시간도 아낌없이 다 쓰고, 사람도 아낌없이 만나고, 술잔도 아낌없이 비우고, 상렬이는 그런 게 인생의 보험이라고 생각해요. 살다보면 안타까운 일들도 너무 많은데 세상을 다 못 살아보고 세상을 떠나는 거잖아요. 가끔 눈이 오는 날이면 그때 생각이 나는데, 제가 2005년도 겨울에 지방에 녹화를 하러 갔다가 방송국 차를 타고 서울로 올라오는 길에 서울에 들어서서 63빌딩쯤 왔는데 눈이 펑펑 쏟아지더라고요. 그때가 2월 22일이라서 더 기억에 남는데 라디오에서 뉴스가 나오는데 영화배우 이은주 씨가 우울증으로 극단적 선택을 해서 세상을 떠났다는 거예요. 저는 이은주 배우와는 별 인연도 없었는데 그때 나이가 24살이라고 하니까 너무 아깝더라고요. 너무 젊고 좋은 나이에 세상을 떠났잖아요. 김수철 형님 노래 제목처럼 그야말로 '못다 핀 꽃 한 송이'였는데 아낌없이 살아야겠다, 남기면서 살지 말고 남김없이 살아야겠구나, 그런 생각을 했던 것 같아요.

김작가 이은주 배우와 큰 인연도 없지만 좋은 느낌을 가졌었나 보네요.

지상렬 스크린으로 볼 때 왠지 피아노 선생님 같은 그런 느낌이 있었어요. 상렬이 중3때 음악 선생님 같은 그런 느낌이었거든요. 그 선생님 때

문에 상렬이가 피아노도 배우고 그랬었죠. (웃음)

김작가 그런 이미지가 보였나 보네요. 실제로 이은주 씨가 학창시절에 꿈이 배우가 아니라 피아니스트였다고 하더라고요. 음대에 진학할 계획이었는데, 고등학생 때 영화에 캐스팅되면서 진로가 연극영화과로 바뀌었대요. 지상렬의 눈에 피아노 선생님 이미지가 보였다는 게 신기하네요.

지상렬 인생은 돌이킬 수 없는 숙명 같은 게 있는 것 같아요. 세상사에는 희비애환이 있어서 즐거움이 있으면 슬픔도 있고, 슬픔 뒤엔 또 즐거움도 오고, 그걸 반복하는 게 인생인 것 같아요. 2005년을 돌이켜 생각해보면 두 명의 여배우가 생각나는데 슬픈 얼굴의 이은주, 기쁜 얼굴의 심은하이거든요. 〈8월의 크리스마스〉에서 다림이 역을 맡았던 심은하 씨가 지상욱 형님과 결혼식을 올려서 '지' 씨 집안의 형수님이 된 해도 2005년이에요. 지석진 형님, 지상욱 형님 그리고 저보다 한 살 아래인 배우 지진희가 같은 충주 '지' 씨라서 가끔 모여서 소주도 마시고 하는 '지' 씨 집안인데, 쉽게 설명을 하자면 지상렬과 결혼을 하는 여자는 심은하 형수님과 동서지간이 된다는 거죠. (웃음)

김작가 일단 결혼을 하면 신혼집은 인천 송도 58평형이고, 동서는 심은하인데 제일 중요한 신부가 아직 미정이네요. (웃음)

지상렬 심은하 형수님이 '지' 씨 집안으로 시집을 오고 2005년도엔 연예인 커플 결혼식도 많았어요. 개그맨 박준형 김지혜 커플도 2005년에 결혼을 했고, 배우 연정훈 한가인 커플, 김남주 김승우 커플도 2005년에 결혼을 해서 벌써 결혼 20년차가 되어 가는데, 심은하 형수님도 손 아랫동서를 어서 맞이했으면 좋겠네요. (웃음)

김작가 이은주, 심은하 두 여배우의 슬픔과 기쁨이 겹쳤던 2005년이네요. 그리고 이은주 씨의 안타까운 소식을 들었던 날이 2월 22일이라서 더 기억에 남는다고 했는데, 이은주 씨의 비보를 들어서 안타까운 날이기도 하고 2005년에 독도 영유권을 주장하면서 일본이 매년 2월 22일을 지들 마음대로 다케시마의 날 기념일로 정해버렸어요. 이은주 씨가 극단적 선택을 했던 날과 다케시마의 날 2월 22일이 우연하게 겹쳤네요. 2005년 당시에 독도 문제로 한일 관계가 안 좋고 국민들도 반일 감정이 컸죠. 국민들이 자유롭게 독도에 들어갈 수 있도록 허용된 것도 이때부터였어요.

지상렬 아무리 자기네 땅이라고 우겨도 독도가 우리 땅이란 건 변하지 않는 사실이에요. '독도는 우리 땅' 가사는 지금까지 여러 차례 바뀌었어요. 정광태 형님이 원래 가수 이전에 개그맨 출신인데요, '독도는 우리 땅'이 처음 나온 게 당시에 유명했던 코미디 프로그램인 KBS 유머1번지 〈변방의 북소리〉라는 코너에서 임하룡, 장두석, 김정식, 정광태 형님 네 분이 불렀던 건데, 그때가 1980년대라서 요즘과 달라진 내용이 많잖아요. 이를테면 처음 노래 가사는 '울릉도 동남쪽 뱃길 따라 이백리'였는데 이걸 현재 통용되는 km 단위기준으로 바꾸니까 이백리가 '울릉도 동남쪽 뱃길 따라 87km' 이런 식으로 바뀌는 거죠. 좀 어색하긴 하지만 역사적인 노랫말이니까 정확해야 되잖아요. 행정주소도 요즘은 도로명 주소나 신주소로 바뀌었잖아요. 그래서 '경상북도 울릉군 남면도동 1번지'에서 '경상북도 울릉군 울릉읍 독도리' 신주소로 바뀌었고요, 또 중요한건 그동안에 지구 온난화가 심해져서 기후 환경도 바뀌었어요. 원래가 사는 '평균기온 12도 강수량은 1300'이었는데, 바뀐 가사는 '평균기온 13도 강수량은 1800'이에요. 기후가 바뀌었으니 바닷물 수온도 변하고 생태계도 변했을 거 아니예요. 앞으로도 지구환경이나 생태계에 따라서 가사가 계속 바뀔 것 같은데, 정광태 형님 노래부를 때 가사가 무척 헷갈릴 것 같아요. (웃음) 독도는 우리 땅 외에도 '한국을 빛낸 100인의 위인들'이라던지 '김치 없인 못 살아' 김치 주제가도 불렀는데, 독도 없인 못 사는 정광태 형님 파이팅입니다. (웃음)

2006

코미디왕 김형곤, 박치기왕 김일

지상렬 반평생을 얘기하다 보니까 느껴지는 게 두 가지가 있어요. 하나는 우리나라에 정말 사건 사고가 많았구나, 그 많은 사건 사고 속에서 상렬이가 이렇게 무사히 지내고 있는 것도 엄청난 행운이고 행복이구나, 성수대교 상판이 무너지던 날도 상렬이는 다리를 무사히 건너왔지만 무사히 건너지 못했던 분들도 많잖아요. 그분들도 상렬이처럼 무사히 다리를 건넜을 수도 있고 상렬이가 그분들처럼 다리를 무사히 건너지 못했을 수도 있겠구나, 삶이란 것이 예측을 할 수 없으니까 매순간 참 감사하며 열심히 살아야 되는 거구나 그런 게 느껴졌어요. 또 하나는 우리가 이런 저런 얘기하면서 우리나라에서 권력이 제일 많았던 사람, 재산이 제일 많았던 사람, 인기가 제일 많았던 사람들 얘기들도 나누었잖아요. 권력이 많고, 재산이 많고, 인기가 많더라도 언젠가는 사라지더라, 세월 따라 가버리더라, 박정희 대통령, 정주영 회장님, 마이클잭슨 형님, 장국영 형님, 모두 다 떠나갔잖아요. 세월을 이기는 절대강자는 없구나, 세월이 세상에서 가장 힘이 센 천하장사구나, 그런 게 느껴지더라고요. 겸손하게 오늘을 더 열심히 살아야겠구나, 그런 걸 새삼스럽게 다시 알게 된 것 같아요.

김작가 저도 눈앞에 급한 일만 생각하며 살아오다가 50년을 뒤돌아보니 정말 많은 일들이 있었고, 시간이 빨리 흐른다는 걸 알게 되었으니까 좀 더 시간을 아껴 쓰면서 살아야겠다는 생각이 들어요. 지상렬이 기억하는 2006년은 어떤 해인가요?

지상렬 개인적으로 생각나는 건 개그맨 김형곤 형님입니다. 너무나 갑자기 돌아가셔서 동료나 선후배가 깜짝 놀랐던 사건이었어요. 정치풍자 코미디의 대가였던 김형곤 형님이 운동을 하고 나서 심근경색으로 2006년 46세의 젊은 나이로 세상을 떠났죠. 그런데 개그맨 이용식 형님도 심근경색으로 쓰러졌었는데 김형곤 형님이 이용식 형님 운동하시라고 자전거를 한 대 사주셨는데, 김형곤 형님이 심근경색으로 먼저 떠나셨어요. 그것도 참 아이러니하더라고요. 김형곤 형님이 이용식 형님을 잘 따랐고 두 분이 각별하셨거든요. 김형곤 형님이 연세대 세브란스 병원 암센터 홍보대사랑 보건복지부 비만홍보대사를 맡기로 되어 있었는데, 갑자기 돌아가시는 바람에 이용식 형님이 대신 맡기도 하셨어요. '전국비만협회'도 결성해서 추진했었고 '세계웃음의 날'도 만들었었어요. 그냥 혼자서 만든 게 아니라 국회의원, 교수, 이경규 형님이랑 각계 각층 인사 100여

명이 참석해서 웃음의 날을 위한 '국민운동본부'를 창립하기도 하고, 아무튼 가만히 안 있고 부지런하고 두뇌도 명석하셨던 형님이셨죠. 이경규 형님 하고는 동국대 동기인데 김형곤 형님은 국어교육학과였고 이경규 형님이 연극영화과인데, 김형곤 형님 사망 소식 듣고 이경규 형님이 술 마시다가 정신을 잃을 정도로 슬퍼했어요. 경규 형님이 웬만해서 우는 분이 아니거든요. 저는 김형곤 형님 코미디를 보고 자란 세대인데, 지금도 사람들이 기억하는 코미디 중에 〈회장님 회장님 우리 회장님〉이 있어요. "잘 돼야 될 텐데--, 잘 될 턱이 있나--"그 유행어를 따라하고 그랬었죠. 그리고 〈탱자 가라사대〉라는 코미디에서도 유행어가 있었는데, 김형곤 형님 대사 중에 "적어라 적어!" "꼭 공부 못 하는 것들이 어쩌고저쩌고 말들이 많아요" 그런 것도 생각이 나네요. 방송만 열심히 했던 게 아니라 대학로에서 스탠딩 개그도 하시고, 강남에서 코미디 클럽을 운영하기도 했고, 정말 열정적으로 사셨던 것 같아요. 방송, 공연, 정치, 사업 모든 분야에 관심도 많았고 잘해내기도 했었는데, 김형곤 형님이 평소에 하셨던 말 중 인상 깊은 말이 있어요. 사람들은 웃을 일이 있어야 웃는데 사실은 웃어야 웃을 일이 생긴다는 거예요. 가만히 생각해보면 딱 맞는 말인 것 같아요. 살면서 웃는 일이 얼마나 있겠어요. 그것보다는 먼저 웃으면 남들도 따라 웃고 웃을 일이 생길거란 거죠.

김작가 맞는 말이네요. 웃음만 남기고 떠난 게 아니라 명언도 남기고 떠났는데, 세상을 떠나면서 시신도 해부 실습용으로 기증을 하고 떠났죠. 일반적인 장기기증보다 더 어려운 결정인데 말이죠.

지상렬 모든 게 세월 따라서 사라져도 끝까지 남는 게 추억인데, 김형곤 형님도 시청자분들께 좋은 추억을 남기고 떠나신 것 같아요. 그리고 김형곤 형님이 떠나신 그해가 공개 코미디의 최전성기였어요. KBS 개그콘서트의 〈고음불가〉 〈마빡이〉 SBS 웃찾사의 〈나몰라 패밀리〉 MBC 개그야의 〈사모님〉 이런 코미디들이 빅히트를 했던 해도 2006년도인데, 이때 시청률이 15~20%대였거든요. 그때가 코미디의 최고 전성기였던 것 같아요. 그때 이후로 콩트 코미디에서 버라이어티 코미디로 넘어오면서 콩트가 좀 주춤했었지요. 그리고 60~70년대에 출생한 사람들은 누구나 비슷한 추억이 있을 거예요. 한 시대를 풍미했던 레슬러 박치기왕 김일 선수가 2006년에 세상을 떠나고 인생의 링에서 내려오게 되죠. 소년 지상렬도 김일 선수 레슬링 세대잖아요. 동네 친구들이랑 레슬링 한다고 이불 펴고 레슬링 하고 그랬던 세대 였었죠. 그때는 농구, 야구, 축구 이런 구기종목보다 무조건 권투, 레슬링의 시대였거든요. 흑백 TV 시절에, TV가 많지 않았던 시절에, 동네에서 TV가 있는 집에 모여 앉아서 레슬링을 보던 생각이 나네요. 가난하던 시절인데 박치기 한 번 할 때마다 국민들이 환호하고 근심걱정도 잊고 그랬던 시절이잖아요. 나중에 인터뷰에서 김일 선수가 이런 말을 해서 제가 마음이 아팠어요. 김일 선수가 박치기 할 때 무척 아팠다는 거예요. 저는 박치기 왕 이니까 당연히 상대 선수가 아플 거라고 생각했어요. 박치기 왕 김일 선수도 박치기 할 때마다 엄청 아팠는데, 국민 여러분들이 박치기 한 번 할 때마다 즐거워하고 힘을 낸다는 생각에 꾹 참으면서 박치기를 했다는 거예요. 저는 그 말이 더 대단해 보이더라고요. 김일 선수가 돌아가셨을 때 우리나라까지 조문을 왔던 일본인 레슬러 안토니오 이노키도 생각이 나요. 김일 선수의 스승이었던 역도산, 김일 선수의 제자인 이왕표 그리고 돌려차기와 당수가 특기였던 천규덕 선수도 대단한 전설이었죠. 천규덕 선수는 배우 천호진 형님의 부친이기도 하죠. 당시에 프로레슬링이 짜고 치는 '쇼' 아니냐 그런 말 하는 사람들도 많았는데, 저는 그렇게 생각해요. '쇼'면 어때요? 레슬링으로 인해서 슬픔도, 기쁨도, 국민들과 함께 나누고 즐겼으면 그걸로 된 거죠. 어느 기자가 김일 선수에게 묻기도 했었대요. "레슬링이 각본을 정하고 하는 게 맞냐? 하고 물었더니, 김일 선수가 즉답은 하지 않고 웃으시면서 "어차피 인생은 드라마 아니냐"라고 했다고 해요. 멋진 대답인 것 같아요. 어차피 인생은 빈 술잔 들고 취하는 거잖아요. (웃음)

김작가 우리 세대들이 공감하고 추억하는 주제 중에 빠지지 않는 게 레슬링인 것 같아요. 박치기 왕 김일 선수가 세상을 떠났던 2006년인데 인천의 아들이고 야구계의 괴물이 탄생한 해이기도 하죠.

지상렬 인천의 아들이 몇 명 있지만 류현진 선수가 나이는 어려도 인천의 큰아들로 대우를 해줘야 하는 아들입니다. 2006년은 봉준호 감독의 영화 〈괴물〉이 개봉해서 괴물 신드롬을 일으킨 해인데요, 같은 해에 한화 이글스에 입단한 류현진 선수가 입단하자마자 19세의 나이로 KBO 신인상과 MVP를 둘 다 수상을 했어요. 신인상과 MVP를 동시에 수상한 선수는 없거든요. 그야말로 혜성처럼 나타난 괴물 투수였죠. 2013년도에 LA다저스로 메이저리그에 입성해서 지금은 '토론토 블루제이스'에서 연봉이 2,000만 달러인데 우리 돈으로 239억 원 정도죠. 하루로 계산을 해보면 우리 돈으로 일당이 1억 9천만 원 짜리 투수예요. 저도 인천의 아들이고 김구라나 염경환도 인천의 아들이지만, 인천의 큰아들에 비하

면 못난이 삼형제 정도 되는 거죠. (웃음)

김작가 체격은 지상렬도 초등학교 때부터 야구를 했으면 인천의 큰아들로 성장했을 수 있을 것 같은데, 야구 선수는 생각을 안했었나요?

지상렬 상렬이 외모가 오해를 부르는 몽타주잖아요. 와일드해 보이는 외모와는 다르게 야구부가 아니라 초등학교 때 합창부 단원을 했어요. 책 읽는 거 좋아하고 시 쓰는 거 좋아하는 합창 단원이었죠. (웃음) 저는 인천 용정초등학교를 다녔는데 류현진 선수는 야구부가 있는 창영초등학교를 나와서 야구 명문 동산중, 동산고를 나왔어요. 인천 동산고등학교 주변에는 야구 관련 전시물들이 있는 '류현진 야구거리'가 있어요. 상렬이도 그런 생각을 해볼 때가 있어요. 제가 창영초등학교를 다녔더라면 체격으로 보나 체력으로 보나 야구부에 발탁되지 않았을까, 야구부에 발탁되었으면 아무래도 어깨가 좋으니까 포지션이 투수가 아니었을까, 그럼 어떻게 되었을까, 상상은 자유니까 예전에 그런 상상을 해보기도 했었죠. (웃음)

김작가 류현진 선수의 모교 주변에 류현진 거리가 있는 것처럼 지상렬 모교 제물포고등학교 주변에도 언젠가는 '지상렬 거리'가 생기길 기원하겠습니다. (웃음)

결혼할 결심 2007

지상렬 윤달이 들어서 입춘이 한 해에 두 번 돌아온다는 쌍춘년에 결혼을 하면 잘 산다는 말이 있는데, 그 해가 2006년 이었어요. 그래서 다른 해보다 훨씬 많은 연예인 커플이 결혼을 해서 2006년도에 상렬이가 결혼식 쫓아다니느라고 무척 바빴어요. 개띠 친구 강호동도 했고, 신동엽 선혜원 PD도 했구요, 영화배우 차태현, 박해일, 김수로, 가수 싸이, 주영훈, 윤종신 정말 많은 연예인들의 결혼식이 있었어요. 2006년 쌍춘년에는 연예인들이 결혼식을 많이 해서 화제였는데, 2007년에 결혼식 하객이 역대급이라서 화제가 된 결혼식이 있어요. 박경림씨 결혼식인데, 하객이 무려 5천 명 정도가 왔다고 해요. 결혼식 하객의 기록이 1964년에 쉐라톤 워커힐에서 영화배우 신성일 엄앵란 결혼식 때 4천 명의 하객이 왔다고 해서 엄청난 화제였는데, 그 기록이 2007년 박경림 결혼식에서 깨진 거죠. 저도 박경림 결혼식에 다녀왔습니다만, 연예계 최고의 마당발이 박경림인 것 같아요. 결혼식 사회도 유재석, 박수홍 둘이 봤고, 주례도 스타 PD 주철환 PD, 축가도 휘성, 강타, 장나라, 이수영, MC몽 등등해서 4팀으로 12명이나 불렀어요. 히딩크 감독도 하객으로 왔고, 대한민국 최고의 스타들이 다 모였다고 보면 됩니다.

김작가 결혼식장이 공연장 같았다고 하는데 축의금도 그 당시에 방송으로 추정된 액수가 5억 원 정도 된다고 했으니까 흥행에도 무척 성공한 결혼식이었네요. 축의금으로 지출하는 비용도 만만치 않을 텐데 지상렬의 축의금 기준은 어떻게 되나요?

지상렬 저는 축의금 기준이 항상 30, 50, 100이거든요. '아~ 친구한테 연락 왔네' 그럼 30, '이 친구한테는 이 정도는 해야지' 그럼 50, 이보다 더 특별한 인연이다 싶으면 100만 원, 경림이는 50 했던 것 같아요.

김작가 해마다 주변 결혼식이 많이 있을 텐데, 언젠가는 하게 될 지상렬의 결혼식은 어떻게 할 거란 계획이 있나요? 비혼주의자는 아니니까 지상렬도 결혼을 하긴 하겠죠?

지상렬 올 스탠바이죠. 저는 모든 준비가 다 되어 있어요. 신부만 나타나면 오늘 바로 청첩장 찍고 기자회견 해야죠. (웃음)

김작가 결혼식이라면 요즘은 스몰 웨딩도 있고, 비공개 결혼도 있고, 신랑 신부 취향대로 결혼식을 하던데 생각하고 있는 결혼식은 어떤 결혼식인가요?

지상렬 일단 비공개는 저랑 안어울려요. 비공개는 뭐 좀 신비로운 구석이 있다거나 그래야 비공개도 하고 그러는 건데, 상렬이는 신비하고는 거리가 머니까 무조건 공개로 하는 게 저랑 맞아요. 기왕이면 천장이 있는 건물 말고 사방팔방이 탁 트인 곳에서 하고 싶어요.

김작가 탁 트인 곳이면 호텔이나 예식장보단 야외인데 어디를 생각하고 있나요?

지상렬 여건이 된다면 야구장에서 하고 싶어요. 인천의 아들이니까 인천 문학구장 야구장에서 하고 싶다는 생각을 예전부터 하고 있었거든요. 홈 베이스에 주례선생님 서 계시고 투수석에서 신랑신부가 직구로 동시 입장하는 거죠. 그야말로 홈 베이스 집으로 홈인하는 거죠. 여건이 된다면 그렇게 하고 싶은데 여건이 돼도 신부가 반대하면 못하는 거죠. 의외로 신부가 아이스 링크나 농구장에서 하고 싶다고 할 수도 있잖아요. (웃음) 그럼 야구장은 포기하는 거죠. 상렬이는 결심도 잘하지만 포기도 바로 하거든요. 무엇이든 신부 의견이 먼저잖아요. (웃음)

김작가 예전에 양신 양준혁 선수가 결혼식을 고척 스카이 돔 야구장에서 하기로 했다가 코로나 시국에 연기되면서 결국 야구장 결혼식이 성사되진 못했는데, 지상렬의 야구장 결혼식 기대해보겠습니다. 그런데 주례나 사회나 축가는 누가 해주실지 생각해봤나요?

지상렬 미리 다 생각을 해놨죠. 저는 신부만 미정이고 나머진 다 확정이거든요. (웃음) 주례는 저를 잘 알고 있는 인생 선배가 해주셨으면 하는데 그런 분이 노사연 누님이세요. 노사연 누님이 주례를 심판복 입고 홈 베이스에 버티고 서서 해주셨으면 하고, 사회는 상렬이 간에 2억 정도를 투자한 남희석 선배가 맡아 줄 거예요. 남희석 선배가 상렬이가 어려울 때 사료도 많이 챙겨주고 빗질도 해주고 유기견을 명견으로 만들어줬잖아요. 나이는 저보다 한살 어리지만 데뷔도 먼저 하고 상투도 먼저 틀고 큰딸 보령이 작은딸 하령이 잘 키우고 보령 엄마 잘 보필하면서 훌륭한 가정을 꾸리고 살거든요. 존경스런 선배님이죠. 남희석 선배가 사회를 기꺼이 맡아줄 거예요. 축가는 주례 선생님이 먼저 한 곡 해주시고 제가 좋아하는 KCM이랑 바비킴이 한 곡씩 해주면 행복한 결혼식이 될 것 같아요. 신부님도 좋아하실 것 같고요. (웃음)

김작가 만반의 준비를 다 해놨는데 제일 중요한 주인공이 아직 섭외가 안 되어 있네요. 신혼 여행도 생각해둔 곳이 있나요?

지상렬 저는 해외보다는 자동차를 끌고 국내 여행을 천천히 해보고 싶어요. 목적지도 정하지 않고요. 파란불이면 달리고 빨간불이면 서고 그렇게 달려서 도착하는 곳에서 석양을 바라보면서 일단 소주를 한잔 하면서 벅찬 가슴을 좀 진정시켜야 할 것 같아요. 생각만 해도 떨리네요. (웃음)

김작가 당장 결혼을 한다 해도 조금 늦은 나이인데, 2세 계획은 어떻게 되시나요?

지상렬 상렬이가 그건 계획을 못 세우겠더라고요. 일단 부딪혀 보고 최선을 다해봐야죠. 제가 생산 능력이 있어서 2세를 가지게 되면 너무나 감사한 일이죠. 그 부분은 하늘의 뜻에 맡기는 거죠. (웃음)

김작가 지상렬보다 20년도 넘는 어르신인데 탤런트 김용건 선생님은 77세에 2세를 또 보셨잖아요. 백세 시대에 지상렬 정도 나이면 이제 사춘기 갓 지난 나이라고 봐도 됩니다. 2세도 많이 낳아서 다복한 가정 이루길 빕니다. (웃음) 결혼 후에 경제권은 어떻게 할 건가요?

지상렬 저는 신부에게 무조건 다 맡기죠. 다 맡기고 소주 값 타서 써야죠. 소주 값은 횟집 수족관에 돌아다니는 광어 우럭 정도로 안주할 수 있는 정도면 상렬이는 만족하고 좋을 것 같아요.

김작가 결혼 계획이 꽤 구체적이네요. 결혼을 하게 되면 지상렬의 신혼일기도 아내와 함께 써보면 좋을 것 같아요. 하루빨리 그런 날이 오길 바랍니다. (웃음) 지상렬은 어릴 때 유복하게 자라서 용돈을 넉넉하게 받았을 것 같은데, 용돈 관리를 잘하는 편이였나요?

지상렬 제가 한 달 용돈을 받으면 그 돈을 가지고 장난감을 사거나 쓰지 않고, 모았다가 형편이 좀 어려우셨던 이모님께 조그만 선물도 사드리고, 용돈도 보태드리고 그랬던 기억이 나요. 꼬맹이가 뭘 안다고 그랬는지 모르겠는데 어렸을 때부터 아버지께 자주 들었던 말이 '나누면서 살아라' 그 말을 가장 많이 들으면서 자랐어요. 그래서 아버지를 생각하면 더하기도 아니고 곱하기도 아니고 '나누기' 생각이 먼저 나요. 저희 아버지가 딱 지금의 상렬이 나이 때 돌아가셨는데 아버지라는 존재는 나이가 들어갈수록 더 그리워지는 분 같아요. 상렬이는 지금 제 나이가 참 좋은데 아버님이 제 나이 때 돌아가신 걸 생각하면 너무 안타까워요. 평생 가족을 위해서 일을 하시고 이제부터 쉬셔야 할 나이에 돌아가셨거든요. 세상의 모든 아버지들은 가족 앞에선 강해 보이지만 외로운 분들이구나, 등대 같은 존재이기도 하지만 촛불 같은 존재이기도 하구나, 그런게 많이 느껴지더라고요. 아버지들은 정작 당신이 힘들 때는 힘들다는 말을 가족에게 하지 못하고 가족이 힘들 때는 큰 힘이 되어주시잖아요. 상렬이도 살아보니까 세상에서 가장 짧지만 여운이 가장 긴 게 아버지 말씀 같아요. '상렬아 잘했다' '상렬아 힘들지?' 이 한마디에 백 마디의 충고와 당부와 칭찬이 다 있었더라고요.

김작가 2007년은 KBS의 야생 버라이어티 〈1박 2일〉이 시작된 해이고, 지상렬이 원년 멤버였는데 드라마한다고 자진 하차를 했어요. 〈1박 2일〉을 하차할 당시에 아버님이 살아계셨더라면 그때도 "상렬아 잘했다" 그러셨을까요?

지상렬 그건 장담할 수 없습니다. (웃음) 상렬이가 하는 일에는 모든 것을 지원해주시고 칭찬해주시던 분이 아버지이신데 "상렬아 왜 그랬어?" 그러셨을 수도 있어요. 남들은 못 들어가서 난리인데 〈1박 2일〉 그냥 하지 드라마는 왜 한 거고, 래퍼는 뭐고, G.C해머는 뭐 한 거니? 그러셨을 수도 있어요. (웃음)

김작가 맞다! 래퍼로 변신 해서 G.C해머를 했던때도 2007년이었네요. 2007년이 엄청 바쁜 날이었겠어요. 그때 MBC 라디오 지상렬 노사연의 〈2시만세〉 할 때고, MBC 사극 〈이산〉도 할 때고, 예능 프로그램에 래퍼까지 할 때니까 〈1박 2일〉 까지 하는 게 쉽지는 않았겠어요.

지상렬 그때 상렬이의 가슴에 힙합의 피가 뜨거울 때였거든요. 한국적인 힙합의 진수를 보여 주려는 야심찬 계획으로 국악과 랩이 만나는 신선한 시도를 했었는데, 아쟁, 대금, 가야금을 랩에 접목을 시켰으니 얼마나 신선했겠어요. 적당히 신선해야 하는데 너무 신선했어요. (웃음) 그래도 그때 2007년도에 상렬이가 G.C해머로 힙합차트 순위까지 올라가 보고 음악방송 Mnet에서 생방송도 해보고, 하고 싶은 걸 해봤다는데 의미가 있고 여한이 없어요. 지금 다시 하려면 할 수 있을까 그런 생각도 들어요.

김작가 힙합이란 장르가 꼭 젊은이만 하는 건 아니니까요. 지상렬이 칠순이 되든, 팔순이 되든, G.C해머의 '클럽 아리랑'을 무대에서 다시 들을 수 있는 기회가 꼭 왔으면 좋겠습니다. (웃음)

2008
슈퍼스타 최진실
화려했고 고독했던

김작가 2008년에 어떤 일들이 있었는지 얘길 해볼게요. 우선 노무현 대통령이 임기를 마치고 경남 김해 봉하마을로 귀향하고, 제17대 이명박 대통령 임기를 시작합니다. 한국 현대문학 100년 역사상 가장 훌륭한 소설로 손꼽히는 대하소설 《토지》의 박경리 작가가 세상을 떠나고, 임권택 감독의 〈서편제〉 이창동 감독의 〈밀양〉의 원작 소설가 이청준 작가도 폐암으로 세상을 떠납니다. 연예계에선 거북이의 리더 터틀맨 임성훈이 향년 38세의 나이로 고독사하였고, 탤런트 안재환이 본인의 카니발 차량에서 숨진 채 발견됩니다. '돈 많고 힘 있을 때 꽃등심 먹는 사람보다, 어려울 때 같이 라면 먹어준 사람이 오래가는 법'이라고 했던 당대 최고의 배우 최진실도 자택 욕조에서 숨진 채 발견이 됩니다. 화려했지만 순탄하지만은 않았을 그들의 한 시대가 이렇게 흘러가고, 이제는 추억으로 남은 2008년입니다.

지상렬 2008년의 추억들이 주마등처럼 지나가는 것 같네요. 예전에는 '극단적 선택' 이런 얘기는 나와는 별 상관이 없다고 생각 했었는데, 요즘엔 여기저기서 이런 일들을 많이 접하다 보니까 제가 지인들한테 가끔 이런 문자를 보냅니다. '건강한 생각 많이 하자' '몸에 알통이 있는 것보다 마음에 알통이 있어야 된다' 사람은 여럿이 있을 때는 자기가 아픈 걸 몰라요. 그런데 자기만의 동굴에 들어가면 자기가 아픈 걸 알게 되고, 거기서 시간이 더 지나면 통증처럼 외로움 통증이 더 많이 밀려온단 말이죠. 저도 술을 좋아하지만 약도 그렇고 술도 그렇고 절대 그것들을 이길 수가 없거든요. 그러나 생각은 통증을 이길 수가 있습니다. 어르신들이 말씀하시는 '죽을힘이 있으면 살라'는 단순한 논리예요. 자신이 무한한 가치가 있는 사람인데 왜 죽어요, 더 열심히 살아야죠.

김작가 여럿이 있을 때는 자기 아픈 걸 모른다는 말이 공감이 되네요. 지상렬은 몸에도 알통이 있지만 마음에도 알통이 단단한 사람인데, 최근에 제일 슬프게 울어 본 건 언제인가요?

지상렬 상렬이가 잘 우는 스타일이 아닌데 최근에는 제가 키우던 반려견 '뭉치'가 무지개다리를 건너갔을 때 울었어요. 16년을 함께 살았으니까 정말 가족이었거든요.

김작가 지상렬에게 최진실은 어떤 배우로 기억이 되나요?

지상렬 진실이 누님은 영원한 책받침이죠. 미인형이기도 했지만, 호감형 미인이잖아요. 전 국민의 연인이었다고 보면 맞을 것 같아요. 연예인은 대개 좋아하는 특정 팬층이 있기 마련인데, 진실이 누님은 그게 없었죠. 팬이 특정 연령대가 아니라 유치원 꼬마부터, 60대 이상 노인층까지 남녀노소 모두에게 인기가 있었죠. 우리나라 연예인 중에 이런 케이스가 없거든요. 슈퍼스타라고 하면 일반인들에게 신비감이 있고, 거리감이 있고 그런 게 일반적인 스타의 모습이었는데, 배우 최진실은 친구 같고 누나 같고 옆집 언니나 동생같은 정말 친근한 매력이 있었어요. 1990년대의 대중문화를 상징하는 시대의 아이콘이었죠. 상렬이가 진실이 누님과 비교할 수는 없지만 공통점이 하나 있어요. 이병훈 감독님이 MBC 〈대장금〉하실 때 상렬이를 픽업 해주셔서 사극에 데뷔를 했잖아요. 진실이 누님도 이병훈 감독님이 조선왕조 500년 〈한중록〉 연출하실 때 픽업해서 사극으로 첫 데뷔를 했어요. 이런 점도 인연이면 진실이 누님과 지상렬을 '이병훈 감독님 사단'이라고 봐줘도 되는거죠. (웃음)

김작가 아! 그 정도면 대단한 공통점이 있는 거네요. 이병훈 감독님이 최진실과 지상렬을 직접 케스팅하셨을 정도면 대단한 인연이네요. 지상렬에게서 최진실 배우 정도의 가능성을 보신 거라고 봐도 되겠네요.

지상렬 최진실 누님을 픽업 하던 때는 감독님이 훨씬 캐스팅 촉이 좋으셨을 때고, 상렬이를 픽업 할 때는 훨씬 뒤니까 판단이 약간 흐려지셨을 수도 있지요. (웃음) 진실이 누님이 연기학원에 다닐 때인데 연기학원생들이 단체로 MBC 〈일요일 일요일 밤에〉 방청을 왔었는데, 거기에서 이병훈 감독님 눈에 진실이 누님이 확 띄었다고 하더라고요. 사극으로 데뷔를 했지만 최진실이란 이름과 얼굴을 알린 건 삼성전자 CF였죠. "남편 퇴근시간은 여자하기 나름이에요" 귀여운 새댁 이미지의 이 광고 한편으로 스타의 길이 시작 되었어요. 최진실 누님도 무척 어려웠던 시절이 있었는데, 그때 광고 한편으로 800만 원을 받아서 단칸방에서 방 두 칸짜리 집으로 이사를 했는데, 집안에 화장실이 있고, 따뜻한 물이 나오고, 동생 최진영 씨에게 방을 한 칸 줄 수 있어서 무척 행복했다고 하더라고요. 그때부터 시작해서 1992년에 MBC 청춘드라마 〈질투〉가 불과 3년 뒤인데, 대한민국 연예인 중에서 종합소득세를 가장 많이 내는 톱스타가 되어서 삼성세탁기 모델할 때 계약금이 1억 5천만 원이었어요. 광고료만 봐도 3년 사이에 800만 원에서 1억 5천만 원이 되었으니까 얼마나 빅 스타가 되었는지 알 수 있잖아요. 그리고 그 당시는 프로야구 한국 시리즈에서 연예인이 시구를 하던 시절이 아니었는데, 최진실 누님이 1992년 한국 시리즈 5차전에서 연예인 최초로 시구를 했어요. 그 뒤로 연예인들이 시구를 하기 시작한 건데, 그래서 상렬이도 시구를 해봤잖아요. 그러고 보니 진실이 누님이랑 사극에 이어서 시구도 공통점이 있네요. 제가 시구를 했던 해가 진실이 누님이 세상을 떠난 2008년이었어요.

김작가 저도 생각이 납니다. 인천 문학구장이었죠. 그때는 여자 연예인이 주로 시구를 할 때인데, 남자 지상렬이 시구를 해서 의외였어요. 김성근 감독님과는 인연이 있었나요?

지상렬 전혀요. 그래서 시구 하기 전에 찾아가서 인사드리고 "제가 꼭 여쭙고 싶은 게 있는데 왜 시구를 시키셨어요?"했더니 긴말 안 하셔요. "그냥 지상렬이 좋아서" 끝!! 긴말이 필요 없어요. 알맹이만 있는 거죠. 그런데 시구를 '패대기 시구'를 해서 죄송했죠. (웃음) 그때가 2008년이었어요. 2008년에 최진실 누님은 MBC 드라마 〈내 생애 마지막 스캔들〉에 출연했는데, 그 드라마가 최진실 생애의 마지막 드라마가 되었죠. 그리고 그때 OBS 경인 TV에서 예능 프로그램을 했는데 타이틀이 〈최진실의 진실과 구라〉였어요. 제목만 봐도 알 수 있듯이 제물포 고등학교 33회 내 친구 구라랑 누님이 함께 방송을 했었잖아요. 프로그램이 인기가 좋아서 시즌2를 준비한다고 구라도 좋아했었는데, 그때 누님이 돌아가셨어요. 드라마는 〈내 생애 마지막 스캔들〉 예능은 〈진실과 구라〉가 마지막 프로그램이 된 거죠. 명성과 휴식은 한지붕 아래 살 수 없다는 말이 있는데 연기자 최진실의 인생을 보면 명성을 얻고 유지하는 게 얼마나 힘든 건지 알 수 있는 것 같아요. 평소에도 '하루에 한 명을 내 편을 만들자' 그런 마음가짐으로 살았다고 해요. 하루에 한 명이 내 편이 되면 1년이면 365명, 10년이면 3,650명의 내 편이 생기는 거잖아요. 내 편 중에서 최진실 누님이 가장 사랑했던 내 편은 아들과 딸, 환희와 준희일 텐데요, 2004년도에 이혼하고 나서도 아이들 성씨가 아버지 따라서 조 씨였어요. 2008년도에 우리나라에서 아버지 성씨를 따라가는 호주제가 폐지되어서 누님이 최 씨로 변경을 하고 성씨를 바꾸면서 딸 수민이도 이름을 준희로 개명해서 최환희 최준희가 된 거죠. 둘 다 아주 잘 자랐더라고요. 환희는 요즘 래퍼 지플랫(Z.flat)으로 활동을 하잖아요. 지상렬도 래퍼 G.C해머니까 래퍼라는 공통점이 있죠. 래퍼끼리는 말 없이도 통하는 뭔가가 있거든요. (웃음)

김작가 대하소설 《토지》를 43세에 쓰기 시작해서 68세까지 25년 만에 완성한 박경리 작가님도 2008년에 돌아가시고, 죽음은 누구도 피해갈 수 없는 숙명 같은 거잖아요. 지상렬은 계획대로 인생을 잘 살고 있는 거죠?

지상렬 그건 정답이 없어요, 형님. 우리가 밥을 먹을 때 배부르게 먹으면 “아- 잘 먹었다”하고 숟가락을 내려놓잖아요. 술은 안 그래요. 한 잔 마시고, 두 잔 마시고, 세 잔 마시면 “아- 잘 마셨다”가 아니라 “어디 가서 한 잔 더 마셔야지”이렇게 되거든요. 인생도 그런 것 같아요. 절대 만족이 없어요. ‘아- 많이 살았다’ ‘아- 잘 살았다, 이제 하직 해야겠다’이게 안 된다는 거죠. 상렬이가 50이 넘긴 했지만 인생을 알면 얼마나 알겠어요. 인생은 그냥 ‘오늘도 안녕?’ 그게 인생인 것 같아요. (웃음)

2009

상렬이답게
상렬이는

지상렬 이제는 상렬이도 하늘의 뜻을 안다는 50세 지천명(知天命)도 넘긴 나이지만 2009년은 상렬이가 세상의 유혹에 넘어가지 않는다는 불혹(不惑)의 나이 40살이 되던 해였네요. 그때는 마흔 살이 넘어가는 게 엄청나게 오래 사는 것 같고, 젊은 시절이 끝난 줄로 알았는데 지나고 생각해 보니까 40세 정도면 깜찍하고 발랄한 나이였어요. 그리고 2009년엔 패션이 완전히 일치 단결 패션이었어요. 소녀시대의 '소원을 말해봐'가 히트를 하던 여름엔 스키니진으로 중·고등학생들이 일치단결을 했고, 찬바람이 불기 시작하면서 학생들이 등교를 하는 건지 등산을 하는 건지 헷갈릴 정도로 패딩잠바가 대유행을 했어요. 이때가 신종플루가 유행해서 소비심리가 위축되었던 해인데도 불구하고 신종플루만큼 강한 전염력으로 전국의 학생들이 ‘노스페이스 패딩’으로 일치단결을 하고 입고 다니던 시기였어요.

김작가 생각이 납니다. 학생들이 교복 위에 모두들 노스페이스 패딩을 입고 다녔던 때가 있었죠. 그 패딩이 무척 고가의 패딩이었어요.

지상렬 워낙 비싸서 부모님 등골이 휜다고 ‘등골브레이커’라고 할 정도였는데도 불구하고 수십 만 원 짜리가 날개 돋친 듯이 팔려 나갔었어요. 그때도 그런 생각이 들던데 저희 때 부모님들도 자식들 위해서는 뭐든 아낌없이 해주시려고 했듯이 다같은 부모 마음인가 보다 그런 생각이 들더라구요. 그렇게 비싼 패딩이 팔려나갈 때 2009년 10대 히트 상품 중에 1위가 막걸리였어요. 상렬이가 생각할 때는 아버지들이 비싼 술은 못 마시고 싼 막걸리를 마시면서, 자식들에겐 아낌없이 비싼 패딩을 사주시는 구나 그런 생각이 들더라고요. 상렬이 어렸을 때도 부모님이 그렇게 키우셨을 생각을 하니까 새삼 고마운 마음도 들어요. 저희 어머니에게도 더 잘해야겠단 생각이 들더라구요.

김작가 제가 볼 때는 상렬씨가 어머니께도 참 잘하시고 어머님도 건강하시고 참 좋아 보입니다. 어머니께서 오래오래 장수하실 것 같아요.

지상렬 부모님 거동하실 수 있을 때 맛있는 것도 자주 사드리고 용돈도 자주 드려야지, 거동이 불편해지시면 신사임당을 드려도 율곡 이이 선생을 드려도 별 소용이 없습니다. 신사임당 지폐가 5만 원이고 율곡 이이가 5천 원인데, 두 분이 모자지간에 지폐 모델이잖아요. 5만 원권 신사임당 지폐가 처음 나온 것도 2009년이에요. 현재까지 최고액권 화폐인데 모자지간에 화폐 모델이 된 건 우리나라가 유일하지 않을까 싶어요. 모자지간에 참 행복한 인연이다 싶은 게 두 분이 돌아가신 뒤에도 화폐 모델을 함께하고 있지만 태어난 곳도 강릉 오죽헌, 같은 곳에서 태어났잖아요. 율곡 선생도 외갓집인 오죽헌에서 출생한 거죠. 왠지 행복한 인연 같아 보여요.

김작가 늘 느끼는 거지만 지상렬은 맨 정신일 때도 행복해 보이고, 술을 한잔해도 행복해 보이고, 늘 행복해 보여요. 행복해 보이기만 하는 건가요, 진짜 행복한 건가요?

지상렬 예전에 했던 프로그램 중에 김구라, 박명수, 이성재, 지상렬 이렇게 70년생 개띠 네 명이 모여서 정신건강 클리닉에 간 적이 있는데, 의사 선생님이 저 같은 사람을 처음 봤다고 하시더라고요. 행복지수가 상위 1% 안에만 들어도 행복감을 많이 느끼는데 상렬이는 1% 안에서도 0.1%라는 거예요. 이런 사람은 옆에서 포탄이 떨어져도 마냥 행복하다는 거예요.

김작가 마냥 행복하다는 것이 아무 생각이 없다는 것과는 다른 거겠죠? (웃음)

지상렬 생각이 없기도 하죠. (웃음) 생각이 없기도 한데 생각을 좋게 하기도 해요. 이해인 수녀님 시 중에 이런 내용이 있어요. '행복하다고 말하는 동안은 나도 행복해지고, 고맙다고 말하는 동안은 고마운 마음이 생기고, 아름답다고 말하는 동안은 나도 아름다운 사람이 된다' 결국에는 생각대로 된다는 건데요, 상렬이도 평소에 이렇게 생각하면서 살려고 노력하면서 살기는 하죠. (웃음)

김작가 생각이 없는 게 아니라 생각을 좋게 하는 것, 그렇게 하면 옆에서

포탄이 떨어져도 마냥 행복할 수 있다는 것, 오늘 배웠네요. (웃음)

지상렬 상렬이는 쉽게 생각하고 가볍게 사는 게 중요하다고 생각해요. 왕관을 쓰고 있으면 다 가진 사람이겠지만, 그 무게까지도 가져야 되는데, 상렬이는 왕관 자체가 머리에 안 맞는 것 같아요. 2009년에는 특별한 인연 세 분이 돌아가셨는데, 팝의 황제 마이클 잭슨과 김대중, 노무현 전직 대통령 두 분이 세상을 떠나셨잖아요. 이 세 분 모두 왕관을 쓰셨던 분들인데, 훌륭한 분들이지만 그 왕관의 무게가 평생 얼마나 무거웠겠어요. 마이클 잭슨 형님은 스릴러 앨범이 팝 역사상 최다 판매를 했고, 수많은 기록과 타이틀과 재산 때문에 연간 유지비가 50억이나 든다는 대저택 네버랜드에 살면서도 밤에 잠이 안 와서 수면유도제 프로포폴을 맞고 사망 했어요. 그리고 평생 루머에 시달리기도 했잖아요. 너무나 서민적이고 소탈했던 노무현 대통령도 홀로 고독하게 세상을 떠나셨고, 노벨 평화상까지 받은 김대중 대통령도 일평생을 투옥과 고문으로 힘겹게 살다 가셨잖아요. 왕관을 쓰고 있는 자리는 고독하고 외로운 자리인 것 같아요.

김작가 묘하게도 세 분의 인연이 다 연결 되어 있었죠. 마이클 잭슨은 김대중 대통령과 우정을 나눈 사이였고, 김대중 대통령은 노무현 대통령이 서거했을 당시의 심정을 '내 몸의 반쪽이 무너지는 것 같다'라고 표현을 했어요. 전생에 형제지간이 아니었을까 싶다는 말도 하셨죠.

지상렬 마이클 잭슨 형님은 우리나라에서도 인기가 꾸준히 있었잖아요. 80년대 인기가수 순위 조사를 하면 1위 조용필, 2위 전영록, 3위 이용, 4위 마이클 잭슨, 5위 정수라 이럴 정도로 국민들에게도 친숙했었죠. 김대중 대통령이 대통령에 취임하실 때 축하 사절로 마이클 잭슨이 직접 오기도 했어요. 2009년 6월에 마이클 잭슨이 세상을 떠났을 때도 김대중 대통령이 '세계의 영웅이자 사랑하는 벗을 잃었다'라는 말을 했을 정도로 우정이 두터웠던 사이였죠. 미국 부시 대통령 취임식 때 초청을 받아도 안 갔던 마이클 잭슨인데, 김대중 대통령 취임식 때 우리나라까지 날아온 건 그만큼 존경심이 있었다는 거예요. 그런데 노무현 대통령이 5월에 세상을 떠나시고, 6월에 마이클 잭슨이 세상을 떠나고, 두 달 후인 8월에 김대중 대통령도 서거를 하셨잖아요. 인연이 깊은 세 분이 몇 달 사이에 이렇게 세상을 떠나는 걸 보고 참 묘한 인연이 있는가 보다 그런 생각이 들었어요.

김작가 정말 훌륭했던 분들인데 세상을 떠날 때는 순서도 따로 없고 허무한 것 같네요. 행복지수 상위 0.1%인 지상렬이 바라본 2009년, 어떻게 보셨나요?

지상렬 상렬이 말은 아니고 공자님이 이런 말씀 하셨대요. 임금님은 임금답게, 신하는 신하답게, 아버지는 아버지답게, 자식은 자식답게, 그리고 상렬이는 상렬이답게 앞으로 남은 반평생도 열심히 살아가야겠다, 그런 생각이 드는 2009년 이었어요.

5부

지상렬은 지상렬답게

2010~2022

2010 지워지고 추억의 페이지가

김작가 지상렬이 태어난 1970년부터 얘길 시작했는데 대화를 나누면서 세상이 점점 바뀌어 가는 게 느껴져요. 국민 소득도 그렇고 국민 정서나 의식도 많은 변화가 있었던 것 같아요.

지상렬 저도 잘 모르고 살다가 이번에 그런 걸 느꼈던 것 같아요. 하루하루 살다 보니까 세월이 벌써 이렇게 흘렀는데, 세상이 변하고 있는 걸 잘 못 느끼면서 살았던 것 같아요. 돌이켜 보니까 알겠더라고요. 상렬이는 박정희 대통령 때 태어나서, 전두환 대통령 때 청소년기를 보냈잖아요. 저희가 어릴 때는 1980년대가 되면 집집마다 자동차가 한 대씩 있는 '마이카 시대'라는 게 열린다는 거예요. 1970년대에 새마을 운동도 하고 1980년대 들어서니까 통행금지가 없어지고, 교복이 자율화되고 그랬잖아요. 그때를 생각해보면 지금은 세상이 엄청나게 바뀌었죠. 2002년도에 톰 크루즈가 나왔던 영화 〈마이너리티 리포트〉에서 손으로 터치해서 모니터를 운영하는 '터치 스크린' 방식이 나와요. 그게 2054년이 배경인 영화라서 SF영화니까 그런 게 있나 보다 했지, 현실로 올 거라는 생각은 안했거든요. 그런데 지금 핸드폰이 다 터치스크린 방식이잖아요.

김작가 얼마 전까지만 해도 폴더형 전화기였는데 스마트폰으로 바뀐 지 얼마 안 되었죠?

지상렬 017 서비스가 2021년에 종료된다고 연락이 와서 010으로 바꾸긴 했는데 상렬이는 터치보다 꾹꾹 누르는 게 편해요. 술잔도 꾹꾹 눌러야 좋잖아요. (웃음)

김작가 세상이 빠르게 변하고 있는 걸 새삼 느끼고 있는데, 발전하는 한국 사회와는 정반대로 2010년의 남북관계는 역주행했던 해였어요. 가장 큰 사건이 천안함 폭침 사건과 연평도 포격 사건인데, 박정희 대통령 때인 1968년에 북에서 김신조 일당이 청와대를 습격하고, 울진 삼척 지구에 무장 공비가 침투했던 그해처럼 대남도발이 극에 달했던 해가 2010년이었어요.

지상렬 천안함 피격사건도 그렇고 연평도 포격사태도 그렇고, 전쟁이 일어난다고 해도 이상하지 않을 정도로 그야말로 도발을 한 거잖아요. 한국전쟁 이후에 우리 영토에 처음 포격을 시작한 거니까 사실상 전쟁이라고 해도 과언이 아니었었죠.

김작가 우리가 전쟁을 직접 겪은 세대는 아니지만, 우리나라가 가난했던 시절이 사실 불과 몇십 년 전이에요. 제가 어릴 때 미국에서 원조해준 가

루우유를 먹었던 기억이 나거든요. 동네에서 운동화를 신은 친구가 몇 명 안 되고, 거의 다 고무신을 신고 다녔으니까요.

지상렬 상렬이 시대만 해도 머리에 이가 있는 게 이상하지 않았어요. 가난이 그리 불편한지도 모르고 익숙하던 시절이고요. 70년대까지만 해도 다들 그렇게 살았었거든요. 요즘은 TV가 방마다 있는 집도 많지만, 그때는 동네에 한두 대 있던 시절인데 그때 그 시절엔 웃을 일이 많이 없어서 그런지 사람들이 모두 코미디를 좋아했던 것 같아요. 그 당시 코미디 트로이카가 구봉서, 배삼룡, 서영춘 세 분이셨는데 서영춘 선생님은 간암으로 일찍 돌아가시고, 배삼룡 선생님이 2010년에 돌아가셨어요. 빈소에서 구봉서 선생님이 슬프게 우시던 생각이 나네요. 개그맨 김정렬 형님이 숭그리 당당 춤으로 인기가 많았는데 그 원조가 배삼룡 선생님이세요. '개 다리 춤'이 트레이드 마크였었고, 옛날 저희 어릴 때만 해도 소풍 때 장기 자랑하면 빠지지 않던 단골 아이템이었어요. 바보 연기의 원조이기도 해서 이주일 형님이나 심형래 형님이 바보 연기와 슬랩스틱 코미디의 계보를 이어받으신 거죠. 그 시절에 원맨쇼의 달인 백남봉 선생님도 인기가 많았는데, 배삼룡 백남봉 두 분 공통점이 있어요. 1969년에 배삼룡 선생님은 MBC가 개국하면서 데뷔를 하셨고, 백남봉 선생님도 같은 해에 TBC 라디오로 데뷔를 하신 데뷔 동기인데, 데뷔도 같이 하시더니 돌아가시기도 두 분 다 폐렴 합병증으로 같은 해 2010년에 돌아가셨어요. 우리가 어릴 때부터 봐오던 어른들이 우리가 어른이 되자 계속 돌아가시는 것 같아요. 유난히 흰색을 좋아하셔서 옷도 흰색만 입으셨고, 자동차도 흰색 벤츠를 타셨던 디자이너 앙드레김 선생님도 2010년도 이때 돌아가셨거든요. 저는 개인적으로 개그맨들이 그렇게 성대모사를 하고, 깔깔거리고 해도 손자 재롱 보듯이 봐주시는 그런 모습이…. 이런 표현이 맞을지 모르겠는데 '착한 어른 같다' 그런 생각이 들었었어요. 이혁재, 김현철이 앙드레김 성대모사를 무척 많이 했었잖아요. 우리나라 남성 디자이너 1호였고 '88서울올림픽' 대한민국 선수단 유니폼도 디자인하셨고, 국내 유명 스타들도 누구나 한 번쯤은 앙드레김 패션쇼에 초대받는 게 로망이었어요. 마이클 잭슨의 무대의상을 디자인하기도 했던 대단한 어른이셨죠.

김작가 어릴 때부터 봐왔던 어른들이 우리가 어른이 되면서 떠난다는 말이 딱 맞는 말이네요. 우리 어릴 때 만화 중에 〈꺼벙이〉라고 있어요. 만화 캐릭터 중에서 기억에 남는데 기억나죠?

지상렬 〈꺼벙이〉 〈순악질 여사〉 많이 봤었잖아요. 7~80년대 명랑 만화의 대부셨던, 길창덕 화백이 기억납니다. 《소년중앙》에 〈꺼벙이〉가 연재되다가 단행본으로 나오기도 했어요. 〈순악질 여사〉는 저랑 태어난 해가 똑같아요. 1970년에 탄생한 캐릭터인데 일자 눈썹이 유명했잖아요. 김미화 누님이 KBS 〈쇼 비디오 자키-쓰리랑 부부〉에서 순악질 여사 캐릭터로 큰 인기가 있었죠. 〈쓰리랑 부부〉 전에는 김한국 형님하고 김미화 누님이 〈아리랑 남매〉라는 코너를 했었는데 반응이 별로 없어서 김미화 누님이 〈순악질 여사〉로 바꾼 건데, 코너 제목을 전유성 형님이 〈아리랑 남매〉 해봤으니까 〈쓰리랑 부부〉로 해보라고 지어주셨다고 하더라고요. 우리가 어렸을 때는 웃음을 주었고, 어른이 되어 추억을 준 길창덕 화백님도 2010년에 세상을 떠나셨어요. 2008년에 진실이 누님이 세상을 떠나고 2009년에는 마이클 잭슨이 세상을 떠나고 노무현, 김대중 대통령이 서거하셨고, 2010년엔 배삼룡, 백남봉, 앙드레김 선생님도 세상을 떠나셨네요. 세상을 떠난 분들 얘길 계속하니까 뭔가 가슴이 허전해지네요. 우리 세대 추억의 페이지들이 한 장 두 장 지워지는 그런 허전함이 있어요.

쓰나미와 트로이카 2011

김작가 프로그램 진행하면서 본인만의 독특한 오프닝 멘트를 하는 MC가 있잖아요. KBS 〈가요무대〉 MC를 오랫동안 맡은 김동건 아나운서는 "이 자리에 오신 방청객 여러분, 그리고 댁에 계신 여러분, 해외 근로자 여러분, 한 주일 동안 안녕하셨습니까?" 이런 오프닝 멘트를 매주 하시고, 돌아가신 송해 선생님은 KBS 〈전국노래자랑〉에서 "여러분 안녕하세요-"로 시작해서 오대양을 누비는 원양어선 선원 여러분, 국군장병 여러분까지 국민 여러분의 안부를 걱정하고 위로를 주기도 했는데요, 지상렬에게는 어떤 오프닝이 어울릴까요?

지상렬 MC는 오프닝을 잘해야 해요. 오프닝에서 한번 NG가 나면 그때부터 울렁증이 생겨요. '오프닝을 잘하면 엔딩이다' 이런 말이 있잖아요.

김동건 선생님의 그 멘트는 너무나 잘 어울리는 멘트죠. 송해 선생님 멘트를 원양어선 선원이 참치 잡다 보면 눈물이 나게 고국이 그립겠지만, 상렬이가 하면 아니거든요. 상렬이는 오프닝을 길게 하는 것보다 에피타이저 없이 바로 메인 디시로 들어가는 게 어울리죠. 식사 전에 "자! 오늘의 요리" 설명하는 것보다 바로 밥숟가락 드는 게 상렬이한테는 가장 잘 어울리는 것 같아요.

김작가 (웃음) 그게 어울릴 것 같기도 하네요. 오프닝 길게 외워서 하는 것보다 애드립에 강하기도 하고요. 자! 2011년인데 가장 먼저 떠오르는 사건은 뭔가요?

지상렬 사람은 귀로 들은 것보다 눈으로 본 게 오래 기억에 남잖아요. 동일본 대지진 때 해저에서 4.0 강진이 일어나서 쓰나미가 일본 열도를 덮쳤는데, 당시에 20m나 되는 높이의 쓰나미를 일본 방송에서 헬기로 생중계를 했어요. 9. 11 테러도 충격적인 화면이었지만 2011년에는 일본에서 있었던 쓰나미가 가장 충격적이었던 것 같아요. 무엇보다도 후쿠시마 원전에도 쓰나미가 덮쳐서 대규모의 방사능이 유출 된 가장 큰 사고였죠.

김작가 지금까지도 오염수 문제라든지 아직 사고 수습이 안 된 상태인데, 사고가 나고 얼마 안 있다가 당시 일본 총리였던 아베 신조가 후쿠시마산 식재료들이 안전하다고 홍보를 했었어요. 본인이 직접 후쿠시마산 야채를 먹기도 하고 영국 왕세자도 후쿠시마로 불러서 맛있고 안전하다는 걸 홍보하고 그랬는데 반응은 싸늘했었죠.

지상렬 당시에 일본에서 연예인들이 '먹어서 응원하자'는 캠페인을 했었어요. 후쿠시마산 우유, 생선, 치즈 등등 맛있게 먹는 먹방을 찍어서 시청자들에게 먹어도 안전하다는 걸 계속 홍보를 했는데, 문제는 그때 동참했던 연예인들이 음식에 의해서 내부피폭을 입었다거나 암으로 사망했다거나 하는 소식들이 계속 들려왔거든요.

김작가 일본 연예계에서는 원전 사고에 대해 비판적인 말을 하게 되면 알게 모르게 연예계에서 퇴출을 당하는 분위기였다고 해요. 연예인을 앞세워서 후쿠시마산 식재료가 안전하다는 걸 억지로 홍보를 했던 건데, 그때 당시 지상렬이라면 후쿠시마산 생선, 우유, 야채로 안주를 해서 일본 맥주로 시원하게 술상을 차려준다면 먹었을까요?

지상렬 형님! 저 원래 안주 잘 안 먹잖아요. 그리고 저 통풍 있어서 맥주도 안 마시는 거 아시잖아요. 차라리 어명이요, 사약을 받으라고 하세요. (웃음) 지상렬은 우리나라 소주에 계란 프라이랑 분홍 소시지가 최고죠. 그리고 도쿄 올림픽 때도 오염수에 관한 말들이 나왔었는데, 처치 곤란한 오염수를 슬쩍슬쩍 바다에 버리면 그 오염수를 일본 방어가 먹고 동해로 오고, 동해에 있던 삼치가 일본에 가서 먹고 오고, 그럼 큰일이잖아요. 문제는 일본에서는 그걸 오염수라고 안 하고 정화수라고 표현을 한다고 해요. 오염수를 1차 걸러서 정화를 했다고 해서 오염수가 정화수가 된다는 건 걸레를 빨면 행주가 되는 경우고, 사약을 걸러내면 보약이 되는 경우잖아요. 그렇게 좋은 거면 일본 내에서 정화수로 술을 담가서 먹고 데워서 목욕물로도 쓰고 그럼 될 텐데요.

김작가 그러게 말입니다. 가장 가까운 나라가 우리나라인데 오염수를 바다에 방류를 할 경우 우리에게 피해가 오지 않도록 대책이 필요할 것 같아요. 자! 우리가 트로이카 얘기 자주 했었는데 트로이카 하면 생각나는 분들이 있죠?

지상렬 트로이카 하면 영화계의 트로이카 정윤희, 유지인, 장미희 누님, 코미디의 트로이카 구봉서, 배삼룡, 서영춘 선생님, 트로트의 트로이카 송대관, 태진아, 설운도 형님이 먼저 생각나죠.

김작가 2011년의 트로이카는 많이 다른 느낌의 세 명이에요. 김정일, 빈 라덴, 카다피. 이 세 명은 독재와 테러의 트로이카라면 맞을 것 같아요. 공교롭게도 2011년은 이 세 명이 세상을 떠난 해입니다.

지상렬 김일성, 김정일, 김정은으로 이어지는 세계에서 보기 드물게 삼부자가 트로이카 릴레이 집권을 했어요. 9. 11 테러를 주도했던 오사마 빈 라덴도 미국 특수부대에 의해서 사살이 되었고, 리비아의 독재자 알 카다피는 국민들의 총에 맞아서 죽었는데, 카다피는 독재도 유명하지만, 자신의 경호부대를 미혼의 미녀 여군으로만 뽑는 것도 독특했었죠. 여성 경호부대 이름이 '아마조네스'였어요. 흔히 하는 말 중에 술 마시는 사람 중에 나쁜 사람 없다는 말 있잖아요. 그런 말 들어보셨죠?

김작가 (웃음) 들어봤습니다. 꼭 그런 건 아니지만 그런 말이 있지요.

지상렬 우리가 아는 독재자 중에 히틀러나 스탈린이나 무솔리니 같은 독재자들이 술을 안 먹었다고 해요. 이 사람들이 술을 좀 마셨으면 세계의 판도가 달라졌을 수도 있었죠. (웃음) 그리고 빈 라덴이나 카다피도 이슬람이니까 술을 안 마셨을 거잖아요. 그래서 사람들이 독하고 독재도 하고 그러지, 술 한 잔씩 하는 사람들은 술 한 잔 마시고 풀고 그러지 사람들한테 독하게 못 하거든요.

김작가 (웃음) 일리가 있는 것 같기도 하네요. 그런데 김정은은 술을 꽤 좋아한다고 하던데요.

지상렬 어떤 일이든 예외라는 건 있으니까요. (웃음)

김작가 우리가 어릴 때만 해도 '때려잡자 김일성, 무찌르자 공산당'이었어요. 박정희, 김일성 시대에 학교 다닌 세대는 모두 다 반공교육을 철저하게 받던 세대인데, 아무튼 이 세 명의 죽음으로 독재와 테러의 한 시대가 저문 것 같긴 해요. 앞으로 또 어떤 일들이 있을지 예측하긴 힘들지만요. 그리고 개국 당시엔 예측하기가 힘들었지만 세월이 흘러서 종합편성채널이 개국을 한 지도 벌써 10년이 넘었네요. 동아일보의 채널A, 조선일보의 TV조선, 중앙일보의 JTBC, 매일경제신문 MBN이 개국해서 본격적인 종편 시대가 시작된 해가 2011년이에요. 연합뉴스TV도 이때 개국해서 유일했던 뉴스 채널 YTN과 경쟁을 시작하게 되었죠. 채널이 많다는 것이 연예인 입장에서는 시장이 넓어져서 이로운 게 많겠죠?

지상렬 아무래도 그런 점은 있는데 편의점 같은 느낌도 있어요. 전국의 어느 편의점에 가든 진열대의 상품이 비슷하잖아요. 모든 채널이 소비자의 구미에 맞는 상품들로만 시간을 채우면 채널이 다양성이 없고, 채널이 많은 게 아무 의미가 없거든요. 출연자들도 다양하게 기용하고, 프로그램 콘셉트도 다양하게 시도를 해보면 좋겠다는 생각이 들어요.

김작가 TV조선에서 했던 〈미스터 트롯〉은 종편 출범 이래 최고 시청률을 기록했죠. 30%가 넘어서 드라마보다 더 높은 시청률이 나왔는데 지상렬이란 이름을 걸고 프로그램을 해보고 싶다는 생각은 없나요?

지상렬 그런 생각이 있긴 하지만 지금은 이른 것 같아요 자기 이름을 걸고 하는 프로그램은 나이가 좀 있어야 할 것 같은데 언젠가는 모르지만 한 번 해봐야겠다는 생각은 있지요. 관계자 여러분들의 많은 관심과 격려, 가열차게 부탁드립니다. (웃음)

2012

지구촌 6단계 법칙

김작가 〈구독 안 하면 지상렬〉은 무척 잘되고 있는 유튜브 콘텐츠잖아요. 구독자도 30만 정도 되고요. 요즘은 유튜브 영향이 무척 큰데, 2005년에 유튜브가 시작됐을 때는 별로 영향력이 없다가, 2012년 여름부터 폭발적인 반응이 있었어요.

지상렬 유튜브는 '싸이'가 키웠다고 해도 과언이 아닐 정도로 2012년 여름을 뜨겁게 달구었었죠. 강남스타일이 유튜브에 업로드되면서 대박이 났었고, 유튜브와 함께 싸이의 신화가 시작된 거죠. '강남스타일'이 유튜브 사상 처음으로 10억 뷰를 돌파하게 되고, 빌보드 HOT 100에 7주 연속 2위를 하게 된 게 2012년부터 시작된 거니까요. 세계적으로 정말 대단했었잖아요. 파리 에펠탑 아래 가서 물어보면 우리가 존경하는 세종

대왕, 이순신 장군을 모르는 사람이 많을 텐데, 싸이는 전 세계 사람들이 다 알잖아요. 우리 민족 고유의 탈춤이나 강강술래 얼마나 대단해요. 하지만 전 세계인이 탈춤은 몰라도 말춤은 안다는 거죠. 파리 에펠탑 앞에서 3만 명이 강남스타일로 플래시몹을 하는 걸 보면 싸이가 애국자구나, 나이는 나보다 어려도 형이구나, 그런 생각이 저절로 들었죠. 세계적인 슈퍼스타인 마이클 잭슨 형님은 영어로 노래를 했지만, 싸이는 한국어로 노래를 했잖아요. 못 알아듣는데도 세계적으로 성공을 한다는 게 더 대단한 거거든요. 말춤도 싸이 이전에 1980년 후반부터 이미 있던 춤이고, 유행이 돌고 지나갔던 춤인데, 강남스타일 때문에 다시 붐이 일었죠. 상렬이도 이태원 문나이트 시절에 한창 말춤 추던 시절이 있었는데요. 미국에서 MC해머와 라이벌이었던, 바비 브라운이 시작한 건데 원래 춤의 정식 명칭이 '로저 래빗Roser Rabbit'이라고 우리나라에서는 토끼 춤, 말춤 그랬죠. '나미와 붐붐'이 유행을 시켰는데 싸이가 싸이 스타일로 강남스타일에 접목을 시킨 거거든요. 제가 음악을 하러 버클리로 갔어야 하는데, 이태원 문나이트로 갔다는 농담 자주 하잖아요. 싸이는 나이트도 가고 버클리 음대도 갔어요. 문나이트 출신하고 버클리 음대 출신하고 다른 점이 있다면, 상렬이는 MC해머 비슷하게 G.C해머로 활동했는데, 싸이는 전설의 힙합 뮤지션 MC해머랑 함께 공연을 했다는 거, 마돈나랑 함께 공연을 했다는 거, 그리고 브리트니 스피어스에게 말춤을 가르쳐 줬다는 거죠. 말하고 보니까 큰 차이가 있긴 있네요. (웃음)

김작가 2012년에 타임지가 선정하는 올해의 인물에 한국인 중 최초로 후보로 오른 것도 대단한 것 같아요. 2012년에 버락 오바마 대통령이 선정되었는데, 미국 대통령과 함께 후보로 오른 것이니까요. 그리고 빌보드 차트도 요즘엔 '방탄 소년단'이 차트 1위를 하는 시대지만 우리나라 가수가 빌보드 차트 100위 안에 든다는 건 정말 대단한 거죠. 2009년에 원더걸스가 '노바디' 영어 버전으로 1주간 76위를 했던 것도 사실 대단한 거였어요.

지상렬 상렬이가 밤공기 마시면서 춤추러 다닐 때도 말춤을 좀 췄지만, 싸이 말춤의 원조였던, 바비 브라운 형님이 마이클 잭슨 형님한테도 춤을 가르쳐 줄 정도 실력이었는데, 마약에 손을 대면서 인기가 끝났어요. 바비 브라운의 부인이었고 우리에게 영화 〈보디가드〉로 잘 알려진 휘트니 휴스턴이 2012년에 세상을 떠났고요. 휘트니 누님도 정말 대단했는데, 결국 마약에 손을 대서 베벌리 힐스에 있는 힐튼호텔 욕조에서 익사를 하게 돼요. 코카인에 의한 심장마비였었죠. 1992년에 케빈 코스트너와 함께 한 영화 〈보디가드〉에서 주제가도 직접 부르고, 주연으로 직접 출연을 하기도 했었는데, 그때 불렀던 'I will always love you' 이 노래는 우리나라에서도 100만 장 이상 앨범이 팔렸어요. 세계적으로도 가장 많이 팔린 OST 기록으로 기네스북에 오르기도 했고 그때 당시 정말 대단한 인기였죠. 팝의 3대 디바가 있는데 머라이어 캐리, 셀린 디온 그리고 휘트니 휴스턴인데, 휘트니 휴스턴을 디바 중에 디바라고 할 정도로 가창력도 최고였죠. 〈보디가드〉 이후에 더 많은 팬이 생겼는데, 2012년에 휘트니 휴스턴이 사망했을 때 케빈 코스트너도 장례식장에 참석을 했어요. 생긴 것도 멋지게 생긴 형님이 추도사를 멋지게 남겼잖아요. "내가 당신의 보디가드였는데, 천국으로 가는 길에는 천사들이 당신의 보디가드가 되어줄 것이다" 누가 써준 걸까요? 케빈 형님이 직접 한 건지는 모르겠지만, 멋진 추도사였던 것 같아요.

김작가 파급력이 크고, 흥행에도 성공을 했던 영화인데 〈보디가드〉가 개봉했던 1992년에 흥행 1위는 따로 있었어요. 그해에 〈원초적 본능〉도 개봉을 해서 영화 두 편이 인기가 있었는데, 〈원초적 본능〉이 좀 더 흥행에 성공을 했었어요.

지상렬 〈원초적 본능〉이 그때였군요. 생각나네요. 휘트니 휴스턴 누님이 샤론 스톤 누님을 못 이겼네요. 에로틱 스릴러 〈원초적 본능〉, 샤론 스톤 누님이 다리를 꼬는 씬 때문에 청소년 입장 불가였는데도 그때 당시 대부분은 다 봤거든요. 2012년 싸이의 강남스타일에서 말춤으로 갔다가, 원조 말춤 바비 브라운으로 갔다가, 바비 브라운의 아내였던 휘트니 휴스턴의 사망 소식과 함께, 여기까지 왔네요. 그런데 묘하게도 싸이에서 휘트니 휴스턴까지 연결고리가 있어요. 지구상의 모든 사람들이 6단계만 거치면 모두 다 연결이 된다는 '6단계 법칙'이란 게 있는데 오늘 얘기하다 보니까 정말 맞는 것 같아요. 싸이를 통하면 오바마 대통령이나 MC해머까지도 상렬이랑 연결이 되겠어요. (웃음)

2013
조용필
음악의 맥아더

김작가 박근혜 18대 대통령이 취임했고 미국에선 역대 최초로 흑인 대통령이었던 오바마가 재선이 되었어요. 남아프리카 공화국 최초의 흑인 대통령이었던 넬슨 만델라가 세상을 떠났고, 우리의 방탄소년단이 역사적인 데뷔를 했죠. 소설 《별들의 고향》의 작가 최인호가 별이 되어 떠났고, 〈밤의 디스크 쇼〉 영원한 DJ 이종환도 별이 빛나는 밤 속으로 떠났어요. 그리고 2013년에 위대한 탄생 조용필은 18집 이후 10년 만에 '바운스'로 살아 있는 전설의 귀환을 알린 2013년입니다.

지상렬 세상을 살아가면서 우리가 참 많은 걸 보고 겪고 느끼는 것 같아요. 책을 펼쳐봐야 공부가 아니라 인생을 살아가는 그것 자체가 인생 공부인 것 같아요. 상렬이가 세 살 때 1972년에 용필이 형님이 '돌아와요 부산항에'를 발표했는데, 지금도 롯데자이언츠 대표 응원가잖아요. 세월이 그렇게 흘렀는데 19집 앨범을 내셨네요. 말이 필요 없는 살아 있는 전설이고, 우리 전 세대부터 우리 세대까지 세대를 관통하는 유일한 '가왕'이죠. 노래 잘한다는 이승철 형님이나 신해철 형님도 '가왕'이란 말은 조용필 형님이나 써야 한다고 하더라고요. 신동엽은 초등학교 때 존경하는 인물이랑 장래 희망을 써내라 해서, 용필 형님 이름 석 자를 써냈다고 해요. 그 정도로 우리 꼬마 때도 대단한 스타였었죠.

김작가 그냥 떠오르는 히트곡만 해도 '킬리만자로의 표범', '못 찾겠다 꾀꼬리' '고추잠자리' '허공' '여행을 떠나요' '그 겨울의 찻집' '단발머리' '정' 줄줄 나올 정도잖아요.

지상렬 음악의 아버지를 '바흐'라고 하잖아요. 상렬이가 볼 때는 조용필 형님이 음악의 작은 아버지 정도는 된다고 생각해요. 우리나라 대중음악의 큰 어르신 이구요.

김작가 지상렬과 조용필의 공통점도 있어요. 무엇인 거 같아요?

지상렬 조용필 형님과 제가 감히 공통점이 있는 건 없고, 형님도 보틀 좀 때리셨으니까 아무래도 술이겠죠. 그것 아니고는 형님과 비교될 게 없어요.

김작가 술을 좋아하는 공통점도 있는데, 또 하나는 사전이에요. '오빠 부대'라는 말이 있는데 '오빠 부대'라는 말이 조용필 시대에 처음 생겨난 말이거든요. 지상렬은 '안습'이란 단어를 처음 만들었잖아요. 둘 다 표준국어대사전에 올라 있다는 공통점이 있어요. (웃음)

지상렬 그렇게 엮어주셔서 감사해요. 형님 제 인생에 계속 '노'를 좀 저어

주세요. (웃음) 그러고 보니까 조용필 형님의 '창밖의 여자' 가사가 "기도하는-" 다음 가사가 "오빠-"가 있었잖아요. 지금 그때 소녀들도 모두 환갑이 지나고 칠순이 지났을 텐데요. 한번 오빠는 영원한 오빠인 것 같아요. 2013년에 바운스를 발표했을 때 용필 형님 나이가 64세였더라고요. 64세의 오빠 참 멋진 것 같아요. 64세 정도 되었을 때 심장이 심하게 바운스하면, 보통은 심혈관 계통에 문제가 있는 거거든요. 심하게 부정맥이 있거나 그래야 바운스 하는 건데 아! 용필 형님은 아직 심장이 청년이구나, 그런 에너지가 느껴져요.

김작가 2013년 봄에 싸이의 '젠틀맨'이 1위를 달리고 있을 때 '바운스'가 발표되자마자 1, 2위를 서로 다투기도 했었죠. 그때가 EXO의 '으르렁' 크레용팝의 '빠빠빠'도 히트를 하던 때였는데, 10대와 60대의 격전에서 KBS 〈뮤직뱅크〉, MBC 〈쇼! 음악 중심〉에서 1위를 했었죠.

지상렬 조용필 형님이 음악계의 맥아더 장군이잖아요. 노병은 죽지 않거든요. 용필 형님의 전설의 귀환도 2013년이지만, 전설의 출발도 2013년입니다. 우리들의 '방탄소년단'이 출발을 한 해도 2013년입니다.

김작가 방탄소년단도 벌써 데뷔 10년 차가 되어가네요. 음악가이고, 가수를 떠나서 방탄소년단은 국격을 높이는 애국자라는 생각이 들어요. 2020년에 문화체육관광부에서 BTS 빌보드 1위의 경제효과를 발표했는데, 1조 7천억이라고 하더라고요. BTS가 전 세계에서 애국가를 부르고 있다고 생각하면 맞을 것 같아요.

지상렬 상렬이도 BTS 엄청 응원하거든요. 빌보드는 굉장히 보수적이에요. 그래서 영국의 팝 아티스트들이 빌보드를 점령하러 갔는데도 못했어요. 프린스도, 퀸도 빌보드 차트에선 안되거든요. 그런데 BTS가 해냈잖아요. 이건 혁명이라고 봐야 해요. 방탄소년단이 얼마나 대단하냐면, 한국 가수 최초로 미국 3대 시상식 무대에서 공연을 한 기록을 가지고 있잖아요. 빌보드 뮤직 어워드, 아메리카 뮤직 어워드, 그래미 어워드, 한곳에서만 노래를 해도 대단한 건데 이 정도면 그랜드 슬램이죠. 이걸로 말 다 한 거거든요.

김작가 지상렬도 음악하면 빠지지 않잖아요. 게다가 G.C해머로 직접 무대에도 서 봤죠, 코미디 되죠, 정극 되죠, 사극까지 되죠, 애드리브 탁월하죠. 지상렬은 간천엽이나 육회, 안심이나 등심, 그리고 뼈까지 우려내 먹는 소 한 마리 같아요. 뭐하나 버릴 게 없어요. (웃음)

지상렬 소처럼 일은 열심히 하죠. (웃음) 그중에 무언가 하나라도 잘하면 좋은 건데 상렬이도 재능에 메인 요리가 없고, 겉절이 밑반찬만 깔려 있는 게 문제죠. 뭐 하나 대표작이 없는데 그냥 이렇게 쭉 가는 거죠, 뭐. (웃음)

김작가 음식은 양념이 세지 않아야 질리지 않고 오래 먹잖아요. 지상렬이란 식재료 자체가 신선하니까 오래 가면 되는 거죠. 그런데 2013년도에 시청자들의 기억에 남을 만한 프로그램도 했네요. 지상렬의 〈노모쇼〉의 메인 MC로서 탁월한 진행 솜씨를 보였잖아요.

지상렬 올 게 왔네요, 형님. (웃음) 그게 2013년이었네요. 획기적인 프로그램이었죠, 제안이 처음 들어왔을 때 솔직히 좀 망설이기는 했었는데 후회 없이 잘했어요. 다시 하라고 하면 또 할 건가요? 이런 건 묻지 마시고요, 형님. (웃음)

김작가 그때 어느 신문에서 인터뷰한 걸 봤었는데 '힘들고 우울한 시대에 시청자가 재미있다면 그것도 공익'이라고 생각한다. 그런 멋진 말을 했더라고요. 기억나요?

지상렬 기억은 나는데, 그냥 갖다 붙인 겁니다. (웃음) 뭐라도 멋지게 포장을 해야지 몇 푼 벌려고 했다고 할 수 없잖아요. 혀에 와이파이 달렸다고 막 말할 수 없는 거잖아요. (웃음)

김작가 '웃음도 공익이다'라는 말은 지상렬이 평소에도 하던 말이라서 당연하게 생각을 했어요. 돈 때문에 움직이는 지상렬이 아니라는 건 방송가에서도 다 아는 일인데요, 뭐.

지상렬 그때 사실은 스탭들이 있었거든요. 상렬이가 생각한 첫 번째는 '내가 이걸 안 하면 몇 사람이 실업자가 되겠구나' 그게 첫 번째였어요. 어디 가든지 지상렬에게 〈노모 쇼〉 얘기가 포장마차에서 소주 시키면 나오는 홍합 국물처럼 자동으로 따라 나오는데, 잘했다는 생각이 들어요. 조금 앞서간 게 아닌가 그런 생각도 물론 들어요. (웃음) 방송은 살아있는 생물이라서 그때그때 먹히는 아이템들이 있는데, 아무튼 〈노모 쇼〉도 히트한 걸 보면, 그때 소비자가 원했던 트렌드였던 건 확실한 것 같아요. 시작을 했는데 보는 사람도 몇 명 없이 사라지는 프로그램도 많잖아요. 많은 사람들이 봤다는 건 분명한 성과를 낸 거니까요. 그때 당시에 IPTV, 모바일 TV 이런 매체들이 새롭게 시작될 때였는데, 그때 했던 프로그램들이 여기저기 구천을 떠도는 영혼처럼 인터넷을 떠돌고 있더라고요. (웃음)

김작가 나랑 함께 했던 것도 있어요. 미장원 세트에서 수다 떨던 프로그

램이었는데, 그것도 구천을 떠돌고 있어요. 프로그램 기억보다도 술을 마셨던 기억이 더 많지만요. (웃음)

지상렬 그때 즐겁게 일했어요. 조세호, 남창희, 양세창, 이용진, 박지훈 변호사도 출연했었는데, 상렬이도 잘됐고 지금 모두 다 잘됐잖아요. 그때 코너 중에 '주인공 없는 스타 토크 쇼'가 있었는데, 그게 재미있었던 것 같아요. 장동건이 섭외하면 안 오잖아요, 전지현이 섭외하면 어렵잖아요, 그래서 그냥 우리끼리 하는 거예요. 장동건 씨, 안녕하세요- 이러고 그냥 우리끼리 장동건 얘기하고, 전지현 얘기하고, 꼭 주인공이 자리에 있어야만 이야기할 수 있는 건 아니잖아요. (웃음)

김작가 2013년은 64세 가왕 조용필의 바운스가 히트를 했던 해인데, 지상렬에게 가슴 뛰는 바운스란 무엇인가요?

지상렬 저는 지금까지 상투를 못 틀었잖아요. 용필 형님은 '가왕'이지만 저는 '가장'이라도 되어야 할 텐데, 상렬이랑 같이 갈 여자는 누굴까 그런 생각할 때 아무래도 심장이 바운스 바운스 하죠.

김작가 그런 생각을 해서, 가슴이 설레고 뛴다는 게 참 좋네요. 남자 지상렬의 가슴을 뛰게 하는 분은 어떤 스타일일까요?

지상렬 저는 가진 건 많지 않지만 가정을 꾸린다면 일단 모든 걸 다 줍니다. 제 인생을 탈탈 털어서 송두리째 몽땅 기부를 해요. 그리고 테이크를 기대하진 않아요. 그게 제 스타일인데 저에겐 노모가 계시잖아요. 노모를 모시고 사시는 데까지 함께 고부갈등 없이 사이좋게 오순도순 사는 거, 그거 딱 하나 바램이죠.

김작가 지상렬 스타일이네요. 말을 안 해도 지상렬 스타일을 알죠. 어머니는 아직은 건강하시고 정신도 맑으시죠?

지상렬 그럼요. 아직 '중부 경찰서'입니다.

김작가 (웃음) '중부 경찰서'는 무슨 뜻이에요?

지상렬 우리 어머님들은 안 봐도 다 아시잖아요. '촉'이 살아있다는 거죠. 그래서 제가 어머니 보고 '중부 경찰서 수사과장'이라고 해요. 척 보면 다 아시거든요. (웃음) 가끔 어머니께서 전화 와서 "상렬아, 너 별일 없지?" 이런 말씀 하시는데 그런 날은 꼭 별일 있는 날이거든요. 소름 돋을 때가 한두 번이 아니에요. 어머니들의 촉은 그냥 생긴 게 아니라 본능으로 생긴 거기 때문에 숨기고 감출 수가 없거든요.

김작가 '수사과장'이 어떤 의미인지 알겠네요. 수사과장님 잘 모시고 행복한 가장이 되는 날이 빨리 오기를 저도 응원하겠습니다. (웃음)

2014년 4월 16일

청해진 해운 소속의 '세월호'가 인천에서 제주도로 가는
항해 중에 전남 진도군 맹골수도 해상에서
전복되어 침몰하는 대참사가 벌어집니다.
이미 20년이 넘은 낡은 세월호는 그날
바다로 나가지 말았어야 했고,
주춤거렸던 구조선과 구조 헬기는 그날 바다로 빨리, 더 많이
나갔어야 했습니다.
전체 탑승자 476명 중 304명이 사망하고
제주도로 수학여행을 가던 단원고 학생 325명 중
250명은 집으로 돌아오지 못하고

제주도보다 더 멀고 먼 여행길을 함께 떠났습니다.
바다 위로 뱃머리만 보이던 뉴스 화면이
전국에 생방송 될 때, 그들은
차가운 바다 속에 가라앉아 있던 어두운 선실에서
사랑하는 엄마, 아빠, 동생, 오빠, 형들에게
마지막 문자를 보내고 답장도 받지 못한 채 떠났습니다.
위대한 대한민국의 국민이었던 이들은
위태한 시대의 봄에 그렇게 떠났습니다.
그리고, 팽목항에는 이런 플래카드가 나부낍니다.
'그동안 가난했으나 행복한 가정이었는데,
널 보내니 가난만 남았구나'
맹골도와 거차도 사이 맹골수도를 지나는 빠른 유속처럼
세월도 빠르게 흐르고 세월호도 빠르게 잊혀지지만,
여전히 가슴에 남아 있는 말이 있습니다.
"가만히 있으라"
가만히 있었던 그들은 그 자리에서 돌아오지 못했고
매년 봄은 다시 찾아옵니다.
아픈 기억과 함께

2015

독이 되어서 돌아온다
독을 바르면

지상렬 2014년은 세월호 사건으로 국민 모두가 충격과 상처를 받았었는데, 연예계에서도 큰 아픔이 있었죠. 상렬이도 TV로 꼬마 때부터 봐왔던 연예가의 큰 누님 김자옥 누님이 암으로 세상을 떠나셨고, 가수 신해철 형님도 세상을 떠나셨죠. 신해철 형님의 6촌 동생인 서태지가 추도사를 했어요. 문화 대통령 서태지에게도 마왕 신해철은 커다란 산과 같은 존재의 형이었다고 해요. 두 분 다 연예가에서는 큰 나무 같은 존재였죠. 김자옥 누님은 상렬이가 태어나던 1970년에 MBC 탤런트로 데뷔해서 연기자의 길을 걸으셨는데 태진아 형님 권유로 '공주는 외로워'로 가수 활동도 열심히 하셨어요. 언제나 항상 소녀 같고 항상 공주 같았던 그 이미지 그대로 MBC 코미디 〈오늘은 좋은날〉에서 여고생 공주병 소녀로 또 다른 모습을 보여주기도 했어요. 상렬이가 자옥 누님을 볼 때마다 느꼈던 건데 누님은 벽이 없어요. 사람 사이에도 벽이 없고, 장르에도 벽이 없어서 연기자가 코미디 하는 것도, 공주 왕관 쓰고 트로트 노래를 하는 것도 즐겁게 하고 항상 밝았던 모습 생각이 나네요. 연예가라는 곳이 경쟁이 심하다 보니까 질투를 하기도 하고, 뒷담화를 하기도 하고 하는데, 마왕 신해철 형님이나 공주 김자옥 누님은 연예인도 좋아하는 연예인이었던 것 같아요.

김작가 사랑도 많이 받는 직업이지만, 때론 욕을 먹기도 하는데 두 분도 그렇지만 지상렬 욕하는 사람도 못 본 것 같아요.

지상렬 상렬이는 나름대로 노력을 하며 살아요. 욕을 안 먹는 비결이라면 비결이 있어요. 어떻게 보면 쉽고 간단한 방법인데요, 나도 남 욕을 안 하면 됩니다. '세 치 혀'라는 게 부메랑이거든요. 어떻게 날리든 부메랑이 되어서 돌아와요. 혀에다 꽃을 바르면 꽃이 되어서 돌아오고 혀에다 독을 바르면 독이 돼서 돌아오거든요. 즉각 돌아오기도 하고 바로 돌아오진 않아도 언젠가는 반드시 돌아오거든요. 유산균과 간장약이라고 보면 되요. 우리가 유산균을 먹으면 다음날 즉각 효과를 보기도 하는데, 간장약은 다음날 바로 간이 좋아지진 않지만 꾸준히 먹다 보면 간에 방패가 되잖아요. '뻐꾸기는 부메랑이다' 뻐꾸기를 어떻게 날리든 반드시 내 어깨위로 다시 날아온다, 남에게 상처를 주면 나에게 더 큰 상처로 돌아온다, 상렬이가 어릴 때 아버지에게서 자주 듣던 말이라서 지키고 살려고 항상 노력을 많이 해요.

김작가 '뻐꾸기는 부메랑이다' 반드시 내 어깨 위로 다시 날아온다는 말도 명심해야 할 명언입니다. 2015년 하면 뭐가 생각나나요?

지상렬 2015년은 Y.S 김영삼 대통령이 세상을 떠나셨던 게 생각이 나네요. 취임하셨을 당시가 최진실 누님이 인기가 최고였을 때고, 서태지가 막 데뷔해서 가장 핫 했던 1993년이에요. 취임 할 당시에 최진실 서태지보다 김영삼 대통령 인기가 더 높았다고 했었어요. 그럴 수 있었던 게 우리가 그때까지 계속 박정희, 전두환, 노태우 군인 출신의 대통령만 보다가 민간인 출신 대통령을 처음 봤잖아요. 그래서 더 친근한 이미지가 있었던 것 같아요. 김영삼 대통령하면 생각나는 게 세 가지가 있는데요. 첫째는 칼국수, 칼국수 엄청 좋아하셨죠. 둘째는 조깅이에요. 운동을 엄청 좋아하셨어요. 셋째는 명언이예요. 대통령이 명언을 하면 어려운 명언을 하는데 김영삼 대통령이 하셨던 명언은 귀에 쏙쏙 박히더라고요. 주로 닭이나 개로 명언을 만드셨는데, 박정희 대통령 때 했던 유명한 말이 '닭의 모가지를 비틀어도 새벽은 온다'잖아요. 요즘 말로 하면 알람시계를 꺼놔도 아침은 찾아온다는 건데, 닭의 모가지를 비틀어도 새벽이 온다는 게 리얼하잖아요. 그리고 또 Y.S 어록에 '개가 짖어도 기차는 달린다'는 말도 있어요. 누라 뭐래도 그냥 내 갈 길 가는 건 상렬이랑 비슷하셨던 것 같아요. 상렬이도 술 마실 때 보면 개가 짖어도 2차는 달리거든요. (웃음)

김작가 2015년에 김영삼 대통령이 병환으로 돌아가셨다는 뉴스가 나올 때, 식당에서 밥을 먹고 있었는데 같이 뉴스를 보던 식당 아주머니가 "Y.S가 돈이 없어 죽나, 권력이 없어 죽나" 그런 말을 하더라고요. 너무 맞는 말이잖아요. 부자라고 해서 하루 다섯 끼 먹는 것도 아니고, 권력이 있어서 권력으로 죽음을 막을 수 있는 것도 아니고, '생로병사는 대통령도 피해갈 수 없구나' 뻔한 얘기인데 그 말이 그렇게 가슴에 박히더라고요.

지상렬 만인 앞에 평등한 게 죽음인 것 같아요. 고속도로 톨게이트 같은 거죠. 통행료를 내야만 인생의 도로에 진입할 수 있고, 그렇게 달리다 보면 최종 목적지가 나오기도 하구요. 우리가 인생의 톨게이트를 빠져 나갈 때 '여기까지 오시느라 수고 많았습니다. 여기부터 천국입니다' 그런 글씨가 전광판에 반짝이는 거 보려고 살아가는 거죠. Y.S도 돌아가시기 전에 평소에 '머리는 빌려도 건강은 못 빌린다' 이런 말 자주 하셨다고 해요. 상렬이식으로 얘기하자면, 술잔은 빌려도 간은 못 빌리는 거죠.

김작가 라이벌이기도 했고 동지이기도 했던 김영삼, 김대중의 양김 시대가 D.J에 이어서 Y.S의 사망으로 끝이 났던 2015년이네요.

지상렬 양김 시대가 막을 내리던 2015년도에 막을 내린 게 또 하나 있어요. 양김 시대만큼이나 상렬이에게는 역사가 많은 술인데요. 무늬만 양주였던 숙취의 전설 '캡틴큐'가 2015년에 역사의 뒤안길로 사라졌던 기억이 나네요.

김작가 '캡틴큐' 저도 생각이 납니다. 2015년에 단종이 되었군요? 한때 정말 유명했었던 술이었죠.

지상렬 '캡틴큐'가 1980년에 처음 나왔어요. 상렬이가 열 살 때인데 그게 왜 기억이 나는지 모르겠네요. (웃음) 출시된 첫 해에 천만 병을 팔았다고 했을 정도로 인기가 엄청나서 술 좀 한다는 사람들 중에 캡틴큐 한 잔 안 마셔본 사람이 없었죠. 상렬이도 20대 때 많이 마시던 술인데 예전엔 소주 알콜 도수가 25도였는데, 캡틴큐는 35도 정도 했어요. 독해서 일찍 취하니까 가성비가 좋았던 술이었죠. 그때 유명했던 말이 캡틴큐는 다음 날 숙취가 없다는 거예요. 왜냐면 캡틴큐를 한잔 마시면 다음 날은 기절해서 쓰러져 있고, 이튿날이나 일어날 수 있다고 해서 다음날은 숙취가 없다는 그런 농담이 있었어요.

김작가 (웃음) 말은 양주였지만 사실은 인공색소를 넣어서 사탕수수로 만든 럼주처럼 감미료로 맛을 냈던 건데, 당연히 숙취가 심했겠죠. 애꾸눈 선장이 해적선 타고 나타나던 캡틴큐 CF도 생각이 나네요. 한 시대를 풍미했던 술이었던 것 같아요.

지상렬 오리지널 럼주는 해적들이나 영국 해군들이 바다에 나가서 즐겨 마신 술이에요. 워낙 독한 술이라서 럼주에 물을 타서 마셔야 될 정도의 술인데, 럼주를 마시고 정신 못 차리고 취해 있는 상태를 그로기Groggy상태라고 했거든요. 권투에서 쓰는 용어 그로기 상태가 럼주에서 나왔잖아요.

김작가 Y.S와 D.J의 양김 시대가 막을 내린 2015년인데 캡틴큐의 시대가 막을 내린 걸로 마무리가 되네요. (웃음) 캡틴큐가 출시된 첫 해에 천만 병을 팔았다고 했잖아요. 2015년엔 천만 관객을 동원한 영화가 세 편이나 됐었어요. 〈국제시장〉, 〈베테랑〉, 〈암살〉, 이렇게 세 편의 영화였죠.

지상렬 〈국제시장〉과 〈베테랑〉은 황정민, 오달수 형님이 두 편에서 함께 열연을 해서 '천만 요정' 콤비로 불리기도 했었는데, 영화 세 편이 모두 실화를 바탕으로 만들었다는 공통점이 있었지요. 〈암살〉은 일제 강점기에 독립운동을 했던 안중근, 윤봉길 등 실존 인물들의 스토리예요. 〈베테랑〉은 예전에 뉴스에도 크게 보도가 됐던 대기업 맷값 폭행 사건을 모티브로 만들었고, 〈국제시장〉도 한국전쟁 당시에 있었던 '흥남부두 철수작전'을 모티브로 만들었죠. 노래도 있잖아요. "눈보라가 휘날리는 바람 찬 흥남부두에- 목을 놓아 불러봤다 찾아를 봤다. 금순아 어디로 가고 길을 잃고 헤매였더냐, 피눈물을 흘리면서 일사 이후 나 홀로 왔다" '굳세어라 금순아' 가사인데 일사후퇴 때 상황이 그대로 느껴지는 가사 같아요. 저는 이때 상황을 잘 모르지만 저희 아버지도 전쟁 때 황해도에서 월남하셔서 인천에 정착을 하셨거든요. 아버님이 약주 한잔 하시면 하시던 노래가 있어요. "고향이 그리워도 못가는 신세- 저 하늘 저 산 아래 아득한 천리. 언제나 외로워라 타향에서 우는 몸, 꿈에 본 내 고향이 마냥 그리워" 저희 아버님은 그때 흥남부두에서 배를 탔던 건 아니지만, 영화에서 보면 미군 화물선 빅토리호가 흥남에서 철수하면서 무기를 바다에다 버리고 피난민들을 태우잖아요. 피난민 1만 4천 명을 태우고 철수를 했어요. 그날이 1950년 12월 23일이었어요. 그야말로 눈보라가 휘날리는 바람 찬 흥남부두였는데, 이 배가 '가장 작은 배로 가장 많은 생명을 구한 배'로 기네스북에 오르게 되죠. 이 배 타고 온 1만 4천 명 중에 선생님도 타고 있었는데 그때 흥남부두에서 '송해' 선생님께서 빅토리호를 못 탔으면 〈전국노래자랑〉도 있을 수가 없었겠죠. 빅토리호도 기네스북에 올라 있지만 1988년부터 최고령 MC로 마이크를 잡으셨던 송해 선생님도 '세계 기네스북'에 최고령 MC로 등재가 되셨어요.

김작가 송해 선생님의 인생사가 우리나라의 근현대사이기도 하네요. 이때 흥남부두에서 헤어졌던 어머니를 평생 그리워하시다 돌아가셨는데 우리나라의 아픈 역사를 그대로 보여주는 것 같아요.

지상렬 흥남 철수 때 '위대하게 버렸다' 그런 생각이 들어요. 빅토리호가 무기를 버리고 피난민을 태운 것은 정말 '위대한 철수'라는 생각이 들어요. 배나 항공기가 위기에 처했을 때 무기를 줄이려고 화물이나 연료를 일부러 버리는 것을 제티슨Jettison이라고 하는데요, 이게 배나 항공기뿐 아니라 우리 인생에서도 마찬가지인 것 같아요. 너무 많은 걸 가지고 살면 가라앉거나 추락하거든요. '버릴 건 버리고 내려놓을 건 내려 놓고 좀 더 가볍게 살자' 저는 그렇게 사는 게 맞다고 생각해요. 이게 지상렬 식 '제티슨 라이프'입니다. (웃음)

2016 중년으로 소년에서

지상렬 상렬이가 개인적으로 안타까웠던 소식이 있었어요. 대한민국 1세대 코미디언 구봉서 선생님이 노환으로 별세를 하신 게 2016년이에요. 어릴 때부터 복싱경기를 보고 자라서 친숙하게 느껴지는 전설의 복서 무하마드 알리도 전설 속으로 사라졌습니다. 그리고 또 한 명의 전설이 있습니다. '라스트 크리스마스'를 부른 싱어송 라이터 조지 마이클이 12월 25일 자택에서 숨진 채 발견됩니다. 그의 노래처럼 조지 마이클의 마지막 크리스마스가 되었던 2016년입니다.

김작가 2016년은 박근혜 대통령 탄핵 얘길 먼저 해야겠네요. 탄핵까지 가게 된 최초의 보도가 JTBC에서 나왔었죠.

지상렬 손석희 형님이 진행하던 JTBC 뉴스룸에서 태블릿 PC라는 말을 처음 들었어요. 그때만 해도 제가 컴맹에 가까운 처지였기 때문에 태블릿 PC가 무엇에 쓰는 물건인지 잘 알지 못했는데, 그 뒤로도 계속 처음 듣는 단어들이 나오더라고요. 국정농단, 비선실세, 문고리 3인방 이런 말들이 계속 나왔는데 그때 당시 JTBC가 대단했던 게 손석희 형님이 태블릿 PC를 입수했다고 뉴스룸에서 보도하자마자 바로 그 다음날 박근혜 대통령이 대국민 담화문을 발표했어요.

김작가 그 담화문도 '최순실이 작성한 게 아니냐'라는 말이 나올 정도로 태블릿 PC 안에서 대통령 연설문, 국무회의, 청와대 수석회의 같은 자료들을 최순실과 공유했던 것이 밝혀져서 큰 충격이었죠. 더군다나 최순실이 대통령 연설문 수정하는 것을 좋아했었다는 증언까지 나오면서 일파만파 사태가 심각해졌어요.

지상렬 우리가 시청자를 한 번 웃겨보겠다고 콩트를 짜는 것도 초안을 잡으면 회의를 수차례 거치고, 대본이 완성되면 녹화를 하고, 녹화를 하면서도 안 웃긴 게 있으면 그 자리에서 또 회의하고, 녹화를 마치고 나서도 편집할 때 또 한 번 편집회의를 하면서 여러 사람들의 의견을 거쳐서 완성해나가잖아요. 시청자를 한번 웃겨보겠다고 하는 것도 그런 과정과 절차를 수차례 거치는데 대통령의 연설문을 어느 개인이 혼자서 수정을 한다는 건 이해가 안 되는 거죠. 시골동네 이장님이 마을 사람들에게 공지사항 전달할 때도 그렇게는 안 한다는 거죠.

김작가 우리나라 역대 정권엔 꼭 비선실세가 문제가 됐었잖아요. 공식적인 라인이 아니라 보이지 않는 곳에서 막강한 권력을 휘두르는 실세들이에요. 대개는 가족 중에서 문제가 됐었는데 박근혜 대통령은 가족이 아닌 최순실이라는 비선실세가 있었던 거죠.

지상렬 이를테면 상렬이가 방송국 사장님이랑 형, 동생 하면서 프로그램을 쥐락펴락 한 건데. 〈1박 2일〉에서 강호동 빼고, 〈무한도전〉에서 유재석 빼고, 새 프로그램에 지상렬 같은 애 써보라고 한 거죠. 공적 영역과 사적 영역을 구분해야 하는데, 공사 구분을 못했을 때 꼭 문제가 생기잖아요. 아무튼 손석희 형님이 뉴스룸에서 최순실의 태블릿 PC를 보도하고 나서 실시간 검색어로 탄핵이란 단어가 계속 올라왔었고, 촛불집회가 시작되었던 기억이 나요. 박근혜 대통령도 박정희 대통령 때부터 TV를 통해서 자주 봐왔던 분이고, 우리의 인생에서 빼놓을 수 없는 분 이잖아요. 누구나 사람에 대한 추억이 있기 마련인데, 2016년의 인물들은 박근혜 대통령도 그렇고, 구봉서 선생님도 그렇고, 무하마드 알리도 그렇고, 조지 마이클도 그렇고, 상렬이의 인생에서 조금씩 추억이 있는 그런 분들 같아요. 특히 구봉서 선생님은 상렬이가 아주 어릴 때부터 코미디 프로그램으로 뵈었던 분인데, 방송국에 들어와서 만나 뵈니까 얼마나 신기했겠어요.

김작가 저도 예전에 방송국에서 구봉서 선생님을 뵈었는데, 송해 선생님께 커피 심부름 시키는 것 보고 깜짝 놀랐습니다. (웃음)

지상렬 송해 선생님이 연예계 최고참 어르신이셨지만, 구봉서 선생님보다는 후배거든요. 희극인실이 위계 질서가 또 확실하잖아요. 나이로 치면 구봉서 선생님이 1926년생인데요, 송해 선생님이 1927년생이라서 한 살이 적지만, 한 살이면 조상인 거죠. 구봉서 선생님과 송해 선생님이 레벨은 거의 같았지만 선,후배는 확실한 거예요. 1964년도에 두 분이서

MBC와 전속계약을 맺을 때 똑같이 월 2만 원을 받으셨다고 하더라고요. 구봉서 선생님이 1926년생이시고, 배삼룡 선생님이랑 동갑이시잖아요. 마릴린 먼로도 1926년생으로 세 분이 호랑이띠 동갑이고요. 오드리 햅번보다는 세 살 오빠 되세요. (웃음) 정말 1세대 희극인들이셨죠.

김작가 2016년도에 구봉서 선생님이 돌아가시면서 1세대 희극인은 송해 선생님이 유일하셨는데 송해 선생님도 세상을 떠나셔서 이제 1세대 희극인은 아무도 안 계시네요.

지상렬 복싱계의 큰 별이었던 무하마드 알리 선수도 세상을 떠났잖아요. 1960년대, 70년대에 최고의 전성기를 누리다가 파킨슨병 진단을 받고 투병을 하셨는데, 상렬이가 무하마드 알리 선수를 흑백 TV로 본 게 초등학교 때예요. 중학교 때부터는 여자가 눈에 보이더라고요. 김완선 누님이 저보다 한 살이 많으세요. 하이틴 스타였던 김완선 누님, 이상아, 김혜수, 김혜선 이렇게 네 명이 지금의 에버랜드, 그 당시 자연농원으로 팬 사인회 같은 걸 온다고 해서 친구들이랑 용인 자연농원까지 가서 입장료로 거금을 내고 들어갔었어요. 그때 사진도 찍고 그랬던 추억이 엊그제 같은데 2016년이 김완선 누님 데뷔 30주년이었어요. 김완선 누님은 소녀가수에서 원로가수가 되고 상렬이는 소년에서 중년이 되었네요. (웃음)

아낌없이 쓰는 인생 2017

지상렬 오십 평생을 살다보니까 누구나 나름대로 지키고 살게 되는 게 있기 마련인데, 저는 개고기를 먹지 않아요. 그렇다고 개고기를 먹는 사람들을 비난하지는 않아요. 이건 상렬이의 룰인 거지, 모든 사람들의 룰은 아닌 거죠. 어렸을 때 우리 동네에서 어른들이 개를 잡는 걸 봤는데 물이 펄펄 끓는 속에서 개가 튀어 나왔어요. 온몸에 화상을 입었는데도 마당에 있는 주인아저씨 앞으로 가서 꼬리를 흔들더라고요. 자기를 잡아먹으려고 뜨거운 솥에다 넣었던 주인인데 말이에요. 그때 상렬이가 그런 생각을 했어요. 개가 사람보다 나은 점도 있겠구나, 최소한 상렬이는 개고기는 먹지 말아야겠구나, 어릴 때 그런 생각을 하고 나서부터 개고기를 안 먹었거든요.

김작가 누구나 자기만의 룰이 있기 마련이죠. 저도 룰이라면 룰이 있죠. 한평생 살면서 세상에 보탬은 못될지언정 세상에 민폐는 끼치고 살지 말자 그런 룰이 있어요. (웃음) 2017년부터 우리나라가 고령사회에 접어들었어요. 전체 인구의 14% 이상이 65세 이상인 사회인데 2026년이면 우리 사회가 초고령 사회에 진입을 해요. 전체 인구의 20%가 65세 이상이란 거거든요. 노인 인구가 점점 많아지면서 반려견을 키우는 인구도 점점 늘어난다고 해요. 저도 개를 키우고 있지만 나이가 들수록 더 좋은 친구가 될 수 있을 것 같아요. 같이 산책을 하면 운동도 되고 정신적으로도 좋을 것 같아요.

지상렬 상렬이나 형님이나 고독사 조심해야 합니다. (웃음) 고령사회에 진입한 2017년도 격동의 해였었죠. 무엇보다 뜨거웠던 건 박근혜 대통령에 대해 2017년 3월에 헌법재판소가 대통령직 파면을 결정했던 일이 쇼킹했었죠.

김작가 우리나라 사회는 아무래도 아직까지는 정권초기에 말 잘못하면 블랙 리스트에 오르는 건 아닌가 염려를 하기도 하는데, 본인의 의지와 상관없이 방송에서 불이익을 받았던 적이 혹시 있나요?

지상렬 채널A에서 하는 프로그램 〈도시어부〉 할 때인데, 출연자 중에 상렬이만 혈액형이 O형이었어요. 덕화형 B형, 경규형 A형 모두가 A형 아니면 B형인데, 나만 O형이었단 말이죠. 그래서 도중에 하차시켰다는 소문이 있어요. (웃음) 대단한 불이익이었죠. 그것 말고는 불이익 받은 기억은 없고 살아오면서 이익이 무척 많았죠. 늘 감사하며 살죠, 상렬이는요. (웃음)

김작가 〈도시어부〉도 시청률이 좋았던 종편채널인데, 2017년도엔 케이블과 종편채널의 예능 프로그램들이 지상파보다 성과가 좋았던 해였어요. 인기 있는 예능 프로그램 베스트 10 중에 비지상파 프로그램 수가 지상파 예능 프로그램보다 많았던 첫 해였어요. 예능의 판도가 바뀌기 시작한 거죠.

지상렬 2017년 MBC 〈무한도전〉은 계속 1위를 하고 있었고, KBS 〈1박 2일〉, SBS 〈미운 우리 새끼〉랑 〈동상이몽〉 빼놓고 베스트 10 중에 여섯 개가 비지상파였어요. 2위가 tvN 〈알쓸신잡〉 시리즈, 3위가 tvN 〈윤식당〉, 4위가 tvN 〈삼시세끼〉, 5위가 JTBC 〈효리네 민박〉, 6위 JTBC 〈아는 형님〉, 7위가 KBS 〈1박 2일〉, 8위가 SBS 〈미운 우리 새끼〉, 9위가 SBS 〈동상이몽〉, 10위가 tvN 〈신서유기〉 시리즈였어요. 그러고 보니 tvN의 나영석 PD 프로그램이 절반이네요. 대단한 성과를 보여준 나영석 PD입니다. 이때가 나영석 PD가 뭘 해도 다 될 때였거든요. 그만큼 실력도 있고 채널에서도 적극적으로 판을 잘 깔아줬고요.

김작가 출연자가 봤을 때 나영석 PD는 어떤 점이 가장 큰 장점인가요? 예능 작가인 나의 관점에서 나영석 PD는 연출력보다 친화력이 더 뛰어난 PD라는 생각이 들어요. 그렇다고 연출력이 약하단 말은 아니고, 그만큼 스텝과 출연자와 친화력이 참 좋은 PD같아요. 어찌 보면 친화력도 연출력이기도 하죠.

지상렬 상렬이가 볼 때는 나영석 PD 가장 큰 장점이 얘길 잘 들어요. 누가 무슨 얘길 하던지 간에 남의 말을 무조건 잘 들어요. 다 듣고 나서 판단은 PD가 하는 건데, 말을 듣는 것보다 말을 하는 것이 PD의 역할인 줄 아는 PD도 많거든요. PD는 주변에 사람이 늘 많아야 한다고 생각하는데, 그 많은 사람들이 철새처럼 바뀌는 건 의미가 없어요. 좋은 팀이 함께해야 시너지가 나는데, 나영석 PD 곁에는 이우정 작가, 최재영 작가, 김대주 작가 3인방이 곁에 항상 같이 있어요. 그것도 나영석 PD의 큰 장점이고요. 팀워크가 가장 큰 연출력이니까요. 윤여정 선생님이 언젠가 그런 말씀을 하셨어요. '실패를 빨리 한 번 해봐야지 좋다, 실패 하는 거 두려운 시기가 오면 아무것도 못 한다' 그런 말씀을 하셨는데 정말 맞는 말 같아요. 실패를 해볼 거면 일찍 해보는 게 좋아요. 누구나 하는 실패니까 실패를 무서워할 필요도 없는 거고요.

김작가 제가 볼 때 지상렬은 결코 실패할 일이 없을 것 같다는 생각이 들어요. 왜냐면 결코 성공하려고 애쓰지 않으니까요. 아등바등 성공하려고 하지 않는데 당연히 실패도 없겠죠. (웃음)

지상렬 저는 전성기가 없었어요. 그냥 가는 거죠. (웃음) 그렇지만 그런 건 있어요. 농구를 하는데도 자기 나름대로의 루틴이란 게 있잖아요. 슛을 쏠 때 왼발이 먼저 나가야 좋을지, 오른발이 먼저 나가야 슛을 잘 쏠 수 있을지 나름대로 자기 스타일이란 게 있잖아요. 저는 왼발이든, 오른발이든, 맨발이든, 뛰어요. 뛰다 보면 슛의 기회는 오거든요.

김작가 개그맨 시험을 안 보고 다른 일을 했다면 지금 어떤 지상렬로 살고 있을까요?

지상렬 크게 다를 것 같진 않아요. 상렬이에게 재능이 있으면 음악을 하거나 시를 쓰면서 살아보고 싶은 생각은 있어요.

김작가 둘 다 어울리네요. 음악도 G.C해머 때 랩을 했으니까 음악으로 시를 쓴 거나 다름없네요. 음악을 했어도 시를 썼어도 잘 어울리네요.

지상렬 시를 쓴다면 일본에 '하이쿠'라고 단시 있잖아요, 짧은 시. 그렇게 깊은 뜻을 한 줄로 풀어낼 수 있는 능력이 있으면 좋겠어요.

김작가 〈1박 2일〉에서 구탱이 형으로 우리에게 친숙했던 탤런트 김주혁 씨가 2017년 갑자기 세상을 떠났잖아요. 지상렬이 생각하는 김주혁은 한 줄로 어떤 사람일까요?

지상렬 사람의 인생을 한 줄로 표현하기가 참 쉽진 않잖아요. 그래도 표현을 해본다면 '잔고가 많은 통장을 두고 떠난 구탱이형'이라고 쓰고 싶네요. 10월의 마지막 날에 차량 전복사고가 나서 세상을 떠났잖아요. 45세의 짧은 인생을 살고 갔는데 너무 아깝고, 아쉽고, 슬픈 일이에요. 재능의 잔고가 너무 많고, 가슴속에 사랑의 잔고도 너무 많고, 인맥의 잔고, 꿈의 잔고도 너무 많은데 그걸 다 못 쓰고 갔어요. 그래서 저는 원 없이 쓰고 가고 싶어요. 상렬이가 이 세상을 떠날 때 상렬이의 가슴에 잔고가 남아 있지 않을 정도로 '인생을 아낌없이 쓰고 가야겠다' 그런 생각을 해요. 오늘을 감사하게 생각하고요. 술도 마시고 친구도 만나고 오늘이 내게 주는 게 너무 많잖아요.

김작가 가끔 같이 술 마신다는 '고박사'라는 친구 얘기 전에도 했었는데 요즘에 만나면 무슨 말하면서 마셔요?

지상렬 만나면 아무 말 안하고 술만 마셔요. 마시다가 눈이 마주치면 "뭐해 술 마셔~~" 그리고 또 마셔요. 그래도 술잔 속에 무지 많은 대화를 담고 있거든요. 남들이 볼 때는 바보 같은데 우린 그렇게 마셔요. (웃음)

김작가 독특해요. 톡특한데 본인이 독특하다는 걸 몰라요. (웃음) 우리가 지금 50대인데 앞으로 우리도 60, 70대가 될 테고 앞으로 계획은 뭐가 있나요?

지상렬 상렬이가 계획 같은 거 안 세우는 거 형님도 잘 하실 텐데, 아 그래도 한번 해봐야겠다 싶은 게 뭐냐면요, 우리 주변에 연세 드신 분들 중에서 훌륭하신 분들이 무척 많아요. 저희 아파트 경비아저씨도 옛날에 공무원 하신 분, 파출소장 하신 분도 계시고 한데, 그나마 일을 하고 계시는 분들은 다행이잖아요. 일이 없으셔서 매일 북한산 가시고 청계산 가시고 그런 분들이 많은데, 앞으로 2026년도부터 우리나라도 초고령사회에 진입하면 여러 가지 노인문제나 복지문제 같은 게 표면에 떠오를 거예요. 어떤 식으로든 노인 분들과 함께 모여서 할 수 있는 프로그램이 많았으면 좋겠어요. 저도 적극적으로 그런 프로그램들을 해야겠다는 생각이 들어요. 화투가 치매 예방에 좋다잖아요. 전국의 할머니들 모아놓고 '전국 할머니 민화투 대회'를 한다거나 인생을 오래 사셨으니까 몸소 체험한 경험들을 들어보는 것도 좋을 것 같아요. 노인 대상의 예능프로그램들이 앞으로 괜찮을 것 같다는 생각이 들기도 해요. 노인 분들이 돌아가시는 건 "도서관 하나가 불타는 것과 같다"는 말이 있는데, 그분들의 지혜도 빌리고 적적함도 서로 나누고 그럴 수 있을 것 같거든요. 앞으로 상렬이가 꼭 한번 해보고 싶습니다. (웃음)

2018
바람이 불고
세상은 늘

김작가 일단 2018년 하면 떠오르는 굵직한 사건이 미투Me Too운동이에요. 유명인들이 미투에 연루되어서 큰 충격을 줬어요. 그리고 헌정 사상 네 번째로 전직 대통령이 구속되는 사태가 벌어졌었죠. 1995년에 전두환, 노태우, 그리고 2017년에 박근혜 전 대통령에 이어서 17대 대통령 이명박이 구속 수감이 되었어요. 모처럼 남북관계가 좋았던 해이기도 합니다. 판문점과 평양에서 세 차례 남북정상회담이 열리고 싱가포르에서 도널드 트럼프와 김정은의 북미회담이 열렸죠.

지상렬 무엇보다도 미투 운동이랑 대통령의 구속이 제일 큰 이슈였어요. 2018년에 남북관계 분위기가 좋았던 때라서 우리 연예인들이 평양에 갔었잖아요. 조용필 형님, 최진희 누님, 이선희, 윤도현 밴드, 백지영, 강산

애 등 많은 가수 분들이 가서 남북 합동으로 공연을 했던 것도 기억에 남고 싸이 이후에 미국에서 가장 앨범이 많이 팔린 방탄소년단의 3집 앨범이 미국 '빌보드 200' 차트에서 1위를 하면서 빌보드 역사상 한국가수가 앨범차트 1위를 차지한 기록을 세웠어요. 2009년에 보아가 발표한 앨범 'BOA'가 '빌보드 200'에서 127위 했을 때가 한국인으로서 첫 빌보드 입성이었는데, 같은 해에 원더걸스가 '노바디'로 '빌보드 HOT 100'에서 76위를 했던 것도 대단했잖아요. 그리고 싸이가 2012년에 강남스타일로 7주 동안이나 'HOT 100'에서 2위를 했었단 말이죠. 그런데 우리의 BTS가 1위의 쾌거를 이룬 거죠. 뉴욕에 있는 유엔본부에서 열린 유니세프 행사에 참여해서 연설을 하기도 했는데, 세계적인 가수는 음악뿐 아니라 뭔가 다른 게 있구나 그런 생각이 들었어요.

김작가 그리고 2018년엔 한 시대를 풍미했던 영화배우 신성일 님이 세상을 떠났습니다. 정의당 원내 대표이며 3선 의원이었던 노회찬 의원이 스스로 생을 마감하셨고요. Y.S 김영삼, D.J 김대중과 함께 3김으로 불리던 J.P 김종필이 숙환으로 사망해서 반세기 동안 이어졌던 3김 시대의 막을 내린 것도 2018년이네요.

지상렬 얘길 하다 보니까 늘 느끼는 건데, 세상은 늘 바람이 불고 늘 무슨 일이 일어납니다. 그냥 지나가는 법이 없어요. 저는 노회찬 의원님을 몇 번 뵌 적이 있어요. 정치적인 걸 떠나서 동네 형님 같은 느낌이었는데 오래된 병따개 있잖아요. 병따개에 크라운, OB 이런 글자 써 있는 정감 있는 오래된 병따개, 그런 병따개가 녹은 좀 슬었어도 튼튼하고 병은 또 잘 따져요. 그런 느낌이었지요. 선풍기도 신형 선풍기가 아니라 키도 낮고 날개도 촌스러운 구식모델 있잖아요. 쌩쌩 돌아가지도 않는데 그런데 신통하게 시원한 그런 선풍기 느낌, 저는 노회찬 의원이 그런 느낌이었어요. 노회찬 의원이 외모로 봐선, 형님 같은데 JTBC 손석희 형님하고 동갑내기 친구 사이기도 해요.

김작가 돌아가시고 몇 개월 후에 '노회찬에게 작별을 고합니다'라는 주제로 손석희가 '앵커 브리핑'을 했던 기억이 나네요. 그때 클로징 멘트가 '저의 동갑내기 노회찬에게 이제야 비로소 작별을 고하려 합니다'였는데, 방송사고가 아닌가 할 정도로 몇 초 동안 손석희 앵커가 말을 못했어요. 눈물을 참는 모습이 역력했는데, 그 몇 초의 침묵으로 노회찬 의원에 대한 애도와 현실에 대한 안타까움을 다 표현한 게 아닌가 하는 생각이 들었어요.

지상렬 TV로 오랫동안 봐왔던 분들이 돌아가시면 친척 중에 누가 돌아가신 것처럼 가깝게 와닿잖아요. 정치인도 그렇지만 우리시대는 최진실이나 장국영, 이런 스타들이 그랬던 것 같은데 세대가 지나면 또 잊혀지기도 하겠지만 노회찬 의원도 그런 분인 것 같아요. 그리고 도쿄올림픽 양궁 금메달 리스트였던 김제덕 선수가 '소녀시대'를 잘 모른다고 하더라고요. 김제덕 선수가 2001년생 이고 소녀시대가 2007년도에 데뷔를 했어요. 김제덕 선수에게 소녀시대는 우리시대로 말하자면 '바니걸스' 쯤 되는 거예요. 그렇게 생각하니까 모를 수도 있겠더라고요. '바니걸스'에서 '소녀시대'를 거쳐서 '레드벨벳'까지 세월이 많이 흐르긴 흘렀어요. 2018년 평양공연에는 아이돌그룹 '레드벨벳'이 참가를 했잖아요. 아이돌그룹이 평양공연에 선 것은 1999년에 젝스키스와 핑클이 최초였고,

2003년에 신화와 베이비복스, 2018년은 '레드벨벳'이었던 것처럼 시대를 따라가는 거죠. 평양에 있는 '류경정주영체육관'에 관객이 가득 찼는데 특히 백지영이 노래를 할 때 김정은 국방위원장이 무척 감동을 했다고 해요. 조용필 형님이나 최진희 누님은 그전에도 공연을 해서 익히 아는 얼굴인데 백지영이란 가수를 처음 봤는데 노래를 너무 잘한다고, 백지영이 남쪽에서 어느 정도 가수냐고 관심을 많이 보였다고 해요.

김작가 BTS가 빌보드 차트에서 1위를 한 것도 대단하고 감사한 일이지만, 우리 가수들이 북한에서 인기가 있는 것도 대단하고 큰 의미가 있는 것 같아요. 이념과 문화를 떠나서 무엇보다도 음악이 더 많은 감동을 주는 건 확실한 것 같네요. 자!! 그리고 2018년 골든 글로브 시상식에서 흑인 최초로 공로상을 받은 오프라 윈프리가 검은 드레스를 입고 수상을 해서 화제였어요. 이날 오프라 윈프리의 발언으로 미투 운동이 더욱 확산되는 계기가 되기도 했어요.

지상렬 오프라 윈프리가 토크 쇼를 거의 30여 년을 했잖아요. 미국뿐 아니라 세계적으로도 영향력이 대단한 누님인데, 본인도 어린 시절의 상처가 있다고 밝혀서 더 공감이 가기도 했었죠. 10대 때 미혼모가 되기도 했던 고난의 시절이 있었기 때문에 미투 발언을 했었을 때 대단히 폭팔적인 지지를 받았어요. 미투 운동이 있기 전까지 여성이 사회적으로나 가정에서도 차별받던 시절이 있었던 건 분명한 사실인 것 같아요. 이젠 입에 담기만 해도 처벌을 받는 시대지만 마누라와 북어는 사흘에 한 번씩 두들겨 패야 한다는 등, 암탉이 울면 집안이 망한다는 등, 여자 셋이 모이면 접시가 깨진다는 등 이런 여성비하 발언들이 1990년대까지만 해도

TV 드라마에서 자연스럽게 나오던 말이었어요. 그때는 그게 잘못된 말인지도 모르고 그냥 했던 것 같아요. 2018년도에 미투 운동이 막 시작되었을 때 남자들이 불안해하기도 했었는데, 제 걱정은 아무도 안 하더라구요. 저는 주변에 남자가 90%거든요. 남자끼리 무슨 일이 날 게 있어야죠. (웃음)

김작가 미투로 인해서 많은 사람들이 상처를 입고, 세상을 떠나기도 했어요. 2018년에 3김 시대가 끝났듯이 미투의 시대도 이젠 끝났으리라 생각을 합니다. 2009년에 D.J, 2015년에 Y.S, 2018년에 J.P까지, 3김의 시대가 역사 속으로 사라졌네요. 3김 중에 유일하게 대통령을 못 하신 분이 J.P인데 바꿔 말하면 대통령 빼고는 다 해본 것 같아요. J.P를 '영원한 2인자'라고 하잖아요. 그런데 1인자가 2인자보다 더 행복했던 건 아니거든요. 모차르트는 모차르트의 인생이 있고 살리에르는 살리에르의 삶이 있는 거잖아요. 2인자 박명수가 있기 때문에 1인자 유재석도 있는 거거든요. 각자의 위치에서 열심히 최선을 다하는 게 인생이지, 등수가 행복순은 아니니까요. (웃음)

2019
동갑내기 경부고속도로

지상렬 어느 해보다도 연예계에 명암이 교차했던 해였던 것 같아요. 우선 축하할 일은 한국 영화 100년 역사상 최초로 칸 영화제 최고상인 황금종려상을 받은 봉준호 감독의 〈기생충〉이 개봉을 했어요. 상이란 상은 다 받았죠. 대종상, 백상예술대상, 청룡영화제는 물론이고 이듬해 2020년에는 아카데미 시상식에서 작품상, 감독상, 각본상, 국제영화상 4개 부문에서 수상을 했어요. 더구나 비영어권 영화로는 최초의 최우수 작품상이라서 더 의미가 있었던 영화였었죠. 이런 일이 있으니까 나라 전체가 잔칫집 같고 분위기가 좋더라고요. 이런 게 또 문화의 힘인 것 같아요. 봉준호 감독이 정말 큰일을 했던 해인데, 〈기생충〉처럼 경사스러운 일만 있으면 참 좋겠지만 큰일이 나서 깜짝 놀랐던 사건도 있었죠. '버닝썬 게이트' 얘길 안 할 수가 없네요. 워낙 큰 사건이고 충격적인 일이었어요. '버닝썬'이란 강남의 클럽에서 벌어진 폭행 사건 때문에 폭력, 마약, 강간, 성매매, 성범죄, 모든 범죄의 종합세트가 한 번에 클럽에서 터져 나왔어요. 저는 요즘 클럽은 안 다녀봤지만, 예전의 나이트클럽은 맥주 세 병에 마른안주 하나가 3만 원하던 시절 때부터 다녀봤는데 1억 원짜리 '만수르 세트'는 이때 처음 들어봤어요. 1억 원이면 소주로 계산하면 4천 원씩 2만 5천 병이에요. 만수르 세트 마시면 하룻밤에 소주 2만 5천 병 마시는 거거든요. 상렬이는 소주 2만 5천 병을 두고두고 평생 마시는 게 좋다는 쪽이니까요. 버닝썬 사건도 정말 우울했던 사건이었는데 우울한 사건이 또 있었어요. 원시시대엔 상대방을 위협할 때 돌을 던졌잖아요. 고대 시대엔 칼이나 창을 쓰고, 미국 서부시대엔 총을 쏘았는데 현대 사회에선 손가락으로 사람을 죽이기도 해요. fx 출신의 가수 설리가 악플 때문에 정신적인 상처를 견디지 못하고 극단적인 선택을 했던 것도 2019년인데 이때 설리가 25세였어요. 좋은 나이를 꽃 같은 나이라고 하잖아요. 정말 꽃 같은 나이에 세상을 떠났는데, 충격이 여기서 끝나지 않고 설리가 떠난 후 설리의 절친이었던 걸 그룹 '카라' 출신의 가수 구하라도 극단적인 선택을 하는 비극이 있었지요.

김작가 정말 손가락이 살인 무기라고 할 정도로 악플이 무섭잖아요. 그때 당시에 '설리법'이라는 이름의 '악플 방지법'을 국회에서 발의하기도 했는데 아직 별다른 진전은 없는 것 같아요.

지상렬 저도 평소에 늘 생각하면서 사는 거지만 '다른 사람에게 손가락질을 하지 말자, 다른 사람 욕하고 손가락질 하는 순간 손가락 세 개는 나를 향하고 있다. 결국 나한테 손가락질 하는 거다' 이렇게 명심하고 살고 있어요.

김작가 진짜 그러네요, 손가락 하나는 상대방을 가리키지만 세 개는 나를 향해 있는 게 손가락질이네요. 자! 이제 다른 얘길 해보죠. 2019년에 트로트 열풍도 대단했었어요.

지상렬 코로나와 트로트가 시기적으로 비슷해요. 2019년에 TV조선에서 〈내일은 미스 트롯〉이 시작되어서 계속 같이 가고 있거든요. 위드 코로나, 위드 트로트가 함께 했는데, 흥겨운 트로트가 우울한 코로나를 이겨내는 데 많은 역할을 했던 게 사실인 것 같아요.

김작가 트로트는 '인구의 고령화'하고도 관계가 있죠. 트로트 열풍이 불던 2019년에 50대 이상의 인구가 남한 인구의 39%를 차지했다고 해요. 내일은 〈미스 트롯〉 제작팀이 이런 통계를 기반으로 트로트를 기획했는지는 잘 모르겠지만, 50대 이상 장년층은 트로트에 대한 향수가 있는 세대인데, 트로트는 KBS 〈가요무대〉 정도만 있잖아요. 그 틈새를 TV조선에서 파고들어 시청자를 잡지 않았나 하는 생각이 들어요.

지상렬 트로트의 새바람 송가인이 대단했던 것 같아요. '한 많은 대동강' 한 곡으로 스타가 됐잖아요. 강을 팔아서 스타가 된 가수는 "강물은 흘러갑니다. 제3한강교 밑을--" 혜은이 누님하고, "하늘엔 조각구름 떠 있고, 강물엔 유람선이 떠 있어--" 정수라 누님하고, '눈물 젖은 두만강' 김정구 선생님 이후로 최고였잖아요. 가요계의 4대강입니다. (웃음)

김작가 (웃음) 듣고 보니 그러네요. 송가인은 원래 '창'을 했다가 트로트를 불러서 느낌이 일반적인 트로트와는 또 다른 맛이 있었던 것 같아요.

그리고 또 2019년에 트로트 열풍이 불기 시작했던 것처럼, 유튜브에서도 열풍이 불기 시작한 콘텐츠가 있는데 〈구독 안 하면 지상렬〉이 시작된 해입니다. 축하합니다. (웃음) 콘셉트가 정확히 뭔가요?

지상렬 콘셉트가 정확하지 않은 게 콘셉트예요. 영화 〈기생충〉에 이런 대사가 있잖아요. '무계획이 가장 완벽한 계획이다' 〈구독 안 하면 지상렬〉이 그런 콘셉트예요. 상렬이의 놀이터라고 생각하면 되죠. 지인들하고 주로 술 마시고 놀아요.

김작가 연예인이 유튜브로 성공하는 게 쉽지 않은데, 구독자가 벌써 30만을 넘었더라고요. 이만하면 성공한 콘텐츠라고 봐도 될 것 같아요.

지상렬 상렬이가 가장 편안한 게 편한 사람이랑 술 마시는 건데, 제가 편하니까 구독자분들도 편하게 보시는 것 같아요. 구독자를 늘려야겠다는 생각도 없고 그냥 하는 거예요, 그냥.

김작가 그냥 해서 잘 되는 것 같아요. 그냥 한다는 게 힘 빼고 욕심 없이 한다는 거잖아요. 그게 편하니까 구독자들도 그냥 보는 거죠. 술 마시는 걸 의미를 찾아서 보기보다는 편하게 그냥 보는 거죠. 지상렬 하면 제일 먼저 떠오르는 이미지가 술이잖아요. 술을 좋아했던 작가 헤밍웨이도 저녁 8시 이후와 주말에는 안 마신다는 나름대로 규칙이 있었다는데, 지상렬의 음주 규칙 같은 것도 있나요?

지상렬 저는 혼술은 절대 안 해요. 통닭 시켜서 집에서 혼자 맥주 한잔하는 것도 해본 적이 없어요. 술은 사람하고 같이 마시는 거라는 생각이에요. 그리고 오늘 밤 12시까지 마셨으면 내일 정오 12시까지, 열두 시간은 아무것도 안 먹어요. 그게 나름 규칙이라면 규칙인 것 같아요.

김작가 술을 좋아하고 즐겨 마시는 걸로는 지상렬이 예능계의 헤밍웨이인데, 헤밍웨이는 '모히토'를 즐겨 마셔서 헤밍웨이의 술로 '모히토'가 유명해요. 지상렬의 술은 뭔가요?

지상렬 저는 단순해요. 소주가 지상렬 술이죠. 맥주를 마시기도 하고, 소맥 폭탄주도 마시기는 하는데 통풍이 와서 맥주는 좀 자제하고 있어요. 저는 이병헌이 영화에서 모히토 가서 몰디브 한 잔하자는 대사가 있어서 모히토가 몰디브 술인 줄 알았는데, 쿠바에서 유명한 칵테일이더라고요. 헤밍웨이가 즐겨 마시던 칵테일이라고 해서, 쿠바에 여행을 가면 헤밍웨이가 자주 들렸던 술집에 지금도 관광객들이 많이 온다고 해요. 술 얘기하다가 갑자기 헤밍웨이로 빠졌는데, 제가 알기로는 헤밍웨이 형님은 부인이 네 명이었어요. 상투도 못 올린 상렬이와는 클래스가 다르죠. (웃음)

김작가 술은 화려한 꽃이 될 수도 있고 날카로운 칼날이 될 수 있다고도 해요. 혈중 알코올 농도 0.05%를 유지하면 삶에 활력이 생긴다는 심리학 이론이 있다는데 어떻게 생각하세요?

지상렬 일단 혈중 알코올 농도는 0.05%를 유지하면 면허정지입니다. (웃음) 0.03% 이상에서 0.08% 미만까지 면허정지구, 0.08% 이상은 면허취소인데, 혈중 알코올 농도를 일정하게 유지한다는 것 자체가 상렬이는 말이 안 되는 거죠. 간단하게 한잔하자 이건 제 음주 패턴이 아니니까요. 한 병 마시고 갈 거면 그냥 가라고 하죠. 소주 서너 병은 마셔야 마셨다 하는 거지, '야, 오늘 기분도 그렇지 않은데 혈중 알코올 농도 0.05%까지만 마셔 보자' 이건 말이 안 되죠.

김작가 꾸준히 술을 마시면서 건강관리를 하는 것도 참 대단해요. 2019년에 50살이 되었잖아요. 아무래도 50살은 느낌이 다르죠?

지상렬 제가 경부고속도로랑 동갑이잖아요. 경부고속도로가 1970년도에 완공이 되었는데, 경부고속도로 위를 50년 동안 얼마나 많은 자동차가 달려겠어요. 상렬이의 50년 인생에도 얼마나 많은 사연들이 있었겠어요. 그렇게 달려온 50년 인생입니다. (웃음)

김작가 그렇게 비교를 하니 세월이 대단히 흐른 건 맞는 것 같네요. 어느덧 50살인데요. 대한민국의 50대는 가부장적인 분위기에서 성장해서 부모 공양과 자녀 뒷바라지에 대한 책임이 무척 강한 마지막 세대이고 정작 자신들은 자식들에게 봉양 받지 못하는 첫 세대라고 하는데, 지상렬은 앞으로 어떻게 나이 들어갈까요?

지상렬 저는 개 같이 살고 싶어요. 개 들은 변함이 없어요. 상렬이 인생의 모토가 '개만큼만 살자'거든요. 제가 처음 키운 개가 셰퍼드인데, 어린 시절에 인천 집 마당에 있는 배나무 아래가 개집이었어요. 거기서 살다가 배나무 아래 묻혔어요. 저도 변함없이 살다가 배나무 아래 묻히는 거 그것밖에 없어요. (웃음)

2020

코로나 레드, 코로나 블루

지상렬 2020년은 코로나19의 세계적인 대유행이 시작된 해라서 우선 코로나 얘길 안 할 수가 없겠네요. 마스크를 이렇게 오래 착용하고 지낼 줄도 몰랐지만, 마스크가 이렇게 익숙해질 줄도 몰랐어요. 이제는 마스크를 하도 오래 썼더니 내 피부처럼 익숙하네요.

김작가 중국 후베이성 우한시에서 2019년 11월에 처음 시작된 급성 호흡기 전염병이죠. 2020년 들어서 세계적으로 확산되면서 세계보건기구 WHO에서 팬데믹을 선언했는데, 계속해서 알파 변이, 델타 변이, 오미크론 변이로 변종 바이러스가 생기니까 아직도 무서운 전염병이에요. 그래도 코로나가 처음 발생했을 때보다 공포감은 좀 덜한 것 같아요.

지상렬 전쟁터에서도 제일 무서울 때가 총알이 어디서 날아올지 모를 때거든요. 어디에 저격병이 배치되어 있는지 모를 때가 제일 무서운 건데, 우리가 어느 정도 코로나의 정체를 알았고 일상에서 어떻게 조심하면 된다는 걸 알았으니까 처음보다는 확실히 겁은 덜 나지만 또 어떤 변이가 다시 올지도 모르니 조심해야 합니다. 저희들도 초등학교 때 우두 주사라고 해서 천연두 예방접종을 했었잖아요. 옛날에 비디오 한참 보던 시절에 비디오를 틀자마자 호환, 마마보다 더 무서운 게 불법 비디오라는 멘트가 나왔었어요. 그 호환, 마마가 호랑이와 '마마' 바로 천연두였잖아요. 우리나라에서 가장 많은 사람을 죽인 게 바로 이 천연두 바이러스인데, 지석영 선생의 우두 접종을 하면서 천연두의 멱살을 잡았어요. 코로나19도 국민 모두 잘 극복해가고 있으니까 어떤 변이가 다시 와도 멱살을 잡아야죠.

김작가 예전에는 불주사라고 해서, 일회용 주사기가 나오기 전에는 주사기를 알코올 램프에 달궈서 소독을 하고 주사를 놨어요. 그 불주사를 맞으면 흔히 우두 자국이라고 하는 흉터가 생겼었잖아요. 흉터 자국을 보면 대충 나이도 알 수가 있는데, 우리처럼 우두 자국이 있으면 1978년 이전 출생자고, 우두 자국이 없으면 천연두가 종식된 1978년 이후 출생자죠. 갑자기 불주사 생각이 나네요.

지상렬 우두 자국이 어떻게 보면 인생 바코드네요. 수많은 바이러스가 인류를 거쳐 갔지만 그래도 모두 극복을 했듯이 코로나 바이러스도 더 이상의 피해가 없이 지나가길 바라야죠. 코로나 블루다, 코로나 레드다 해서 너무 우울했던 것 같아요. 거리두기 때문에 사람들과 접촉할 기회가 적어지니까 야구도 관중 없는 야구장에서 해야 했어요. TV 녹화도 관객 없이 녹화하고, 공연도 관객 없는 공연장에서 온라인으로 해야 했죠. 코로나로 인해서 1년을 연기하기도 했던 도쿄 올림픽까지 관중이 없이 무관중으로 치러졌고요. 코로나 블루나 코로나 레드라는 말이 나올 수 밖에 없는 환경이었죠. 아까 불주사 얘길 했는데, 옛날에 불주사 맞던 시절에는 TV에서 코미디가 인기가 많았어요. 〈웃으면 복이 와요〉라는 프로그램이 온 국민들에게 웃음을 줬던 기억이 상렬이에게도 있는데, 마침 코로나로 우울했던 이때 KBS 〈개그 콘서트〉도 막을 내렸어요. 이런 시대에 좀 더 웃겨줬으면 하는 바람이 있었는데 아쉬움이 많았었죠.

김작가 〈개그 콘서트〉가 정말 오랜 기간 동안 사랑을 받았던 코미디 프로그램이었어요. 1999년부터 21년 동안이나 방송을 했으니까, 아기가 태어나서 성인이 될 때까지 보고 자란 개그 프로그램이었죠.

지상렬 〈개그콘서트〉가 없어진 이유에 대해서 이런저런 이유를 말하기도 하는데, 한 프로그램이 21년 동안 성장하고 버티면서 웃음을 줬다는 것, 그거 하나로 '〈개그콘서트〉는 할 일을 다 했다' 저는 그렇게 생각해요. 사람도 태어나서 50 넘으면 기력 떨어지고 눈 침침해지잖아요. 영원히 방부제 뿌리면서 사는 것 보다는 시들 때 시드는 꽃이 더 아름답거든요. 사람도 세월을 이길 수가 없고, 시대를 이기는 콘텐츠는 없는 것 같아요. 콩트의 시대가 주춤하면서 리얼 예능의 시대가 왔고, 짜고 치지 않는 리얼 예능의 독한 맛을 본 시청자들이 대본으로 미리 짠 대사를 주고받는 콩트 코미디에 관심이 멀어져 갔던 것 같아요. 〈개그콘서트〉도 최고의 인기를 누린 프로그램이었지만 사람도 움직이는 거고, 웃음도 움직이는 거고, 인기도 움직이는 거예요. 우리나라 빌딩 높이를 보면 영원히 제일 높은 빌딩이 없어요. 현재로 볼 때 우리나라에서 젤 높은 빌딩이 555m 123층 롯데월드타워 빌딩인데요, 상렬이가 중 3때 인천 친구들이랑 우리나라에서 제일 높은 빌딩이었던 여의도 63빌딩에 놀러 왔던 게 1985년이거든요. 목동 하이페리온이 완공된 2003년까지 18년 동안 63빌딩이 제일 높은 빌딩이었어요. 제일 높은 빌딩이었을 때가 한 번씩 있을 수 있지만, 영원히 제일 높진 못해요. 계속해서 새로운 빌딩들이 높이 올라와요. 빌딩 순위와 인기 순위가 같은 게 뭐냐면 언제까지나 제일 높을 수 없다는 거거든요.

김작가 딱 맞는 말이네요. 그리고 코로나 블루로 어두침침했던 2020년에 반가운 소식도 있었는데, 2013년도 데뷔해서 꾸준하게 성장해온 BTS가 한국인으로서는 처음으로 빌보드 HOT 100 차트에서 다이너마이트Dynamite로 1위를 차지했어요. 코로나 시대에 우리 국민들은 물론이고, 세계인들에게 BTS가 감성 백신을 선사했던 반가운 소식이었죠.

지상렬 다이너마이트 이후로 라이프 고즈 온Life Goes On으로 빌보드 싱글차트 HOT 100, 1위에 올랐어요, 한국어 곡이 싱글차트 정상에 오른 게 빌보드 62년 역사상 처음이었어요. 영어 가사가 아닌 곡이 HOT 100 1위를 했던 게 우리에게도 익숙한 '데스파시토' '마카레나' '라밤바' 세 곡이었거든요. 이 곡들은 첫 주 차 1위는 아니었는데, 방탄소년단이 첫 주에 1위에 오른 것도 대단했던 거죠. 아랍에미리트 두바이에 가면, 세계에서 제일 높은 빌딩이 있어요. 빌딩으로 치면 BTS가 현재 그 '부르즈 할리파Burj Khalifa 빌딩인 거죠. 높이가 무려 830m거든요. 당분간 이보다 더 높은 빌딩이 나올 수가 없어요.

김작가 코로나19 때문에 본격적인 팬데믹을 겪었던 2020년이었는데, 지상렬의 2020년은 어땠나요?

지상렬 국민 모두가 힘들었는데 상렬이도 쉽지 않았어요. 그래도 안정감 있게 안전 운행을 했던 것 같아요. 늘 그런 생각이거든요. 과속하지 말고 정상 속도로 가자. 뒤차가 빵빵거리면 차선을 비워주고, 마음도 같이 비우고, 속도도 줄이고, 욕심도 줄이자, 그게 상렬이의 인생 주행법이니까요. (웃음)

2021

격동의 50년

어쩌다 보니

김작가 2020년부터 시작된 코로나19가 21년에도 계속되었기 때문에, 2021년은 코로나로 시작해서 코로나로 끝났다고 해도 과언이 아닌 해가 되어버렸네요. 그래도 코로나 블루의 시대에 개인적으로 즐거웠던 건 지상렬의 수상 소식이 연초에 들려왔었죠. '대한민국을 빛낸 10인의 대상' 시상식에서 방송 예능인 부문을 수상했어요. 다시 한 번 축하드립니다. 어머니께서 그렇게 기뻐하셨다고요?

지상렬 태어나고 자라면서 '상'이란 걸 별로 받아본 적이 없어서 어머니께 즐거움을 드리질 못했었는데, 아침에 일어나서 "어머니 상 받고 올게요" 말씀 드렸더니 기뻐하시더라고요. 어머니가 그렇게 기뻐하시는 거 처음 봤어요.

김작가 2005년 MBC 라디오 지상렬 노사연의 〈2시만세〉 할 때 라디오 부문 우수상을 수상했고, 2008년도에 SBS 방송 연예 대상 실험정신상을 수상한 이후로 처음 받은 큰 상이니까 당연히 기뻐하셨을 것 같아요. 2021년 월드 스타연예 대상에서도 대상은 송해 선생님이 받으셨고, '개그 부문 최우수상'을 수상했어요. 그래도 2021년은 굵직한 상을 두 번이나 수상을 한 해였네요.

지상렬 SBS에서 받은 실험 정신상은 받고 나서도 무슨 정신으로 실험을 해서 받은 건지 아리송했었는데, 2021년에 상 받았을 때는 저도 기뻤고 어머니도 참 즐거워하셨어요. '아! 어머니를 위해서라도 상을 종종 받으면 좋겠구나' 그런 생각을 처음 해봤던 것 같아요.

김작가 2021년이 국민 MC 유재석이 벌써 데뷔 30주년 되는 해인데, 동생인 유재석, 친구인 강호동, 형님 이경규가 받았던 상도 앞으로는 꼭 받아보길 저도 바랍니다. 자! 그리고 2021년에는 전직 대통령 두 분이 세상을 떠났지요. 제13대 노태우 대통령이 10월 26일에 돌아가셨어요. 마침 10월 26일이 박정희 대통령의 사망 42주기였는데, 우연찮게 그날에 돌아가셨고, 그렇게 절친이기도 했고, 라이벌이기도 했던 11대, 12대 전두환 전 대통령이 노태우 대통령 사망 4주 후인 11월에 다발성 골수종으로 사망을 했어요. 2009년에는 노무현, 김대중 두 분의 대통령이 같은 해에 사망을 하셨는데 12년 만에 다시 전직 대통령 두 분이 같은 해에 사망을 했습니다.

지상렬 상렬이가 1970년 새마을운동 원년에 태어나서 박정희 대통령부터 시작해서 최규하, 전두환, 노태우, 김영삼, 김대중, 노무현, 이명박, 박근혜, 문재인 그리고 윤석열 대통령까지 11명의 대통령이 바뀌던 세월을 살았더라고요. 그리고 11명의 대통령 중에 일곱 분은 돌아가셨어요. 그렇게 따져 보니까 상렬이가 반평생을 살아왔다는 게 실감이 나요. 정신없이 살아왔지만 현대사의 시련과 영광을 전부 상렬이가 지켜보면서 살아온 거죠.

김작가 1970년생이니까 전쟁은 겪지 않은 세대지만 가난한 대한민국에서도 살아봤고, 경제가 발전하고, 민주주의가 발전하고, 아날로그에서 디지털로 옮겨가는 세대도 경험을 한, 어떻게 보면 지상렬 세대를 격동의 50년 세월이라고 봐도 될 것 같아요. 1972년에 10월 유신도 있었고 육영수 여사가 총격으로 사망을 했던 1974년부터, 1979년 박정희 대통령이 총탄에 쓰러지고, 1980년 광주 민주화운동과 전두환의 등장까지만 해도 정말 혼란스러웠던 격동기였죠.

지상렬 어린 시절이었지만 너무 큰 사건들이었기 때문에 모두 다 기억이 나요. 〈로보트 태권V〉가 극장에서 개봉한 게 1976년이에요, 상렬이 유치원 모자 쓰고 형님 따라서 극장 갔던 생각도 나고, 1981년 되면서 컬러 TV 나오고, 〈MBC 쇼 2000〉 하던 생각도 나요. 그리고 1982년엔 프로야구가 출범하던 기억이랑, 1983년에 교복 자유화되면서 우리 1970년생들은 중·고등학교 때 교복을 한 번도 못 입어보고 졸업을 했잖아요. 그때가 전두환 대통령 때인데 교복은 못 입어봤지만, 그 세대가 나이키 운동화 붐이 일어서 아식스, 아디다스 이런 메이커 운동화가 유행이었어요. 노태우 대통령 때는 '88서울올림픽'이 있었고 '범죄와의 전쟁'으로 조폭 세계가 발칵 뒤집혔었죠. 우리가 얘기했었지만, 김영삼 대통령이 취임하면서 이상하게 육, 해, 공 대형사고가 잦았었던 얘기도 했었죠. 그 당시 기억이 오래 남아요. 93년도에 아시아나 항공이 목포 공항 착륙 중에 추락을 하고, 여객선 '서해훼리호'가 침몰했고, 부산 구포역에서 열차전복 사고가 났던 게 김영삼 대통령이 취임하던 해에, 같은 해에 한꺼번에 벌어진 대형사고였잖아요. 그리고 상렬이가 새벽에 지나가고 나서 아침에 무너져 내려서 깜짝 놀랐던 성수대교 붕괴 소식도 1년 후인 1994년이지요. 1995년에는 더 큰 사고가 벌어졌어요. 삼풍백화점 붕괴 사고로 500여 명의 시민이 매몰되어서 사망을 했는데, 여기서 그치지 않고 대구 지하철 참사로 또 100여 명이 사망했어요. 연이어 3년 동안 전시도 아니고 이렇게 많은 인명 피해가 났던 적이 없었기 때문에 별별 소문이 다 돌기도 하고 그랬었죠.

김작가 그래도 어느 해보다도 지상렬 인생의 변곡점인 1996년은 기억에 오래 남아 있겠어요. SBS 공채 5기 개그맨으로 데뷔를 했던 해죠.

지상렬 잊지 못하죠. 그해에 상렬이가 데뷔하면서 '서태지와 아이들'이 해체를 하고, '꿍따리 샤바라'로 클론이 데뷔했어요. 그래서 지상렬 염경환의 '클놈'이 있을 수 있었고요. 데뷔할 때 상렬이가 좀 늦게 데뷔를 해서 스물여섯 살이었는데, 그로부터 26년이 지났습니다. 무척 빠르게 지난 세월이에요. 형님하고 이런 저런 얘기를 안 했더라면 뭐 하고 지내왔는지 기억도 잘 못 할 뻔했는데, 반백 년 정리하기를 참 잘했다는 생각이 들어요. 50대인 모든 사람들이 너무 바쁘게 너무 빠르게 살아왔잖아요. 9. 11테러도 엊그제 같은데 그게 벌써 2001년 일이고요, '2002 월드컵'도 올해 20년이 되었어요. 이주일 형님이 월드컵이 있던 해 돌아가셨으니까 돌아가신 지 20년이 되었네요. 노무현 대통령, 김대중 대통령이 돌아가신 해에 마이클 잭슨 형님도 돌아가셨으니까 그게 2009년이에요. 그리고 5년 후인 2014년에 세월호의 비극이 있었죠. 정말 주마등처럼 스쳐간 세월이네요. 옛날 얘기하고, 옛날 생각하다 보면, 어릴 때 배나무 꽃이 활짝 피던 인천 우리 집 마당이 떠올라요. 그때 처음 키우던 개가 동네 스피커에서 새마을 노래 나오면 같이 짖고 그렇게 똑똑했었어요. 그때부터 개를 키우기 시작해서 지금까지 계속해서 키우는 거죠. 지금까지 상렬이를 거쳐 간 대통령이 열한 분이시잖아요. 상렬이의 반려견은 오십 마리쯤 거쳐간 것 같아요. 반평생을 살아오면서 개들에게서 배운 것들도 많기 때문에 제 인생의 모토도 '개만큼만 살자!' 그런 모토로 반백 년을 살아온 것 같아요. '오뉴월 개 팔자'처럼 편하게 살겠다는 건 아니예요. '개처럼 벌어서 정승처럼 살겠다'는 것도 아니예요. 개는 한 번 정을 맺으면 절대로 먼저 뒤돌아서는 법이 없거든요. 그렇게 한결같이 살겠다는 거죠.

김작가 한결같기로는 방송가에서 지상렬이 대표적이 아닌가 싶을 정도로 누구나 인정하는 건데, 지상렬을 거쳐 간 대통령이 열한 분이고, 반려견이 오십 마리쯤 된다고 하니까, 반백 년 세월이 피부에 와닿는 것 같네요. 저도 박정희 대통령 시대에 태어났으니까, 1963년 제5대 대통령부터 1979년까지 16년을 한 분이 집권을 하던 시대에 어린 시절을 보낸 건 저하고 같네요.

지상렬 요즘에 '새마을 노래'나 '국민교육헌장'이나 이런 얘기하면 못 알아듣는 청춘들도 많을 텐데, 당시에는 아침마다 동네 스피커에서 새마을 노래가 나오니까 오죽하면 배나무 아래 살던 우리 집 셰퍼드가 노래를 따라 짖었겠어요. 나이를 먹으니까 배나무 꽃이 환하게 피어 있는 어릴 때 마당 한 켠이 그림처럼 자주 떠오르네요. 2021년은 100년 만에 벚꽃이 일찍 핀 해였다는데, 코로나 때문에 벚꽃 축제라던지 사람들이 모이는 꽃놀이를 할 수가 없었어요. 일본 도쿄올림픽도 무관중으로 치를 만큼 우울했던 봄이었어요. 그래도 코로나 와중에 즐거웠던 소식들도 있었는데, 우리 윤여정 선생님께서 제93회 아카데미 시상식에서 영화 〈미나리〉로 여우조연상을 수상했던 것도 2021년도 봄이었죠. 한국 배우가 아카데미 시상식 연기상을 받았던 게 최초라서 더 의미가 있었어요. 세계적으로 대한민국의 국격을 높였던 소식이 또 있었는데 〈오징어 게임〉이 넷플릭스 역대 최고 흥행작으로 83개국에서 1위 드라마로 등극을 했잖아요. 해외 시상식을 휩쓸어서 국격을 또 한번 높였지요. 드라마 〈지옥〉도 〈오징어 게임〉에 이어서 넷플릭스 세계 랭킹 1위를 찍었죠. 우리나라 사람들이 창의적인 머리는 세계 1등 같아요. 방탄 소년단이 버터Butter에 이어서 퍼미션 투 댄스Permission to Dance도 또다시 빌보드 차트 HOT 100에서 1위를 차지했다는 소식도 있었어요. 더구나 아메리카 뮤직 어워즈에서 아시아 최초로 아티스트 오브 더 이어Artist Of The Year 올해의 가수상을 수상하는 쾌거를 이루었죠. 이건 정말 대단한 거거든요.

김작가 힘들었던 코로나 시대를 살면서 그래도 기분 좋은 일들도 많이 있었네요. 지난 시간을 뒤돌아보면서 이런저런 얘기들을 나누면서 또 느끼지만, 결국 사람을 통해서 받은 감동이나 온정의 힘으로 살아지는 게 인생이 아닌가 싶어요. 제가 처음 지상렬에게 받았던 감동은 '아버지의 시계'였어요. 비싼 명품 시계를 차고 다녀도 될 정도로 성공한 연예인인데 평소에 아버지의 유품인 낡은 시계를 차고 다니는 걸 보고서 뭔가 다른 사람이구나, 그런 느낌을 받았었죠. 지금도 그 시계를 그대로 차고 있네요.

지상렬 돌아가신 아버지에게 막내로서 각별한 사랑을 받은 것도 있고, 너무 일찍 돌아가신 것에 대한 아쉬움도 크고, 그래서 차기 시작했는데, 시계뿐만 아니라 오래된 자동차라든지 상렬이가 오래되고 익숙한 것을 좋아해요. 돌아가신 이모님이 사주신 팬티 열 장도 헤질 때까지 10년은 입은 것 같아요. 휴대폰 번호도 017에서 010으로 바꾼 게 2021년이네요. 스마트 폰으로 바꾸려고 바꾼 게 아니라 서비스가 종료되어서 할 수 없이 바꾼 거거든요. 물건도 그렇고 사람도 그렇고, 오래 함께하면 서로가 서로에게 애틋해져요. 제가 스마트폰으로 바꾸기 전에 쓰던 투지(2G)폰을 20년은 쓴 거 같은데, 전화기도 20년쯤 손때가 묻으면 저에게 말을 걸어요. "상렬아, 수고가 많다. 20년 동안 챙겨줘서 고맙다" 저도 전화기한테 말해요. "그래, 고맙다, 20년 동안 걸어줘서 고맙다!" 그러면 또 전화기도 알아들어요.

김작가 (웃음) 지상렬이란 사람은 아주 특별한 소통 능력이 있다고 생각하는 게 그런 점 같아요. 누구나 소통이 가능하고, 무엇과도 소통이 가능한 사람이라는 생각이 드는데 그 소통의 원천은 '애정'이거든요. 투박해 보이는 지상렬의 가슴에 깃털처럼 부드러운 사랑이 있구나 하는 걸, 지상렬을 겪어본 사람들은 누구나 다 알잖아요. 어느 봄날, 배나무 아래에서 새마을 노래를 따라서 짖어대던 셰퍼트를 추억하는 그때 그 봄처럼, 또다시 봄이 왔네요. (웃음)

지상렬 저 멀리에서 지상렬의 봄도 오고 있습니다. 배나무 꽃그늘 아래에서 소주 한잔 하셔야죠. (웃음)

그리고, 또… 2022

지상렬 가만히 생각해보면 상렬이가 태어나고 자란 시대가 어쩌면 크게 축복받은 세대라는 생각도 들어요. 가난했지만 전쟁은 없었잖아요. 그리고 지구온난화 그런 것도 없었던 환경에서, 미세먼지 없는 깨끗한 공기 마시며 목장 우유 마시면서 자랐어요. 문화면에서도 폭넓게 혜택을 받으면서 자란 것 같아요. 가수만 해도 남진, 나훈아로 이미자 선생님으로 시작해서, 강병철과 삼태기, 신중현과 엽전들, 김수희 누님, 윤수일 밴드와 이선희 누님, 듀스와 철이와 미애를 거쳐서 서태지와 아이들, 지금의 방탄소년단까지, 정말 장르를 불문하고 대중음악이 꽃피던 시절을 살아왔어요. 코미디도 구봉서, 배삼룡 선생님의 웃음의 역사와 추억이 있는 시대를 살아왔잖아요. 그런 면에서 1970년 개띠 지상렬은 축복받은 세대라는 생각이 들어요.

김작가 공감합니다. 저도 같은 생각인데, 그래서 지금 50대들은 아날로그와 디지털 시대의 감성을 다 가지고 있는 것 같아요. 예전에 관제엽서라는 게 있었잖아요. 지금은 우편엽서라고 부르는데, 방송국에 사연을 보낸다거나 퀴즈에 정답을 적어 보낸다거나 좋아하는 가수의 인기투표를 한다거나 할 때 주로 관제엽서에 적어 보내곤 했어요. 1990년 초반까지만 해도 일반적으로 관제엽서를 쓰곤 했어요. 그러다가 인터넷과 휴대폰이 발전하면서 사라지긴 했지만, 그런 시대도 경험해봤고 지금처럼 첨단의 문명을 누리기도 하지요. 흔히 말하는 아날로그적인 감성이라는 것을 흠뻑 느껴보고 디지털 세대로 넘어온 건데, 저도 그럴 수 있었던 것이 축복이라고 생각해요.

지상렬 우리가 1970년대부터 얘길해서 이제 2022년이잖아요. 우리가 나눈 대화들이 크게 깊이는 없겠지만, 그래도 우리가 살아온 시대의 이야기고 우리나라 50년의 현대사라고 볼 수 있을 것 같아요. 그 시대를 잘 모르는 청소년들은 전혀 모르는 이야기일 수 있는데, 아버지 세대를 이해하고 아버지 세대와 소통을 하는데 조금은 보탬이 되지 않을까 하는 생각이 들어요. 저랑 1970년 개띠 동갑내기 친구 강호동이 개그맨이고 MC지, 모래판을 들었다 놨다하던 천하장사였다는 걸 모르는 친구들도 있을 거예요. 그리고 김종국이 가수였고 허재, 서장훈이 농구 대통령이었다는 것도 잘 모를 수 있을 거고요. 물론 지금, 현재가 중요하고 개그맨이든 씨름 선수든 그게 중요하다는 게 아니라, 우리가 살아온 삶을 가끔 한 번씩은 뒤도 돌아보면서 사는 게 좋은 것 같다는 거죠.

김작가 물론입니다. 뒤를 돌아본다는 건 지난 시간에 대한 아쉬움뿐 아니라 앞으로 나가기 위한 준비의 시간이기도 해요. 이제 반평생을 살았잖아요, 앞으로 남은 반평생은 무엇으로 채워가고 싶나요?

지상렬 상렬이는 오직 직진입니다. 하던 대로 하고 살 거고요, 바람이 있다면 돌아가신 아버지 말씀대로 좀 더 베풀면서 살 수 있으면 더 행복할 것 같아요. 방송이든 유튜브든 책이든 어떤 매체로든 세상 사람들과 소통하는 삶을 살고 싶다 그게 다입니다. 소주 한잔할 정도 건강을 유지하면서요. 단, 세월이 흐른 뒤에 두 번째 책으로 나머지 반평생도 함께 쓸 수 있으면 좋겠다는 생각이 드네요. 그럴 려면 백 살까지는 살아야겠어요. (웃음)

김작가 앞으로 우리가 살게 될 반평생의 시간 속에는 1979년 10. 26처럼 대통령이 총에 맞아 죽거나, 1980년 광주의 봄처럼 국민들에게 총을 겨누거나, 1995년 삼풍백화점에서처럼 수많은 사람이 이유도 모른 채 죽어가거나 2014년 봄, 세월호처럼 안타깝고 슬픈 죽음이 있거나 하는, 가슴 아픈 사건들은 없는 반평생을 얘기할 수 있었으면 좋겠네요.
자! 우리가 1970년부터 얘길 했는데 2022년이네요. 19대 문재인 대통령에서 20대 윤석열 대통령으로 바뀐 해이고 우크라이나와 러시아의 전쟁이 발발한 2022년인데, 2022년 올해 또 무슨 일이 있을지 기대도 되고 궁금하기도 합니다.

지상렬 우리가 살아온 50년의 세월에 대해 책을 내보자 하고 작년 2021년 3월에 처음 행주산성에서 만나 얘길한 건데, 1년이 훌쩍 지났네요.

김작가 1년 전 봄에 시작해서 여름에 마무리하네요. 두서없이 얘길 했지만 저도 지난 50년을 뒤돌아볼 좋은 기회였던 것 같아요. 건강 지키면서 각자의 자리에서 또 열심히 살고 앞으로 다가오는 50년도 꼭 함께 기록해봅시다.

지상렬 책이라는 콘텐츠가 참 매력이 있어요. 앞으로 다른 콘셉트로 책도 함께 해보고요, 우리가 원래 하던 게 방송이니까 형님이랑 방송도 또 했으면 좋겠네요.

김작가 그러잖아도 기획안을 써 놓은 게 있어요. '시발(詩發)의 전당'이라고 어감이 별로 안 좋은데, '시의 출발'이라고 지상렬이 좋아하는 시를 배워보는 프로그램인데 기회가 되면 같이 해봅시다.

지상렬 어감은 안 좋은데 느낌은 오네요. '시발(詩發)의 전당' (웃음)

김작가 그리고 7월부터 SBS 러브 FM DJ로 오랜만에 라디오 진행을 맡게 된 것 축하합니다. 2004년도에 6년 동안 MBC FM 지상렬 노사연의 〈2시만세〉를 진행했었고 2017년도에 TBS 〈지상렬의 브라보 브라보〉 이후에 5년 만에 라디오 DJ로 복귀를 했는데 이번에 진행하는 프로그램은 어떤 콘셉트인가요?

지상렬 일단 타이틀이 딱! 맘에 들어요. 〈뜨거우면 지상렬〉이고요, 세상살이를 하다보면 이런 저런 고민을 안고 살게 되잖아요. 그런 고민들을 청취자 여러분들과 함께 풀어보자는 취지의 프로그램인데 콘셉트가 '고민타파 버라이어티'예요. 상렬이도 연식이 50년을 넘겼으니까 그동안 살아온 경험으로 청취자들의 이런저런 고민을 함께 풀어볼 생각입니다. SBS 러브 FM 오후 4시부터 6시!! 〈뜨거우면 지상렬〉입니다.

김작가 라디오도 잘되길 바랄게요. 1년여 동안 수차례 얘기 나누느라 수고 많았습니다. 지상렬의 건강과 행운을 위하여 건배!

지상렬 감사합니다. 〈뜨거우면 지상렬〉!! 책 안 읽으면 지상렬!! 책 안 사면 지상렬!! (웃음)

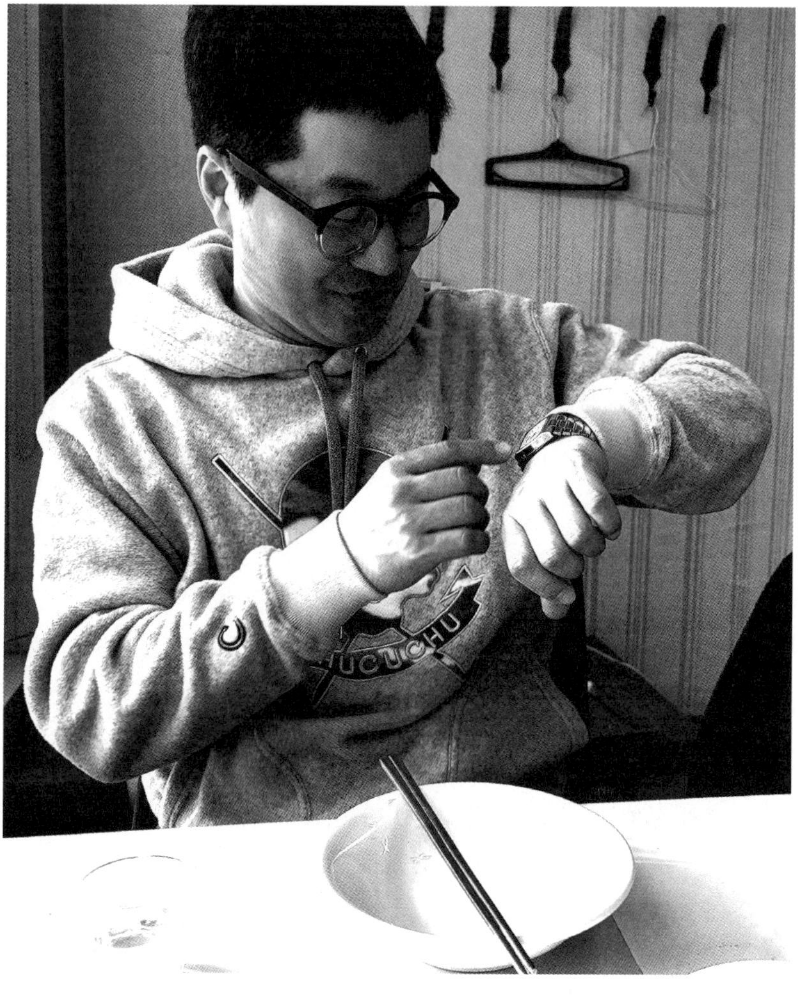

"한번이라도 더 기억하려고 아버님 시계를 차고 다녀요"

—〈아버지의 시계〉 中—

그림은 보는 것이고 음악은 듣는 것이라 알고 살았는데

50살이 넘으면서는

그림도 들을 수 있고 음악도 볼 수 있는 신통력이 생겼다.

어떤 관념의 경계선이 느슨해진 느낌이다.

어쩌면 고집과 열정도 그만큼 느슨해졌을 것이다.

나이 50이 넘으면서 부터는 내 가슴이 100°c로

펄펄 끓으리라고 기대하지 않는다.

늘 1°c 모자란 99°c에서 멈춰 있다 해도

그래서 도무지 끓어오르지 않는다고 해도

여전히 불을 지펴가는 것,

어쩌면 그게 인생이 아닐까 싶다.

반백 년을 살다보니

열정적으로 뜨겁게 뜨겁게 끓는 것만이 인생이 아니라

따뜻하게 미지근하게 데워가는 것도

인생이란 걸 알게 되었다.

늘 1°c가 모자란 것.

그래서

끓어 넘치지 않아도 따뜻하게

그렇게 나머지 반백 년도 살아보고 싶다.

뜨겁지 않게

미지근하게

그렇게 함께 나머지 반평생을 같이 갈

길 동무들과 술 동무들

그리고

다정한 김 작가, 진태 형에게

소맥을 꾹꾹 눌러 권하고 싶다.

우리의 반평생을 위하여!!

2022년 가을 지상렬

술로 50년 솔로 50년

ⓒ 지상렬, 김진태 2022

1판 1쇄 2022년 10월 10일
1판 2쇄 2022년 11월 21일

지은이 지상렬, 김진태
펴낸이 김진태
제작총괄 서남희
책임편집 최아영
본문편집 강채리
디자인 서민석(표지) 하다(본문)
인쇄제본 제이오

펴낸곳 The 작업실
출판등록 2022년 2월 14일 제 2022-000011호
전화 02-2294-9036
팩스 0303-3442-1212
전자우편 jakupsil2020@naver.com
인스타 @jakupsil2020

ISBN 979-11-980027-1-6(03810)

* 이 책은 저작권법에 따라 보호받는 저작물이므로 무단 전재와 복제를 금지합니다.
* 이 책의 전부 또는 일부 내용을 재사용하려면 사전에 저작권자와 The 작업실의 동의를 받아야 합니다.
* 잘못된 책은 구입하신 곳에서 바꿔드리며, 책값은 뒤표지에 있습니다.